煙圈裡的故事

雲里風小說集

雲里風 著

馬華
文學獎大系
05

本書由「方北方出版基金」贊助

「馬華文學獎大系」

葉嘯（馬來西亞華文作家協會會長）

　　一九八九年，吉隆坡暨雪蘭莪中華工商總會創設了「馬華文學節」，馬來西亞華文作家協會倡議配合文學節，舉辦「馬華文學獎」，獎勵表現優秀的馬華作家。這個建議獲得多個團體回應支持，作為文學節的重點專案，每兩年主辦一次，至今已進入了第十一屆。每屆只頒發予一位得主，除獎狀外，獎金為馬幣一萬元，是為馬華文壇最高榮譽的文學獎。「馬華文學獎」的意義在於主辦單位為工商團體，首開風氣，體現了「儒」和「商」的結合，志在提高馬來西亞華文文學水準與作家社會地位，為馬華文學增添了實際的推動力。

　　「馬華文學獎」的評審除了評估候選人的文學創作成果和文學創作思想之外，也必須衡量候選人在推動及發揚馬來西亞華文文學方面的成績與貢獻。由此可見，「馬華文學獎」的得主不單具備顯著的創作成績，更需積極推動馬華文學的發展。

　　「馬華文學獎」的歷屆得主如下：

　　第一屆（一九八九）：方北方

第二屆（一九九一）：韋暈

第三屆（一九九三）：姚拓

第四屆（一九九五）：雲里風

第五屆（一九九八）：原上草

第六屆（二〇〇〇）：吳岸

第七屆（二〇〇二）：年紅

第八屆（二〇〇四）：馬崙

第九屆（二〇〇六）：小黑

第十屆（二〇〇八）：馬漢

第十一屆（二〇一〇）：傅承得

馬來西亞華文作家協會作為歷屆「馬華文學獎工委會」顧問，在評選過程中，提供了實際的諮詢，確保「馬華文學獎」評審公正及嚴謹，以致「馬華文學獎」成為最具代表性的文學獎項之一，而歷屆的得主，可說是實至名歸。

工委會於二〇一〇年籌辦第十一屆「馬華文學獎」，我代表馬來西亞華文作家協會提出有意為所有「馬華文學獎」得主出版選集，以表揚、肯定他們在馬華文壇的貢獻。這項提議獲得工委會一致通過，並且邀請作協成為應屆的協辦單位，進一步加深了作協和「馬華文學獎」的關係。事實上，歷屆的得主幾乎都是作協的歷任會長或理事，因此，為歷屆得主出版選集，更是作協當仁不讓的使命。

在作協秘書長潘碧華博士的穿針引線下，我們獲得臺灣的秀威資訊股份有限公司支援，應允出版全部選集，並徵求「方北方出版基金」贊助部份經費。如此一來，解除了作協需動用龐大出

版經費的顧慮，可以全力以赴。

秀威的挺身而出，讓「馬華文學獎大系」的出版更具意義，這亦可視作馬華文壇前輩作家在馬來西亞以外的國家，首次作大規模的作品展示。我們不敢奢望選集暢銷熱賣，卻極期盼能夠藉此向大家推介「馬華文學獎」諸位得主，尤其是前行代作家如方北方、韋暈、原上草、吳岸、姚拓、雲里風、馬漢，代表了馬華文壇早期的鮮明特色；而年紅、馬崙、小黑，以至傳承得的中生代，顯現的又是另一番景色了。

本大系由潘碧華（大馬）、楊宗翰（台灣）兩位負責主編，每部選集特邀一位評論作者為「馬華文學獎」得主撰寫評介，相信有助於讀者更深一層瞭解馬華作家。我也要在此向秀威同仁致謝，因為大家的努力，本大系才得以順利誕生。

認同與焦慮：
論雲里風小說中華文教育的歷史記憶

潘碧華（馬來亞大學中文系）

雲里風，原名陳春德，1933年誕生於福建省莆田縣華亭鎮園頭村，1947年初中畢業於仙游縣立初級中學，次年前往馬來亞（現為馬來西亞）與父親團聚。因家貧，無力升學，只好出外工作，先後當過學徒和割草工人等。1949年進入教育界，歷任華文小學教師、副校長和校長長達三十多年，1985年退休，經營自己的事業。

雲里風在五○年代初期開始創作，已出版的作品有小說集《黑色的牢門》（1957）、《出路》（1958）、《衝出雲圍的月亮》（1969）、《望子成龍》（1980）和《相逢怨》（1983）。散文集有《夢囈集》（1971）、評論集《文藝瑣談》（1991）、文選《雲里風文集》（1995）。其中《望子成龍》和《相逢怨》由鄧盛明翻譯成馬來文，受到馬來文學界的重視。雲里風於1990年當選為馬來西亞華文作家協會主席，在任期間，曾數度率作協代表團訪華，並多次出席在中國各地舉行的文學研討會，對促

進中、馬文學交流做出了貢獻。雲里風於1995年獲「馬華文學獎」，2002年獲「東盟華文文學獎」，2003年獲莆田文學特別貢獻獎。

　　戰後的馬來西亞，各族人民積極擺脫殖民統治，走上獨立自主之路。馬來西亞是多元民族社會，在建國過程中，各個民族都為族人的語言、文化、宗教和教育爭取機會，社會也面對政治、經濟的轉型。在適應社會變化的過程中，馬來西亞華人面臨了文化認同的衝擊，同時也在適應這整個時代的變化。雲里風身為作家和教師，有更多的機會透徹洞悉人性和社會上的人情冷暖。他出身貧窮，對普羅大眾的遭遇感同身受，特別關注社會存在的問題。他參與社團活動，也有機會近距離觀察商業弊端和貪婪人心，因此對名利場有深刻的體驗。雲里風的小說，時空縱橫馬來西亞社會現象四十年，可以說反映了這四十年來華人家庭和社會在這個國家的變化。他的小說簡短精煉，涵蓋的層面大，提供讀者及研究者廣闊的空間。本文就雲裡風短篇小說，探討馬來西亞作家筆下的華人社會，如何在建國的過程中，面對的文化認同、教育與升學的的焦慮，從中也觀察馬來西亞華文作家的文學精神。

一、文化傳承與適應時代的焦慮

　　雲里風的創作始於1950年，主要描述個人的生活經驗。雲里風十四歲到馬來（西）亞，早期作品還有個人在中國農村生活的影子，如《濃煙》和《秋去冬來》，描寫遭受地方豪強欺壓的鄉民，生活困苦，忍無可忍之下反抗地保、軍閥、期待社會改變的

故事。過後的小說內容幾乎都反映馬來西亞華人的生活背景。雲里風的寫作理念是「要從生活中選取現實的題材」[1]，他在多篇文章裡提到魯迅，以魯迅為學習對象，認為文藝的責任是為了改革社會、領導群眾，將社會導向一個理想境地為目標，而非成為有閑階級的消閒品。[2]與他相同時代的方北方年齡相隔二十歲，基本上有著相同的文學觀，方北方認為雲裡風的作品「十之八九都是反映人生或社會問題的」[3]，概括了雲裡風的寫作傾向。他寫作目標就是要對社會的殘缺及不合理現象加以口誅筆伐，以達到發聲振聵的作用。

雲里風的小說多取材自生活，以自己或周遭親友為模式，寫出馬來西亞華人艱辛奮鬥，努力求存的生活實況。馬來（西）亞從一個殖民地轉變成一個獨立的國家，最明顯的是在經濟、文化和教育方面的變化。殖民地時代，華人與其他馬來亞人民以被殖民的身份與殖民地政府對抗，爭取政治、文化自主的權利。1957獨立之後，馬來西亞華人則與國內人數比例占最多的馬來人政府周旋，在文化融合和保持文化特徵中尋找平衡，傳承民族語文和文化教育成了當前要務。堅持華文教育是馬來西亞華人不能向當地政府妥協的底線，也因為堅持傳承文化傳統，讓華人在這個多

---

[1] 雲里風《東南亞華文文學大系・馬來西亞卷・雲里風文集》，廈門：鷺江出版社，1995，第323頁。

[2] 雲里風〈由文藝創作談到華人的大團結——天定區華校教師工會主辦文學講座講稿〉，第327-328頁。

[3] 方北方〈談創作風格與寫實手法——馬華作家雲里風的《望子成龍》讀後〉，《東南亞華文文學大系・馬來西亞卷・雲里風文集》，廈門：鷺江出版社，1995，第455頁。

元民族的國土上嘗盡苦頭。雲里風寫作的年代正好分佈在獨立前後以及建國初期的年代，他的小說見證了華人社會在這段時期的精神面貌。雲里風有關教育的短篇小說，同時又牽涉華人的文化認同問題和教育人心面對社會轉型時顯現的焦慮問題。

二戰之後的馬來西亞華人面對國土認同的衝擊，中國大陸政權轉換，他們必須作出回去祖國還是留在當地定居的抉擇。雲里風1947年來馬，本想從貧困的鄉村投靠父親生活，誰知父親和朋友經營的腳車店生意慘澹，無法讓他繼續求學，他做過多樣工作，最後選擇了擔任鄉下小學的老師，開始了他在教育界的生涯。雲里風生活在民眾之間，體驗了華人在戰後生存的困境，也面對國家獨立以後，重新適應一個多元文化國家的挑戰。

作為一個新興國家，建立起一個統一文化、語言、思想的國民是領袖們的焦慮，在一個多元文化國家，文化的差異一旦處理不好，會引發不可收拾的後果。身為國民的華人，要在國家的政策中保留民族文化的傳統，堅持華文教育或是放棄堅持是華人思想上，國民認同的焦慮。在那個國家剛剛獨立，許多國家政策和制度處於轉折的年代，雲里風抱著能夠為社會、為馬華文藝界貢獻一分力量的熱情，描寫他們所處在的社會和現象，確實為我們留下許多寶貴的時代資料。

馬來西亞華社經營的華文小學和華文中學的歷史悠久，扮演著傳承文化的角色。隨著國家的獨立，華文教育受到馬來文和英文為主要媒介語的衝擊。1956年的「火炬運動」，是選擇民族教育還是國民教育的抉擇。選擇民族教育堅持以華語教學，意味著和國家主流教育的系統分開，除了師資的薪水和教科書，其他的

巨大費用，如學校的設備、日常開銷，就得由華社去承擔。

雲里風的《火炬運動》寫於1956年，內容描述馬來西亞獨立前的一次學童入學登記，全國各民族家長為孩子選擇認為適合自己的教育源流，或華校、或英校或馬來校。政府承諾在國家獨立後，將根據人民的選擇去培訓不同源流的師資和增建學校，公平對待各民族的教育。這篇作品收錄在1957年出版的小說集《黑色的牢門》裡，作者運用報告文學的形式，記錄了《火炬運動》的動態及一般人的反應情形。《火炬運動》的文學性較弱，應該不是雲里風個人喜愛的作品，也許這是他後來沒有把此篇選入《雲里風選集》的原因。

我之所以特別提起此篇，乃因這是一篇歷史意義多於文學意義的作品，那個時代的許多作品都有這樣的特質。當年華校教師總會主席林連玉先生登高一呼，全國華裔青年教師回應協助入學登記運動，所得的資料證明百分之九十以上的華人選擇進入華校就讀。如今林連玉先生逝世多年，那些熱血沸騰的青年教師也成了白髮蒼蒼的老頭，從獨立到今日，五十多年已經過去，華校問題依舊存在。如今再讀這類作品，不禁感謝作家為我們留下當年的記憶。

雲里風小說多是他自己或親友的真實經歷。比如在《出路》這篇小說裡，描寫獨立後，華裔學生在新教育政策下所受到的衝擊。許多一向受華文教育的年輕人在這個轉折期面臨「國家政策」的影響。獨立後所有國立中小學（國民與國民型）的師資由教育部培養，學生初中畢業後，可以申請進入高師（今日的師範學院）受訓成為合格教師。《出路》中的李君良家境貧寒，他發

奮讀書希望完成高中學業後找到一份安穩工作，改善家裡經濟狀況。李君良以優秀的成績高中畢業，發現自己不能像獨立前那樣立刻成為小學教師，他只能領取臨時註冊證（今日的臨教），到新村的華小去教書，薪水比正式老師低，令他無法接受。茶室夥計李大中從報章上公佈的及格名單中知道李君良考獲1A2B好成績，於是恭喜他，叫他請吃一餐，李君良聽來卻像諷刺，「胸膛被刺進幾支利箭，心頭猛地起了一陣隱痛。」

這篇五〇年代寫成的小說，還談到華校生繼續深造的問題，也同樣叫人感到無奈。李君良心想既然不能成為合格老師，不如到臺灣或中國大陸升學去。朋友分析說無論到臺灣或大陸都不是好選擇，去了大陸讀書，以後未必可以回來本地，而臺灣的文憑不受政府承認，將來恐怕失望更大。作家讓主角李君良接受朋友的開解，理解教育工作的「神聖」和可以預見的「清苦」，欣然到新村的華小去擔任教師，再申請進入假期師訓受訓，晚上進修英文和巫文（馬來文），開始所謂的新生活。

這種國民認同與適應新社會的思想，貫穿在雲里風有關教育的篇章裡頭。由於雲里風身在國立的教育體系中，所描寫的情況也以國立學校的華裔學生為主。學生參加政府初中和高中考試，馬來文（即馬來西亞的國文）是必修課，也必須及格，否則整張文憑就不及格，失去升學的機會。

那個時代的作家寫作，抱著能夠為社會、為馬華文藝界貢獻一份力量的熱情，他們誠實地描寫他們所處在的社會和現象，確實為我們留下許多寶貴的時代資料。雲里風這篇〈出路〉寫的是五十多年前的舊事，國家剛剛獨立，許多國家政策和制度處於轉

折期，馬華作家在他們的作品裡也表現了對國家政策的支援和認同，積極地在困境中尋找出路，也為許多年輕人指引方向。

二、語文認同與升學理想的焦慮

六〇年代後，不接受改變教學媒介語的華文中學成為沒有政府津貼的華文獨立中學，其統考文憑也就不受到政府的承認，學生不能進入國立大學就讀，也不能成為政府公務員，但是仍有很多華人堅持獨立自主的理念，去經營華文獨立中學。學校的運作全靠華人社會的捐助，學生每月交學費，也經常到校外去向社會人士募款。《俱樂部風光》的其中一幕就是獨中生出來向社會人士捐款，以行動支援華文教育的往往是那些低收入的勞動階級，如小販、女工等。就如俱樂部的女工阿芳那樣，自己收入不多，卻願意為華文教育事業貢獻出一點力量。聚沙成塔，是馬來西亞華文經營民族教育的方式。

馬來西亞實行免費教育政策，由於華文獨立中學須交學費，而且分佈不廣，能夠在華文獨立中學就讀的華裔學生只占了華裔學生的百分之十，大部分的華裔子弟選擇了免費教育，在政府國民中學或政府半津貼的國民型中學就讀。在馬來西亞政府考試制度裡，國語，也就是馬來文，一直是許多華校生的夢魘，許多學子就敗在這一科之下，永無翻身之地。七〇年代的華人家庭，普遍貧困，莫說去臺灣，若不能升上國立大學，就幾乎斷了前途。貧寒學生若進不了國立大學，就等於要提早進入社會大學了。

馬來文的成績決定了整張文憑的等級，如果馬來文及格（P7P8），沒有獲得優等以內（即A1A2C3C4C5C6）的成績，

即使其他科目成績再好，此張文憑也只是第二等文憑，可以讀大學先修班，也可以參加高級教育文憑考試（HSC，後來改成STPM），但是不能夠成為政府公務員（包括教師），部分國立大學也不接受LCE/SPM馬來文沒有優等者。如果SPM馬來文不及格（F9），即使其他八科都是A1，整張文憑就以不及格計，可說馬來文的成績決定了考生的生死。

雲里風的《望子成龍》寫於1978年，文中的華校高材生吳建成家境貧寒，靠寡母養育成人。他在馬來西亞教育文憑考試（MCE），考獲的成績是七個A1，一個A2，算是非常優秀的成績，可惜的是馬來文不及格，只有F9，整張文憑變成一文不值。吳建成升學無望，重考又覺得顏面全無，心靈受到極大的打擊。受到損友的誘導，喝酒抽煙，染上了毒癮。在一次警方檢舉中，損友將毒品塞在他的褲袋中，被警方逮捕下獄，可憐他那一心望子成龍的母親，經不起這個打擊而發瘋，給送進了精神病院。教育對馬來西亞華人是如此的重要，說明華人希望通過教育改變個人家庭經濟狀況和社會地位。父母辛勤工作，節儉過日，無非是要讓孩子接受好的教育。

1969年5月13日（簡稱513事件）的種族暴動是馬來西亞人不能忘懷的歷史。為了避免暴動的再次發生，馬來西亞政府採用了重新分配財富的政策，提高馬來人在各領域的參與機會，以減少馬來人與其他民族之間的差距，包括根據種族比例分配進入大專學府的名額。我們可以在雲里風七〇、八〇年代的作品裡面，看到文化認同的抉擇延續到華人的第二代。要繼續在本地升學，還是到國外。華人家庭一向重視教育，華裔子弟在學業方面表現良

好，但是成功進入本地大學的不多。有的成績非常很好，卻擔心馬來文不及格影響整個成績，也有擔心不能順利考取自己想要的科系，因此高中畢業後選擇了出國留學。出國的費用高昂，華人父母寧可節衣縮食，也要讓孩子完成學業。

在雲里風的另一篇小說《遲來的電話》，也是描述父母望子成龍心切的故事。高劍明夫婦是小學教師，收入不多，卻咬緊牙關將十六歲的獨子高志強送去英國升學。其實高志強在校成績一向優秀，只是沒有信心自己在將來的馬來文考試及格，再說他還看到許多朋友LCE考試過關，HSC也考得很好，依舊進不了本地大學，因此他覺得與其冒險和馬來西亞的教育制度較勁，不如提早出國升學更有保障。這樣的資訊告訴我們，華人學生在馬來西亞的教育制度裡，要付出比別人更多的努力。有時候，除了努力之外還不夠，還得看運氣，這是許多華人父母的基本認知。運氣不好的話，只好認命，要不然就像《望子成龍》的吳建成的母親那樣，瘋掉了事。

如今馬來西亞私立大學林立，學生也不一定非要進入國立大學不可。經過政府幾十年的提倡，許多華校生都能掌握好馬來文，要他們在各個等級的政府考試中過關斬將，甚至考A都已經不是問題。今日優秀的華裔學生的焦慮不再是如何掌握好馬來文，而是以最好的成績爭取政府獎學金出國留學的機會。

雲里風生活經驗豐富，當過低下層行業的工人，當過老師、校長，他對低下層人民生活有深刻的理解。他自然而然抓緊時代的脈絡，意識到社會的轉型，是一個時代的轉機，也會對華社帶來很大的震撼，尤其是家庭倫理和經濟文化教育方面的衝擊。雲

里風的小說所表現的社會現象隨時代而轉變，也寫過形形色色的人物，有在生存線上掙扎的勞苦工人、有為了金錢喪失尊嚴的女性、有喪盡天良的商人，也有貪婪荒淫的知識份子，都是他熟悉的人物。

從五〇年代到八〇年代，這幾十年來，雲里風的小說中始終有個揮之不去的形象，那就是小說中經常出現的教師角色，是他自己從事教師生涯的幾十年體驗，戰後四十年，社會的變化，表現在人民生活的各個層面上，尤其是對金錢的焦慮，賭博、炒股、高利貸、非法字花等也入侵教育界。

雲裡風在五〇年代寫《出路》時，我們看到那個年代的教師薪水低微，若不是甘於清苦，年輕人恐怕不容易堅持崗位去教育下一代。《發財夢》裡的孔老師和黃老師，是貪婪的知識份子形象。正是因為收入不高，一心想改善生活，看到別人發達，經不起誘惑也想學他人冒險抄期貨，誰知出師不利，碰到橡膠價格暴跌，孔老師及時收手，卻已經損失十年積蓄，後悔不已。教育界老前輩黃老師抄期貨抄紅了眼，不惜投入全部身家，當投機失敗時，只好走上自殺之路。教師也參與抄期貨，說明整個社會對金錢的焦慮，不限任何行業，人人都想發財。六〇年代，社會賭風盛行，也說明了人心對發財的焦慮。《崔哲光》的主角沉迷於賭博，每一天將希望投注在賭桌上，無心教學，上課遲到，甚至忘了上課的時間，可以說是為賭博而典當職業道德的例子。另一方面，教育界也有清醒和品格高尚的模範，《崔哲光》裡的年輕教師李天海，和《衝出雲圍的月亮》的教師阿明，卻是堅定立場，不為歪風氣所動的青年教師，他們忠於職守，一心一意教育下一

代，同時也贏得了他人的尊重。

雲里風小說寫的是自己「最熟悉的東西」，他的創作緣由是因為對社會現象「產生了非常強烈的感受，正如骨鯁在喉，不吐不快，非借文章加以宣洩不可，於是執筆為文」。他對文學有著無比的執著，不因為環境惡劣而放棄。小說中那個堅持理想教師形象，其實就是他個人的化身。

結語

雲里風認為文藝有改革社會、教育群眾的使命，故此他細心觀察社會，以清醒的姿態將大家習以為常的現象加以剪裁，賦予思考和意義。雲里風短篇小說所反映的社會情況，可說是一面時代的鏡子，這些現象至今仍然存在社會上。

當我們回看過去，那個年代的社會萬象、人物風貌已經消失不再，唯一保留下來的就是作家的作品。我們姑且不去計較雲里風小說的表現手法是否符合現代的要求，至少從他小說所要反映的面貌來看，稱之為社會的一面鏡子也不為過。難能可貴的是這面鏡子照出的萬象以普羅大眾為主，從這些小人物的音容舉止，也讓我們看到馬來西亞建國過程的背景變化。

處於新舊時代的交替期，作家寫出了人們的新舊思想的交戰、新國民新身份的接受、新文化的交融與對抗過程，華人究竟該如何適應這樣變動的時代，其實作家也在思考，並沒有一個確定的答案。然而，就在時代的運行中，作家留下的文字，就是珍貴的歷史資產。

我第一次踏進馬華文學的園圃,是在1952年,距今已超過半個世紀。時光無情,一個二十歲的年輕小伙子,轉瞬之間,就變成年逾古稀的老人了,回首前塵,不勝感慨唏噓之至。

當我第一篇散文在新加坡南洋商報的副刊發表後,歡欣雀躍之餘,確曾雄心萬丈,立志要做一名出色的園丁,努力耕耘,期待交出一些好成績來,然而眼高手低,事與願違,在新馬文壇虛度了幾年之後,雖曾在報刊雜誌發表了許多作品,但始終寫不出令人滿意的東西。眼看幾位同輩文友相繼出版了單行本,我見獵心喜,也就厚起臉皮,在1957年出版了第一本小說集《黑色的牢門》。

在這本處女作的後記中,我一開頭就這麼寫著:

「假使說,天資有聰明與愚笨之分,那麼我該是一個非常愚笨的人;做工有勤勞與懶惰之分,那麼我該是一個非常懶惰之人,以我這麼一個非常愚笨而又非常懶惰的人,現在居然也有機會出版集子,的確是一個奇蹟,說起來,大概是因為一顆向上的心還沒有泯滅了吧!」

以上這段話,確實是我當時的由衷之言,而這幾句由衷之言,在五十多年後的今天,得到了一百巴仙的證實:

第一，因為我愚笨，所以搖了幾十年的筆桿，寫出來的作品就像是王老二過年，一年不如一年。不論小說或散文，都是那麼幼稚，離經典之途，何止一萬八千里？

第二，因為我懶惰，所以執筆不勤，不但時寫時輟，而且還常常開小差，做文壇逃兵，到現在為止，仍然寫不出一部長篇，短篇小說和散文，也為數不多。許多文友都是著作等身，出版了好幾十部巨著，相形見絀，汗顏不已。如今檢討過去出版的幾本拙作，覺得毫無可取，所以會把它們擺在書架上的一個角落，無非是因為敝帚自珍的心理在作祟罷了！

近幾年來，許多關心我的文友時常給我打氣，鼓勵我應該寫一部自傳，或者將拙著再版。他們對我的關懷，令我感激萬分，但我卻心如止水，不為所動，理由如下：

（1）我自認在芸芸眾生中，只不過是一名渺小的人物，實在沒有立傳的資格。雖然在過去七十多年的人生道途中，曾有過不少貧病交迫、悲歡離合的經歷，稱得上是多采多姿，但這畢竟都是個人生活上的芝麻瑣事，對國家社會不會產生巨大的影響，如果要寫數萬言的自傳，不但貽笑大方，而且擾亂了我晚年清靜無為的平淡生活。倘因此而浪費讀者們寶貴的時間，那更是非我所願，何苦來呢？

（2）把拙著再版，倒是一件輕而易舉的事，只要花一點經費，交給出版商重新排版設計，幾本亮麗美觀的新書，就會呈現在眼前。然而它們既非佳作，倘若再版面世，等於是買了新瓶，裝上舊酒，徒然多一次獻醜

的機會，我壓根兒就不曾有過這種念頭。不過有一件令我深感意外的事，新加坡青年書局居然於2005年8月把拙著《出路》再版發行。由於青年書局事前事後都未曾和我聯絡，我對此毫不知情，出版後許久，才由馬崙兄從該書局買了幾本，寄贈給我。新加坡青年書局過去曾出版了三本拙著，事隔四十七年後，又把《出路》再版，垂愛之情，至深銘感。

在此，我把幾本拙著的出版年表列後：

（1）小說集《黑色的牢門》，1957年香港文匯出版社。
（2）小說集《出路》，1958年新加坡青年書局，2005年再版。
（3）小說集《衝出雲圍的月亮》，1969年新加坡青年書局。
（4）小說集《望子成龍》，1980年長青貿易公司。
（5）小說集《相逢怨》，1983年長青貿易公司。
（6）散文集《夢囈集》，1971年新加坡青年書局。
（7）散文集《文藝瑣談》，1991年大馬華文作協。

照上述的年表看來，由《黑色的牢門》到《文藝瑣談》，整整有三十四年，才出版區區七本，數量少得可憐。1991年迄今，二十多年的寶貴時光又溜過去了，這段期間，成績竟是一片空白。

大馬華文作協成立迄今，已逾三十載，它是我國唯一的全國性華文文學組織，推展文學活動，一向不遺餘力，作出很大的貢獻。1990年它和隆雪商聯會發起舉辦馬華文學節，每兩年一屆，至今已連續十一屆，每屆均獲得許多華團熱烈支持，分別舉辦各種徵文比賽及文學講座會。其中一項最隆重的節目是由隆雪商聯

會舉辦的「馬華文學獎」，每屆評選一位資深作家為得獎人，由該會頒給一萬令吉獎金。從2010年第十一屆起，馬華作協與商聯會聯辦此項盛大節目，作協答允給所有獲獎者出版一部選集。本人何幸，謬蒙主辦當局厚愛，當選為第四屆馬華文學獎得獎人，因而被定為出版選集的對象。我想，我的七部作品出版迄今，都已數十年了，即使許多中年的文友也未必曾經看過，何況是更年輕的一代，現在出版選集，讓他們有閱讀的機會，進而賜予批評和指教，未嘗不是一件美事。

馬華文學自1919年發軔以來，雖然經歷了無數的風霜與波折，但在前輩作家努力開墾耕耘下，這塊文學的園圃還不至於荒蕪，他們所播下的種子，現在已經開花結果，值得欣慰。

眾所周知，目前華文在國際上的地位已日益提高，影響所及，華文文學界也呈現一片欣欣向榮的景象。儘管如此，馬華文學在出版與發行方面，卻仍然面對重重困難。由於著作銷路欠佳，出版商皆不願投資，作者倘自資出版，一般上均得面對虧蝕的風險。雖然有些華人社團有設立出版基金，但粥少僧多，效果畢竟有限。這次台灣秀威出版社願意和大馬華文作家協會合作，替馬華作家出版選集，必然會給馬華文學開拓一條康莊大道，本人謹在此向台灣秀威出版社致以崇高的敬意。但願這次的合作是一個良好的開端，今後能再接再厲，為馬華文學作出更大的貢獻。

目次

慈善家

　　趙老闆今早雖然跟往常一樣，才八時半就到了辦公室，但由於昨晚失眠了一夜，所以精神顯得有點萎靡。只見他斜坐在那張靠背的椅上，一對失神的眼睛儘自瞧著天花板發愣。在這十八層樓的辦公室內，那中央空調機所吹出的冷氣，使他有高處不勝寒的感覺，好像整個人已掉入北極的冰冷世界，內心充滿著恐怖、失望與無助。百無聊賴地點燃了一支香煙，猛吸了一口，然後徐徐地噴出來，從那團白色的煙圈中，依稀地又看到郭醫生的影子，在眼前晃動起來⋯⋯

　　「趙先生，這份是你的血液檢驗報告。」昨天下午，郭醫生在診療室內，一邊攤開那份血液檢驗報告，一邊說。

　　「郭醫生，我到底有沒有愛滋病？」想起幾個月前在合艾跟那個年輕漂亮的金魚缸女郎纏綿的一幕，他迫不及待地問。

　　「No，No，No，你沒有愛滋病。」郭醫生看完了報告，神色凝重地說，「不過你⋯⋯卻患上Leukaemia，就是慢性血癌。」

　　「魯吉米亞？血癌？這是什麼病？」「就是白血球過多症，也就是血的Cancer。」「什麼？肯西？」像是觸到了一道電流，他頓時感到一陣暈眩，因為他知道Cancer是一種絕症，只要一患

上這種病，很少可以醫得好的。於是很焦慮地問：「那麼我還有幾年的命？有沒有藥可以醫？」

「這種病目前還沒有什麼特效藥可以醫治，至於說還有多少年的命，這就很難說，多則四、五年，少則一兩年。」郭醫生顯出一副無奈的樣子，「我建議你四個月後再來檢驗一次，看看有什麼變化！」

「郭醫生，你一定要救我，一定要想辦法醫好我。」他歇斯底里地嚷著，「不論是花多少錢，你一定要把我的病醫好。」像是一個被判死刑的人，在向法官求情，緊合著掌的雙手不斷地在郭醫生的面前上下擺動……

繚繞上升的煙圈漸漸散去，郭醫生的影子隨而消失，卻見到他的秘書黃亞福站在面前。

「趙老闆，你怎麼啦？」剛走進辦公室的黃秘書看到他那種驚慌失態的樣子，不覺著了一怔。

「哦！是你。」他好像從噩夢中驚醒，發覺到自己的兩隻手不斷地在向黃秘書膜拜，不由得有點尷尬起來。

「趙老闆，恭喜你，你昨天買進的幾種股票都上升了。」黃秘書在趙老闆辦公桌前的椅子坐定之後，便翻開手上那份華文報的股票行情版，「工業氧氣升八分，光泰升兩角，還有陳唱也升一角半，你總共可以賺兩萬多元，趙老闆，你的眼光真行！」黃秘書比著右手的大拇指，很羨慕地說。這位在去年的高級文憑中拿到四科A的高材生，由於家境貧窮，無法升學，只好屈就趙老闆的秘書，每個月拿那區區四百元的薪水。他除了替趙老闆的這間高利貸公司處理帳目之外，每天早上，都得把報紙上的股票行

情詳細地向趙老闆報告。每當他報告股價上升的好消息時，內心總會興起一股莫名的妒意。心裏想：「趙老闆賺一天股票的錢，已夠我工作五年的薪水，可是上個月向他要求加薪五十元，他都不肯答應，這個大混蛋，應該讓他輸才對，可是老天卻厚待了他……」

黃秘書報完了好消息，趙老闆一反常態，神情冷漠，好像無動於衷的樣子。

黃秘書暗自納罕，沉默了一會兒，於是轉變話鋒：「馬天財所欠的利息，昨天張虎已經去催收了，馬先生說近來行情不好，周轉不靈，只先還一半，張虎限他一個月內還清，否則就要把他那間抵押的屋子拍賣掉；還有，中央巴剎那個水果販打老虎[4]的錢，已拖欠好幾天都收不回，張虎問你要不要也去教訓他一下」

「唔！」趙老闆仍然沒答腔，黃秘書的話就像是一陣微風打從耳邊吹過，他根本沒有聽進去。因為這時，許許多多的思潮正在他的腦海中洶湧澎湃。想起自己小時候那段苦難的日子，由於父母早逝，遺下自己孤零零的一個人，幾乎三餐都吃不飽，後來跟鎮上那班好兄弟結拜上了，整天跟他們到處去喊打喊殺，生活終於有了著落。年紀大了之後，懂得謀生之道，於是做卜基、開賭館、收萬字，漸漸也就有了一筆積蓄。五一三時期，他用廉價買了一段地皮，結果時來運轉，幾年前賣出去，竟然賺了一兩百萬，接著又從炒股票中撈了一大把，於是就把這筆賺來的現金，

---

[4] 打老虎：一種高利貸的名稱。債主借出一百元。每天向借款人收回四元，連收三十天，共一百二十元。

開了一間高利貸公司。由於經營得法，所以財源廣進，單靠那五巴仙的貴利，已夠他維持三個太太和十多個兒女的生活而綽綽有餘了。他心裏常常在想：「我這個沒有讀過書的老粗，居然能有今日的成就，的確是值得驕傲，只要順順利利地再發展幾年，就不難擠上千萬富翁之林了。」為了要達到這個偉大的目標，他簡直是把金錢當做自己的第二生命，凡是有賺錢的機會，絕不輕易放過。至於用錢嘛！不論是一元一角，可都要認真考慮，就連辦公室內員工們用的衛生紙也不肯多買一捆。眼看著財富不斷地增加，離偉大的目標越來越近時，近來卻忽然興起了一種莫名的恐懼感，深怕自己有一天突然離開這個美麗的世界。幸虧平日除了有一點高血壓外，倒還沒有患過什麼大病。不過為了保證自己的身體健康，能夠在這個多姿多彩的世界上風流快活，儘管他平日是多麼孤寒刻薄，但每次也忍痛花上幾百元去給專科醫生檢驗一下。可是萬萬沒有想到，他那副自認為還是壯碩如牛的身軀，居然會患上血癌！這就像是一幅美麗的圖畫，突然間被灑上了一層墨水，使整個畫面變得灰黯起來……

　　「唉！只有一兩年的時間了。一年是三百六十五天，兩年只有七百多天。」他想起十多年前曾經有一位算命佬說他有十年的好運，不但是財運，而且還有桃花運，現在似乎都應驗了，要不然的話，去年那位年輕漂亮的女秘書又怎肯嫁給他做三奶？雖然這件事也曾經帶給他一些麻煩，使他花去三萬多元的聘金，因而心痛了好幾天，但只要能把女嬌娃弄到手，又能保得住自己的名譽，錢又算得了什麼？不過那個算命佬又說，桃花運過了之後，他將會遇到大劫，必須要多做一些善事，才能逢凶化吉。現在自

已患上了血癌，這不正是應驗了相命佬的話麼？他又想起先父曾經說過一個故事：古時有一個富翁，有一天跑去看相，相士說他命逢劫數，壽命絕對不會超過一個月。他聽後非常悲傷，就把一大半的財產拿去做慈善公益，救濟窮人，結果後來竟多活了二十年……

「對，只要我肯聽相命佬的話，花點錢多做善事，說不定就可以逢凶化吉，多活二十年。」想起去年為了解決那筆風流債，就花去他三萬多元；現在為了要延長自己的壽命，即使是花上三十多萬元，應該也是值得的，要是命沒有了，再多的金錢又有什麼用？主意既定，精神不覺為之一振，於是很鄭重的對黃秘書說：

「阿福，從今天起，你每天除了向我報告股票行情外，最重要的一件事，要告訴我報紙上登載窮人要求幫助的新聞，比如說哪裡有發生水災啦、火災啦，或是車禍啦、沒有錢醫病啦，總之需要救濟的新聞，你都要報告給我聽。」

「報告這樣的新聞給你聽？」黃秘書很驚訝地問，「你聽這樣的新聞做什麼？」

「我要捐一筆錢做善事，救濟他們。」趙老闆很肯定地說，一片慈善家的口氣。

「你想做善事？」黃秘書簡直不敢相信自己的耳朵，因為他絕對意料不到面前的這位趙老闆，向來連捐十塊錢去救濟貧老或贊助獨中都不肯的吝嗇鬼，怎麼會突然轉了性，要捐款做慈善？

「是呀！以後你就替我做主，在這幾個月內，凡是有需要救濟的人，就寫一張五百元的支票寄給他。還有，同善醫院和尊孔獨中上星期都有派人來找我捐錢，當時我沒答應，現在我決定各

捐一萬。」

「哇！趙老闆，你真熱心，我一定照你的意思去辦。」黃秘書感到很興奮，好像趙老闆所要救濟的人就是他自己似的。他正想打蛇隨棍上，趁這個機會再提起加薪的要求，忽然聽得趙老闆問他說：

「中央巴剎菜市場那個賣雞的阿華現在怎樣了？」「阿華？他欠的五千元到現在還沒有還。」「我不是說錢，我是說他的腳。」「哦！他的腳上個月被張虎打斷了，現在還包著石膏呢！聽說他連看醫生的錢都沒有，老婆最近又生病，幾個孩子年紀都很小，看來他借的那筆錢是沒有辦法還咯！」黃秘書一邊說，一邊猛搖著頭。

「沒有辦法還就算了，你馬上替我送一千元給他。唉！上個月我只不過是叫張虎去教訓他一下，沒想到這個傢伙卻出手這麼重。」言下大有後悔與憐憫之意，「黃秘書，記得通知張虎，以後討債時手段不要太強硬，這樣，他每個月的甘仙（傭金）雖然會少了一點，不過不要緊，我給他加薪兩百元。還有你的薪水，從這個月起也加兩百元，希望你好好地做下去。」

「趙老闆，謝謝你，謝謝你，你真是一位最好的老闆，我一定好好地做下去。」黃秘書簡直有點喜出望外。

黃秘書出去之後，趙老闆好像是辦完了一宗大事，心情輕鬆了許多。於是又再點燃一支香煙，慢慢地在吸著，從那團團的煙霧中，他恍惚又看到了過去所做過的許多虧心事：放高利貸、強姦女秘書、雇打手打人，還有對朋友過橋抽板、恩將仇報……現在雖然已成為擁有幾百萬身家的富翁，但歲月無情，今年畢竟已

是六十開外的老人。俗語說：人生七十古來稀，就算自己真的能夠活上七十歲，也不過只有七、八年的時光，何況現在又患上了血癌，只有一兩年的壽命，再多的金錢與財物又有什麼用？一時間，他的思想好像是豁然貫通似的，對過去所做過的許多虧心事感到後悔，希望能夠放下屠刀，立地成佛，利用有生之年，多行善事，以補償過去的惡跡。當然，他更希望那個相命佬的話能夠徹底靈驗，使他可以憑多行善事而逃過這個劫數，如果壽命真的可以用錢來買的話，不論是花多少錢，他都在所不惜的。

時間一天一天地消逝，三個月過去了。

在這三個月中，趙老闆不斷地捐錢做善事，他經常叫黃秘書陪他去訪問孤兒院、老人院，也時常去各神廟燒香、拜神，報章上幾乎每天都有他救濟窮人的新聞，使他由一個一毛不拔的守財奴變成了一個慷慨的慈善家，前前後後捐給學校、神廟、慈善機構以及救濟許多不幸人兒的義款，算起來已超過了四十萬元，於是許許多多的人都在讚揚他，敬佩他。另一方面，他也參加當地的一間佛教協會，並學會了念大悲咒，每天早晚都在安放在家中神臺的觀音像前誦經膜拜，他誠心地祈求大慈大悲的觀音菩薩保佑他，使他的絕症能夠痊癒。

關於他患血癌的事，除了郭醫生之外，沒有一個人知道。他從來沒有告訴任何人，尤其是對至親的家人，他更加需要保密、隱瞞。因為自從他娶了三姨太之後，這三個太太就常常為了爭奪財產的事而和他發生激烈的爭吵，要是讓她們知道他已患上了絕症，那還得了。不過，他的心裏早已有了打算，要是自己的血癌真的是無法醫好的話，那麼對他那龐大的財產總必須有個安排，

免得將來發生爭奪遺產的糾紛。

　　三個月後，他為了急於知道自己的病究竟有沒有起色，於是便提早去給郭醫生再抽血檢驗，他希望這次的檢驗結果能夠有奇蹟出現，雖然他也知道這個希望非常渺茫。

　　然而，他所盼望的奇蹟卻真的出現了。「恭喜你，趙先生，你的病已經好了。」郭醫生把這次驗血的結果告訴他。

　　「什麼？真的好了！」趙老闆感到有說不出的驚喜。「是的，根據血液檢驗的報告，你的白血球已經很正常。」「呀！那就好了，阿彌陀佛！」他這時就像是一名原已被判死刑的囚犯，突然獲得大赦那樣。

　　「不過，為了慎重起見，今天最好再抽一次血去檢驗。」郭醫生臉上充滿疑惑的神色，因為在醫學上血癌是絕對無法痊癒的，所以他認為這兩次的血液檢驗中，肯定有一次的報告是錯誤的。

　　「好，就再抽一次去檢驗吧！」趙老闆爽朗地答。他似乎具有絕對的信心，認為自己的病一定已經好了。他認為自己的病所以會好，完全是因為這三個月來行善和誠心拜神的結果，他對那位相命佬的話更加深信不疑，覺得這筆四十多萬元的捐款實在是花得非常有價值，因為它已經幫助自己逃過了一場大劫。

　　果然不出趙老闆所料，一星期後，當他再度出現在郭藥房時，郭醫生很高興地對他說：

　　「趙先生，這次是真正要恭喜你了，因為根據驗血報告，你的確沒有患上血癌。」

　　「多謝菩薩保佑，阿彌陀佛！」趙老闆不禁喜形於色。「不

過，這不是什麼菩薩給你的保佑。」郭醫生嘴角露出一些微笑，有點神秘地說，「因為你本來就沒有患上血癌。」

「什麼？我本來就沒有血癌！」聽了郭醫生的話，趙老闆不但沒有感到高興，反而有點緊張與不安起來，「這到底是怎麼一回事？」

「是呀！血液檢驗所在我的要求之下，認真地進行檢查，才發現第一次的那份報告是打字員一時疏忽，把名字打錯了。」

「呀！我本來就沒有血癌！我本來就沒有血癌！」趙老闆低聲呻吟，睜大著眼睛，直瞪著天花板，像是突然間中了邪似的。心裏想：「既然我本來就沒有血癌，那麼算命佬的話便不靈，大悲咒也是白念的。那個糊塗的打字員真是可恨，為了他一時的疏忽，竟使我在這三個月來白白花去了四十多萬做善事的冤枉錢。」一想到這筆錢，他的胸部就像是被割去一塊肉，感到陣陣劇痛，血壓驟然間急劇上升，剎那間只覺得天旋地轉，無數的金星在眼前跳躍，像一名剛喝下烈酒的醉漢，他驀地從椅子上倒下來，失去了知覺……

從此以後，全身癱瘓的趙老闆雖然仍保存著那條老命，但每天只能斜躺在輪椅上過日子，不但話說不清楚，就連進食也感到困難。他身邊所擁有的三名嬌妻，十多個兒女，還有那好幾百萬財產，只能偶爾在他的腦海中浮現出一片模糊的影子。至於後來他的三名嬌妻和兒女們為了爭奪財產的管理權而鬧上法庭的事，當然他就更加無法去理會了。

「這麼一個熱心做善事的好人，竟會落得如此悲慘的下場！」只聽到許許多多的親友們在為他的不幸遭遇而歎息。不

過，許許多多的人——包括郭醫生在內，他們是絕對不會知道造成趙老闆落得如此悲慘下場的原因究竟是什麼，就像他們不知道造成趙老闆突然由一名孤寒的守財奴變成一位慷慨的慈善家的原因是什麼一樣。

1990年2月20日脫稿
*本文被選入馬來西亞獨中高一下冊課本

君子愛財

　　忙了一整天的採訪工作，在報館趕完了最後一則新聞稿，當我拖著疲憊的身軀回到家時，已是傍晚六時半左右了。

　　我爬完了第四樓的樓梯，一踏進家門，喘氣還沒有稍停，那個正在燙衣服的黃臉婆就用一副不很高興的口吻說：

　　「有一封中國來信，八成是你那個寶貝舅父又來討錢了。」「信放在哪兒？」「就放在你的書桌上，吃飽飯再看，用不著這麼緊張！」她顯著鄙夷的神氣，一邊說，一邊收拾那燙好了的衣服，然後又忙著拿碗去舀飯。

　　這時，那兩個正在做功課的平兒和珠兒都把功課停下，幫著端菜出來。

　　我雖然明知中國的來信，對我絕對不會有什麼利益，不論是哪些遠親或近鄰，一來信總不外是向我訴苦，目的也無非是要我幫忙寄點錢給他們。本來要是我自己有能力，救濟人家也是一件好事，但事實卻偏不如此，以我這麼一個高中畢業生，在報界混了十多年，無冕皇帝的名堂雖然好聽得很，但一個月五百多元的薪水，除了支付百多元的房租外，要維持一家四口子的生活和兩個孩子的教育費，可真並不容易。何況現在黃臉婆的肚子「不爭氣」，偏偏又再懷上了四個月的身孕。

然而，要是我舅父的來信，那我可不能不理睬，因為我幼年在家鄉時是個孤兒，就是靠舅父把我扶養長大的，我可不能做忘恩負義的人，所以雖然怎樣苦，也總要儘量節省，設法寄些錢回去幫他。最近曾接到他幾封來信，說他年老體衰，打算給他那個年逾三旬的獨子成婚，了卻一椿心事，全部費用大概需要人民幣八佰元左右，折合馬幣要一千元以上，他希望我無論如何要幫這個忙。然而我因為手頭緊，怎樣也籌不出這筆款項來，所以直拖到現在，還沒有給他答覆，沒想到他現在又來信了。

　　我不理會黃臉婆的勸告，走進房間，把那封放在書桌上的信拿來，只見上面寫著：

金民賢甥：

　　先後寄去幾封信，未知收到否。至今仍未獲回音，甚念。我近來身體甚差，據醫生說患有嚴重的心臟病和高血壓，大概已不久於人世了，所以我決定在近期內讓忠榮成家，希望你能給予大力幫助。我知道你的生活也很困苦，但這是我最後的要求，如蒙玉成斯舉，我們一家人將永遠感激你。
　　祝你安好。

　　　　　　　　　　　　　　　　舅父建成X月X日

　　「怎樣？我的猜測不錯吧！又是你舅父來催你寄錢。」黃臉婆擺放了飯菜，冷然地說，「中國的每一封來信都是談錢，真叫人心煩！」

「阿芬，話不能這樣說，人家也是不得已的呀！」「不得已？哼！那你自己也要有本事。」「可是我總不能辜負他的養育之恩呀！」「現在我們每三個月就寄三十元給他，那還是我洗衣服賺來的錢呢！人家阿福伯是百萬富翁，可是他兩個親弟弟在中國，一年到頭也難得寄一次錢回去。」

黃臉婆這一番囉嗦的話，雖然很有理由，但我卻有些反感，心想這個年輕時著名學府的校花，一位思想進步的女性，當時她是充滿著壯志與豪情，不料十多年來在現實生活的煎迫下，竟然完全變了樣，不但外貌變得憔悴與蒼老，就連心理也變得這麼俗氣，整天老是在金錢上打算盤，我於是賭氣不出聲，只是默默地在用飯。

「阿民，今天還了一百五十元房租，二十元孩子上學的車費，還有恆昌雜貨店二百多元的帳，你給我的五百元家用，已去了五分之四，唉！要不是我的肚子。」說著用右手摸一摸那微凸的肚子，「我真想出去找份工作做，要不然呀！單靠你這份薪水，這個家可真不容易撐下去了，唉！」

她歎了一口長氣。

聽了她的話，我內心忽然興起了強烈的歉疚，覺得她為了嫁給我，的確是吃了不少苦頭。想起當年在高中念書時，她不但長得漂亮，而且功課好，是個風頭甚健的少女，當時追求她的人不知有多少，可是她偏卻愛上了我這個窮小子，據她說最大的原因是為了仰慕我的才華。由於當時我很喜歡搖筆桿寫東西，在文壇上薄有虛名，結果因而害她要跟我挨窮一輩子。我倆高中畢業

後，同在一間華文小學當臨時教師，可是只教了一年，便覺得這個職位沒有保障，所以雙雙改了行，我轉到一家華文報去當外勤記者，她則進一家商行當書記。兩年後，我們結了婚；婚後第二年，平兒出世了。她為了照顧孩子，只好辭去了那份百多元月薪的書記職位，在家當起煮飯婆來，我們過著勤儉刻苦的生活，她絲毫未有怨言。倒是我有時會很感到後悔對她說：

「阿芬，當初要是我倆沒有改行，一直擔任那份臨教的職位，那麼幾年後也有機會參加假期師訓，成為合格教師，現在政府實行內閣薪金制，我們每月都可以拿一千多元的月薪，你也不必在家做煮飯婆了。」

「我們必須面對現實，空後悔有什麼用？而且能夠做個好的煮飯婆，那也不錯呀！」沒想到她的胸懷如此豁達，倒使我感到愧赧起來。

我把每月的薪水，除了留下幾十元零用外，全部交給她去當家。因為入息有限，而費用又是這麼浩繁，所以她便不得不做精密計算的數學家，盡量撙節開支，幾乎是錙銖必較，連一兩角錢的支用都要經過慎重的考慮，何況我的舅父現在所要的竟是一千元以上的大數目。

「阿芬，我想跟你商量，你不是有供一份五十元的會嗎？希望你把它標下來，好讓我寄回去幫忙舅父。」

「什麼？標會？」她顯得非常驚奇與不安。「這份會我是留著家庭急用時才標的，比如說，再過幾個月，我們的孩子又要出世了，最少也得用幾百塊錢，還有平兒和珠兒的教育費，你也不想想看，平兒年底要考MCE（高中文憑），珠兒也要考LCE（初

中文憑），我們的生活苦不要緊，但孩子們的前途可不能不關心呀！總之，如果你有錢，幫幫你舅父的忙也是應該的，可是，唉！誰叫我們是窮命！」她眉頭一蹙，那蒼白的臉孔就愈形憔悴，看到這情形，我不敢再說什麼，也覺得沒有什麼適當的話好說。

飯後，她洗好了碗，和平兒珠兒聊了一會，問問他倆的功課情況，然後就坐在那架老爺縫衣車前面，忙著在縫補孩子的運動褲，又用碎布做嬰兒的衣服，準備給行將出世的小娃娃穿。

這時，我坐在那只破躺椅上，心裏感到一陣難堪的煩悶，雖然覺得如果有機會抽一支煙，那將是舒服無比的事。但是為了家庭經濟的困難，由去年起就立志戒煙，所以現在壓根兒不敢有這種念頭。百無聊賴地拿出舅父的來信重讀了一遍，又想起幼年在外婆家那一段甜蜜的生活。自從雙親在一場瘟疫中相繼逝世之後，要不是外婆和舅父一家人對我的疼愛，把我扶養長大，還設法請他一位在馬來西亞的親戚幫忙，替我申請了來馬准證，那我這名孤兒哪會有今天？現在舅父先後來了幾封信，要我幫他一個忙，我又怎能不感恩圖報呢？對，明天去找知己老黃商量商量，向他借一千元來應急一下。

第二天上午，我帶著老黃借給我的那張一千元的大鈔，加上袋子裏那張一百元的存款，於是特地抽空到華僑銀行去辦理匯款手續。

到了銀行，我填好了表格，交給一名負責人核對匯率，八百元人民幣連同手續費要馬幣一千零九十四元九角，他在簿子上登記之後，就叫我拿著這張表格去付款。我走到那收款處櫃檯的前面，只見那兒已有幾個人在排隊等候，他們全部是拿現鈔來進戶

口。那個負責收錢的職員是一名高而瘦的華裔青年，臉色青白，他面對著那一大疊十元、五元和一元面額的鈔票，忙著在整理、計算，顯得很倉皇，似乎是一個新手。足足等了有半個鐘頭，才輪到我，我把那張匯款表格遞給他，又把那一千元和一百元的大鈔放在表格上。他收了鈔票，放在抽屜裏，然後拿起筆在一張紙上計算。我早已知道他應該找回給我的數目是五元一角，但只見他先後很小心的算了兩次，又從抽屜中拿出一大疊五十元的大鈔來，另外加上一張五元的和一個一角的銀幣。當時我覺得有些納罕，也不知那疊五十元的鈔票究竟有多少，心裏明知這一定是他算錯了數目。我想立即指正他，但一種貪心的欲念卻把我的嘴封住了，於是裝作若無其事的，看著他慢吞吞的在計算鈔票，心頭不斷地在急遽跳動，生怕他及時發覺。這時，我就像是一名強盜正在等待著搶劫那一疊鈔票似的，心情緊張得很。那個職員算好了鈔票，又把那表格在收銀機上壓了印，交給後座的那名高級職員簽名，然後把存根和找回的錢一併交給我。我拿了之後，稍微遲疑一下，立刻溜出銀行的大門，走到一個僻靜的地方，把鈔票拿出來計算一下，是九百零五元一角，比原來應找的數目多出九百元。我想了許久，才想起原來他是把我給他的一千一百元當做二千元來計算。這時我的心裏的確感到一陣莫名的高興，就像是中到萬字票一樣。心裏想：為了要籌款寄給舅父，不得不向老黃借一千元，這件事還不敢讓太太知道呢！現在憑空得回九百元，只要再湊上一百元，不就可以還清老黃的那筆借款嗎？俗語說，好心有好報，這莫非真的是神明的差遣，讓我獲得這筆意外的橫財。

　　然而，我的這種高興感並沒有維持太久，大概還不到十分

鐘，一種莫名其妙的恐懼與不安突然浮上我的心頭。我想，那位職員多找了九百元給我，要是下午結帳時發現了，那會怎麼樣？這筆錢是銀行負責，或是他自己負責？如果他自己負責，那他豈不是要蒙受到很大的損失？看來他一定是一名新職員，每個月的薪水最多只有三百多元吧！那麼他必須白做三個月的工才能賠得起這筆錢。還有他的家境不知怎麼樣？如果家境好還不要緊，要是家境窮苦，需要靠他的薪水來維持家用，那麼賠上了這筆錢之後，一家人豈不是要吃西北風？當然，單看他那瘦削而蒼白的臉孔，就可以肯定他絕對不是來自有錢人家，那我豈不是要變成一名陷人斷炊的大罪人了嗎？

從銀行出來之後，我趕著去法庭採訪一宗失信案的新聞，坐在法庭的記者席上，聽著那案件的進行，心裏卻仍然在想著那件事，頓時覺得法官在審判的並不是別人，而是自己。審判的結果，那個被控失信五百元公款的教師罪名成立，被判坐牢一年，我的心不禁起了疙瘩。回到報館，拿起筆想寫這則新聞，但一時間許多奇異的思潮不斷地在腦海中澎湃，怎樣也無法平息，面對著攤在面前的稿紙，許久也寫不出一個字來。

「喂！看你神情不定，到底有什麼心事？」同事老吳似乎看出了我那反常的神態，所以驚異地問。

於是我把那件事的經過情形告訴他。

「哈哈！你真是個大傻瓜！金錢掉進你的口袋裏，你倒因此而發愁。」老吳聽了，竟然大笑起來。

「是的，我的確是為了這件事而弄到坐立不安，我認為應該還給他。」

君子愛財

「什麼？還給他？那只有天大的傻子才會這樣做。你又不是去偷、去搶，或存心欺騙，難道你真的嫌鈔票臭腥？我還巴不得有這麼好的機會呢！」

　　聽了老吳的話，我一時也拿不定主意，只是不置可否的點點頭。勉強寫了那則新聞，看看時間，才下午二時半，於是有一種莫名其妙的力量在催促我，我渾渾噩噩地又回到那間銀行。

　　站在銀行的門口，從玻璃門向內望，只見那個面孔瘦削的職員仍然忙著在收款。我推門進去，故意在他的面前兜了一個圈，但他只是低著頭在工作，顯然並沒有看到，於是我又跟著排在隊伍的後面。這時我心情矛盾得很，一方面想把錢還給他，但一方面卻又怕他發覺。我隨著隊伍向前移動，那顆心不斷地在猛跳著。大約十五分鐘左右，終於輪到了我，我站在那個櫃檯前面，兩眼直向他注視。

　　「先生，你有什麼事？」他望了我一眼，很驚奇地問。「我……」我正想把那件事坦白的說出來，但一想起老黃的那筆債，一種無形的力量又迫使我把話嚥下去，「哦！沒有事，沒有事！」我一邊答，一邊連忙溜出來，我發覺到他和幾個站在我後面的人都在為這種莫名其妙的舉動而感到好笑。

　　「他媽的，既然他不懂，那就算了。老吳說得對，又不是我存心欺騙他，何必為此事乾操心！」我儘量在找理由為自己辯護，也儘量設法不再去想這件事，「可不是嗎？這個社會上許多人為了錢，走私、販毒、搶劫，什麼傷天害理的事都敢做出來，這區區的九百元，是人家自動送給我的，應該是可以受之無愧

的。」

於是我的思潮漸漸冷靜下來，才記得今天是我和玉芬結婚二十周年的紀念日，我答應她要早點回家，以便慶祝這個有意義的日子。

回到家裏，只見玉芬正忙著在做幾樣小菜，我沖了涼，躺在椅子上小憩一下，不料那思潮卻又在腦海中洶湧起來，好像看到那個臉孔瘦削蒼白的青年一直就站在我的面前，哭喪著臉，向我討回那多找給我的九百元錢。一會兒，又好像看到他家裏年老的父母和年幼的弟妹們都在我面前跪著，向我哀求，吵得我頭昏眼花。

「呀！」我忽然歇斯底里地大嚷起來。「怎麼了？阿民！」正在忙著煮菜的太太，聽了我的叫聲，很驚奇地問。

「沒……沒什麼！」「看你臉色蒼白，不大舒服吧！」「沒什麼，不過覺得頭有點痛。」「那麼等下吃了飯早點睡覺去。」

她於是忙著把飯菜端出來。我坐在飯桌旁，直瞪著飯菜在發楞，可一點兒也沒有胃口，只覺得暈暈然，頭又痛得厲害，勉強吃了幾口，本來答應要帶太太和孩子去看場電影，當做結婚二十周年的慶祝節目，現在也提不起興趣來，於是索性上床睡覺去。

然而我躺在床上翻來覆去，可一點兒也沒有睡意，腦海裏一直浮現著那件事，一想起它，便好像覺得自己是個犯罪的人。我甚至在擔心那個職員在發現失去了九百元之後會不會去自殺，如果他真的去自殺了，那我豈不是變成一名間接的兇手？

我在床上胡思亂想，一直挨到黎明三、四點，才模模糊糊的合上了眼，便做了一連串的噩夢，夢見那個銀行職員當天傍晚結

帳發現到少了九百元時那種焦急與悲傷欲絕的情形，又看到銀行經理為了這件事兒大罵他，說要炒他的魷魚，他家裏的人都在悲傷痛苦，最後我忽然看到他手上拿著一把刀，說我吞沒了他的九百元錢，要跟我拼命，滿面怒容地向我砍來……

「唉呀！不要砍我！我給回你！」我嚇得大叫起來。「阿民，你說什麼？」妻把我搖醒，看看壁鐘，正是凌晨五時，我發覺那顆心好像要從胸口跳出來。

「阿芬，我想告訴你一件事，我……」「什麼事？」

「我……」「別吞吞吐吐，什麼事儘管說好了，昨晚上看你神情不定，我早就料到你一定有什麼心事，我們是二十年夫妻，難道還有事想隱瞞？」

「我……我昨天寄了錢給舅父。」我囁嚅地說。「寄多少？」「人民幣八百元，合馬來西亞幣一千元左右。」「你哪裡有錢？」

「我向老黃借了一千元。」我以為她聽了我的話一定會生氣地大罵起來，但事情卻出乎我的意料之外，只見她用著很溫柔的聲音說：

「既然寄了給他，也就算了，何必為此事而煩惱？其實我也不是要反對，只怪我們窮，力不從心，要不然幫你舅父也是應該的。只是老黃的這筆債，可不知什麼時候才有能力還。唉！」說著她又歎了一口氣。

「這點你不必擔心，我明天就有能力還他。」「什麼？明天？你哪裡去拿錢？」她顯然不大相信。於是我把銀行職員找錯錢給我的事告訴她，我滿以為她聽了一定會高興，不料她卻很嚴

厲地責怪起我來：

「阿民，這樣你就不對了，你怎麼可以這樣做？你應該要把錢還給他！」

「什麼？還給他？這是他自己算錯給我，又不是我存心欺騙他。」「雖然這樣，但這不是你應得的錢，你應該還給他。」她的語氣很堅決。

「可是你要知道，這九百元對我是多麼重要，我只要補上一百元，就可以還清老黃的借款。」

「這九百元對我們雖然重要，但對這個銀行職員可能更重要，何況這本來就不是我們的錢。俗語說：君子愛財，取之有道，我們決不能為了得到這筆意外的錢而高興，卻使另一人為了失去這筆錢而悲傷，你難道連這點道理都不懂？」

「阿芬，你說得對，為了這筆錢，我由昨天上午到現在，被弄得坐立不安、神不守舍，精神上像背著千斤擔子似的，內心充滿了矛盾與痛苦，真不知該怎麼辦好。」

「把錢拿回給他。」她斬釘截鐵地說，「其實，你當時就應該馬上告訴他，為了一念之差，使你精神上白受了一天的折磨，真是活該！」

「可是，欠老黃的那筆債……」「只好把那份會標來還他，我們今後的經濟雖然難免要苦一點，不過不要緊，我們可以設法用勞力去賺回來。我打算找幾個學生來補習，至於你呢？可以再拿起筆寫稿，以前你每個月不是可以拿到百多元的稿費嗎？你應該再振作起來。」

聽了她的話，我注視著她那蒼白憔悴的面孔，覺得竟比年輕

時的校花時代更加美麗，我情不自禁地在她的臉上深深地吻了一下，然後歉然地說：

「阿芬，我很對不起你，你已經跟我受苦了二十年，昨天為了這件事，連我們結婚二十周年的紀念日也虛度了，我今天一定要買一樣禮物給你，當做一種紀念。」

「不必買了，你已經帶給我一份很有意義的禮物。」她故作神秘地說。

「很有意義的禮物？那是什麼？」「可不是嗎？昨天你肯借錢來幫助你的舅父，今天你又肯把錢拿去還給那個銀行職員，不貪那不義之財，這兩件都是好事。忠厚誠實，樂善好施，是人生崇高的美德，這兩件事在我們結婚二十周年時發生，比什麼禮物都更有意義，它將令我終生難忘。雖然今後我們的生活會很困苦，但精神上將永遠感到快樂，你說是嗎？」

聽了她的話，我一時間彷彿覺得她的影子不斷在我面前擴大、擴大……

上午十時，我帶著那疊原封未動的九百元鈔票，跑去銀行，交回給那個職員。

「呀！先生，多謝你，多謝你！你真是一個好人，一個君子！」他接過了那疊鈔票，連聲向我道謝，那種喜悅的神情真令我難以形容，只見他熱淚盈眶地對我說：「先生，請告訴你的大名和地址，我改天一定專程去府上拜訪，向你致謝。」

「不必了，不必了。」我不敢在銀行多停留片刻，便立刻掉頭而去，心裏頓時好像放下了一副重擔，感到有無比的輕鬆，輕

鬆得竟有點飄飄然起來，覺得自己儼然是大慈善家似的。

晚上，回到家裏，那位職員的話還一直在我的耳際嗡嗡作響。「我真的是一個好人？一個君子？」我感到有些迷惑與懷疑，我把經過的情形告訴太太，她打趣地對我說：

「你當然是一名君子，當初我之所以會嫁你，就因為你是一名君子呀！要不然的話，一名堂堂的校花，難道肯嫁給一個小人嗎？」

聽了她的話，我不禁哈哈大笑地說：「阿芬，孔子說過一句話，君子固窮，小人窮斯濫矣！如果我真的是一名君子，那我們恐怕註定要當一輩子的窮光蛋了。」

我倆四目相視，作出會心的苦笑。想起老黃的那筆借款，我於是立刻伏在案頭，寫起稿來，直到深夜……

1979年4月

相逢怨

　　晴空萬里，驕陽肆虐。沒有一絲兒風，也沒有一絲兒濁雲，整個大地熱烘烘地像個大火爐。這時，有一輛嶄新的馬賽地二八〇私家車，正在怡隆大道上奔馳。坐在後座的是怡保社會名流吳邦賢醫生的太太蘇姍妮和六歲的公子吳東尼，此外還有一隻大狼狗。那位中年的華裔司機以很熟練的技術使汽車在快速而平穩中前進，雖然那時速表上的針已指著一百，但這位女主人還嫌不夠快。

　　「阿福，還有多久才能到吉隆坡？」她躺在那軟綿綿的靠座上，很不耐煩地問。

　　「還有二十多公里，就快到了。」司機一邊說，一邊踏大油門，把時速增加到一百二十，但是不久，卻又漸漸地減低速度，終於停了下來。只見一名印籍女工，手拿著停車牌，要讓對面的車先過。原來這裏正在修路。從車門的玻璃向外望，看到有幾名印籍工友，正忙著在工作，在烈日煎曬下，他們全身都冒出汗水，那黝黑的皮膚與黝黑的柏油，在陽光的照耀下互相輝映。

　　「唉！熱死我了！」她脫下那副金邊的太陽眼鏡，又從皮包中掏出手帕，把額上的汗油輕輕地抹去，有點埋怨地說：「阿福，怎麼冷氣都不冷的，是不是沒有Gas（氨氣）？」

「冷氣的Gas前天才添上的，不過今天的天氣是熱了一點。」司機解釋說。

對面的汽車一輛跟著一輛，緩慢地從她的車旁駛過。足足等了五分鐘，車子才繼續開行，她吁了一口長氣。看著身邊的小東尼，還在酣睡著，那只大狼狗蹲在他的旁邊，像是在保護他似的。她又躺回後座的靠背上，輕閉雙眼在養神。想起不久就可以到吉隆坡，和那位闊別二十多年的妹妹見面，心裏不禁感到一陣興奮，那段辛酸的往事頓時像潮水般湧現在腦際，她妹妹的影子就不斷地在面前跳躍起來。

紅蘋果般的臉，明亮的大眼睛，高高的鼻樑，潔白的牙齒，再加上那迷人的酒窩，配合起來，的確是一副俏麗的甜面孔。跑起路來，蹦蹦跳跳地，那兩條小辮子跟著左右搖動，天真爛漫，活潑可愛，這就是她記憶中雅芬妹妹的影子。雅芬當時才五歲，比她小四歲，她的父親是一名巴士司機，母親管理家務，也替人家洗一些衣服，還有一位年逾古稀的婆婆，一家人住在吉隆坡市區內一個貧民窟的破屋裏，生活雖然清苦，但卻過得很愉快。那時她在一間華校念三年級，不但人長得漂亮，而且成績也非常優良，每年都考第二、三名，所以很得到老師們的喜愛。雅芬雖然還沒入學，但是認識她們的人，都說雅芬不但長得比她更漂亮，而且也比她更聰明。她清清楚楚地記得母親就曾經說過：「只要雅芬入學念書，一定可以考第一名。」她對於這麼一個可愛的妹妹，的確是感到既高興又妒忌。

如果說人世間真的是有造物者的話，那麼祂的心地一定是很殘酷的，因為祂創造了人類，卻賜予人類許多的浩劫。

僅僅是在一個月之內，她的父親不幸在一場車禍中喪了命，母親也因患上急性盲腸炎太遲進院而不治逝世，命運之神使她姐妹倆頓時變成孤兒，陪著那位年老體衰的婆婆，過著淒涼的歲月。

讀完了三年級，因為家境窮困，她原想停學去找工作，但是那位好心的女校長很喜歡她，同情她的不幸遭遇，資助她繼續求學。由於這位女校長膝下有四名兒子，卻沒有女兒，所以過了一年，在婆婆的同意下，索性收她做螟蛉。後來這位女校長退休，舉家遷回怡保老家去，她姐妹倆從此便失去了聯絡。

幸福的時光總是過得特別快，一晃就是二十多年。她在那位養母的愛護下，不但過著舒適的生活，而且還有機會繼續念書。劍橋畢業後，在一家醫務所當配藥師，憑著她的美貌，很容易就成為那位名醫的太太，過著養尊處優的貴婦生活。

為了打聽她妹妹的下落，幾年前她曾來過一次吉隆坡，到她以前居住的那個木屋區，但是那個她印象中的木屋區早已面目全非，原先那一幢幢破舊的小板屋，已變成了一排整齊美觀的大廈，那裏的住戶也全是陌生的面孔，所以根本無法探聽到什麼資訊。最近她無意間遇到了一位來自吉隆坡的舊鄰居，獲得了她妹妹雅芬的蹤跡，雖然那位舊鄰居對雅芬的近況不大清楚，不過他可以肯定她目前還住在吉隆坡，因為幾天前他才在XX路的一家餐館看到她，知道她是在那家餐館工作。今天，她就是帶著那位舊鄰居給她的地址，特地從怡保趕來吉隆坡，希望能和這位離別了二十多年的妹妹相會。

汽車終於抵達了吉隆坡，這個馬來西亞的首都，近年來有

飛速的發展。才進入市區的邊緣，就可以看到許多幾十層高的巍峨大廈，矗立在眼前。在馬路上，那川流不息的汽車，就像一群大螞蟻似地來往奔馳，每逢交通燈或交通圈，汽車都要停下來等候。中午的太陽正像一把大火傘，整個大地幾乎都要被曬得冒起煙來，她雖然是坐在冷氣的車廂內，仍然感到悶熱難受。

她打開手提包，拿出一面鏡子，對鏡化妝起來：先把額上的汗油揩去，然後搽上薄粉，塗上口紅，又梳理那黑得發亮的秀髮。她仔細地欣賞出現在鏡中的那副雍容華貴的豔麗臉孔，連自己也覺得有些驕傲。只是近來由於缺少運動，以致身材肥胖了一點。心裏想「二十多年不見，雅芬現在不知長得怎樣，是不是還比自己漂亮呢？」

汽車已駛進了市區中心，就快要到雅芬工作的那間餐館了，她連忙把還在甜睡的小東尼搖醒：

「東尼，快起來！」

「唔！」小東尼擦一擦眼睛，迷迷糊糊地說：「媽，到了阿姨的家呀？」

「就要到了，你快點把衣服穿好，梳一梳頭，免得給阿姨不好的印象。等下見到了阿姨，記得要有禮貌一點。」

「唔！」東尼點一點頭。汽車駛進了XX路，她的心情頓時緊張起來。司機看一下那張寫上地址的紙條，放慢速度，不久終於在一家餐館的門前停下來。

這是一間大眾化的小餐館，佈置非常簡陋。因為正值午餐時間，所以生意還不錯，店裏的許多張檯子幾乎是坐滿了來自附近工廠的工人。她下了車，走進餐館，用一種探秘的眼光向裏面掃

視一下，並沒有發現雅芬妹妹的影子。

「請坐！」一位女招待迎上來，指著一個空位對她說。「不，我想請問你一聲，這裏有沒有一個名叫雅芬的女招待？」「女招待？雅芬？」被問的人搖一搖頭，沉思了一會兒，才忽有所悟地說：「哦！阿芬，她是這裏的洗碗工人，不是女招待。」

「洗碗工人？」她顯得無限驚奇，心裏想：自己這麼漂亮的一位妹妹，怎麼會在這個小餐館當洗碗工人，這不是太委屈了嗎？

「是的，我幫你去叫她。」那位女招待很熱心地走進廚房，不久又走出來，後面遠遠跟著一名皮膚赤褐、形容憔悴的中年婦人。只見她頭髮蓬亂，穿著一套灰色的衫褲，一雙破舊的日本拖鞋，臉龐瘦削而蒼白，額上很清楚地可以看見許多皺紋。那對眼睛雖然又圓又大，但卻深陷在眼眶內，就像是兩粒毫無光彩的塑膠珠子。

「哪！這位就是阿芬。」女招待指著阿芬對她說，然後逕自走開了。「什麼？你……」她一手指著阿芬，像是突然遇到了什麼大變故，一時竟說不出話來。

「你找我？」阿芬面對著這個珠光寶氣的貴婦，納罕地問。「你就是雅芬？」她特地脫下眼鏡，仔細地端詳著，幾乎不相信自己的眼睛。這怎麼可能呢？在她記憶中那個天真可愛的妹妹，怎麼竟會變成這個樣子？從外表看去，最少比她還要老十年，她頓時被愣住了。

「是啊！你是？……」阿芬睜大著那對深陷的眼睛，疑惑地問。「我是姍妮，是你的姐姐。」她勉強地在那佈滿驚奇的面龐上擠出了一點笑容。

「姍妮？」阿芬把眼睛睜得更大，好像是要把眼珠逼出來似的。「哦！姍妮是現在的名字，小時候我名叫雅梅。」「雅梅！」阿芬略為垂著頭，低聲地重複這個名字，同時設法敲開那塵封已久的記憶之門，過了一會兒，忽然很興奮地說：「你是我的家姐！」

「唔……」她微微地點頭。「呀！家姐，你怎麼知道我在這裏？來，叫飯吃吧！」阿芬像是一個突然中到彩票的人，感到意外的高興。她的確連做夢也沒有想到，這位從小就離別了的家姐，竟會像仙女般突然出現在她的面前。她拉起衣襟，抹一抹那沾滿油漬的手，顯出驚惶失措的樣子。

「不必咯！」去慣高貴餐廳的姍妮，這時雖然也感到有點餓，但她看到這種嘈雜與齷齪的環境，簡直提不起胃口，於是連忙說，「你的家在哪裏？」

「就在附近，離開這裏大概一哩路。」「那麼，我們回你的家吧！你跑得開嗎？」「可以的。」阿芬說著，連忙通知老闆，於是姐妹倆便坐上那輛停在店門口的汽車，阿芬坐在前座，姍妮坐在後座。在車上，她們竟又像是毫不相識的陌生人，各自在懷著沉重的心事，一句話也沒有說。

司機在阿芬的指引下，把汽車兜過了另一條街，然後向左邊的一條黃泥小路駛進。這條路不但狹小彎曲，而且凹凸不平，路面有許多積滿雨水的大窟窿。汽車雖然用最慢的速度開行，但仍然顛簸得厲害，幸虧這條路並不很長，大約只跑了五分鐘，便到了盡頭，於是就在路旁停下來。

阿芬首先打開車門，走下車去，跟著姍妮、小東尼和那只大

狼狗也相繼下車。

這是一個在市區邊緣的非法木屋區，站在這條小路上向左邊極目遠眺，可以看見許多巍峨雄偉的高樓大廈，也可以看到一幢幢在發展區中的新式房子。離開這條小路不遠，便是一條新開闢不久的寬闊大道，那來來往往的車輛，也清清楚楚地可以看到。然而就在這小路的右邊，卻錯落地散佈著十多家破舊的板屋，就像是長在紳士淑女們身上的瘡疤。

那條積水不通的水溝，發出陣陣難聞的臭味，有幾個赤著上身的小孩子，正在椰樹下玩捉捉。

「哪！前面那間就是我家。」阿芬指著不遠處的那間小板屋，一邊說，一邊就領先走去。

姍妮心裏突然有一種失落的感覺，好像是來到了一個不該來的地方。她拉著東尼的手，皺著眉頭，身上所搽的那種名貴香水，似乎仍無法驅除空氣中的臭味。她遲疑了一會兒，掏出手帕，掩著鼻子，然後很無可奈何似地跟在阿芬的後面，跑了一段二十多米的羊腸小徑，終於到了阿芬的家，只見有個小孩子立刻從屋裏沖出來，奔向阿芬的身旁。他個子瘦小，赤著上身，穿著一條黃色的破短褲，頭髮剪得短短的，臉上沾了許多污垢。

「阿強，你的阿姨來了，快過去叫阿姨。」阿芬拉著他的手，指著姍妮。

「阿姨！」他望著姍妮，畏縮地依偎在媽媽的身邊，輕輕地叫了一聲之後，就跑回屋子裏去了。

這是一間非常簡陋的板屋，屋身很低，一個廳，兩個房間，廚房和沖涼房連在一起。旁邊有一口小井，牆壁的木板有許多已

經斑駁腐爛，幾縷陽光正從那生滿黃鏽的沙厘屋頂的小破洞鑽進屋子裏來。

姍妮拉著小東尼的手，走進屋裏，立刻感到有一股醃臢逼人的悶氣，像置身在火山地獄裏。在廳旁的椅子上坐下之後，便拿出紙扇在猛搖，那只大狼狗蹲在門口守候，還不斷地東張西望，好像在對這個陌生的地方提高警惕。

阿芬倒了兩杯白開水，放在姍妮面前那張破舊的長桌上，她發現姍妮正皺著眉頭注視著桌子，仔細一看，原來桌面有一層薄薄的灰塵，於是拉開喉嚨，大聲地罵道：

「阿強，你這個衰仔，整個上午跑去哪裡玩，到現在還沒有抹桌子呀！」

躲在房裏的阿強似乎知道自己的過錯，所以沒有答腔。阿芬於是走進廚房，拿了一塊洗碗布，把桌面抹乾淨，然後望一望長得肥胖可愛的東尼說：

「家姐，他是你的孩子吧！」「是的，東尼，快叫阿姨。」

「阿姨！」東尼望著阿芬，天真地說，「為什麼你的屋子這樣Lousy（差）呀！我家那只大狼狗住的屋子還更美麗。」他一邊說，一邊指著蹲在門口的那只大狼狗。

「東尼，別胡說！」姍妮向他白了一眼，有點不好意思地說，「阿芬，小孩子亂講話，別見怪。剛才那個是你的孩子吧！」

「是的，他是我最小的孩子，今年才六歲，」阿芬回答後，接著又大聲地叫喊，「阿強，快點出來！」阿強從房裏走出來，仍然依偎在媽的身旁，顯得很不自然。「阿強，這個是你的表

哥，你帶他出去玩玩。」阿芬說著，把阿強輕輕地推到東尼的面前。

「來，我帶你去那邊樹下玩彈玻璃球，也可以玩捉捉，很好玩的。」阿強一邊說，一邊拉著東尼的手，就跑出屋外去了。

頓時是一陣難堪的沉默。阿芬和姍妮似乎都有許許多多的話要說，卻像是一團無頭亂絲，不知要從何說起。

「阿芬，我們分別以來，已經有二十六年了吧！唉！時間過得真快。」過了一會兒，姍妮終於打破沉默，歎息地說，似乎也在為那逝去的年華而感到悲哀。

「是的，已經有二十多年了，想起那過去的事，真像是一場夢。」阿芬在姍妮對面的那張椅子坐下來，陷入一片沉思的狀態中，過去二十多年來的慘痛經歷，便像是一幕幕的電影，又在腦海中浮現起來。她有點傷感地說，「記得你離開我們不久，婆婆也去世了，好在鄰居的那位阿姨收留我。可是還不到一年，我們住的那個木屋區發生了大火災，幾十間木屋被燒個精光，我只好去幫人家帶孩子，由一家到另一家，我也不知道換了多少家。後來年紀大一點，就替人洗衣、煮飯、做家庭工……」

「你念書時有沒有考過第一名？」姍妮猛地想起從前母親說過的話，插嘴問道。

「念書？唉！我那時只顧著吃飯要緊，哪裡還有機會念書？」阿芬又歎了一口氣，臉上也增添了一股憂鬱，「我就是一直替人家做家庭工，做到十七歲那年，就結婚了。」

「什麼？你十七歲就結婚了？」姍妮有點吃驚地問，很自然地就把搖著扇子的手停下來。

「是的，那時我是在一個有錢人的家裏做家庭工，老闆的獨子看上了我，就和我結婚。我以為嫁了丈夫，以後就可以過安定的生活，沒想到只短短的三年，我們就離婚了。」阿芬兩眼望著窗外，似乎還在神往著那段難忘的回憶。

「離婚？為什麼？」姍妮這回更加感到驚奇，她坐直腰背，瞪著阿芬，像是急切地等待她的答覆。

「我們結婚後不久，丈夫和家婆待我都還不錯，可是結婚後三年，還沒有孩子。當時我也不知道是什麼原因，現在才明白原來是那個衰鬼自己不會生，但是我那個衰家婆因為急著要抱孫子，便怪起我來，所以對我就越來越不好。這還不要緊，最可恨的是那個衰鬼，整天在外面花天酒地，到處玩女人，常常三更半夜才像醉鬼一樣回家，回來後就故意找事情罵我、打我。後來他又跟另外一個女子同居，我沒有辦法忍受，就同意和他離婚了。」阿芬說著，低垂著頭，漫無目的地在玩弄她的衣襟，像是在忍受無限的委屈。

「後來怎樣？」姍妮一邊問，一邊又把紙扇輕輕地搖動起來。

「離婚後，我又到外面去工作，做泥水、車衣、家庭工人，有什麼工就做什麼工，兩年後，我又結婚了，哪！就是他。」阿芬指著掛在壁上那幀十二寸的結婚照片說：「他本來是做泥水的，雖然長得醜樣，但心地很好。那時我和他在同一個工廠做工，有一天，我工作時受了傷，腳被一根鐵條刺了一個大洞，流了許多血，他立刻停下工作，替我包紮，又用摩托車載我去醫院，還天天載我去醫院換藥。後來我們有了感情，他就向我求

婚。我跟他說明我是一個離過婚的女人，他表示不計較，所以我們就結婚了。結婚後他仍然做泥水，有一天工作時不小心從高架跌下來，受了重傷，後來就改行賣Ice cream（霜淇淋）！」

「那麼，你現在有幾個孩子？」「孩子！現在可多羅！我們結婚到現在，已經十二年。起先差不多是每年都生一個，一連就生了七個。那時我們也不懂什麼叫做家庭計畫，直至生第七胎時，因為流血過多，差點瓜掉（死去），所以醫生才替我綁掉了。」

「你的孩子都還在念書吧？」「兩個大的女兒都已經出去做工，一個學車衣，一個去咖啡店捧茶，兩個大的兒子也出去賣霜淇淋，只有第五的女兒和第六的兒子還在念書。

唉！這兩個衰仔，每天放學後就四處跑，不到晚上不肯回來，我們又沒有時間管他們，真沒辦法！我本來也希望能夠培養一兩個，讓他們多讀幾年書，誰知他們通通都是蠢材，每年都考最尾，所以讀了幾年，都甘願去做工。現在這兩個也是一樣，我想讓他們多讀一兩年，能夠認識幾個字也就算了。哦！家姐，你現在有幾個孩子？」

「我只有兩個孩子，大的今年十三歲，在中學念書，東尼是小的，今年六歲，和你的阿強是同年，他已讀了兩年幼稚園，明年才正式入學，我還請了一個家庭教師給他們補習，所以他們的成績都很好。」姍妮有點得意地說。

「家姐，你的丈夫是做什麼的，看樣子你們的生活一定不錯吧？」阿芬向姍妮這一身華麗的打扮端詳一下。「我的丈夫是一名專科醫生，環境還不錯。」「家姐，你真好命！」阿芬說著，

那對失神的眼光，瞪著姍妮，露出羨慕的光彩。姍妮站起身來，走去沖涼房小解，出來時，順便望下旁邊的那口井，只見井水黃濁，她不禁皺著眉頭對阿芬說：

「井水這麼骯髒，怎麼能吃？」「這裏的人，全都是吃井水，我們已吃了好幾年，沒有事的。」姍妮不再說什麼，從手提包裏拿出一張紙巾，彎著腰，把剛才進沖涼房時濺在高跟鞋及尼龍絲襪上的髒水抹掉，然後站在大門口，向整座屋子掃視了一下：「這間屋子是你們自己的吧？」

「本來是一個朋友的，我們起初是向他租一個房間，每月二十元，後來朋友聽說政府要把這一帶的非法屋拆掉，他自己搬到別的地方去了，就把它賣給我們，價錢並不貴，才三百元。我們認為能夠住上兩三年，也就值得了，想不到現在已經住了五年。不過最近我們都接到了政府的通知，限我們在六個月內一定要搬。吉隆坡附近有許多地方建廉價屋，我們都有去申請，但一點消息都沒有。聽說申請的人很多，沒有門路是不容易討到的，唉！反正能住一天就過一天算了。」

姍妮在門口站了一會兒，又走回屋裏，看那掛在牆壁上的一排照片，其中有一幀是她小時候的全家福，她的婆婆坐在中間，父母坐在兩旁，她和阿芬蹲在前面。她對於死去的婆婆和父母的印象已很模糊，可是蹲在她旁邊的妹妹，那副俏麗可愛的面孔，卻時常在腦海中浮現，使她那麼地羨慕與妒忌。然而今天，她所看到的妹妹，除了那面貌的輪廓還依稀可以辨認之外，簡直就是完全不同的兩個人，尤其是小時候那股天真的秀氣，現在是再也無法從她身上找到了。

她又看看那幀結婚照片，那時的阿芬，披著白色的頭紗，圓圓的臉孔，還是那麼秀麗，然而現在，她就像一朵燦爛的嬌花，在生活暴風雨的摧殘下，已漸漸憔悴、枯萎了。

　　她正在癡癡地遐想，突然聽到了一陣腳車的鈴聲，轉頭一看，只見有一個男人騎著一輛腳車，在門口停下來，腳車後面放著一個霜淇淋的大桶。

　　「哦！我的丈夫回來了。」阿芬很快地走出門口，高興地說，「阿興，我的家姐來了。」

　　「你的家姐？」阿興摸一摸頭，感到有點迷惑。「是啊！我們已分別了二十多年。今天她特地從怡保來看我們。」阿芬一邊說，一邊幫他把那個霜淇淋桶從腳車的後架上抬下來，「你今天怎麼這樣早回來？」

　　「今天天氣熱，生意好，我趕著把它賣完之後，就提早回來了。你忘記今天是什麼日子嗎？」阿興脫下綁在腳車頭的那條面巾在抹汗，故作神秘地說。

　　「什麼日子？」阿芬懷疑地問。「今天是你的生日呀！我特地買了幾樣菜回來，替你慶祝一下。」他把掛在腳車頭的幾包菜拿下來，「快點去煮，請你家姐一起吃飯。」

　　姍妮步出門口，只見這個身材矮小的男人，比那幀結婚照片中的人還要醜樣。他穿著一件已被汗水濕透了的黃色夏威夷恤衫和一條黑色的短褲，一雙已經變成褐色的白布鞋，蓬鬆的頭髮，垂在有點突出的額上，扁鼻樑上生了一粒烏痣，那瘦削的臉上長滿了許多小黑點，右邊的太陽穴有一個大瘡疤。皮膚是一片棕黑色，就像是馬來人一樣。

「呀！多醜怪的男人！她竟然是阿芬的丈夫？」姍妮差點失聲叫出來，她的心裏起了一個大疙瘩。

　　「賣Ice cream生意不錯吧？」她看到阿興向面前走來，只好搭訕地問。「麻麻地（過得去）啦！一天賺十元八元，沒有一定，平均每個月二百多元罷了。」阿興攤開雙手，聳一聳肩，莫可奈何地說，「要不是幾年前跌傷了身體，現在去做泥水倒很不錯，一天工錢最少有二十元。」

　　「二百多元？這怎夠維持一家的生活？」姍妮一邊說，一邊想，「這還不夠我養一隻大狼狗呢！」

　　「沒辦法，只好省一點咯！好在幾個大孩子有去做工，每個月可以賺幾十元回來補貼補貼，阿芬洗衣服也有幾十元收入，近來她又去做餐館的那份工，唉！」阿興忽然也歎了一口長氣說，「阿芬要管這個家，要洗衣服，也夠辛苦了，餐館的那份工，本來我勸她不要去做，可是她不聽，雖說每個月可以多賺七、八十元，可是她每天趕來趕去，還要跑兩公里多的路，我真擔心她會累出病來。」

　　「是啊！阿芬，你單管這個家，照顧七個孩子，已經不容易了，哪裡還有時間去做餐館的這份工，身體要緊嘛！不要太累了。」姍妮也同情地說。

　　「不要緊，做得來的。我每天五點多起身，先把衣服洗好，照顧孩子們喝了咖啡，等他們都出門去了，收拾一下家裏，煮好飯菜，中午這段時間反正空著。所以我十一點就去那間餐館做工，留阿強在家看門，下午三點回來，燙好衣服後就煮飯，工作

忙一點，一天一天倒容易過。「阿芬淡淡地說，好像根本不感到辛苦似的。

　　姍妮沒答腔，心裏頓時湧起了無限的感觸。她仔細地看著面前的阿芬，雖然兩個人現在是站得這麼近，但卻好像是生在兩個完全不同的世界裏，距離得那麼遙遠。阿芬正像是一株山野間的嬌花，要忍受著烈日的煎曬與風雨的摧殘，但卻顯得矯健、剛強。而自己呢？一名上流社會的貴婦，住的是堂皇富麗的大洋房，出入有名貴的大汽車，衣食上的享受更不必說，雖然只有兩個孩子，但卻請了兩位女傭人，每天早上要睡到十時過後才肯起身。平時吃飽了飯，除了打牌看戲消遣之外，根本不需要她動手去做什麼工作，如果自己生活在阿芬的環境，那真不知該怎麼辦好？

　　阿芬把菜拿進廚房，姍妮好奇地跟著進去，只見那是一塊牛肉，半斤芥藍，幾塊豆腐，一包鹹菜，還有一包壽麵。

　　「阿芬，這牛肉炒芥藍，是你最喜歡吃的菜，你快點起火，我去捉一只雞來殺，好招待你的家姐。」阿興站在廚房外面，興致勃勃說，「這雞是自己養的，比農場雞好吃得多，讓你家姐嘗嘗它的味道。」說著就到屋外捉雞去了。

　　姍妮這時的確已感到很餓，但是她看到那骯髒的廚房，骯髒的飯桌，以及骯髒的井水，頓時沒有了胃口，心想反正自己近來正在節食減肥，就多餓一會兒吧！不過帶來的那只大狼狗，從早上出門到現在，還沒有吃過東西，絕不能讓它餓壞了身體。她看一看阿芬，躊躇了一會兒，說：

　　「阿芬，你把那塊牛肉拿給我！」「牛肉？你也喜歡吃牛

肉啊？」阿芬把牛肉交給她，好像是遇到了知音，很高興地說，「我從小就喜歡吃牛肉炒芥藍，最好加上一點米酒，真是又香又好吃，所以遇到有什麼大日子，阿興從來不會忘記買牛肉回來。」

「不。我不喜歡吃牛肉，我拿來餵波比。」「餵波比？」阿芬張大著口，吃驚地說。「哪！就是我帶來的那只大狼狗。」她指著蹲在門口的波比說，「它又聰明，又忠心，真是一只好狗。阿芬，你為什麼不養狗，養一隻看門，好過請一個Jaga（守門人）。」說著，她把那塊牛肉丟在波比的面前。波比銜著它，搖一搖尾巴，好像是在對女主人表示感謝。

阿芬怔了一怔，眼看自己所愛吃的那塊牛肉，卻被拿去餵狗，難免有些心痛，一時竟瞠目結舌，說不出話來。

姍妮站在門口，看著波比把牛肉吃完，忽然聽到小東尼的哭聲，一會兒，看到阿強扶著他，從那條小路走回來。

「媽……嗚……」小東尼一看到媽，把哭聲提得更高。

「東尼，你怎麼了？」姍妮好像是遇到了一件什麼大事，忙沖上前去，把他抱起來。

「我們在那邊樹下玩捉捉，他不小心，自己跌倒了。」阿強有點驚慌地說。

她抱著東尼，仔細地看，那條嶄新的牛仔褲已沾了一大片污泥，褲管有點破損，她拉起褲管，只見左膝蓋被擦破幾道傷痕，還流出一點血絲。

「唉呀！流血了！怎麼會跌得這麼厲害？」她緊張地大叫起來，「阿芬，你家裏有沒有藥箱？」

「藥箱？什麼藥箱？」阿芬好像是聽到一個新奇的名詞，感到大惑不解。

「有沒有劍標藥水？」她進一步焦急地問。「沒有。」阿芬惶恐地回答。「那麼有沒有藍藥水或藥布？」「沒有。」阿芬還是搖搖頭。

「唉！你家裏怎麼這樣普通的藥都沒有？」她焦急中帶著埋怨地說。阿芬這時正像是一名因為交不出作業而被老師責備的學生似的，她很不安地走上前去，看一看東尼受傷的腳，然後大聲地罵阿強說：

「你這個衰仔，帶他去玩，也不好好地照顧他，讓他跌成這樣！」阿強畏縮地站在一旁，鐵青著臉，不敢出聲。阿芬去拿一條面巾，想替東尼擦傷口的血。姍妮連忙阻止說：「喂！這面巾骯髒，我現在要帶他去街上找醫生。」

「家姐，這一點點傷不要緊吧！」阿芬有點歉意地說。

「不要緊的，我常常跌倒，傷得更重，也沒有搽藥，過兩天自己會好起來的。」畏縮地站在旁邊的阿強這時也壯起膽子，指著自己的右小腿，附和地說，「你們看，剛才我去餵雞時也跌倒過，腳被鐵線割到，還流了許多血。」

姍妮和阿芬不約而同地把眼睛望著阿強受傷的那只小腿，只見有一道寸多長的傷痕，上面粘住已凝結的血塊。然而阿芬似乎對此已司空見慣，一點也不緊張，姍妮更顯得無動於衷，她看了之後，呶著小嘴，不屑地說：

「你們懂什麼？如果中了破傷風，很危險的。」說著，又摸

一摸東尼受傷的左腿，緊蹙眉頭，一片憂慮的樣子。

　　阿芬和阿強都不知道什麼叫破傷風，他們只認為跌破一些外皮流一點血絲，實在是平常不過的事。但看到姍妮那樣焦急的神情，好像事情很嚴重似的，所以也不敢再說什麼。

　　「阿芬，我們離別了二十多年，今天總算有機會見到了面，現在我要走了。」姍妮抱起東尼，腳步開始移動。

　　「什麼，這麼快就要走了，在這裏住一天，明天再回去吧！」阿芬挽留她說。

　　「不咯！以後有機會我會來看你的。」她一邊走，一邊說，似乎顯得有些不耐煩的樣子。

　　「那麼等吃了飯再走吧！」阿興這時正抓住一隻大公雞趕來，「我現在就去殺，很快就可以煮好。」

　　「不必了，再見！」姍妮冷然地說，也不等他們的答覆，便向波比叫了一聲，那只大狼狗機警地跑在前面帶路，阿芬夫婦倆跟在後面，一直送她們到路口。臨上車時，姍妮忽然從皮包中拿出兩百元，交給阿芬。

　　「阿芬，這點錢你留著用吧！」

　　「不，我不要。」阿芬把錢拿回給她，很堅決地說，「家姐，我今天能夠和你見面，已經很高興，你是我唯一的親人，只希望以後能夠時常來看我……」說到這裏，喉嚨像被什麼東西梗住，停頓了一會兒，又繼續說：「是呀！你肯來看我們，我們已經很高興了，錢還是收回去吧！我們雖然是苦一點，但只要無病無痛，一天三餐是沒有問題的。」阿興也幫腔說，手上還抓著那只大公雞。

姍妮抱著東尼和狼狗相繼上了車，司機把引擎一開動，阿芬立刻有一種惘然若失的感覺，她向他們搖一搖手，看著那汽車在那條小路上顛簸前進，眼淚不禁漱漱地落下來。

　　姍妮抱著東尼，坐在冷汽車的後座，雖然天氣仍然是非常悶熱，她心裏卻忽然一片冰冷，像一個考試落第的學生，有一種落寞的感覺。小時候雅芬妹妹那甜蜜可愛的影子，又在眼前跳動起來，使她眼花繚亂。轉回頭來，從車後鏡望過去，只見阿芬仍然站在路旁，向她搖手，然而這個阿芬和她印象中的雅芬，實在是相差得太遠了，遠得令她驚奇、不安。她忽然對於今天的來訪感到無限的後悔，因為它就像是一支針，把存在腦海中美麗的氣球給戳破了。今後要不要和這個窮妹妹保持來往呢？她現在正為這個問題而煩惱。

　　「阿福，先去市區找一間藥房，給東尼敷藥，然後去美侖餐廳，吃了飯就回怡保去。」她對司機命令地說。

　　阿芬站在路口，一直望著那輛汽車出神，直等到再也看不見它的影子了，才依依不捨地回家。回到家裏，阿興放下了手上的那只大公雞，對阿芬苦笑地說：

　　「你家姐一走，倒救回了這只公雞的性命。我看像她這麼高貴的女人，我們實在也不配做她的親戚，今後不必去想她了。來，牛肉炒芥藍，今天讓我親手煮這樣拿手好菜，來慶祝你的生日。」阿興說著，興沖沖地就要走進廚房。

　　「不，我今天不吃牛肉了。」阿芬連忙阻止他。「為什麼？」阿興驚訝地問。「牛肉已經給家姐拿去餵波比了。」「波比？什麼波比？」「就是她帶來的那頭大狼狗。」

「嗄！我五塊錢買的牛肉，給她拿去餵狗！你家姐她……她……」他兩手握著拳頭，鐵青著臉，咬著牙根，一時結結巴巴地竟說不出話來……

1980年9月
*本文被選為馬來西亞師訓學院華文教材

相
逢
怨

處處陷阱

「鈴鈴鈴……」正在睡鄉中做著甜蜜好夢的大肥婆阿珍姐，突然被床頭那個鬧鐘的響聲吵醒了。她睜開惺忪的眼睛，向它瞟了一下，只見那短針指著八時，本來這正是她最好睡的時刻，可是一想起今天是星期日，有許多重要的事情等著她去辦，睡意頓時消失了。於是一骨碌地爬起床來，伸一下懶腰，然後走到窗前，伏著窗欄，從這座十多層樓組屋的視窗向外望去，整座城市就像一幅圖畫呈現在她的眼前，那一座座巍峨雄偉的建築物，象徵著國家的蓬勃發展。想起自己這朵風塵中的殘花，這幾年來，居然也能在這個繁華的城市裏闖出一個天地來，內心不期然也泛起了一陣快慰。回轉身來，站在粉紅色的洗臉盆前，望著鑲在牆上那個長方形鏡子裏的影子：那圓圓的臉，高高的鼻樑，大大的眼睛，櫻桃般的小嘴，這是一副又甜又俏的臉孔，當年不知曾迷倒了多少公子哥兒，只是歲月不饒人，在風塵中打滾十多年後，雖說還不過是三十來歲的年紀，但眼角的皺紋已掩不了逝去的青春，尤其是那日漸發胖的身體，更顯得有些臃腫，再也無法跟那些年輕漂亮的小姐們爭長鬥短了，於是只好急流勇退，憑著身邊

的一些積蓄，在城市邊緣發展區這座組屋的第十五樓買下了一個單元的房子，就在這裏做根據地，幹起那些無本生意。以她在歡樂場中混了十多年的經驗，不但善於交際，而且手段圓滑，所以許多荷包裏有幾個錢的男人，都喜歡在晚上或下午空閒的時間上她那兒去搓幾圈，然後叫個按摩女郎來鬆一鬆筋骨，或者享受她特意介紹的靚女，有些人還索性帶著情婦在那兒度過一個纏綿旖旎的晚上……

花了大約半小時的功夫，做好了梳洗打扮的工作，望一望躺在床上的女兒，還在像豬一般酣睡著。她走到床邊，用力地猛推她：「阿香，快點起身！」

「唔！」阿香稍微移動一下身體，但卻又睡了下去。

「喂！都快九點了，還不起身？」她又再很用力地推她兩下。阿香懶洋洋地起了身，打了一個長長的哈欠。看她那副蒼白的面孔和一對失神的眼睛，就知道是一個長期睡眠不足的人。

「媽，我想再睡一會兒，那檯麻將打到今早五點多才散呢！」「你這死妹仔，就知道睡，快起身，還有許多工作等著你做。」阿香勉強提起精神，下了床，匆匆地洗了臉，然後坐在梳粧檯前，拿起梳子，隨便把那柔長披肩的秀髮梳了幾下，就站起來。

「喂！你今年已是十五歲的大姑娘了，每天都應該打扮打扮，不要連這種事也要偷懶。」阿珍姐像是教訓她。

阿香很不耐煩地又坐下來，對著鏡子，慢慢地在塗脂、搽粉、畫眼眉、灑香水……於是淺紅色的脂粉已把臉龐上的蒼白掩

蓋了，使她顯得又端莊、又秀麗。

　　阿珍姐用著神秘的眼光，仔細地端詳著她，心裏想：這小妞打扮起來可真不錯，我這多年來的苦心扶養大概不會白費的，只可惜現在還不夠成熟，要不然……唉！她微微地歎了一口氣。

　　「媽，我去燒開水沖咖啡，然後替你去收字。」阿香從梳粧檯前站起身來，說了之後，便進廚房裏去了。

　　阿珍姐坐在沙發上，點燃了一支煙，深深地吸一口，然後又噴出來。那灰白色的煙圈在她的面前繚繞上升，腦海中又閃現著幾十年前的那幕往事。她依稀還記得，當時她原是一個樸實的村姑，也曾讀了幾年書，由於父母的溺愛，自小便養成驕矜的性格。十七歲那年，竟上了一個白馬王子的當，被拐帶到離家二百多公里遠的大城市去，同居了一個月後，便被那負心漢推進火坑。經過了這次的打擊後，她恨透男人，發誓一輩子不再結婚，於是抱著遊戲人生的態度，就這樣在風塵中浮沉了十多年。收山之後，特地領養了一名六歲的孤女，準備將來繼承衣鉢，使她下半生有個依靠。阿香倒也沒有給她失望，自小就很勤快地幫她料理家務，人也相當聰明，小學畢業時就考到第三名，阿珍姐當然不會讓她升學，女孩子嘛！能夠看懂幾個字就行，書讀得多，思想太進步了，反而不容易控制。現在阿香不愧是她的好幫手，除了料理家務外，還幫她招待客人，負責麻將檯抽水，每個星期六和星期日還幫她收萬字。別瞧阿珍姐所做的都是不用本錢的生意，每個月的收入卻有幾千元，所以只不過短短的幾年，就有能力把對面那個單元的房子一起給買下來。「唉！多難忘的十七歲！」想起那不堪回首的往事，她又長長地歎了一口氣，「對，

阿香今年已經十五歲了，以她的身材和面貌，還可稱是上等貨色，再過一年半載就得給她找個大戶頭來開包，免得像自己當年那樣讓人給白吃了。」她心裏這麼想。

「媽，來喝咖啡。」這時阿香把沖好的兩杯咖啡端出來，放在廳中那張桌子上，又拿出一罐雞精，這是阿珍姐每天不能缺少的早點。

「昨晚的水錢共有多少？」阿珍姐喝下了那罐雞精，又啜了一口咖啡，然後悠然地問。

「共有兩百元，那個張老闆輸了不甘願，一直要他們打通宵，結果越輸越多，一共輸去了三千多元，真是活該！」阿香似乎還很恨那位張先生害她不能早點去睡，所以狠狠地罵著。

「三千多元，那在他還不是濕濕碎，反正他有的是錢，每一期的萬字最少可以殺十多千，輸多一點也算不了什麼。阿香，你喝了咖啡快點去各樓的老主顧那兒跑一趟，別讓五樓的阿英姐又把我們的客仔搶了去，寫好之後早點把「流」（寫萬字號碼的總單）交去。唉！幹我們這一行的已越來越多，單在這座組屋，近來就新開了好幾家，樣樣都要碰到對手的競爭，不勤快一點是不行的咯！」

「媽，我現在就去。」聽了阿珍姐的話，阿香連忙把杯裏的咖啡一口喝完，然後起身就走。

「喂！對面的大頭章和阿桂嫂那兒你不必去了，我要親自出馬，有事情和他們談談。」

等著阿香走後，她想起昨晚契爺交代她的那件事，心裏想，自己能夠這麼風平浪靜地在這兒撈世界，完全是靠著契爺和他一

班朋友們的撐腰，所以他所交代的事，可不能不盡力去做。本來住在對面的那位房客大頭章，是個很適合的人選，可沒想到這個死鬼偏卻有一副硬骨頭，雖然曾經向他遊說過兩次，卻都無法成功，今天無論如何得再去試一次。

二

大頭章姓林，名叫伯章，三十開外年紀，本來是一名羅里司機，人老實，工作又勤勞。他個子矮小，但頭部卻特別大，所以人們就給他一個綽號，叫他大頭章。他的太太在一家汽車零件店當收銀員，膝下已有一對兒女，夫婦倆平日勤做儉用，本來還勉強可以維持一家四口子的生活。不幸他由於操勞過度，幾個月前患上肺病，在醫院住了兩個月。出院後，醫生勸他必須好好地休息一個時期，絕對不能做粗重的工作，不得已只好賦閒在家。他平日沒有其他不良嗜好，就只喜歡買萬字，每一期總要花幾塊錢向阿珍姐寫個號碼，所以跟阿珍姐已混得很熟。

阿珍姐一腳踏進大頭章的家，只見他正在教那個剛入學不久的孩子念書，那個還未入學的孩子也坐在旁邊聽。

「阿珍姐，早！」大頭章雖然對她沒有好感，看她進來，也只好禮貌地招呼她。

「早！林先生，你真是一位好爸爸，有這麼好心機來教孩子。」她滿臉堆著笑容說，「今天要不要買字呀？」

「今天沒有什麼好字，而且欠你太多錢，也不好意思。」

「沒關係，有什麼好字，儘管買好了，我讓你再欠上這一期。」

「既然這樣，我上星期求到的那個神字9085，就替我再寫兩塊錢

大萬和兩塊錢小萬吧！」

「好！」她立刻拿出那本寫萬字的小簿子，把大頭章要買的字寫下來。

這時，正在沖涼房內洗衣服的林太太知道阿珍姐來到她的家，連忙放下工作，迎上前來，歉然地說：

「阿珍姐，早！真對不起，上兩個月的房租，再多幾天，一定想辦法還給你。」

「哎！別談這個了，我今早可不是來向你討房租的，大家是熟朋友，你們既然有困難，就慢些時候再還吧！」說著，她便往那張擺在廳中的沙發上坐下去。

「阿珍姐，那我可要謝謝你咯！請喝杯茶。」說著，倒一杯中國茶端給她。

阿珍姐接過那杯茶，正想往嘴邊送，猛地想起大頭章患的是肺病，這是會傳染的呀！於是立刻把那杯茶放在前面的那張小桌子上，然後顯得很關懷地問：

「章嫂，你先生還沒有找到工作呀！」「是呀！他的病還沒有好，醫生勸他不能做粗重的工作。俗語說得不錯，窮人只能死，不能病，他這麼一病呀！唉！……」章嫂搖頭歎氣地說。「難為你章嫂！這麼一個家庭，只靠你一個人工作，真不容易呀！」「可不是嗎？現在什麼東西都貴，我那百多元的月薪，還了房租便買不下米，何況我現在又懷了孕，往後的日子真不知要怎樣過，只希望阿章的身體早點恢復健康就好。」

「早點恢復又怎樣？難道你還想讓他幹老本行呀！一天到晚，駕那麼大的羅里車，趕著跑幾百公里路，還要上下貨物，好

人都要給熬出病來，何況他是個有肺病的人。章嫂，不是我勸你，如果你愛你丈夫的話，可千萬不能讓他再去幹這種工作，要不然肺病一復發，可就難醫咯！」

「這點我也知道，可是要找輕鬆的工作，哪有這麼容易？阿珍姐，你人面熟，有機會的話請多多幫忙。」

「章嫂，我們是老朋友了，所以應該互相幫忙，老實告訴你，現在是有個很好的機會，只可惜你先生不肯去做。」

「什麼！你又是要叫我去帶白粉？想害我坐監牢呀！告訴你，我大頭章寧願餓死，也不幹這種犯法的事。」大頭章忽然漲紅著臉，像是一隻凶猛的獅子，憤怒地咆哮起來。

「哎呀！你這是吃錯什麼藥呀！真是狗咬呂洞賓，不識好人心，我看你病了這麼久，找不到工作，有心介紹給你一條財路，你倒怪起我來。帶白粉有什麼不好？工作輕鬆，賺錢容易，一個月閑閑地有三、兩千元入息，總好過你坐在家裏吃西北風。」她一邊說，一邊站起身來，並且攤開雙手，在懸空比來比去，活像是一個牧師在傳教似的。

「阿珍姐，我大頭章雖然窮，但卻還有良心，總之這種缺德的事，我絕對不幹，你別再多說了。」

「有良心，嘿嘿！」阿珍姐發出一陣冷笑，「一個大男人，整天躲在家裏靠老婆養活，還有什麼良心？不幹！也就罷了，不過上兩個月的房租，還有那百多元買萬字票的帳，都要早點給我還清，不然的話，別怪我老娘不給你面子。」說著，氣沖沖地走到門口，忽然又停了下來，拿出那本萬字票的簿子，把上面寫好號碼的那張紙撕了下來，揉成一團，然後對大頭章說，「你的這

個字也不必買了，看你這副賤骨頭，我就不相信你會中獎，今後想買字，除非現款交易，要不然可別找我了。」

「阿珍姐，我先生近來脾氣不好，請你多多原諒，千萬別見怪。」章嫂尾隨著阿珍姐，直送她到門口，神情顯得非常不安。

「章嫂，你得好好地勸勸他，其實這個社會上，金錢是最可愛的，只要有錢賺，殺頭的生意都有人做，又何必假正經？如果什麼事都要講良心，我看餓死他都有份！」

「是的，謝謝你，謝謝你！」章嫂站在門口，一直看到阿珍姐走進隔壁阿桂的家後，才鬆了一口氣，她有點埋怨地對丈夫說：

「阿章，你不要做，可以好好地說，何必大聲大氣地去得罪她，人家也是一片好心呀！而且我們還需要靠她呢！」

「你懂得什麼？丟他媽！像她這種臭女人，三番四次找我去做壞事，還嘴甜甜地假慈悲，我們即使再窮，也要窮得清白，最多是搬出去睡騎樓，何必受她的鳥氣！……」

三

阿桂嫂昨晚上一夜未曾好好地睡覺，因為她那身份證的號碼3145，每期都買五元大萬，跟了將近半年，昨天剛停下來，不料卻開正頭獎，使她平白失去了近萬元的獎金。就為了這件事，她整晚在床上輾轉反側，怎樣也無法入眠。想起自己這幾年來，為了希望發一筆橫財，無形中竟和萬字結上了不解緣，每期總要花上幾塊錢去買字，一個月八期，至少要四、五十元，把辛辛苦苦

洗衣服賺來的血汗錢都輸光了。她越輸越多，所買的注就越來越大，尤其是碰到有特別喜歡的號碼時，往往一個字買上一、二十元也在所不惜，自己用血汗賺來的錢不夠了，不得已就從伙食上動腦筋，於是早餐的美祿變成了咖啡烏，連麵包錢也省了，一個月最少有二十天在吃公魚仔和鹹菜，除了丈夫回家的那幾天外，平時難得吃一次魚肉。有時自己或孩子患了病，也捨不得去給醫生看，只是隨便吃些退燒的「阿司匹林」或止痛的「朋那多」。她的丈夫是一家工廠的推銷員，一個月總有二十多天是在外頭，所以把整個家交給她去管理，每月按期從薪水中拿出三百元給她做家用，其他的事也就不聞不問。對於這區區的三百元，除了還給阿珍姐一百五十元的房租外，要維持她和一個孩子的生活，本來就不會有什麼剩餘，所以即使是怎樣節省，仍然無法應付那買萬字的支出。好在房東阿珍姐還肯通融，不但讓她拖欠房租，而且常常不必拿錢出來也會替她寫上幾個所要買的號碼，久而久之，加上那筆五分的利息，她居然已欠了阿珍姐兩千多元的債，就為了這筆債，幾乎把她壓得透不過氣來。

在床上胡思亂想了幾個鐘頭，過去那有關買萬字的種種經歷，像是一部雜亂無章的電影，一幕一幕地在腦海中映現出來。雖說她從未曾中過，但卻有好幾次只差一點就中到，使她常常為此而感到惋惜。她清清楚楚地記得，有一回她去寄一封掛號信，收據的號碼是0748，那期的萬字她買了五塊錢大萬，但頭獎卻開出0747，這件事曾使她懊惱了好幾天，心想那天只要早一點到郵政局，不就可以中到整萬元？有一次她做了一個夢，查出夢境的萬字號碼是3280，於是買了十塊錢大萬，不料卻等到第二期才開

出來。最使她生氣的還是她的孩子誕生那一天，她把報生紙的號碼買了十塊錢小萬，竟然開出安慰獎，雖然四個號碼中到正，卻拿不到獎金，買了幾年的萬字，那四個阿拉伯數字拼成的號碼，像是和她捉迷藏似的，怎樣也抓它不到。不過她對此並不感到灰心，因為每星期開彩兩次，機會可說是多得很，只要有天碰上好運，中到一次也就夠了。所以她的腦海中裝滿了那許多永遠也買不完的號碼，一個希望之火剛剛熄滅，另一個希望之火又被點燃起來。

躺在床上，聽著外面馬路上汽車來往時的吵聲，看著壁上時鐘的秒針不斷地在移動，直到凌晨時分她才感到有些倦意。一闔上眼，朦朦朧朧地發現有一個長滿白鬍子的老人，站在她的面前，右手拿著一面木牌，上面清清楚楚寫著7403這個號碼……後來她去買了十塊錢大萬，結果開正頭獎，拿了將近兩萬元的獎金。

「呀！我中到了，這次我真的中到了。」她在睡夢中發出一陣囈語，高興地大叫起來，可是就在這一陣叫喊聲中，她醒了過來，才發覺那只不過是一場夢罷了，心頭頓時像是失落了一個寶貴的東西，感到莫名的悵惘與空虛。右手按一下胸口，那顆興奮的心還在卜蔔地跳，於是索性起身，走到窗前，向外一望，在茫茫的曙光中，整座城市像一幅朦朧的圖畫，一股晨風吹來，感到有點寒意。她吁了一口長氣，然後回到床旁，望著躺在床上那個四歲大的強兒，正睡得很酣，由於平日營養不良，以致那小小的臉龐顯得瘦削而蒼白，心裏不禁泛起了一陣強烈的內疚。

「乖孩子，等媽有了錢，得好好地給你補一下身體。」她挨

上去，在他的臉上輕輕地親了一下。

梳洗完畢，趕著把收來的幾家衣服洗好，想起今天是強兒生日，於是去附近的茶室買了一塊蛋糕，然後又去巴剎買了一斤甘望魚、兩塊豆腐、一斤鹹菜，正想趕著回家，忽然聽得砰然一聲巨響，原來有一輛剛從巴剎下了貨的小型羅里（貨車），不知怎樣，竟把一輛載菜的三輪車撞倒了。

人群立刻聚集起來，圍在羅里車的四周，許多人的眼光都在注視那車牌號碼，也有幾個人在歎息。

「唉呀！撞死人了！」「呀！死得真慘！連腸子都流出來了。」

「這老人家真可憐，今年六十多歲了，還每天一大早就出來賣命，唉！」

阿桂嫂擠進人群裏，定睛一看，只見那被撞扁了的三輪車倒在一旁，老三輪車夫的屍體還在車底下，她心裏打了一個寒顫，隨而又向車牌瞧一下。

「呀！7304，我昨晚夢見頭獎開7403，這不是有點符合嗎？」於是那三輪車夫恐怖屍體的影子在她的腦海中漸漸模糊起來，倒是那車牌的號碼卻很鮮明。

回家時，她一路上不停地在念著這兩個號碼：7403,7304,心裏想，過去雖然作了許多次的夢，結果都不准，但今天這兩個號碼，無論如何得下個大注，希望把幾年來所輸的錢給贏回來。

回到家裏，她一邊做菜，一邊在盤算應該怎麼下注：就跟著夢境一樣，每個字買十元大萬吧！如果真的開正頭獎，可以中

到二萬元左右，已經很不錯了。雖說她近來手頭很緊，不過要挪出二十塊錢，那也還有辦法。今晚本來應該去參加一個同鄉的婚宴，那紅包就得花二十元，不如就把它省下來，裝不懂得算了，反正沒有錢便沒有人情，晚上在家隨便吃一碗白飯，也照樣可以填飽肚子，誰稀罕那餐酒菜？但她又擔心買7403和7304兩個字還不夠，萬一開歪了，比如說開7043和7034，那怎麼辦呢？過去她買的字，就常常碰到這種情形，所以為了安全起見，她決定買圍字，就是買完全部調換的二十四個號碼，如果每個字買十元，那便要二百四十元，這可不是一筆小數目，就把它減半吧，也要一百二十元，仍然無此能力。但如果再減下來，要是真的中了，卻又未免可惜，機會不是常常有的，既然來了，便必須不顧一切，緊緊地抓住它，別讓它溜掉。她左思右想，足足想了半個鐘頭，才做出一個決定，於是拿出紙筆，煲了開水，沖一壺咖啡烏。

　　這時她的孩子強兒已經起床，她替他洗了臉，然後倒一杯咖啡烏給他喝。

　　「媽，怎麼天天早上都是喝咖啡烏，我要吃麵包，我已經好久沒有吃麵包了。」強兒面對著那杯咖啡烏，皺著眉頭說。

　　「哦！我差點忘了，今天是你的生日，我買了一塊蛋糕給你，你喜歡嗎？」她一邊說，一邊把那塊蛋糕拿給他。

　　「呀！蛋糕真好吃！」強兒接過蛋糕，立刻咬了一口，很高興地說。就在這時，那阿珍嫂已一搖一擺地走進門來。

　　「阿桂嫂，早！今天可有什麼好字要買呀！」阿珍姐一進門，便嬉皮笑臉地說。

「阿珍姐，早！請進來，喝杯咖啡烏吧！」阿桂嫂殷勤地說。

「不用客氣了，今天是星期日，我工作很忙，有什麼好字，快點寫來！」

「阿珍姐，我正想找你商量商量……」她吞吞吐吐地說，「昨天晚上，我夢到一個好字，今天想下個大注，所以請你幫幫忙。」說著把那張寫好二十四個號碼的紙交給她。

「哇！一百二十元，買這麼多呀！」阿珍姐接過紙條一看，似乎已猜到阿桂嫂的心事，「阿桂嫂，我們雖然說是老朋友，不過還是先小人後君子，這麼大的數目，可要現款交易。」

「阿珍姐，我實在拿不出那麼多錢，請你幫忙……」「這可不行，你的舊賬連本帶利已兩千多元，如果每個人都像你這樣，那我賺的一點傭金，還不夠賠帳呢！對不起，十元八元還可以商量，這麼大的數目，不要開玩笑！」說著把那張紙交回給阿桂嫂，裝作要走的樣子。

這時，阿桂嫂心裏可焦急極了，因為丈夫上星期交給她的三百元家用，除了還房租及雜貨店的欠賬之外，現在只剩下五十多元，雖然伙食的錢可以向雜貨店賒帳，但今後還要買二十多天的菜，怎麼夠呢？又沒有其他的朋友可以告借，不得已只好厚起臉皮向她求情：

「阿珍姐，我知道你是好心人，願意幫人家的忙，你大人有大量，無論如何再幫我一次吧！」

「幫忙？唔！」阿珍姐微笑點一下頭，很有深意地說，「我是很喜歡幫人家忙，只不知你自己願不願意？」說著，那對眼睛向阿桂嫂的全身掃視了一下，嘴角露出一種得意的微笑。

「哦！願意，當然願意！」她迫不及待地回答。

「願意，那就好了。」阿珍姐知道時機已經成熟，把眼睛笑成一條縫說：「現在許多有錢佬，什麼女人交際花都玩膩了，就喜歡玩乾淨的良家婦女，這種偷食妹呀，我手上就有十多個，以你這個二十七、八歲的少婦，又有這麼美麗的身材和臉孔，真不知還可以迷倒多少人，好！只要你願意，我的門路多得很，我一定幫你這個忙。」

「什麼？你是說……」阿貴嫂聽了她的話，像是觸到了一道電流，全身不期然抖動了一下，那顆心急劇地在猛跳，像要從胸口跳出來一樣。

「是呀！現在是新潮時代，吃吃點心，平常事嘛！你有這麼好的本錢，不趁機賺一把，未免太可惜了。要是你願意，我絕對替你保密，不會有人知道的。」

「不！我不做對不起丈夫和孩子的事。」她惶恐地說。

「唉！什麼對得起對不起，這個社會是笑貧不笑娼，所謂貧賤夫妻百事哀，你一家的生活，單靠丈夫一個月賺那幾百元，哪裡夠用？將來孩子大了，還要一大筆教育費呢！你現在應該趁著年輕賺一把，也可以減輕你丈夫的擔子，有什麼對不起他？再說丈夫一個月只在家兩三天，你敢保證他在外頭沒有玩別的女人？至於說孩子嘛！他年紀這麼小，懂得什麼？能夠多賺一點錢，讓他好吃好穿，這才是盡一個好母親的責任，怎樣？你自己好好地想一想，如果真的願意，我立刻給你找個好客來，以你這樣的人品，又是第一次，一百五十元沒有問題，我抽三十元，你淨得一

百二十元，剛好夠你買這些字，如果客人高興，說不定還會賞你一些貼士呢！」阿珍姐滔滔不絕地說。

「不，我不能這樣做！」阿桂嫂難為情地垂著頭。

「唉！阿桂嫂，不是我說你呀！你也太古板了，樓下那位車衣妹阿芳，結婚還不到半年，便瞞著丈夫每星期出來偷食一兩次，一個月少說也可以賺一千八百的。你連孩子都生過了，對於這件事嘛，還不是像吃飯抽煙一樣，有什麼好顧忌呢？」

「不能，我不能——」阿桂嫂神色倉皇，臉上一片蒼白。「既然這樣，那我也不敢勉強你。」阿珍姐像是面對著一條不肯上鉤的金魚，感到有點失望，她把那張紙條交回給阿桂嫂，冷然地說，「你慢慢考慮吧！我等下再來一趟。」說著，又搖著那大屁股走了。

阿珍姐走後，阿桂嫂的腦海中像有洶湧的波濤在澎湃起伏，怎樣也無法平息。想起她的丈夫，平日待她是多麼溫柔、體貼，結婚以來，已經六年了，夫婦間恩恩愛愛，從來沒有吵過架。雖然他為了生活，不得已要東奔西跑，不能好好地在家和她相處，心裏有時也難免會興起孤單寂寞之感，但是每逢他回家時，總是向她噓寒問暖，愛護備至，這家庭的生活是多麼溫暖呀！現在阿珍姐居然慫恿她去幹那種事，這在良心上怎麼過意得去，不能！絕對不能！

「又不是包中的，既然沒有錢，還是不要買吧！」她心裏這麼想，於是勉強地摒棄著雜念，去煮飯做菜，一直想把這件事忘記，但那夢境和車禍的羅里車牌卻不斷地在腦海中反復湧現，尤其是7403和7304這兩個號碼，竟像是走馬燈似的，在面前急速轉

動起來，使她感到頭昏眼花。她又彷彿聽到有許多聲音在耳邊嗡嗡作響：

「阿桂嫂，這二十四個號碼一定要買，你可千萬別錯過這難得的機會！」

「你今天一定會中獎，如果不買，你將後悔一輩子！」「你欠阿珍姐的債、雜貨店的伙食帳，還有放在當鋪裏的首飾……如果你不買，那有機會解決這些難題？」

「你一定要買，一定要買，一定要買……」這許許多多的聲音使她感到從未有過的煩躁與不安，好像有一塊沉甸甸的東西，壓住她的胸口，幾乎要使她窒息。匆匆地煮好了飯菜，於是走進房間，打開衣櫃，拿出那裝首飾的盒子，只見裏面除了幾張當票之外，再也找不出什麼值錢的東西。她失望地把衣櫃關好，忽然眼睛一亮，發覺到手上所戴的那個結婚戒指，心裏想，這戒指雖然並不很大，但最少還可以值四、五十元，如果加上剩下的那五十多元菜錢，所差的只是一個小數目，阿珍姐總該會幫忙吧！至於今後二十多天買菜所需要的錢，不見了結婚戒指丈夫知道後會怎樣，她都無暇去細想。這時她十足像個戰場上的勇猛兵士、似乎是抱著必勝的決心，準備和敵人決一場生死戰，只要這場戰一勝利，那麼買菜錢和結婚戒指錢，還不都可以拿回來。

一小時過後，那阿珍姐又來了，她一進門就很不耐煩似地問：「阿桂嫂，你考慮好了沒有？」

「阿珍姐，我已經想到辦法，現在先給你五十元現款，還有這個戒指。」說著把鈔票和戒指一起交給阿珍姐，「因為今天當鋪沒有開門，就暫時押在你那兒，不夠的小數目，請你幫幫

忙。」

　　阿珍姐臉色一沉，感到悵然若失，因為她今天一心一意是要來引誘這條美麗的金魚上鉤，不料現在她居然還有這最後的一招，如果答應了，那全盤的計劃豈不是要功敗垂成？於是連忙撅起嘴，很不屑地說：

　　「嘿！這個戒指能值得多少錢？誰要呢？」她一邊把鈔票和戒指都退回給阿桂嫂，一邊說，「阿桂嫂，你那些字到底要不要買，現在時間不多，我趕著把『流』交過去，慢點就來不及啦！」

　　「……」阿桂嫂萬料不到阿珍姐居然會拒絕她的要求，她又一次被推進失望的深淵中去，一時竟答不出話來。

　　「唉！阿桂嫂，我說你這種人呀！真是死心眼，放著現成的一百二十塊不賺，卻偏要找這些麻煩來做，你可要想清楚呀！如果你買的那些字開正頭獎，可以得到九千多元的獎金，這可不是小數目呀！所以你現在應該好好地想一想，到底要不要賺這九千多元！」阿珍姐說著，故意看一看腕錶，「怎樣？你得趕快做個決定，我可沒有時間和你閒談！」

　　聽了阿珍姐的話，阿桂嫂拿出那張寫好二十四個號碼的紙條再看一下，於是昨晚的夢境，以及那輛羅里車的車牌，立刻又在腦海中閃現出來，好像覺得自己所買的那二十四個號碼，其中一個正開出頭獎，那一疊花花綠綠的鈔票不斷地在眼前飛舞。她彷彿看見夢中的那位白髮老人在指著那一疊飛舞的鈔票對她說：「快點抓住它，要不然就沒有機會了。」

　　「阿珍姐說得對，現在是新潮時代，平常事嘛！反正我又不

是處女，為了買這些字，就閉起眼睛幹一次吧！」她覺得時間已不允許她作太多考慮了，終於把心一橫，迷迷糊糊地做出這個決定，於是鼓起最大的勇氣，咬緊牙根，許久才很吃力地迸出一個字：「好！」

「這就對了！」阿珍姐有點喜出望外，她從阿桂嫂手中接過那張紙條，然後欣然地說，「這些號碼我拿回去抄，你在家等我的消息吧！」說著匆匆地走了……

四

中午十二時左右，有一個身材矮胖的老人來到阿珍姐的家，他年近六旬，那稀疏的頭髮已斑白了一半，手上拿著一枝煙斗，顯出神氣十足的樣子。

「契爺，你交代我辦的那件事，又失敗咯！」阿珍姐看他來，連忙迎上前去，低聲地說。

「什麼？那個肺癆鬼居然那麼硬頸，鈔票放在面前也不想賺？」契爺斜躺在那張舒適的沙發上，吸了一口煙，顯然感到有點厭煩。

「是呀！他說寧願餓死也不幹這種事，真拿他沒辦法！」

「喂！近來風聲很緊，你無論如何得想想辦法，幫我找一些新手來。」

「契爺你放心，只要給我一點時間，我阿珍姐可從來沒有遇過辦不到的事。」

「那就好了。」契爺微點著頭，又猛吸了一口煙，然後悠然自得地說，「今天可有什麼新女？」

「契爺，我打電話叫你來，就是為了這件事，今天我已替你找到一個標準的新女，包管你滿意，不過，你可要斯文點喇！人家是真正第一次出來偷食。」

「嘻！她又不是你的女兒，何必那麼擔心！她現在哪兒？快點叫她來。」他吃吃地淫笑。

「她就住在對面，瞧你這麼性急，先進房休息一下，我馬上去叫她來。」

於是不到五分鐘，那阿桂嫂便像是一隻可憐的小白兔，畏畏縮縮地走進阿珍姐的家，掉進她所擺設的陷阱裏去……

半小時後，她帶著一份莫名羞愧與歉疚的心情離開了那個魔窟，一回到家，就抱起強兒大哭起來。想起剛才那個臭男人的饞相，頓時湧起一陣強力的噁心。抬起頭，望著掛在壁上那張丈夫的肖像，那對眼睛睜得大大的，好像在向她怒目疾視。

「你這不要臉的賤婦，居然做出這麼下流的事，你怎麼對得起我？怎麼對得起強兒？」她彷彿聽到照片裏的人正在向她破口大罵，一時覺得自己竟像是一個犯下滔天大罪的人。然而，當她從口袋裏拿出那張剛才阿珍姐寫給她的萬字票收據時，內心卻又燃起了一種希望的火花，把原先那份羞愧與不安的陰影驅散了。

這一天，阿桂嫂怎樣也提不起幹活的勁兒，大部分時間只是呆呆地坐在那兒出神。好不容易挨到了傍晚，忽然見到阿珍姐興高采烈地走進她的家來。

「呀！阿桂嫂，這回你可真的發財了，你買的那個7304開正頭獎。」「什麼！真的？」她半信半疑地說。「當然真的，哪！你拿去看。」阿珍姐說著，遞給她一張白紙，上面寫著當天開彩

的全部中獎號碼。

阿桂嫂用顫抖的手接過了那張紙，一看之下，寫在最上面的那個號碼果然是7304，這是那輛撞死三輪車伕的羅里車牌。

「呀！真的中了頭獎！」她高興地幾乎跳了起來，「阿珍姐，我不是在做夢吧？」

「是真的，不是做夢，阿桂嫂，現在你發了財，可別忘了我呀！要不是我……嘻嘻！」

「當然，當然，等我拿到了獎金，一定好好地報答你。」「那就好了，哈哈！」她笑著說，「五元錢大萬，可以中到九千多元，阿桂嫂！你真福氣，不像隔壁大頭章那個衰佬，註定一輩子要做窮光蛋。」

「福氣？」她分不清阿珍姐的話是奉承，或是在諷刺，心裏只覺得有說不出的慚愧，現在幾乎是連自己也不相信，為什麼今天早上只不過為了那區區的一百二十元，就肯讓那清白的身軀去給一個臭男人任意玩弄，只可惜這個污點現在是怎樣也無法洗掉了，要不然的話，即使是付出任何的代價，她也願意。

阿珍姐走後不久，隔壁的大頭章聽到了消息，也來向她道賀，他說：「阿桂姐，你真夠運，我買了十多年的萬字，一分錢也沒有中過，上星期求到一個神字9085，這期開出二獎，今早本來已向阿珍買了兩元大萬，兩元小萬，但後來因為和她吵架，所以沒有買到，真是可惜！唉！俗語說得好：命裏有時終須有，命裏無時莫強求，看來我這一世人是沒有橫財的命，所以今後也不想再買了。」

「你和她吵架？為什麼？」阿桂嫂驚奇地問。

「這個臭女人，想叫我去帶白粉，我不肯答應，就頂起嘴來。你想帶白粉是犯法的事，而且會害許多人，金錢雖然可愛，但我總不能昧起良心。阿桂嫂，你得當心，像她這種女人，專門引誘人家去做壞事，你要加倍提防，以免上她的當。」

「是，是。」阿桂嫂有點靦覥地問答，心裏感到蠻不是味兒，好像認為大頭章正是在說她似的。

當天晚上，阿桂嫂的心裏有太多的感觸，說不出是悲傷、愧赧或是興奮。她一直在盤算等會拿到獎金後應該怎樣用法：當然，雜貨店和阿珍姐的帳得首先清一清，瞞著丈夫放在當鋪裏的幾件結婚時的首飾也得贖回來，強兒和自己應該添置一些新衣，還有多年來所渴望的冰櫃也應該買一架，強兒的身體更應該給他補一補，剩下的錢嘛！就放進銀行做定期存款，賺點利息……她因而又失眠了一個晚上。

第二天上午，她做完了工作，正想過去找阿珍姐，談談領獎金的事，不料阿珍姐卻已匆匆忙忙地來到她家，告訴她一個不幸的消息。

「唉呀！阿桂嫂，真是該死！昨天的頭獎7304，那個萬字票公司爆了廠，只能賠十巴仙。」

「什麼？只賠十巴仙？」阿桂嫂頓時像是從十多層樓的屋頂被摔下去一般，頭部感到昏昏然地，額上還冒出冷汗。她用顫抖的聲調說，「阿珍嫂，我買字輸去的錢，少說也有六、七千元，現在好不容易中到一次，卻只能賠十巴仙，這太不公平了！太不公平了！」

「唉！沒辦法，起初只肯賠五巴仙呢！後來還是我替你大力爭取，才肯賠十巴仙，這只能怪你不夠運，本來廠方要賠十萬八萬是隨時可以拿出來的，哪裡知道7304這個字，大小萬共吃了五百多塊，如果照賠起來，要百多萬，沒有辦法只好宣佈爆廠咯！阿桂嫂，別太傷心，就算賠十巴仙，你也可以拿九百多元，就當做還我的帳吧，總好過沒有中呀！」

「……」阿桂嫂雖然覺得還有許多不平的話要說，但喉嚨卻像被什麼塞住似的，再也說不出來，她想，跟她理論沒有什麼用處，因為她只不過是代理人，至於那萬字票廠的老闆究竟是誰？她根本都不知道。於是她只好像是吃黃蓮的啞巴，把無限的委屈隱忍在心裏。……

當天下午，張老闆來到阿珍姐的家，他向阿珍說：「怎樣？那件事辦妥了沒有？」

「那未見過世面的女人，還不容易應付！不消我三言兩語就搞掂了。」她得意洋洋地回答。

「阿珍姐，你辦得好，真系得既！哪！這裏一共有一千九百五十元，九百五十元是賠她十巴仙的數目，另外一千元給你做酬勞。」他一邊說，一邊拿出一疊五十元的大鈔出來，算好之後交給她。

「謝謝你，謝謝你。」阿珍姐接過鈔票，不禁綻出了笑容。停頓了一會兒，她忽有所悟似地問道：「張先生，你這期到底給人家中到多少？」

「你問這個呀！這本來是我的商業秘密，不過看在老朋友份上，我就告訴你吧！不瞞你說，這期我共收了五十多萬，被人

中到九十五元小萬，一百二十元大萬。據說7304是當天早上一輛撞死人的羅里車的車牌，所以許多看到車牌的人都下了注，如果照賠起來，也要五十多萬，那我豈不是沒有得撈，所以只好爆廠咯！」

「可是你只賠十巴仙給人家，他們都肯接受？」「不接受又怎樣？難道怕他們把我吃掉？只要你們這些代理人肯跟我合作，那還會有什麼問題？不過有三幾個硬一點的，也只好多賠一點給他們咯！」

「這麼說來！你雖說是爆了廠，但卻還有錢賺？」「當然咯！幹我們這一行，要應付黑白兩道，冒著各種風險，如果沒有錢賺，那我又怎能有本事養三個老婆，而且還常常來這裏攄攄骨，打輸贏幾千元的麻將？」張老闆摸一摸上唇的那兩撇八字鬚，一片傲然的口氣。

「張老闆，你真系得既！」阿珍姐豎起右手的大拇指，恭維地說。「只要我有得撈，少不了有你的好處，阿珍姐，快點給我叫個攄骨妹來，我已約好兩個朋友，等下要三強大會戰，準備打它十幾圈呢！」

「好，好。」阿珍姐於是立刻去搖了一個電話，不久，一個年輕漂亮的按摩女郎便來到這裏，和張老闆雙雙進房子裏去了。

五

自從那天過後，阿桂嫂就像是懷有無限的心事，終日神情憂鬱，沒有一絲笑容，因為那件事給她的打擊實在太大了。以前雖然沒有中過獎，但她倒還能心安理得地把希望寄託在下一期，可

是現在好不容易地中了獎，卻只能拿到十巴仙的獎金，還不夠還阿珍姐的債呢！她知道今後再一次中獎的機會非常渺茫，自己所面對的經濟困難並不容易克服，即使有機會再中一次，可是到時能賠多少巴仙，也只能由廠方隨意賞賜。去買政府的萬字吧！雖然可以有一百巴仙的保障，但她認為自己是個女人，每期要拋頭露面到老遠的萬字票站去排隊爭著買字，畢竟是不體面的事，所以她的內心忽然興起了從未有過的憂傷與失望，她終於病倒了下來。

起初她只感到頭部暈暈然的，全身柔軟無力，做什麼事都提不起勁，過了兩天，便發覺身體在發燒，尤其是下體的私處有點疼痛，而且還流著黃色帶臭的液體。勉強挨了兩天，再也支持不住了，只好接受大頭章夫婦的勸告，在一個下午，把強兒交代給大頭章照顧，跑去給一個醫生診治。醫生對她的身體經過了一番詳細的檢驗之後，惋然地說：

「你現在是患了一種性病，必須長時期的治療，在治療期間，千萬別和丈夫行房！」

「什麼！我患上性病？」她簡直不相信自己的耳朵。「是的，這是一種很嚴重的性病，一定是你丈夫傳給你的吧！」「哦！我已患上了性病！性病……」她喃喃地自語，像一個被法官判死刑的犯人，腦海裏頓時被一陣恐怖的陰影所包圍。

「唉！你長得這麼漂亮，丈夫居然還要在外頭尋花問柳，結果把這種病毒傳給你，現在年輕人也太荒唐了！」醫生說著，還不斷地在搖頭。

這時，阿桂嫂突然像個醉漢似的，只感到渾渾噩噩，也聽不

清醫生的下半段話。步出了診室，等著拿了藥，便匆匆忙忙離開診所，坐上一輛的士回家。

「阿桂嫂，醫生怎麼說的？」回到家後，章嫂很關切地問。「沒……沒什麼……謝謝你。」她期期艾艾地回答。「看你臉色這麼蒼白，早應該去給醫生看才對，其他的錢可以省，但看醫生的錢千萬不能省，身體要緊呀！別像阿章那樣，小病不注意，結果熬出大病來。」

「唔！……」阿桂嫂想不出什麼話可以回答，只是木然地點一下頭。

「阿桂嫂，你中到的那個字，真的只賠十巴仙呀！」大頭章懷疑地問。

「是呀！」「聽說有些人拿到四十巴仙，你為什麼不找阿珍姐交涉？」「跟她交涉有什麼用？她把這種事全推給萬字廠的老闆，我又不認識他。」

「那個臭女人，一定是她在搞鬼，真是混蛋！我恨不得揍她一頓。」大頭章右手緊握拳頭，向左手用力地捶了一下，好像是在捶阿珍姐似的，「阿桂嫂，你知道嗎？樓下那個車衣妹阿芳，夫婦倆昨天大吵一場，結果離婚了。」

「阿芳？她離婚了，為什麼？」「還不都是阿珍姐害了她，引誘她去幹那壞事，結果丈夫知道了，昨晚把她重重地打了一頓，終於鬧翻了。唉！阿芳也太不自愛了，一個結了婚的女人，不安分守己，偏要找綠帽給丈夫戴，連什麼廉恥都不顧，也難怪她丈夫生氣，哪個男人願意自己做烏龜？」

「她丈夫怎麼會知道？」「阿桂嫂，俗語都有說，欲要人不

知，除非己莫為，雞蛋怎麼密都有縫呀！單單阿珍姐的那把嘴就夠給她宣傳了，她就曾經在我的面前提過這件事。」

「哦！⋯⋯」阿桂嫂沒答腔，她猛地想起幾天前阿珍姐也曾跟她提起阿芳，這麼看來，阿珍姐也難免會跟別人提起她偷食的事，這是多麼丟臉的呀！萬一將來有一天也讓她的丈夫知道了，那他會對她怎樣？是否他們也會因此大吵大鬧之後，而宣告離婚呢！⋯⋯她簡直不敢想像下去。

「阿桂嫂，我看你臉色很差，應好好地休息幾天，有什麼需要幫忙的話，盡量通知我們一聲，大家是鄰居，別客氣！」章嫂說完，夫婦倆就回家去了。

大頭章夫婦走了之後，阿桂嫂一眼向壁上那幀丈夫的肖像望去，心裏想，他今晚上就要回來了，要是他知道她染上性病的事，那還得了！隱瞞著不說吧，那又必然會把這種病傳染給他，雖然她對於性病的常識知道得並不多，但她曾經看過陳萍主演的那套電影《毒女》，知道有一種性病叫越南玫瑰，如果不幸患上了，那是多麼痛苦與可怕！現在醫生說她所患的是一種很嚴重的性病，會不會就是那種越南玫瑰呢？如果是的話，那她今後要怎樣面對丈夫？有什麼面目可以見人？該怎麼辦好呢？於是一時間，那害人的萬字票，可怕的越南玫瑰，大肥婆阿珍姐和玩弄過她的臭男人，都一窩蜂地湧現在她的心頭，憂傷、羞愧與悔恨交織成一個解不開的網，緊緊地纏住她那脆弱的心靈。

「你這不顧廉恥的賤婦，還有什麼面目見我？不如早點死算了，要不然的話，我一定跟你離婚，免得影響了我和強兒的名譽。」她好像聽到丈夫怒罵的聲音，又彷彿看到許許多多熟悉和

陌生人忽然都變成張牙舞爪的魔鬼，想把她吞噬。她害怕極了，在無可奈何的情況下，腦海中突然閃現著一種逃避的決定，於是把那張丈夫的肖像拿下來，捧在手上，歇斯底里地說：

「阿桂，我對不起你，我對不起你，你原諒我吧！」說著，那淚水便涔涔的流出來。

「媽，你為什麼哭呀？」正在玩耍的強兒看到這情形，跑到她的身邊，天真地問，「是不是在想爸爸？」

她沒有回答，只稍微點一下頭，然後把他抱在懷裏。「哦！媽媽想爸爸，我也很想爸爸。」強兒指著照片說。「乖孩子，媽知道你想爸爸，他今晚就回家了，以後你要好好地聽爸爸的話，媽不能再照顧你了。」

「媽為什麼不能再照顧我了？」「因為媽要離開你，去另外一個地方……」她支吾地說。「去哪裡呀？」他又追問下去，「我也要跟媽媽去。」「你年紀小，不懂得這些事，那個地方小孩子不能去的。」停頓了一會兒，她摸著強兒的頭說，「強兒，媽今晚不煮飯了，我去買大包回來給你吃，你喜歡吃嗎？」

「喜歡，喜歡！」強兒拍著手掌，很高興地回答。阿桂嫂於是走下樓去，到附近的那間茶樓買了幾個大包回來，強兒因為已經很久沒有吃這東西了，所以立刻拿起一個狼吞虎嚥地吃著。

「媽！大包真好吃，你以後天天買大包給我吃好嗎？」「好，媽以後天天買給你吃。」說著，又把他抱在身旁哭泣起來。過了許久，她勉強停了哭泣，環顧房子四周，好像一切都變了樣，心裏感到異樣的空虛，雖然她面前的孩子是這樣可愛，但一想到自己所患的性病，以及所負的那筆不敢讓丈夫知道的債

務，便認為這世界已不允許她有所留戀，於是她在孩子的臉上深深地吻了一下，然後說：

「強兒，媽現在去沖涼，那剩下的大包留著餓時再吃，以後有什麼事，可以去找隔壁的阿章叔和阿章嫂，他們是好人，一定會幫你的忙。」

「好！」強兒顯然聽不懂媽媽所說的話，他只顧著吃他的大包，根本不會知道媽媽進了沖涼房之後，竟然會用一根繩子結束了那寶貴的生命⋯⋯

六

阿桂嫂終於死了，無聲無息地死了，就像死了一隻螞蟻一樣，除了大頭章夫婦外，她的死，並沒有在這座組屋掀起任何漣漪，因為這座組屋裏的住客，雖有百多家，但即使是住在同一樓，也很少來往。

她出殯後的第二天中午，那契爺又來到阿珍姐的家，他一看到阿珍姐，第一句話就問：

「契女，今天可有什麼新鮮貨？」「新鮮貨有的是，要肥要瘦，要高要矮，紅毛婆或是馬來妹，我都有辦法給你叫來，只是你專門想找第一次的偷食妹，那可真不容易呀！」阿珍姐顯出非常為難的口氣。

「喂！上次你叫來的那個可真不錯，皮膚白嫩，樣子又甜，雖說是生過孩子，但身材還是第一流，你就給我再叫她來吧！」

「你是說住在對面的那個？她是不會再來的了！」「怎麼？她不想再賺呀？」「契爺，你如果還想她，那你去大伯公山（墳

山）找她吧！」「什麼？她……」他顯得有點驚訝和惋惜的表情。「前天上吊死了，昨天才出殯呢！」

「死了？唉！真可惜，這麼漂亮的女人，為什麼要走上這條路，以後恐怕再也難碰上像她這麼好的偷食妹了！」他像是失去了一件心愛的東西，歎氣地說。

「哎！契爺有的是錢，還怕找不到靚女？這回我才慘呢！本來想放長線釣大魚，不料她現在雙腳一伸直，欠我千多元的帳，也只好陪她葬進墳墓裏去了。」

「嘁！千多元，濕濕碎！只要你今後肯幫我多找幾個正宗靚女，那還不容易撈回這筆錢嗎？」

這時，阿香端出一杯鮮橙汁來，這是契爺所愛喝的飲品。阿香今天打扮得很入時，那蛋圓形的臉薄施著脂粉，兩頰泛起迷人的酒窩，穿著一套粉紅色的低胸新衣，黑得發亮的長髮披在兩肩，充滿著天真的秀氣。

契爺今天不知為什麼，忽然對她特別注意起來，他用著一對淫猥的眼光，打量著她那健美的身材和秀麗的臉孔，等著她走開之後，忽然讚美地說：

「契女，你養了一個這麼漂亮的女兒，下半輩子可不用愁咯！哈哈！」

「契爺，難道你對她有興趣？」阿珍姐似乎摸透了他的心思，有點疑惑地說，「你不嫌她太嫩了吧？」

「契女，我跟你是直話直說，不必兜圈子了。老實說，吃童子雞，換換口味，倒也不錯，只不知你這做媽的會不會心痛？」

「心痛？哈哈！笑話！她又不是我的親骨肉，反正遲早都準

備讓她幹這一行，契爺既然看上了她，那就別客氣了，我跟你也是直話直說，就賞我三千元開包費吧！」

「三千元？」他稍微遲疑了一會兒，「好，三千就三千。」說著，立刻掏出一本支票簿，當場就開出一張支票，一面交給阿珍姐，一面說，「你有辦法說服她？」

「這個你放心，契爺，看在這張支票份上，我一定把她搞掂，你先進房去吧！」

等著契爺進了房間，阿珍姐立刻回到自己的房裏，從一個秘密的抽屜拿出一小包東西，趁著和阿香一起吃午餐時，偷偷地把它放在湯裏。

飯後不久，阿香正想收拾碗筷，突然間感到昏昏沉沉的，全身發熱，像有無數的螞蟻在蠕動，癢癢然地怪難受，走路時顛顛倒倒，連腳步也浮動起來。阿珍姐看在眼裏，連忙把她扶進契爺的那間房裏去，然後把門關上。

她坐在那張軟綿綿的沙發上，拿出契爺寫給她的那張支票，仔細地看著，就像一名藝術家在欣賞一件名作。不久，隱隱約約地從契爺的房裏傳出了一陣叫喊的聲音，她知道這是怎麼一回事，於是咧開嘴，發出會心的微笑……

1979年2月

卡辛諾

「Picture（即紅公）！」坐在那一張弧形檯子前面的六個賭客，用著很急促的聲調不約而同地叫出了這個字，六對睜得大大的眼睛也同時直瞪著那個派牌小姐的右手，像是要從她的手指上打聽出什麼驚人的秘密。氣氛是那麼沉重與緊張，只有那兩個值勤的青衣小姐，一個站在中間派牌，另一個坐在旁邊，卻是無動於衷的，顯出一片悠閒的樣子。

眼看著莊家最先翻開的那張「紅公」，原先這六個賭客心裏都在忐忑地跳動，因為莊家只要再來一張十仔或紅公的話，他們擺在桌上總共兩千多元的賭注便要被殺個清光了。可是沒想到尾家的牌派完了之後，那個婀娜多姿的小姐竟然給莊家翻開一張四仔，湊成了十四點，這可使他們六個人大大地高興了一陣，因為莊家點數不夠，必須再補一張牌，假使這第三張牌來十仔或picture的話，那麼莊家便穿了窿，他們就可以贏上這漂亮的一注。所以當那個派牌小姐的右手才拿到第三張的牌，還沒有翻開，他們便都緊張地喊叫起來。

現在已是深夜十二時，外面正猛刮著一陣陣刺骨的冷風，還夾著絲絲細雨，有幾個站在門口等車的遊客，或且是賭客，全身冷得直在發抖，不過在這個長方形的卡辛諾（賭場）內卻很暖

和。由於是週末，所以這裏的生意特別旺盛，那數百名的賭客簡直把整個賭場擠得水洩不通，一片鬧哄哄的，就像是早上的巴剎（菜市場）。每一張賭桌的周圍都坐滿或站滿了人，偶然也有一些人離開了，但他們所騰出來的空位，很快地就會被人補上去。

坐在這張「Black Jack」賭台第三家的那個面貌娟秀的吳小姐，神情顯得格外緊張，雖說才不過是二十多歲年紀，但她眉頭低壓，緊繃著臉，那副嚴肅而又恐慌的表情，已完全失去了少女的天真。雖然她這手拿的是一鋪二十點的好牌，但她似乎也沒有必勝的信心，因為莊家實在是太旺了，前一手她拿了十九點，但莊家卻拿兩張十仔；上一手更讓她氣惱，她拿了一鋪兩個紅公的好牌，滿以為三百元是贏定了，不料莊家竟然是一個紅公然後配上一張煙屎，結果又輸去了。今晚她用兩千元買來的籌碼，只剩下這最後的一注，有沒有機會翻本，就全靠這一鋪牌了。只見她猛叫一聲「Picture」，還霍地站了起來，而且用那兩隻微微顫抖的手掌向桌子拍了一下，連額上的青筋也在不斷的跳動。

然而，這個青衣小姐卻好像有意跟他們作對似的，只見她用很熟練的手法把那第三張牌翻開時，竟然是一張七仔。

「唉！」又是一陣不約而同的歎氣聲，那六個人的臉色一沉，還都把頭搖了一下。

「他媽的！真是活見鬼，一連兩手十九點，都還要輸給他，這怎麼賭得過！」坐在第一家那個留長髮的青年人似乎吞不下這口氣，所以禁不住破口大罵起來，不過他自己也不知道究竟是在罵誰，只是一邊罵，一邊拿著桌子剩餘的籌碼，轉到別檯去了。他才走開，那個站在他後面搭注而足足站了一個鐘頭的中年婦女

立刻如獲至寶地挨上前去，坐上了他留下的那張還很燙屁股的位子，生怕被人搶去似的。

「最衰是那個尾家，莊家牌面是紅公，他十四點底也不去補牌，要是他補去了那張四仔，那麼莊家剛剛是十七點，幾乎要陪通莊。」坐在第二家那個西裝筆挺的紳士型人物，這時大概也因為輸得多了，所以缺乏紳士風度，竟然發起很不合理的牢騷來，還把眼睛向尾家的那個老頭子瞪了一下，像是要把滿腔的怨氣向他的身上發洩似的。

「怎麼知道呢？如果知道是四仔，你以為我這麼傻不會去補嗎？」那個穿著黃色長袖峇迪的老頭子畢竟是個有涵養的人物，他似乎對這無理的指責一點也不生氣，只是慢條斯理地回答，一邊拿起桌子的那堆籌碼，站起身來，顯然是要走的樣子。

「怎麼！不賭了！講笑的囉，這樣就生氣呀！」那個紳士大概認為剛才所說的話太衝動了，一時也感到有些歉意。

「不是生氣，我還有贏三百元，如果現在不走，難道等輸完了才走。來這裏賭錢，只是逢場作戲，賭上一個多鐘頭，已經很夠了，輸贏都要看得開，如果你想長賭當飯吃，不輸死才怪！你想，每個人都想贏錢，賭坊老闆一年所賺的幾十億要向誰拿？」老頭子語重心長地說出經驗之談，然後摸著屁股走了，於是他的位子又被一個原先站在後面的年輕小夥子頂上了。坐在第四家的是個身材魁梧的中年人，他姓許，因為個子高大，所以大家都叫他許大牛。他是一家五金店的老闆，有一個很賢慧的太太和四名可愛的兒女，一家的生活本來過得很美滿。只因他生性好賭，所以這幾年來一直是「卡辛諾」的常客，把整間生意交給太太去管

理，結果先後已輸去幾十萬元。他現在倒真像是一位沙場老將，能臨危不亂，看看自己所下注的五百元籌碼被莊家殺去了，雖也感到心疼，但卻不動聲色，一邊掏出手帕揩去了額頭的汗油，一邊又把籌碼再推出下注，就像是一個勇猛的戰士，在準備下一場的決鬥。

　　至於坐在第五家的那個高貴而豔麗的少婦，單瞧她身上的打扮，就知道是位有錢人家的闊太太，穿著一襲青色的低胸薄衣，另披一件紅色的絨外套，一條赤色的瑪瑙鏈垂在胸前。左手帶著一隻金色手錶，那無名指上有一隻晶瑩發光的鑽戒。兩片薄薄的嘴唇塗上了口紅，高高的鼻樑上掛著一副金邊的眼鏡，身上所噴出來那名貴香水的味道，幾乎全檯的人都可以聞到。她的丈夫莊添福是個相當有名望的實業家，在社會上稱得上是有地位的人物，遺憾的是結婚三年，還沒有養下一男半女，平日由於忙著生意和社交的應酬，難免把嬌妻冷落了。莊太太大概就是不堪閨房的寂寞，所以常常趁著週日或假期時光，來到這兒玩玩，好消磨那無聊的時光。莊先生認為自己有的是錢，只要能夠使太太高興，輸贏三幾千元根本是皮毛小事，可是沒料到莊太太居然對這種玩意兒入迷起來，趁著莊先生上個月去外國旅行考察，這兩個月她竟成為這兒的常客，每星期至少要來四五趟。而且由於她是一個豪賭的女人，一定要下大注才夠刺激，結果因手氣不好，在短短的兩個月內，就輸去了二十多萬元，不但把銀行裏的存款輸個精光，就連許多貼身的名貴首飾也轉了主人，只剩下那個結婚戒指還不敢隨便脫下。這還不要緊，最糟是上次先後通過李進財向趙老闆告借的那四萬元高利貸，她一想起這件事便覺得心寒與

歉疚。那時因為她輸急了，又沒有現款做賭本，所以每次總是開出一張萬元的期票，向趙老闆周轉八千元的現金，不到半個月，就有四張這樣的期票押在趙老闆的手上。好在趙老闆格外開恩（她當時確是這麼想），前幾天只和她進行了一宗某種的交易後，就把那四張期票原璧歸還，現在債務雖然是沒有了，但銀行裏的存款和名貴首飾卻如東流之水，永不回頭，要是後天丈夫回來後知道了這件事，那該怎麼辦好？

「唉！反正痛痛快快地多玩兩天再說。」她眼看最後的那注籌碼被莊家掃去之後，似乎沒有充分的時間去想太多的往事，還是眼前的賭注要緊，於是從手提包內掏出最後的一千元鈔票，換了籌碼，繼續下注，然後就抽起煙來，兩眼盡瞧著籌碼在發愣。

吳小姐看到莊家第三張竟然來了一張七仔，頓時感到眼花繚亂，那個阿拉伯的「7」字竟像是一把短槍，正對準著她的胸膛發射，心裡一陣劇痛，額上也冒出了冷汗，於是她像是一個漏了氣的皮球，癱然的坐回在那張高凳上，那顆心還不斷地猛跳著。

不久，她看到其他的五位賭客都已下好了注，於是把手提包打開，像是要尋找什麼，但很快卻又關了回來，因為她知道那裏面最多只剩下十多元散鈔。正在猶豫的當兒，莊家已開始派牌了，她後面那個已經站得兩腿發麻而有點不耐煩的胖婦人，一面在她面前下了五十元的注，一面用那對睜得又大又圓的眼睛直瞪著她，像是要把她趕走似的。

當然，這個胖婦人並沒有真的把她趕走，但是她自己大概也覺得這張椅子是不能再坐下去了，於是無可奈何地站起來，吁了一口長氣，並往後退了一步，待那個胖婦人坐上去之後，她問左

邊的許大牛說：

「許先生，你今天也不順吧！」「可不是嗎？一萬元籌碼，就只剩下這些。」一邊說，一邊把桌子的那疊籌碼稍微動了一下。

「莊太太，你呢？」她又問坐在許大牛左邊的那個貴婦。「唉！一樣衰，已經輸去七千元了。」莊太太這時正拿著派來的那兩張牌，聚精會神地慢慢在看，所以漫不經心地說，「怎麼？你要回了？」

「唔！」她於是拍一下那坐皺了的衣裙，無精打采地走了。她在賭場裏兜了一個圈，並且不斷地在東張西望，像是要找一個人，但是並沒有找到，這時她才發覺到有些倦意，而且肚子也在嘰裏咕嚕作響，因為從下午七時到現在，她已足足賭了五個鐘頭，於是乃信步走去餐廳，叫了一碗湯米粉，但只吃了兩口，就再也吃不下去了，只呆呆的坐著出神。想起小學畢業後，因為家境貧窮，無力升學，覺得一個長得這麼漂亮的姑娘，要把大好的青春埋葬在膠林裏，未免太委屈了自己，所以一心嚮往著都市的繁華生活，結果在朋友的引薦之下，就離開了那個偏僻的小鄉村，來到首都的一家工廠當起縫衣妹來，雖說每個月也不過是賺那兩百多元，但平日省吃儉用，幾年來也有了好幾千元的積蓄。她還清清楚楚地記得，那是一個星期天的早上，她被幾個朋友邀約到這兒來玩，起初她們是在欣賞各種的勝景，後來在朋友的慫恿之下，也進了這個「卡辛諾」來見識見識，結果她拿五十元做本錢，第一次賭Black Jack，就贏了兩百元。自從那次之後，她便對這兒興起了莫名的好感來，覺得如果手氣好，要贏幾百元是輕而易舉的事，好過一天到晚車衣服才賺那區區的幾十塊。所以

此後每逢星期天，她就會約朋友再來這兒碰碰運氣，有時甚至自己一個人來。起初一兩個月，倒也有贏有輸的，可是後來手氣卻越來越差，幾乎每次總是乘興而來，敗興而歸。為了急於翻本，她幾乎每個週末晚上都來，直賭到第二天凌晨才回，有時索性直落通宵，一直挨到第二天下午。她和許大牛、莊太太一樣，成為這裡的常客，每逢週末或假期，他們三人總會在這兒碰頭，結果幾個月來，不但把數千元的積蓄輸光了，而且還負上了一大筆的債，其中向朋友們借的兩千元人情債還不要緊，可是欠李進財那筆三千元的高利貸可不是玩的，要是這件事讓家裡的父母親知道了，那還得了！……

　　「喂！吳小姐，你好嗎？」正在沉思中的她，突然聽到有人叫她的聲音，她的思潮被打斷了，鎮定一下神情，抬頭一看，正是她要找的這個在賭場撈世界的李進財。他是一個年近五旬的人，個子既高且瘦，一身黧黑的皮膚，曾經使許多不認識他的人要以馬來話和他交談。那瘦削的面龐，尖長的下巴，左眉下端的一粒大黑痣，加上兩撇八字鬍，顯然是一副不很逗人喜歡的尊容；但是那甜蜜的嘴巴和永遠掛在嘴邊的笑容，卻的確給人有一種親切的感覺。據說他本來也是一位二世祖，繼承了老子的一間百貨公司之後，卻並不好好經營，而把大好的時光都流連在這個「卡辛諾」裏，結果不上兩年，那間父親遺下的老店便關門大吉。後來為了一家八口子的生活，又不會做什麼正當的工作，在窮得發慌時居然也給他打出了一條生路，因「卡辛諾」當局遵從政府的命令，賭客買籌碼時要抽五巴仙（百分之五）的賭博稅，他靈機一動，就在這兒幹起黑市的籌碼買賣來。由於他是此中老

手，人面熟，許多賭客們都樂意和他打交道，別瞧他所賺的只不過是一兩巴仙的小數目，每個月至少也能撈到兩三千。同時他又和一名有錢有勢的後臺老闆搭上關係，替他拉線放高利貸給輸光了錢而又急於翻本的賭鬼，從中賺取一些傭金。本來他要是肯好好地這樣幹上兩三年，也還是有機會把那間老店重新發展起來。只可惜因為他本身還沒有辦法完全戒除那個老毛病，一個月總要下場去玩三幾次，結果所賺的錢也就左手進，右手出，雖說家中那個黃臉婆和六個小猢猻的飯碗有了著落，而自己每個月也還有能力上幾次酒吧或地下旅館找那些小姐們泄泄悶氣，不過欠趙老闆的那筆兩萬元的免息借款，卻至今還沒有本事還清。

「李先生，我正想找你。」吳小姐看到他來，好像遇到了救星。

「怎麼？手風不順啦！」他似乎早已猜到了她的心意，一邊說，一邊就在她對面的座位坐下來。

「是啊！今天又輸了千多元，李先生，能不能幫幫忙，再借一千元給我。」

「什麼？再借一千元？」李進財有點驚訝，「你上個月所借的三次共三千元，現在連利息算起來，已經要四千元了，一分錢都還沒還過，現在還想再借？」

「幫幫忙嘛！李先生，再借一千元給我，等翻了本一起還給你。」「翻本？唉！哪有那麼容易，吳小姐，我看你今晚手氣不好，還是停了吧！」李進財倒是一片好意地說。

「不，李先生，我不死心，我還要最後再博一次，請你無論如何幫幫忙！」想起身上所負的那筆債務，她現在好像是騎在一

隻猛虎的身上，不知該怎麼辦好，於是用哀憐的口吻向他懇求。

「吳小姐，你也是知道的，我本身並沒有錢，上幾次借給你的那三千塊，是趙老闆同情你，所以才相信你，你又沒有東西給他做抵押，他正交代我要向你催收這筆借款呢！你現在還想再借？」他好像也感到有點為難，於是把那常掛在嘴邊的笑容也收斂起來。

「那麼，就請你去求趙老闆吧！無論如何再幫一次忙，最後一次。」說著，那對水汪汪的眼睛竟然有些濕潤起來。

「唉！」李進財又歎了一口氣，無可奈何地說，「好吧！你在這裡等，我找趙老闆商量去。」

「謝謝你！謝謝你！」目送著李進財走了之後，她原先已是一片漆黑的心田中又燃起希望的火花來。從餐廳的玻璃窗向外眺望，但見白茫茫的一片，那幾盞強度的路燈所迸發出的光芒，在濃霧的籠罩之下，也顯得有些暗淡。這時她的腦海中一直在浮現著美麗的幻影，心想等下拿到一千元之後，應該怎樣好好地去再博一下。對，今晚Black Jack的手氣太差了，最好是賭輪盤，一個字買它五十元，一千元可以買二十次，中一次就有一千七百五十元，如果幸運的話，只要中上四手，那麼趙老闆的這筆高利貸，以及欠朋友們的人情債，就可以全部還清，從此以後，便立下決心戒賭，好好地工作，重新做人。想到這裏，她好像看到那輪盤正在她面前一次一次地轉動，而她所下注的號碼也一次一次地開出……「吳小姐，來！」大概十分鐘後，李進財就回來了，他一走進餐廳，就遠遠地向她招手。

「趙老闆在嗎？」她付了帳，立刻迎上前去。「在，他每個

週末一定來這裡租房過夜，我帶你去見他。」於是李進財把她帶至三樓的一間套房，推開房門，只見那個年近六旬的趙老板正斜躺在床上養神，他那凸出的大肚子像一個覆著的面盆，把臃腫的身軀襯托得更加難看，真像是個快臨盆的婦人似的。

「吳小姐，聽進財說你想再借一千元？」趙老闆看到她進來，立刻把斜躺的身軀坐直起來，那對貪婪的眼睛像是探照燈似地向她的身上掃視，看著她那清秀的臉孔，雪白的肌膚，尤其是苗條的身材，像一隻餓狗發現到一塊肥肉，差點連口水都淌了出來。

「是的，請趙老闆幫幫忙。」她有點嬌羞地俯下頭來，兩隻手不斷地玩弄衣襟。

「你可知道我現在再借你一千元，那麼三天之後，連上次所借的那筆數目，你就要還本利五千元了。」趙老闆站起身來，一邊說，一邊用右手摸一下他那稀疏而又斑白的頭髮，神情顯得非常寫意，因為他明白所等待的這麼一天已經來臨。

「我知道。」她還是低垂著頭，似乎不敢正視趙老闆。「五千元可並不是小數目，恐怕你……」

「趙先生，我一定會還的，我絕不會賴帳。」她深恐趙老闆不肯答應，還沒等他說完，便焦慮地說，並且把頭抬起，望著趙老闆，只見他正裂著嘴巴在笑，露出那幾個近乎黃色的牙齒，叫人看了有些害怕。

「當然，我會相信你的。」他用右手摸一摸下巴，在房裡踱了幾步，然後從荷包裏拿出十張一百元的大鈔來，很慷慨地說，「哪！這一千元你拿去吧！記住等下一翻本，就連舊賬一起還

清。」

「當然，當然。」她有點興奮，立刻伸出右手，就想把那疊鈔票接過來。

「可是，萬一你翻不了本，那你要用什麼還我呢？」他忽然把那疊鈔票放回口袋裡，好像是有意在誘惑她。

「趙先生，你別擔心，我一定會還你，一定會的。」

「空口說白話，不可以！你又沒有東西給我抵押。」

「趙先生，我……」她心裡一急，立刻迸出了淚珠兒，一時也說不出話來。

這時，趙老闆向進財打了一個顏色，於是進財把她拉到門口，在她耳旁輕輕地說：

「趙老闆剛才對我說過，他的意思是希望你好運翻了本，把五千元還給他，不過萬一翻不了本，等下你只要來這裡陪一陪他，那麼這五千元就擺平不要了。」

「什麼？哦！我不能這樣，不能……」她大概也瞭解到這陪一陪到底是怎麼一回事，所以吃驚地說，心臟不斷地在急劇跳動，一時感到莫名的恐慌，就像一個學生突然被老師提詢了一個無法解答的難題似的。

「進財，要不要由她，我可不願意強人之難。」趙老闆臉色繃得緊緊的，似乎很生氣，「不過，那三千元舊賬到期了，得趕快連本帶利給我收回來，不然的話，可別怪我不客氣！」說著，又斜躺在床上，裝做滿不在乎的神氣，並且用左手在那凸起的肚子上不斷地摸著。

聽了他的話，她心裏感到一片懊喪與迷惘，不知該怎麼好，

一方面急著想拿這一千元去翻本，希望能解決所面對的危機，另一方面又怕如果再失利了，那麼她便得……她不敢再想下去。

「吳小姐，不是我勸你呀！還是看開一點，解決眼前的困難要緊，趙老闆的債可是不能賴的，上次有個臭飛，存心想賴他的五千元，結果給人打斷了左腿，差點沒要他的命。所以，你可得要想清楚，希望你等下手風好，一翻回了本，便什麼困難都搞掂，萬一輸光了，大不了是那麼一回事，女人家嘛！遲早總要一次，有什麼好怕？」李進財又擺出那副親切的笑容，希望能說服她。

聽了他的話，再看看那個斜躺在床上的趙老闆，竟像是一隻張牙舞爪的猛虎，正張開血盆大口，等著把她吞噬，他那又圓又大的肚子隨著呼吸一上一下，像海裏的波浪在起伏。

「好！就這麼辦吧！」不知從哪兒來了這股勇氣，她在恍恍惚惚中竟作出這個決定，好像是抱著一種必勝的信心，於是把心一橫，說出了這句話，然後從趙老闆手上拿了那疊鈔票，立刻沖出門外，趕著再進「卡辛諾」去了。

「嘻嘻！看你這個小妞，還能逃得出我的掌心？」趙老闆一陣獰笑，然後對進財說，「亞財，你要看住她，別讓她逃走，今晚我等著吃這味好菜，嘻嘻！」

「趙老闆，這麼漂亮的原裝貨，你真夠福氣！」李進財很羨慕地說。

「嘿嘿！你想，如果不是我早已看上她，我會白白將幾千元借給一個沒有東西抵押的死妹仔？」說著，掏出一包香煙，遞一支給進財，自己也銜上一支，進財立刻拿出打火機替他點上

火，他吸了一口，突然轉了話鋒，「喂！那個莊太太近來手風怎樣？」

「好像是有贏有輸，有來有去，怎樣！你對她還有興趣？」「嗤！你這麼說，未免太看低我趙老闆了，你以為我胃口這麼差，會對一個二手貨著迷？來，我給你看一樣東西。」說著掏出了那個荷包，從中拿出一張彩色的照片來，「哪！你看這是什麼？」

進財把那張照片接過來一看，那是一張男女做愛的裸體照，上面那個滿身肥肉的男子，頭轉向右邊，所以看不到臉，但下面那個女的卻可以看得很清楚。

「呀！她就是莊太太？」李進財吃驚地叫起來。「當然咯！這是一單大生意，你以為我趙某人會這麼傻，肯花四萬去玩一個破碗？聽說她的老公後天就要從外國回來，誰不知道莊先生是個大富翁，擁有幾千萬的身家，在社會上有名譽，有地位，嘿！我只要叫人把這張藝術照拿給他看一眼，還怕他不乖乖地拿出十萬八萬來，到時我這筆四萬元的借款，連本帶利息都有了，哈哈哈！」他抬起頭哈哈大笑，眼睛眯成一條線，連全身的肌肉也隨著笑聲抖動起來。

「趙老闆，你系得嘅！怪不得人家說你是再世曹操，夠狠夠辣！」李進財說著，還伸出右手的大拇指比一比，似乎對趙老闆的詭計深表佩服。

「俗語都有說嘛！無毒不丈夫，難道我真的想死後上天堂。亞財，你好好地跟我做，一定有你的好處。」說著，把那張藝術照片放回荷包中，然後抽出五佰元來，拿給李進財，還在他的肩

膀上拍拍兩下。

「多謝趙老闆，多謝！」李進財滿懷高興地接過了鈔票，還很恭敬地向他鞠了一個躬。

「你可以拿這五百元去玩幾手，今晚一定會好運氣。」他嘴裏這麼講，心裏可真希望進財去輸錢，就像希望吳小姐去輸錢一樣。因為他認為李進財的確是他的一名好幫手，所以深怕有天進財本身有了本錢，不要再依靠他，那他就要斷了一條財路。

李進財拿了趙老闆給他的五百元賞錢，又聽趙老闆那句挑逗的話，那才停了一個星期的手又癢了起來，於是高高興興地也進「卡辛諾」去博他的運氣了。

李進財走了之後，趙老闆好像辦完一件大事，於是叫夥計送來一支小瓶的白蘭地，自個兒慢慢地酌，慢慢地飲，心裏想這麼一個漂亮可愛的小妞等下就要乖乖地自動送上門來，讓他盡情享受一番，不期然就發出一陣淫笑來。

果然不出趙老闆所料，大約只不過半個鐘頭，他的白蘭地酒還沒有喝完，那個神情木然的吳小姐，就像一隻待宰的小羔羊，由李進財護送進他的房裏來，於是房門一關，這一朵嬌豔燦爛的花兒，就要面對著一陣無情暴風雨的任意摧殘……

時間在不知不覺間溜過去，很快就到了凌晨二時，「卡辛諾」裏面的人群雖然少了一點，但仍然還是鬧哄哄的一片，那一群群在各種賭桌周圍的人潮，不論是站的或是坐的，每個人都像是長征的勇士，精神飽滿，絲毫沒有倦容。

莊太太今晚還算幸運，到最後一個鐘頭內，不但給她翻了本，而且還倒贏了兩千多元，於是她懷著輕鬆的心情坐計程車回

家去了。然而她連做夢也沒有想到，她的命運現在已被控制在一個惡魔的手裏。

　　許大牛今晚的牌風可糟透了，雖然他有臨危不亂。屢敗屢戰的精神，結果還是被莊家殺得一籌莫展，不但把帶來的五千元現鈔輸光，而且又向那個相熟的亞窿再借了五千元的高利貸。他先後轉換了六張檯子，由「二十一點」到輪盤，又由輪盤到「百家樂」，可是手風依然沒有好轉過，直到他再也拿不出可換籌碼的鈔票時，才像是一個戰敗的兵士，垂頭喪氣地離開了賭場。他換回了二百元的押底金後，還依依不捨地站在賭場門口觀望。只見上面那幾個金色的英文字母Casino，在燈光的照耀之下，閃閃發光，他恍惚看到它的旁邊有一幅白髮老人在江邊垂釣的圖畫，圖畫下面模模糊糊地有一行中文字：「姜太公釣魚，願者上鉤。」他目不轉睛地向它注視，好像是個落魄的藝術家，正在欣賞名貴的書畫。過了許久，才懷著憂鬱的心情步出大門，然後駕著那輛自用的「得善」牌汽車，朝著回家的道路奔馳。一路上，那一陣陣的寒風從車窗吹進來，呼呼的作響，像是無數的冤魂在哭泣。環顧滿山，盡被一團團濃霧所包圍，到處是白茫茫的一片，只有車燈照射的那條道路，還隱約可以看得見，它正像一條蜿蜒的大蛇，盤踞在山腰。

　　這時，他只感到渾渾噩噩的，腦海裏沉重得很，想起自己所經營的那間原本是很有前途但現在卻是存貨寥寥的五金店，時常上門的催帳員們所擺出的那種令人難堪的面孔，還有所欠那筆十多萬元的會款，以及在那個「阿窿」手上三萬元已經到期了的支票……想到這裡，胸口頓時像是被一塊千斤重的石頭壓住，連氣

也喘不過來。他也想起家中那個令人討厭的黃臉婆，每當他輸錢回家時，總要囉哩囉唆地說一大堆令他心煩的廢話，叫他應該專心做生意，不能靠賭博過活。她曾經不止一次勸他說：魚兒不吃餌，就不會上鈎，只要安分守己，不要妄貪那非分之財，那麼一家人大可以過著幸福愉快的生活。然而對於她這番苦口婆心的勸告，他幾乎沒有一次聽得進耳朵，反而還賴她咒衰了他的賭運，因而常常把她當作出氣筒似地亂罵一頓，有好幾次甚至還對她拳腳交加起來。

「唉！我怎麼竟會這麼狠心？我太對不起她了！太對不起她了！」他的心裏突然興起一陣強烈的內疚與懊悔，「如果我過去肯聽她的勸告，怎會落得今日的下場？」他恍惚間好像看見那個臉色蒼白、懷著七個月身孕的太太，手上正拉著四個嗷嗷待哺的兒女，哭哭啼啼地站在他的面前，他們的影子又和那五金店收帳員、會款和高利貸的影子合在一起，像走馬燈似地在他的面前急劇的轉動起來，轉得他暈暈然，像有無數的毒蟲在腦海中蠕動，怎麼也想不出善後的辦法，一種莫名的悲觀與絕望突然湧上心頭，於是把駕駛盤向左猛力一擺，結果連人帶車都掉到路旁那個幾十米的深坑去了……

從此以後，這個「卡辛諾」裏再也看不到許大牛、莊太太和吳小姐的影子。據說那個原先是富家奶奶的莊太太，她的丈夫看到了那張藝術照片之後，大為震怒，雖然他自己每個月總要在外面玩十個八個女人，但他認為男人們只要有錢，玩女人是天經地義的事，然而女人居然背著丈夫去偷漢子，這還得了！別說是僅有的一次，即使是半次，也是大逆不道，絕對不能寬恕的。現在

竟有人想以此向他敲詐，要他拿出十萬八萬來，他可並非是這麼容易上當的傻子，太太如衣服嘛！只要有錢，還怕不能再娶到一個更漂亮的黃花閨女？犯不著為這個「賤貨」破鈔，至於說一日夫妻百世恩，那根本是一套鬼話。於是索性把那張藝術相片交給律師，很快就辦好了離婚手續。這一招倒大大地出乎趙老闆意料之外，不過趙老闆當然也並非等閒之輩，他豈肯就這樣白白地放過她？於是立刻派出爪牙把她找來，不費吹灰之力就把她推落火坑，聲稱最少須替他賺回八萬元才肯甘休。由于她姿色豔麗，又沒有生育過，所以在暗坑中還是被叫價兩百元的上等貨色，只不知她究竟要在這個地獄中苦熬多少年，才能逃得脫趙老闆的魔掌。

至於那個吳小姐呢？自從經歷了那次慘痛的教訓後，她心裏非常後悔，立誓此生不再踏進卡辛諾半步，現在她已回到老家做割膠妹去了。所謂懸崖勒馬，回頭是岸，這小妮子幸虧就是憑著這個決心，才免得再進一步墮落罪惡的深淵裏去。

現在，這個「卡辛諾」不但沒有因為少了許大牛、莊太太和吳小姐而冷清，反而是更加興旺起來，因為有更多許大牛、莊太太和吳小姐那樣的人正爭先恐後地往那裏面跑，他們都各自懷著一種虛幻的夢想，希望能在這個萬多方尺的小天地中闖出一個世界來，也就因為如此，所以還有更多像他們一樣的悲劇正在不斷地上演著……

1978年9月18日中秋夜脫稿

俱樂部風光

　　夜深了，戲院的半夜場早已散了場，就連那些經營夜市的食物檔也已經打烊。經過一日辛勞的人們，多在睡鄉中尋找他們的好夢，於是這個原先是熱鬧一片的市鎮，變得冷清清的。街上再也找不到行人的影子，只有幾隻野狗還在小巷的垃圾堆裏找尋殘餘的食物。

　　這時，在大街XX會館樓上的高尚俱樂部，卻還隱隱約約地傳出劈劈拍拍的麻將聲，這聲音時斷時續，像是不很響的爆竹。前房的燈光一片明亮，有三個親密的戰友正在興味盎然地享受他們的娛樂。

　　這間俱樂部是由埠上一班有閒人士所創設，目的是為他們提供一個良好的娛樂場所。雖說每月所抽的水錢最少有三、四千元，但由於他們並非志在賺錢，所以除了支付房租、工資及一切例常的開銷外，剩下的錢，就常常拿去著名的酒店聚餐。菜式不但要名貴，而且還要新奇，這一餐的費用往往就要花去一兩千元。起初這間俱樂部並沒有定名，有一次聚餐，大家酒酣耳熱，肚子飽脹，正在高談闊論時，忽然談起俱樂部的名字來，大家都

認為堂堂的一間俱樂部，豈可無名？於是就當場搜索枯腸，畢竟還是那位德高望重的傅老先生有點墨水，給他想出「高尚俱樂部」這個名字來，大家立刻贊同，認為這個名字不但文雅，而且也名副其實。因為這裏唯一的娛樂就是搓麻將，沒有其他犯法性的賭博，搓麻將可以聯絡感情，當然是屬於高尚的玩意兒；而且這間俱樂部雖說是採取門戶開放政策，但來來去去不外是埠上那十多位紳士之流，他們即使不是百萬富翁或二世祖，至少也是月入數千的幸運兒，所搓的全是A、B級的大麻將，A級的一場輸贏一萬八千是件閒事，B級的每場輸贏也要一兩千元。那些在咖啡攤或家裏搓慣幾塊錢一鋪的下層人士，當然連做夢也不敢上那兒去問津，俱樂部之被命名「高尚」，正可以表明出他們那不同凡響的身份。

每天下午一時過後，那些吃飽後沒有事做的有閒人物，便會陸陸續續地到這裏來，搓那最流行的三腳麻將。有些人雖然有工作做，但也會忙裏偷閒，中午休息的這段時間，先來這裏吃一頓免費的午餐，然後順便搓它兩圈過過癮，當做是工餘的消遣。

俱樂部的唯一女工阿芳姐，負責打掃、抽水和為賭客們服務的工作。每天由下午二時直到晚上十二時左右，她要替賭客們倒茶啦！拿煙啦！買東西吃啦！……叫她的電鈴聲幾乎是接二連三地響個不停，使她忙得透不過氣來。遇到是週末或公共假期的前夕，她往往要服侍搓通宵的賭客們，直到天亮。她今年才不過三十開外年紀，身材嬌小，年輕時本來是當地一間中學的校花，當時她皮膚白嫩，肌肉豐滿，不但學業成績優良，而且還是一名運動健將，也參加校內的救傷隊和銅樂隊，是個非常惹人喜愛的

少女。可是自從她的丈夫去世之後，這幾年來，經不起生活的折磨，白嫩的皮膚變得黝黑，豐滿的肌肉日漸消瘦，那娟秀的臉孔已顯得異常蒼老。

　　現在，她經過了一天的忙碌之後，已非常疲倦，全身都感到酸痛，連四肢也有些麻木起來，於是坐在那張橙黃色的沙發上，想休息一下。才坐一會兒，眼皮便越來越沉重，老是要向下垂，勉強地支撐了許久，再也忍不住了，於是不知不覺間就打起瞌睡來。可是還不到五分鐘，又被那討厭的電鈴聲吵醒了。她睜開眼睛，望著壁上的掛鐘已是凌晨三時，那幾幀和時鐘並排在一起的裸體美女，似乎也顯得懶懶然。前房冷氣機發出那種沙沙的嘈音，夾著一陣一陣的麻將聲，使她聽了格外刺耳。她懶洋洋地站起身來，推門進去，只見那三個從昨天下午二時就開場的親密戰友，還聚精會神地在大戰，每個人都龍馬精神，毫無倦容。

　　「阿芳姐，給我換一杯熱茶！」她一進來，那個身材高瘦，下巴尖長，留著兩撇八字鬚的蔡一虎便命令地說。這個專門撈偏門的二世祖，雖說才不過是四十歲左右，但由於在賭場中長期熬夜，加上在那方面的消耗太多了，所以臉色一片蒼白，像個大病初愈的人似的。

　　「好。」她一邊答，一邊拿著他位子上的那個茶杯，去廚房倒了一杯熱的中國茶。

　　「給我一包Dunhill（香煙名）。」留著嬉皮士式長髮的年輕人張大發，還沒有等她把那杯茶放下，便又發出另一道命令。這個百貨公司的東主，自從兩年前繼承了他老子的遺產之後，生活本來過得很寫意，不幸去年因為沉緬在卡辛諾裏，輸去二、三十

萬現款，結果大傷元氣，直到現在還沒有恢復過來。

「好。」她照樣公式化地回答了一聲，於是又連忙去後房拿來了一包Dunhill牌香煙，遞給張大發，然後站在麻將檯旁，停留了一會兒，想等著看他們有沒有什麼另外的吩咐。這時，只見蔡一虎拿起那杯熱茶，呷了一口，張大發則點燃了支香煙，悠然地在吸著。至於另外那個高頭大馬、皮膚黝黑、以怕老婆出名的礦家李文中，卻是一片蕭然，神情顯得非常緊張，那副長滿了疙瘩的四方臉繃得緊緊的，可真像是舞臺上的包公。原來他因為牌風不順，已輸去了六萬多胡，算起來要三千多元。現在他正拿著一手筒子清一色的好牌，而且叫三、六、九筒，如果這一鋪滿胡吃得出，雖說不能就此翻本，但至少可以取回四分之一的江山，所以他如臨大敵似地把全副精神集中在牌桌上，就連阿芳站在後面也沒有發覺。

這時，坐在他下家的蔡一虎剛好摸上一個牌叫胡，於是把那個多餘的九筒打出來。

「碰！滿胡。」他高聲一叫，便如獲至寶似地立即拿起那個九筒，同時把手上所有的牌反開來，那原先繃得緊緊的四方臉也綻出了笑容。

「喂！慢慢來。」坐在他上家的張大發，吸了一口香煙，慢條斯理地說：「你想吃滿胡呀！要先問我肯不肯？」說著，也把手上的牌反開來，原來他正是單吊九筒，攔他的胡。

「什麼？又攔胡！」他立刻收斂了原先的笑容，狠狠地罵著，右手抓起幾個麻將，猛力地往桌子一敲，像是要拿它來出氣似的，「他媽的！這種麻將怎麼打得！真像是遇到了衰神。」他

很生氣地說，這時才發現阿芳姐正站在背後，於是反過身來，眼睛睜得大大地瞪了她一下，好像她就是他所罵的那個衰神似的。

阿芳姐本來已經被那陣麻將敲桌的響聲嚇了一大跳，再看看李文中那副憤怒得像個活閻王的臉色，知道他正在找尋發洩悶氣的物件，於是連忙識趣地掉頭想走出去，可是她才拉開房門，卻聽得他用著短促而急躁的聲音說：

「阿芳姐，再給我一瓶黑狗！」「要大的還是小的？」她停頓了腳步，反身問他。「當然是要大的咯！小的怎麼夠爽？你說是不是？」他眯著眼，向她斜瞟一下，嘴角還掛著淫笑。

「鹹濕鬼！最好讓你輸多一點！」她心裏這麼罵著，但可又不敢說什麼，便去廚房的冰櫃拿一枝大黑狗來，又替他斟滿了一大杯，然後才走出去。

李文中拿起那杯黑狗，一下就喝上了大半杯。這回輪到他做莊，疊好了牌，他把那三粒骰子往檯上用力一拋，因為太大力，有一粒骰子跳出來，跌到地上去了，他於是又伸手去按電鈴。

「喂，骰子就掉在你的腳下，自己彎一下身，就可以拿起來，何必叫芳姐？」張大發說著，猛吸了一口香煙，然後把煙霧徐徐地噴出來。

「他媽的！你又何必假惺惺！我們請她來，不叫她做工，難道叫她來吃飯？」他顯得一片不屑的神氣，又把剩下的半杯黑狗一口氣喝完，原先黝黑的臉漲得紅紅的，就像是豬肝一樣。

阿芳姐走到廳中，剛剛往沙發上坐下去，就聽到鈴聲，只好又站起來，很不耐煩地走進房間，問他們說：「什麼事呀？」

「把地上那粒骰子拿起來。」李文中手指著腳下的那粒骰子說。她彎下腰，找到了那粒骰子，正想站起來，忽然發現李文中俯著頭，那對淫猥的眼睛竟然注視著她的胸部，她很難為情地把骰子放在桌子之後，就開門出去了。

「嘻嘻！想不到阿芳身材雖然矮小，但她的兩粒波倒還不錯。」李文中一邊打著骰子，一邊很起勁地說。

「怎麼？你對她有興趣呀！那麼散場後可以留下來，陪她過夜。」蔡一虎左手摸一摸那兩撇八字鬚，吃吃地笑著。

「去你媽的，老子只要有錢，漂亮的女人有的是，會對她有胃口？」李文中說著，把剛拿回的四個麻將牌往桌上重重地拍了一下，結果有一個牌子又跳落地上去了，他原想再伸手按鈴，但這回大概自己也覺得不好意思，只好彎下身去，把那個麻將牌拿起來。

阿芳姐這回總算可以安然地坐在那張沙發上。她注視著那個壁鐘，看那秒針不斷地移動，一時間，那幾支指標竟像是走馬燈似的，在她的面前急遽地移動起來，轉得她頭昏眼花。朦朦朧朧中恍忽看到了她的丈夫，正站在面前，他穿著一套潔白的衣裳，和當年一樣英俊、瀟灑。那時他是校裏的高材生，和她同班，高中畢業後不久，就和她結婚，憑著他的天資和苦幹，只不過是短短的五年，就在一家貿易公司升上了副經理的職位，薪金加上年終的花紅，每個月平均有千多元。她自己當初因為家境關係，初中畢業後便被迫停學，婚後雖然找不到什麼理想的工作，但是幫人家洗一些衣服，每月也有整百元的入息。那時他們倆的生活是過得多麼幸福與愉快。可是沒料到他這個短命冤家年紀輕

輕的，竟然就患上了胃癌的絕症，拖了一年多，直到把所有的積蓄花光之後才斷氣，撇下她和一個六歲的孩子在挨苦。為了要撫養這個孩子，她曾經當過膠工、泥水匠、家庭傭人。去年在朋友的介紹下，她就當上這高尚俱樂部的女工，月薪雖然不多，但加上賭客們的「貼士」（小費）和賣香煙啤酒的入息，每個月也有三、四百元，而且最使她滿意的是這間俱樂部免費供給她一個房間，使她不必為了租房的問題而煩惱，還可以照顧自己的孩子，所以雖說平日曾受了不少賭客們的鳥氣，也只好忍受下來。

「阿芳，真委屈你了，不過為了我們的孩子，你得堅強地活下去，好好地把他撫養成人。」她忽然聽到丈夫慰勉的聲音，又看到他一步一步地挨上前來，想擁抱她，她也本能地攤開雙手，想接受他的擁抱。可是就在這時，電鈴又像警報似地把她吵醒了，她定一下神，發現自己的雙手正在懸空環抱著，卻不見丈夫的影子。茫然地站起身來，走去前房，只見那三個戰友正在計算籌碼，顯然戰火已經停熄，她因而鬆了一口大氣。

「喂！反正已經三點了，索性再打多三圈，等天亮才回吧！」那個四方臉的李文中因為輸了錢想翻本，所以這樣提議。

「不要咯！又不是沒有機會打，何必這樣搏命？」張大發深恐太遲回家，對太太無法交代，所以連忙拒絕。

「對！還是先回家好好地睡個覺，等下早點再來。」蔡一虎又習慣地摸一下他的八字鬚，附和地說。

「等下我不來咯！下坡去玩玩不是更爽，何必拿錢來這裏養蛇？」李文中因為已經連輸了幾場，有些心疼，現在看他們又不肯延長三圈，心裏很失望，於是把輸去的六千多元開了一張支

票，丟在桌上，沒好氣地說，然後起身走了。

李文中罵那兩個贏家是蛇，本來是習慣在輸錢後的牢騷話而已，可是他做夢也沒想到這次真的是做了笨豬，讓他們倆給宰了。待他走了之後，只見蔡一虎貼近張大發的耳朵輕聲地說：

「怎樣？我教你的功夫還使得吧！這次只不過是牛刀小試，以後只要合作得好，機會還多著呢！」

「你系得嘅！」張大發也笑著說，「他這個孤寒鬼，輸幾千元就呱呱叫，真像是死了老豆。」說著掏出了一張五元的鈔票，賞給阿芳姐，然後各自拖著輕鬆的步伐，回家去了。

阿芳姐等著他倆下樓之後，關好了門，整個人只感到暈暈然，腦子裏好像有許許多多的事要想，但卻又什麼也想不出。匆匆忙忙地走進房裏，望一下躺在床上酣睡的孩子，然後整個身體像是一塊大木頭似的，拋到床上，就呼呼地進了夢鄉。

二

阿芳姐一覺醒來，已是上午八時多。她揉一揉惺忪的眼睛，雖然還有很濃的睡意，但卻不敢在床上留戀，只好一骨碌地爬起身來，好在自己這副賤骨頭還相當硬朗，睡了幾小時之後，原先的疲勞早已消失，於是趕著把客廳和房間打掃乾淨，又煲了開水，沖了一大壺的中國茶，準備等下招待賭客。

她去街上的茶店買了兩條油炸鬼回來，然後走進房間，想叫醒阿明仔，只見他還在酣睡著，胸部一起一伏的，發出均勻的呼吸聲，那俊秀而可愛的臉孔，可真像他死去的父親，她感到有

一股莫名的安慰。那短命冤家死得早，雖說是一件無可補救的憾事，但阿明仔至少也填補了她心靈中的空虛，給她人生的道途上帶來了一盞明燈，使她獲得光明與溫暖，也增加了生活的信心與希望。

她站在床沿，仔細地端詳著他，像是一名藝術家在欣賞得意的傑作。過了一會兒，才挨上前去，搖動著他的身體：

「明仔，快點起身，時間不早了！」「媽！」明仔睜開眼睛。叫了一聲，很快便爬起身來。她連忙把床鋪整理一下，然後帶他進沖涼房去洗臉。

「明仔，你的馬來文這麼差，我已經給你請到了一位先生來替你補習，你要好好地聽他的話！」等著明仔洗好了臉，她摸一摸他的頭，很關懷的說。

「媽，我的馬來文考到五十二分，你還說不好呀！有許多同學還拿大鴨蛋。」明仔天真地回答，還用兩手比一個圓圈。

「人家吃大鴨蛋是人家的事，你的馬來文只考到五十二分，當然是不好，應該像你的華語和算術那樣，考八十分或九十分以上，才能算好，現在的馬來文是重要的科目，你以後要特別用功才對。」

「好。」明仔點一點頭。「今天是星期天，媽很忙，你補習過後，要好好溫習功課，不要出去遊玩。現在快來喝咖啡，等下補習老師就要來了。」

她關照過後，就去前廳把那幾副麻將牌拿出來用布大力的擦，要把上面的油漬和污垢擦掉。她一邊擦，一邊想：這個社會可真奇怪，許多人為了生活，一天到晚忙著工作，連休息的時間

都沒有，但也有許多人卻怕閑著無聊，只為了這百多個麻將牌而著迷起來，把大好的時間都浪費在這上面。現在她在這間俱樂部工作，簡直就是忙著侍候人家打發無聊，這是多麼滑稽的事。想起這一年來，工作的辛苦姑且不說，然而這些高尚人物給她的閑氣，有時候實在也很吃不消，但是為了貪圖這份比較優厚的收入，希望多積一些儲蓄，以便將來能好好地培養明仔，於是現實不允許她有所抉擇，只好麻木自己的神經，做一天過一天算了。

那幾副麻將牌在她大力擦了之後，發出閃閃的油光，她很滿意地把它放回櫃檯裏，然後把每張麻將檯加幾張紙，又把籌碼算好。等到一切都做妥當後，時間已將近九時，正想坐下來看一下報紙，門鈴卻響了起來，她把門一開，進來的是吳大平。

吳大平個子矮小，卻相當肥胖，尤其是那個凸出的肚子，就像個懷胎十個月的孕婦。前半部的頭髮已脫得光禿禿的，雖說今年已五十多歲，但不論是上唇或下巴，都長不出像樣的鬍子，跑起路來，兩手總喜歡向後一劃一劃的，就像划船一般。他是一個非常樂觀的人，憑著老子遺留給他的幾百畝膠園和好幾間店鋪，根本不必工作，每月固定的入息就有好幾千，近來投資一些汽車買賣和零件生意，又大大地賺了一筆，幾個兒女都已長大成人，又有一位賢慧的太太料理家務，所以他正是無工一身輕。就因為有太多的空閑，所以無形中就成為這俱樂部的中堅分子，幾乎把大半的時間消磨在這裏，悠游自在，簡直不知憂愁為何物。不過他對於社會工作倒很熱心，擔任了埠上許多社團學校的要職，在地方上算得是個響噹噹的人物。

「吳先生早！」阿芳姐打了一聲招呼，然後斟一杯唐茶給

他，「李文中他們三個人，打到今早四點多才散呢！」

「結果誰贏？」吳大平坐在沙發上，摸一摸那凸出的肚子，好奇地問。

「蔡一虎和張大發兩個人都贏，李文中輸了六千多元。」

「活該！這個百事可樂，整天自誇麻將高明，是武林高手，我已輸給他好幾場了，想不到他們兩個替我報了仇，最好讓他多輸一點。」他有點幸災樂禍地說，隨手拿起一份報紙，翻開地方新聞版，就看到一則三台的標題：

「XX公會改選　吳大平蟬聯主席　吁請華人重視母語教育」他把新聞內容仔細看了一遍，內心不禁泛起了一絲快慰。心想這幾年來因為積極參加社團活動，使自己的大名時常在報章上出現，尤其是最近推動維護華文教育的工作，深獲社會人士之讚揚，這次XX公會改選，他居然能夠擊敗政壇上的顯要，證明本身是獲地方人士之大力支持，多年來的辛苦總算沒有白費。

不久，門鈴又響起來，阿芳姐把門一開，進來的是蔡一虎。吳大平一看到他，就很羨慕地說：「喂！聽說你昨晚成績不錯，怪不得這麼早就來！」

「嘁！贏三、四千元，濕濕碎，還不夠我今天買一場馬呢！」他在那張躺椅上坐下之後，就對阿芳姐說，「喂！快打電話給老傅，叫他早點出來，然後替我買一碗叻沙。」

老傅原是一家運輸公司的董事長，今年已近七旬，在埠上也是一位名人，曾經擔任不少社團學校的要職，膝下有三個兒女，都是很有名氣的專業人才。他老人家原應對此感到驕傲，但很使他遺憾的是，嫁出去的女兒姑且不說，最使他意想不到的是那兩

個寶貝兒子，那個榮獲博士學位的大兒子在澳洲跟一個紅毛妹結了婚，不回來了，第二的是專科醫生，結婚之後，也和那個做醫生的太太雙雙搬出去，一年難得回家一兩次，所以偌大的一間洋房，就只剩下他和老伴兩人。他老人家雖說擁有幾百萬身家，但卻深深地感到許多事情不是金錢可以買得到的。年紀一年一年地老，心境跟著一年一年地空虛，有時夜闌人靜，和老伴兩人燈下對坐，的確有無限落寞之感。他似乎看破了這點，認為過去為兒女們勞碌了一生，現在也應該好好地享受幾年晚福，所以不但辭去了所有社團學校的要職，就連那個董事長的肥缺也辭掉了。這一來他的生活的確是清閒得多，但就是因為太過清閒了，很難排遣那一連串的無聊時光，正所謂飽食終日，無所用心，難矣哉！所以除了看看戲之外，便把大部份的時間消磨在這俱樂部裏。

「傅先生昨天對我說，他已輸了幾場，發誓不再來了，我不敢打電話給他！」阿芳姐皺著眉頭，有點畏怯地說。

「哎！他這個老王八，一輸錢就發誓，前後已不知發了多少次誓，結果還不是照樣來，別信他的鬼話！」吳大平拿出一支他所愛抽的朱律煙，點上了火，悠閒地吸著。

「最好還是你自己打給他，我叫他來，贏錢還不要緊，要是他輸了錢，我又要挨罵了。」阿芳姐還是推辭。

「好，我打給他！」吳大平於是拿起電話筒，撥了號碼：「哈羅！老傅是嗎？」

「你這個冤鬼，一早就來找我呀！」老傅由於連輸了幾場，今天本來的確已下決心不要再賭，早上起身後，看完了報紙的新聞，就看戲院的廣告，發現並沒有什麼好看的新片，正在發愁該

怎樣去打發這漫長的星期天，不料這時，吳大平的電話就來了。他聽得出吳大平的聲音，所以在電話裏這樣罵他。

「怎麼？還想睡覺呀！快點出來開會，我和蔡一虎正在等你。」「我今天要偷工（休息），不理你咯！」「要偷工？來月經呀！」吳大平吃吃地笑，「喂！你這麼老了，不打麻將，會生病的呀！」

「我炒你的蛋。」老傅似乎是經不起引誘，那摸麻將的手又癢起來，停頓了一會兒，於是毫不遲疑地說，「好，我馬上就去！」

吳大平放下聽筒，摸一摸下巴，很高興地說：「是不是？賭博鬼發什麼誓都是假的，阿芳姐，把冷氣開起來，我也要一碗叻沙。」

阿芳姐開了冷氣，然後提著一個三層的食物格子，下樓買叻沙去了。坐在躺椅上的蔡一虎拿起一份報紙，翻開賽馬版，很仔細地在閱讀，兩隻腳翹得高高地平放在另一張木凳上，還不斷地在搖動。

「老蔡，今天有什麼好貼士？」吳大平遞給他一支朱律煙，「哪！我這支又長又大的讓你試一試。」

「你又不會賭馬，告訴你有屁用？」老蔡接過那支朱律煙，坐起身來，並掏出打火機點火。

「如果有包中的貼士，告訴我一聲，讓我也撈一點。」

「他媽的，你想得太天真了，貼士如果有包中的，那我早已發了大財，去年也不會輸去幾十萬。賭博的事，還是運氣第一，當你跑衰運的時候，怎樣好的貼士都不靈了。」

大概十分鐘以後，阿芳姐已把叻沙買回來，他們匆匆地吃完之後，阿芳姐給他倆倒了熱茶，又遞面巾給他倆抹臉。就在這時，老傅已經來了。

　　「喂！老傅，要拿錢，早一點來嘛！」吳大平一見到他，就開玩笑地說。

　　「昨天又養了豬，今天本來真想休息一下，沒想到你這個冤魂不散。

　　好，今天就準備再養你一次。」老傅說著，右手按一下那稀疏的頭髮。這老人家雖然道貌岸然，但說起話來倒很有幽默感。

　　「要休息，最好進醫院。」吳大平諷刺地說，「像你這種人呀！不抽煙、不喝酒、不跳舞，現在又不能玩女人，留著大把身家又有什麼用？難道真的想帶進棺材裏去呀！倒不如輸一點給人家用，有什麼好想不開？」

　　「我炒你的蛋，要我做慈善呀！我倒不如拿去施贈窮人，何必拿來這裏養豬？」他掏出手帕，脫下那老花眼鏡，把兩片玻璃細心地抹一下，心裏感到蠻不是味兒。因為吳大平的那番話，竟像是一把利劍，正射中了他的心窩。年紀這麼大了，正如西山暮日。連自己也不知究竟還能活上多少年，平日除了搓搓麻將之外，的確沒有什麼可以使他開心的事。雖說這副老骨頭因為保養得好，還相當強壯，只是談起玩女人，除了找按摩女郎鬆鬆骨之外，對於那件事，畢竟是力不從心了，所以金錢再多又有什麼用？麻將輸去幾千元也實在算不了一回事，只是眼巴巴地看著把鈔票給人家，心裏總有些不順，何況牌風不好時所受的那種悶氣，也的確很使他感到怏怏然。

「喂！閒話少說，快點開場，我打完兩圈後，還要趕去馬場呢！」蔡一虎有點急不及待的樣子。

「要哪副麻將？」阿芳姐走到櫃檯，遲疑地問。「隨便都可以，最重要是拿一副我會贏錢的。」吳大平對著阿芳姐，扮個鬼臉。

「拿紅色的那副！」傅先生連忙說。因為他想，這幾場青色的、黃色的和白色的都搓過，結果總是輸，所以今天得換副紅色的再碰碰運氣。

阿芳姐把紅色的麻將拿出來，他們三人正想開檯，剛好這時，那個暴發戶王百川來了。

說王百川是暴發戶，一點兒也沒有冤枉他。十多年前他只不過是一名膠工，靠著老子遺下的幾十依格老樹，夫婦倆胼手胝足，才能維持一家的生活，可是他連做夢也沒有想到，由於附近屋業的蓬勃發展，使他那段原先只值幾百元一依格的老樹，不斷地漲價起來。幾年前一位大建築商看中了這幅地，跟他合作搞建築事業，他的份下分了六十多間屋子，結果賺了兩百多萬。就憑著這筆本錢，他又投資了好多地皮生意，結果時來運到，這麼三炒兩炒，居然給他賺了好幾百萬。烏鴉飛上枝頭變鳳凰，這個傻裏傻氣的土包子，居然也躋身上流社會去了。

「百川，昨晚成績不錯吧！」吳大平看到他來，劈頭便問。「幹汝老母臭XX，昨晚又輸了千多元。」王百川右手抓一抓留著短髮的頭，左手則摸著下巴，那個掛在長而臃腫的臉龐上的扁鼻子，隨著他的話聲在翕動。他雖然已躋身上流社會，可是那句口頭禪的粗話卻永遠沒有辦法改掉。

「千多元，那還不是小事！聽說你去年買的那一段地已經出了手，又賺了幾十萬，麻將輸一點有什麼關係，快去開檯！」

「幹汝老母，令伯不愛打了，汝自己打吧！」王百川懶洋洋地在那張躺椅上坐下來，顯得很疲乏似的。

「你既然來了，就讓你打吧！我等下還要去開會。」「你昨晚才開會，今天又要開會，什麼爛蕉會開不完。」王百川打了一個長長的呵欠，嘴巴張得開開的，那兩排不整齊的黃褐色牙齒都露出來。

「昨晚育英學校開董事會，等下是居民協會要開會員大會，改選職員，今晚還有一個呢！那是校友會開理事會議，要討論協助籌募獨中基金的事。唉！我就是常常為了要開會，所以弄到打麻將的時間都沒有，真是沒有辦法！」吳大平攤一攤雙手，顯出無可奈何的神氣。

「誰叫你爛蕉頭要做得那麼多，是不是也想封個什麼銜頭。」王百川從書架上撿了一本黃色雜誌，還特地架起那副老花眼鏡，很有興趣地在翻閱。

「嘻！封什麼銜頭？我們的老傅對社團學校的工作搞了幾十年，連個屁都沒有封過，你以為銜頭是這麼容易封來的呀！」吳大平拿起那杯茶，啜了一口。

「其實呀！我們的吳大平要是想受封，絕對不難，只要你肯把搞社團的那股勁去搞政治，我敢保證你明年准可以封個有功的大勳銜。」蔡一虎對這個話題似乎也很有興趣，他又習慣地摸一下那兩撇八字鬚，兩眼直瞪著吳大平，「喂！老吳，以你這種人才，不去參政治活動，真是可惜，如果你出來競選，我一定投你

最神聖的一票！」

「參加政治活動？哼！別搞我。」吳大平伸出右手，在面前搖了幾下，「我要是想搞政治的話，本埠區會的秘書或是財政的位，還不是等著我去坐，可是我不要。因為我已經看透了，這政治是最骯髒的東西，那些參加政治的人，還不都是在爭權奪利，為私人利益打算。再說為人民服務，也不是一件簡單的事，做得好，沒有人稱讚，做得不好，他們連你的祖宗十八代都罵下去。而且政壇人物像波浪一樣，起落不定，你們看看，印度的甘地夫人、巴基斯坦的布托，還有蘇聯的赫魯雪夫，他們得勢時真可說是威風八面，可是一旦失了勢，連自身的性命都難保。所以我說，如果要我去搞政治，我寧可把時間和精神省下來，多打幾圈麻將。」

「對，閒話不要說得太多，還是打麻將好。來，快點開檯！」蔡一虎說著，還望一下那壁上的掛鐘，顯得很不耐煩的神氣。

「大平，你先去打兩圈，讓我睡一下，等下再起來接你的位。」王百川說著，還把眼睛閉起來，裝做要睡的樣子。

「七早八早就想睡，昨晚沒有睡過覺？」吳大平有點牢騷。「你說得對，我昨晚就是沒有睡過覺，你知道嗎？昨晚跟幾個朋友上夜總會，喝了幾瓶XO，害到令伯花去千多元，幹汝老母臭XX，他們玩到兩點多還不肯回。」

「你又不會跳舞，上夜總會去搞屁！」蔡一虎對這個土包子向來沒有什麼好感，現在看他又不肯下場開檯，心裏就更加討厭，所以鄙夷地說。

「幹汝老母臭XX，不會跳舞，就不可以上夜總會呀！令伯

袋子裏有錢，哪裡都可以去，不怕告訴你，昨晚夜總會散場後，我們還載了幾個歌星去宵夜呢！」原先躺著的王百川忽然坐起身來，很有勁地說，好像是要報告他的光榮事蹟。

「載歌星出去宵夜？有沒有特別的節目？」蔡一虎想知道這個土包子究竟能搞出什麼花樣來，所以又挑逗地問。

「當然有咯！要不然載她們去吃風呀！哇！那個臺灣歌星真夠味，五百元，值得值得！」王百川抬著頭，兩眼睜得大大的，似乎還在作甜蜜的回味。

「臺灣歌星，那有什麼奇怪？老子香港明星都玩過。」蔡一虎好像是故意再頂撞他。

「香港明星？那個毒女難道不是香港明星，令伯還不是有玩過。」

「嘻！毒女，又老又粗，三百元？那只不過是第三流的貨色，有什麼稀罕？我是說香港第一流的明星，或是出名的大肉彈，玩一次要三千元……」

「幹汝老母，難道你有玩過？」王百川似乎很不服氣，還沒有等到蔡一虎講完，便搶著說。

「當然咯！我要是沒有玩過，就不會對你說了。」蔡一虎像是打了一場勝仗，顯出非常得意的神色。

「幹汝老母，只要令伯有錢，遲早總要去香港玩個痛快，何怕沒有機會？」

「喂！阿川叔，你今年當選了同鄉會主席，還沒請客呢！」吳大平不想他倆爭論得太僵，於是轉變了話題，要把氣氛緩和一下。

「主席！嘿！令伯才不稀罕！他們買會所不夠錢，就選令伯

做主席，要令伯出錢。幹汝老母臭XX，他們居然獅子開大口，硬要我捐五萬，這五萬是五十千的鈔票，並不是籌碼。我才沒有這麼傻，後來他們說了一大堆理由，什麼取豬（諸）社會，用豬（諸）社會啦！好像我賺的錢是他們給的一樣，沒辦法，只好忍痛捐了一萬元，你想這一萬可以玩多少次香港明星？」他摸一摸胸口，似乎還在為這筆捐款而感到心痛。

「阿川叔，那天你們新會所開幕，我聽過你的演講，不錯不錯！」吳大平笑著稱讚他。

「幹汝老母臭XX，令伯一世人都沒有演講過，叫那個文書把演講稿寫短一點，他偏不聽，寫得又臭又長，害令伯準備了幾天還讀不熟，真要命！」

「那天你講得很好，只是漏了很重要的一句。」吳大平故作神秘地說。

「哪一句？哪一句？」王百川很緊張地問。

「幹汝老母臭XX，你那天演講時忘記了這一句。」

「幹汝老母，你這夭壽仔，拿令伯來開玩笑。」王百川指著吳大平，自己不禁也笑起來。

「喂！阿川叔，講笑是講笑，我現在有件正經事想跟你商量，本地興華獨中最近要擴建新校舍，我們校友會晚上開會，就是要討論籌款的事，希望你能出點力。傅老先生已認捐了一萬元，這裏一張認捐的名單，你拿去參考參考。」吳大平從口袋裏掏出了一張名單，想交給王百川。

「幹汝老母，你們真的是吃飽飯怕沒有事做，政府明明有辦學校給我們讀，偏要花錢去辦什麼獨中，令伯又不想當慈善家，

捐錢的事，別來找我的麻煩。」王百川把名單推回給吳大平，連看也不看一眼。

「這可不能這麼說，開辦獨中，目的是維護我們的華文教育，所以凡是華人都應該出點力。」那個傅老先生起初聽他們在談論女人歌星，只是靜默地不插口，因為對於這類的話題，他老人家已提不起勁兒，現在聽到吳大平勸王百川為獨中捐款，覺得應該幫一幫腔，希望事情能進行得順利一點。不料王百川聽了他的話之後，卻反唇相譏地說：

「幹汝老母，令伯是粗人，不懂得什麼叫做維護華文教育，我只想問你們一句，你們口口聲聲說要維護華文教育，為什麼你們的孩子沒有一個是讀華校的。令伯的幾個大兒子以前都是讀華校的，因為令伯以前窮，要孩子幫忙做工，不能給他們升學，現在令伯有了錢，也聰明了，所以我已把那個小兒子送去英國咯！」

王百川的這一式絕招可真厲害，立刻把吳大平和傅老先生的口給封住了，因為他們倆雖然本身都受過高深的華文教育，但他們的兒女卻真的沒有一個進過華校。

原先在廚房工作的阿芳姐這時剛好出來，想替他們添茶。她聽到王百川所說的話，又看到吳大平和傅老先生面面相覷的尷尬情形，也感到有些好笑。她對王百川說：

「王先生，話不能這麼說，雖然你們的兒女都沒有讀獨中，但卻有許許多多愛護華文教育的人要在獨中求學。我們身為華人，對於華文教育不能夠漠不關心，大家都應該盡一點力量。吳先生，我雖然窮，但我願意捐五十元，請你替我寫上去，等月底

拿了薪水才給。」

聽了阿芳姐的話，王百川多少也有些不好意思，於是摸一摸頭，很不得已地說：「好，我就應酬應酬，捐兩百元吧！」說著便把身體躺下來，並閉上眼睛，不一會兒，便發出很響的鼾聲，原來他已像豬一般地睡著了。傅老先生德高望重，一向只有說道理教訓人的份兒，不料現在卻被王百川這個老粗給搶白了一頓，心裏的確感到有萬分的難受。他細細地在咀嚼著王百川和阿芳姐的話，內心突然也興起了一股強烈的內疚和懊悔，心想自己活了這麼一大把年紀，但晚景卻落得如此孤獨淒涼，這還不全是自己所作的孽！要是當初也把孩子送進華校，那麼現在他們大概都可以陪在自己的身邊，享受著天倫之樂了。唉！往者已矣！這些既成的事實現在都無法補救，空後悔又有什麼用？還是打麻將要緊，他老人家覺得只有在麻將檯上，才容易消磨那空虛與寂寞的時光，享受到一點人生的樂趣，於是他沉著臉，催促他們說：

「來，我們開始，廢話別說得太多！」他一邊說，一邊就走進前房，蔡一虎和吳大平也相繼進去，不一會兒，那劈劈拍拍的麻將聲便由裏面傳出來……

三

蔡一虎今天的牌風很差，坐下來還不到二十分鐘，便被傅老先生和吳大平吃了幾鋪大胡，輸去了兩萬多的籌碼。這一手他做莊家，上家吳大平拿了四個正花，又碰出紅中和西風，已是六番下地，下家的傅老先生卻沒有花，顯然是做平胡，牌面可以說是緊張得很。至於他自己的牌雖然沒有大番，但卻一早就叫一、四

索了。他想即使是計胡，但只要吃得出，免得輸大胡總是好的。不料連摸了五、六輪，還不能吃胡，害到他心臟一直在猛跳。這時傅老先生摸到了一枝三索邊張，已經叫了胡，他稍微遲疑了一下，就把那張發財打了出去，吳大平叫一聲碰，然後打出一個七索。蔡一虎伸手去摸牌，他一摸就知道是四索，心裏一陣高興，正想反開來吃胡，不料卻聽到傅老先生慢吞吞地喊了一聲碰，原來他是叫四、七索，吳大平打出的那枝七索，讓他胡上了，這樣一來，他不但要輸一個平胡，還要輸個滿胡的胡仔。他氣得直在發抖，那副蒼白的瘦臉拉得長長的，把手上摸著的那枝四索重重地往桌子拍一下。

「丟你媽，你慢一手打七索不可以嗎？」他一邊罵，一邊很不甘願地去看吳大平的牌。原來他正在叫二、五筒，那四五六七索多出一個閑牌，他看了之後，可就更加生氣，於是鐵青著臉，好像是老師在教訓學生：

「丟你媽，你為什麼不打四索，四索是熟張呀！」

「四索雖然是熟張，但它是中張牌，我當然要打七索咯！」吳大平理直氣壯地辯白說，「其實打四索他還不是一樣吃胡。」

吳大平顯然不知道他是叫一、四索，而他也沒有說出來，只是把這股氣悶在心裏。他想，今天可真是行正衰運，面已抹了兩次，麻將紙也撕了兩張，還是不能扭轉牌風，於是站起身來，跑去沖涼房小便，雖然他根本就沒有尿意。

他進了沖涼房，勉強擠出了一點尿，回到麻將檯，吳大平打趣地問：「再兩手不吃胡，你恐怕要去大便咯！」「丟你媽，你贏了一點不要太得意，麻將還響著呢！等下我反攻給你看。」

「反攻？嘿嘿！今天看情形你是死定了。」傅老先生裂開嘴巴，陰笑地說，「還是學老X那樣，到棺材裏去反攻吧！」

蔡一虎的脾氣本來就不好，現在給他們這麼一激，那股氣感到非常不順，加上昨晚睡眠不足，所以覺得頭部重重的很不舒服。他按一下電鈴，叫阿芳姐拿來一瓶風油，把前額和頸項全給搽上了。再打兩手牌，頭痛越來越厲害，於是又叫阿芳姐去買兩粒「朋那多」吃下。

「喂！別太緊張了，錢輸一點不要緊，可千萬別急出病來！」傅老先生又在調侃地說。

「是呀！你老子幾個月前去世，留下的遺產少說也有幾百萬，輸一點錢有什麼要緊？」吳大平也附和著。

「丟你媽！談起我的老子就生氣，他那個老傢伙也太不公平了，把那些好的產業全割名給我的弟弟。」蔡一虎忿然地說，同時用勁地把一張牌打出來。

「為什麼這樣？」吳大平好奇地問。「那老傢伙向來偏心，說我不務正業，看不起我。其實我還不是自己在外闖江山，自己賺錢自己花，哪裡有用過他的錢，他不該大小眼這麼厲害。你們以為我的那個老二是真的孝順、聽話！哼！其實都是假的，他不過會耍手段，討老頭子的歡心，想要他的財產嘛！」他喝了一口茶，停頓了一會兒，又說，「那老傢伙病倒時，他兩夫婦用心服侍，把他當做菩薩，可是等到割名手續一做好，還不是跟我一樣。老傢伙的病拖了好幾個月，最後那一、兩個月，他們夫婦倆簡直待他連豬狗都不如，那老傢伙後來還不是活活地被餓死，活該！不過我這只老虎可也不是好欺侮的，決不能讓老二占盡了便

宜，我已請了律師，找到他的漏洞，控告他，最近就要開庭了。如果他不肯把財產拿出來平分，我一定弄到他頭昏腦脹，讓他不得太平。」

「這又何必呢！俗語說，打虎不離親兄弟，到底還是至親骨肉呀！有什麼事大家好好商量，何必驚動官府？」傅老先生擺出長者的態度，好言地勸他。

「什麼兄弟骨肉都是假的，這年頭只有金錢最真。」蔡一虎聳一聳肩，那額上的幾條青筋也在跳動。

「唉！清官難審家庭事，還是不談這些了。哦！碰！」吳大平說著，隨即又很緊張地問，「打七筒是嗎？」

「是呀！」傅老先生回答說。「顧著講話，差點走了雞。」吳大平一邊說，一邊拿著那枝七筒，然後把全部牌反開來，原來他又吃了一條龍，滿胡。

「丟你媽，又輸滿胡！」蔡一虎拉開抽屜，給了籌碼，算一算那五萬的籌碼，已去了一大半，心裏正在懊惱，就在這時，卻見阿芳姐推門進來，對著他說：

「蔡先生，你的孩子來找你。」「我的孩子，你為什麼讓他進來？」他很氣憤地說，原先那瘦長的臉顯得更加蒼白難看。

「你的孩子找你，說要跟你講話，我怎麼能夠阻止他？」阿芳姐像是一個受委屈的犯人，在為自己辯護。

「以後他來找我，說我不在好了，別讓他進來。」他忿然地將手上的牌蓋下來，然後走出去一看，只見有個十七、八歲的少年，畏畏縮縮地站在廳中。

「你來這裏幹什麼？」他板著臉，一片呵叱的口氣。「是媽

叫我來的，他說你已經有十多天沒有回家了，所以叫我來這裏找你。」那個少年吞吞吐吐地說，表情很不自然。

「找我有什麼用？快點回去！」聲音很嚴厲，像是軍隊中的長官在發施號令。

「媽說家裏已經沒有錢了，叫我來向你拿錢。」少年說著還伸出右手，比剛才膽壯得多。

「又是拿錢！上次才給她兩百元，這麼快就用完了？」「爸爸！兩百元你以為很多呀！單單我的考試費就交了百多元，又要還房租、伙食，還有我的車費和學費，媽叫我向你再拿五百元……」

「五百元？你以為爸爸是開金礦呀！什麼學費、考試費一大堆，每年都考最後，還是不要讀算了。」

「什麼？你要我停學？」那少年顯然是被他老子的話所激怒，只見他目露凶光，很生氣地說，「我成績不好，這不是我的錯，媽說你自從跟那個狐狸精混在一起後，便很少回家，不把她當做人，錢拿得不夠，沒有辦法，媽才叫我半工半讀，賺點錢幫補家用。媽媽說你對兒女要負起責任，不應該貪新忘舊，把我們全給拋棄了。」

「丟你媽！你這個衰仔，居然敢教訓起老子來。」蔡一虎板著臉，舉起右手，狠狠地刮他一下耳光，似乎是想把輸麻將的那股悶氣向他身上發泄。

「嗚嗚……你不肯給我錢，還打我，嗚嗚……」他一邊哭，一邊說，「你……你……你不配做我的父親，你是……」他把快要溜出口的「大渾蛋」三個字咽回去，然後掉頭走了。

吳大平和傅老先生這時也從房裏跑出來，正在酣睡的王百川也被吵醒了，他們看到這情形，就像是在欣賞一出鬧劇，一時也不知該怎麼說好。

　　「丟你媽，這個衰仔，居然敢教訓老子，這還得了！」眼看著兒子下樓之後，他似乎怒氣未消，又狠狠地罵了一聲。

　　「一虎，不是我說你，你也太不會做人了。」王百川從躺椅那邊站起身來，揉一揉眼睛，「他來的目的是拿錢，你給了他不就沒有事了嗎？何必為這件事跟他嘔氣？雖說你在外頭另外有了一個家，但那黃臉婆到底還是結髮夫妻，生活總應該給她照顧。就像我這樣，雖說也有兩頭家，但我分配得平均，一邊住一個星期，他們還敢說什麼？」

　　「我可沒有你這種功夫！」他冷然地回答一聲，便逕自走進房裏去，繼續打他們的牌。王百川也躺回在那張椅子上，雖說這時已沒有睡意，但仍然閉著眼睛在養神。

　　大概因為被兒子這麼一鬧，心情不好，蔡一虎的牌風就更加壞起來，一直打完兩圈，除了吃一次詐胡外，就沒有再吃過胡，結果輸去了三千多元。看看腕錶，已是中午十二時，只好懷著滿腔的悶氣，趕著到馬場去了。蔡一虎一走，吳大平叫阿芳姐去買午餐，他和傅老先生各要了一碟雞飯，王百川也叫了一盤牛腩粉。吃飽之後，吳大平原想去參加居民協會的會議，但卻被王百川阻止了，因為他剛才睡了一覺，已養足精神，於是就和吳大平、傅老先生湊成一檯，再戰下去……

四

　　中午一到，這俱樂部就開始熱鬧起來，那些戰友們習慣先來這兒吃一頓免費的午餐，然後才開檯大戰。這當兒，阿芳姐可真要忙得透不過氣來，一會兒有人叫她去買雞飯，一會兒又有人叫她去買牛腩粉，剛剛買一碗麵回來，又有人叫她去買沙爹，每天少說也要上下樓幾十次，單單爬那幾十級的樓梯，已夠使她腰酸腳軟。等著大家都吃飽過後，幾檯的戰事同時在進行，這時她就更忙了，例常的工作倒茶拿面巾不算，賭客們要茶要煙，叫她的電鈴幾乎是響個不停，這台骰子掉在地上咯，於是要找她去找骰子；那檯的麻將掉到痰盂裏去了，於是又要她把麻將撈起來拿去洗。頭痛的人要她拿風油，咳嗽的人要她買咳糖。有時他們把出門時太太所交代的一些私人事也一股腦兒地推給她去做：買麵包啦！買萬字啦！去雜貨店買糖啦！或且到藥店去買洋參、涼茶啦！工作的忙碌還不要緊，最使她難堪的是這些高尚的紳士們竟然常常拿她當做開玩笑的物件，比如說叫茶時，有人說要一瓶鮮奶，於是另外的一個便會笑著說：「阿芳姐，他要吃奶呀！快點給奶他吃。」雖然她今年已經三十多歲，是個歷經滄桑的寡婦，但一個婦人家聽到這樣的話，總覺得有些彆扭，每逢這種場面，她往往是很快地走開，當做沒有聽見算了。現在這裏的三張麻將檯已坐滿了九個人，還有那個大實業家的少東丘吉輝坐在旁邊看，等待人家的空位。那麻將聲、談話聲和冷氣機的聲音混成一片，就像是一首雜亂無章的交響樂。

　　大概是下午一時多，李文中和張大發又來了，他們叫阿芳姐

去買回四十串沙爹，慢慢地在吃，李文中還叫了一瓶黑狗。張大發想起李文中昨晚輸錢後所講的話，於是打趣地說：

「文中，你不是說過今天不來的嗎？現在為什麼又來呢？是不是屁股又癢了呀？」

「想找你報仇咯！」李文中把懷中的黑狗一口氣喝完後，蠻有信心地說。

「報仇？這麼容易呀！有本事儘管放馬過來，阿芳姐，快點找一個腳來。」張大發吃完最後的一串沙爹，摸一摸肚子，然後就拿起面巾在抹臉。

「丘吉輝已在裏面等著很久，夠腳了。」阿芳姐從櫃裏拿出了一副麻將，先進房去，他們兩人立刻跟著進去，於是和丘吉輝湊成一檯。阿芳姐把麻將倒在桌上後，正想離開，張大發忽然很鄭重地關照她說：

「喂！阿芳姐，等下我的太太有打電話來找我，記得跟她說我不在。」「說你不在？」阿芳姐有點納罕。「是的，說我不在。」他重複一遍。「好。」阿芳姐點一點頭，她已經明白了他的意思。

「怎麼？老婆大人沒有出Permit（准證）給你呀！」李文中今天似乎是存心要發洩昨晚輸錢給他的那股悶氣，所以譏諷地說。

「昨晚打了一整天，回得太晚了，結果給太太罵了一頓，她今天不肯讓我來，我騙她說去K埠收賬。要是給她知道了，回去難免又要挨罵了。」「他媽的，你這麼怕老婆呀！男人大丈夫，真沒有用！」李文中進一步嘲笑他。

「我要是怕她，就不敢來了，不過為了避免吵吵鬧鬧，沒辦

法呀！」張大發吸了一口煙，反問說，「你昨晚這麼晚才回，難道你的老婆沒有罵你？」

「哼！我的老婆敢罵我才怪！她只要知道我是來這裏搓麻將，便一千個放心，從來不會罵的，因為她認為讓我來搓麻將，總比下坡去走私好。」

「嘿嘿！你們兩個都是飯桶，還是我的老婆最開明。」丘吉輝得意洋洋地說：「不管我搓麻將或走私，她都從不干涉，一個男人，有時難免會在外面逢場作戲，平常事嘛！只要沒有正式把二奶娶回來，已經是很好的咯！她還有什麼好吃醋的？」

阿芳姐站在旁邊，聽了他們的這段談話，心裏暗暗在罵：男人可真不是好東西，荷包裏一有錢，便總不能安分，在太太面前花言巧語，可是背地裏不知做出多少對不起太太的事。她站了一會兒，看看沒有事，便走出去。剛好電話鈴響起來，她拿起聽後，對方是一個女人的聲音：

「哈囉！你這兒是高尚俱樂部嗎？」「是呀！」

「請問李文中在不在？」「不在。「他想起張大發交代的話，有點惶恐地回答。「什麼？他不在？」對方很驚奇地問。「哦！在，在。」她猛地想起自己講錯了話，連忙大聲糾正。「他到底在不在？」聲音中充滿著怒意。

「在，真的在。」「昨天他打麻將打到什麼時候？」「打到今早四點左右。」

「唔！」對方似乎很滿意，停了一會兒，又說，「請你叫他來聽電話。」

「好。」阿芳姐於是把李文中叫出來。他拿起聽筒，發出神

秘的笑容：「哈羅！哦！我知道了，今晚我會早回的。好，好，我會趕回去帶你們去看第二場。」說到這裏，他掛斷了電話。阿芳姐問他說：

「是你的太太找你呀？」「是呀！她在追蹤我，看我有沒有在這裏，怕我去走私。其實你們女人可真傻，男人要走私，有的是機會，大坡底的許多俱樂部就是現成的架步，要怎樣的女人都有，做太太的又怎能抓得到？」李文中說著正想走回房去，可是當他走進房門口時，忽然想起了一件事，特地停下腳步，對阿芳姐說：「阿芳姐，你知道嗎！我們這間俱樂部已經決定由下個月起也要設立架步，方便大家享受，你如果想在這裏工作，要早點做好準備，跟那班小姐們搭好線，那時，你每個月最少可以多幾百元收入。嘻嘻！」阿芳姐沒答腔，她木然地坐在沙發上，心裏感到萬分的不自在。

「李文中的意思分明是要我做龜婆，我即使怎樣窮，也不能去做這樣下流的事。」她正在癡癡地想著，電話又響了，只好站起身來，拿起聽筒，又是一個女人的聲音：

「請問張大發在嗎？」「在呀！」她話才溜出口，就想起剛才張大發所交代的事，於是立刻轉口說，「哦，不在，不在！」

「他真的不在？」對方顯然不相信。

「他真的不在，真的……」她正想再說下去，但對方卻把電話掛斷了。

她的心卜蔔地跳，好像預感到什麼不愉快的事就要發生似的。

果然還不到二十分鐘，門鈴就響起來，她把門一開，張大發的老婆便兇神惡煞般地走進來，手上還抱著一個兩歲的孩子。她一進來，斜著白眼向阿芳姐瞪了一下，連招呼也不打一聲，便怒氣衝衝地闖進麻將房裏去，直跑到張大發的身邊，拉高嗓子說：

　　「好呀，你這賭鬼，昨晚賭了一天一夜還不夠，今天騙我說要去收賬，又跑到這裏來……」

　　張大發這手拿著一鋪大牌，心裏正在緊張，他絕對料想不到太太竟然會闖進來，嚇了一大跳，連忙站起身來，囁嚅地說：

　　「有什麼話回去講，不要在這裏鬧。」「我偏要在這裏講，你也不想想看，你一天到晚只顧著賭博，完全沒有心照顧生意，連女兒也不管，把什麼擔子都推給我一個人。前幾個月去卡辛諾輸了幾十萬，好好的一間洋貨店給你弄到滿身債，一點也不後悔。我今天要和你好好地談談，你到底是要做生意，還是要賭麻將，你說，你說……」她一邊說，一邊把手上的孩子交給他，便頭也不回轉一下，逕自下樓去了。臨走前，那對眼睛像把利刀似地的向阿芳姐掃視了一下，忿然地說，「哼，你這個衰女人，還說他不在，幫著他來騙我！」

　　張大發抱著那個哭個不停的孩子，真不知該怎麼辦才好。當然，麻將是不能再打下去的了，他很不好意思地對那另外兩名戰友說：「對不起，我們把籌碼結算一下，然後記起來，等明天再來打。」說著連忙抱著孩子，也下樓去了。

　　他走了之後，李文中感到很掃興，今天他本來牌風相當好，原希望能夠順順利利地打完三圈，以便報一箭之仇，把昨晚輸去的錢贏回來，卻料不到竟遇上這樣大煞風景的事。他算一算籌

碼，才贏幾千胡，不過四百多元，心裏想，麻將既然是打不成了，倒不如乘這個機會溜下坡去找一個漂亮的小妞親一親，然後再趕回家陪太太兒女看一場戲，盡一點好丈夫和好父親的責任，於是他拿出那支隨身的煙斗，裝上煙草，點燃了火。

「阿芳姐，拿張紙把每個人的籌碼記下來！」他用力地吸一下煙斗，然後昂首闊步地走了。

丘吉輝顯然打得不過癮，他並沒有離開，又坐在另一張麻將檯旁觀戰，他知道這邊已打到最後一圈的西風了，最多十五分鐘就完場，那個贏家一定會趁機讓人，那麼他就可以接他的位再打下去，直到過癮為止。

五

麻將房裏的時間似乎過得特別快，在牌桌上顯然是一個和外界完全隔離的小天地，這些戰友們面對著那一百多個麻將牌，打完一手又一手，一圈又一圈。他們的手摸著它，就連心裏所想的也是它。他們把全副的精神集中在麻將牌上面，表情也隨著牌風的好壞而喜怒，而那寶貴的光陰也就在他們的喜怒中靜悄悄的溜過去了。

下午六點多，吳大平、王百川和傅老先生已一連打完了九圈，現在正停下來在吃晚餐。傅老先生真可說是老當益壯，雖然已連續大戰了八個鍾頭，但仍然精神奕奕，只是腰部難免覺得有點兒酸痛。今天他們三個的牌風倒很平靜，輸贏並不多，王百川和吳大平輸了一點，傅老先生總算打了一場勝仗，給他贏回五百多元。晚餐過後，吳大平對他說：

「喂！老傅，我今天打電話叫你過來，還不錯吧！真是叫鬼來吃粿。」

「我炒你的蛋，一連幾場已輸了萬多元，今天才不過贏回幾百元，要多少場才能翻本？」老傅說著，舉起雙手，伸一下懶腰，似乎有點疲憊的樣子。

「幹汝老母，令伯最近也輸去了萬多元。」王百川說著，拿一支牙籤往齒縫裏一直挑。

「你們兩個輸，難道我有贏錢？」吳大平睜大著眼，像是要和人辯論，「這兩年來，我最少輸了三萬多元。」

「每個人都輸，那到底是給哪一個烏龜雜種給贏去了？」王百川有點狐疑地問。

「哼！誰都不會贏！」傅老先生托一托眼鏡，像一個教授在演講似的，「你們想想看，這兩三年來，單單水錢就抽去了百多千，長打下去，有誰能贏錢呢？」

「哦！是呀！打來打去，還不是給水錢贏完了，」王百川抓一抓腦袋，像是一個學生聽完了教授的解答後，恍然大悟似的。

他停頓了一會兒，看一下手錶，接著又說：「喂！時間還早，我們再打三圈吧！」

「不，我不打了。」吳大平連忙拒絕，「下午居民協會的會議我已缺席，今晚校友會要討論籌募獨中基金的事，我身為主席，不到會是不行的。」

「我也不能再打了，一連打了幾個鐘頭，現在真有點腰酸背痛。」傅老先生說著，還用右手往背後捶了幾下，心裏想這時如

果能夠有一個按摩女郎來替他搥一搥骨，那該多好，但他並沒有說出來。

「腰酸背痛，那還不容易，找個按摩女郎替你鬆一鬆骨，什麼酸痛都沒有了。」王百川好像是在替傅老先生說出他心裏的話。

「按摩女郎，那就要去坡底，多麻煩，還是回家睡個覺吧！」傅老先生懶洋洋地下樓去了。

「喂！老傅，別擔心，由下個月起，我們這個俱樂部就可以叫按摩女郎，那時方便得多了。」王百川一邊跟著傅老先生下樓，一邊很起勁地說。等著他倆一走，吳大平拿起水簿，順手翻一翻，只見上面寫著的水錢收入是三百五十元，吃喝的開支九十多元，他看了之後，對阿芳姐說：

「這個月水錢收入不錯，下一次聚餐可以吃『佛跳牆』了。」說完之後，也不等阿芳回答，便趕著回家沖涼，準備開會去了。

丘吉輝在下午兩點多接上了位之後，已一連打了六圈，可是他們都還沒有盡興，所以晚餐過後，又繼續再打三圈，一直打到十時左右才散。

阿芳姐從早上一直忙到現在，總算獲得了喘息的機會，這時她才有冷靜的心情去想一些東西。忽然間，她有一種非常奇異的感覺，好像這間俱樂部就是一個大戰場，剛才那批戰士們曾在這兒進行了一場緊張激烈的大廝殺，現在戰事暫時結束了，戰場上是瘡痍滿目：那麻將牌七零八落地散放在桌上，煙蒂像炮彈似地丟在滿地，有些還在冒煙呢！抹了臉的面巾啦！茶杯啦！還有那痰盂啦！許多又濃又髒的痰粘在邊沿，看了令人作嘔。然而不管

她喜歡不喜歡，總得去清理一下這些善後的工作。她首先把麻將牌收起來，接著就拿痰盂去倒，然後又拿面巾和茶杯去洗，等到一切收拾好了，才進房休息。這時，整間俱樂部就只剩下她和孩子兩個人。孩子早已熟睡了，她躺在床上，頭腦渾渾噩噩的，感到出奇的寂寞與空虛，雖說從早到現在已忙碌了一整天，但她也不明白，所做的究竟是什麼事？

「一個人總該有一份正當的工作，可是像我這樣，儘自忙著自己，去服侍人家消磨無聊的時光，這難道也算得上是一種正當的工作嗎？」她兀自感到懷疑，想起以前她所幹過的許多工作：膠工、泥水匠，或且家庭傭人，她總有一種真正在工作的感覺，可是現在，雖說也是天天在忙，但這種工作究竟有什麼意義？要是丈夫在世的話，他一定會反對的。她又想起白天張大發太太對她的白眼，蔡一虎父子吵架的情形，還有那些高尚紳士們對她頤指氣使的命令以及所開的下流玩笑，不期然感到一陣強烈的噁心。尤其是想到李文中和王百川所說的那番話，她的心田就像是被投下了一塊巨石，蕩漾起猛烈的波紋，許久以來積壓在胸中的那股悶氣，像是缺口的火山似的，一下全迸發出來。

「他們可真懂得享受，居然要在這俱樂部開設架步，而且還要我做龜婆！呸！我阿芳雖然窮，也要窮得清白，絕不能這麼下流，去賺那些骯髒的錢。」想到這裏，頓時感到在這兒工作了半年，簡直就是生命的浪費。猛地想起幾天前有位朋友要介紹她去本地那間華文小學當清潔工人的事，當時她因嫌薪水太少，所以沒有答應，可是現在她卻認為那才是一份適合自己幹的工作，雖說月薪只有兩百多元，但如果再收一些衣服來洗，每個月也可以

多賺一百幾十元，總好過在這兒受這些高尚人物的鳥氣，何況孩子的前途要緊。

　　「對，為了我自己，也為了孩子的將來，這個環境是不適合我們再住下去了，還是早點離開這齷齪的地方吧！」她毅然地作出了這個決定，心裏感到莫名的輕鬆，於是挨近正在酣睡著的孩子身邊，在那可愛的小臉上深深地吻了一下，腦海中頓時閃現出一道燦爛的光輝來。

1980年9月

煙圈裏的故事

楔子

朋友，你喝過啤酒吧！它雖然沒有白蘭地或威士卡那麼猛烈，但卻也是一種刺激性的好飲料。多少得意的人，失意的人，都會愛上它，都喜歡在得意或失意的時候，喝它一兩瓶，來刺激一下他們那得意或失意的心靈。

今晚，我和朋友老李就是坐在這麼一間僻靜的露天茶室裏，各自要了一瓶狗標烏啤，慢慢地在啜著。

「老陳，你要聽故事吧！讓我告訴你一個故事，一個美好的故事。」酒精刺激著老李的神經，他忽然興奮地說。

「故事？那很好，你講吧！」

他呷了一口，燃上了一支香煙，深深地吸了一下，又徐徐地噴了出 來，那一縷縷灰白色的煙圈就在他的面前繚繞上升。他抬著頭，注視著那繚繞上升的煙圈，像是要從中尋找什麼似的。

「呀！這是一個多麼綺麗的故事。」他於是開始說他的故事。

　　老陳，你是知道的，我本來是一個性情孤僻，非常害羞的人。我沒有口才，不會交際，所以我幾乎沒有什麼朋友，尤其是女子，我只要和她們一交談，就會面紅耳赤地感到周身不自在。你想，像我這樣的人，還會談什麼戀愛呢？我過的是孤獨空虛的生活，我把自己浸溺在一池寂靜的死水裏，讓生命在無聲無息中消磨過去。

　　但是，你相信嗎？寂靜的死水有時也會蕩起層層的漣漪，甚且掀起強烈的波紋，我終於也認識了三個女子。——是的，三個女子。

　　那是假期中一個週末的晚上，我的朋友吳君來我家找我，他問我要不要去波德申。

　　我想，波德申我還沒有去過，有機會去玩玩倒也是好的，於是立刻答應了。不過我問朋友道：

　　「明天一起去的是幾個什麼人？」

　　「哪！就是我，你，和我的三位同學，五個人剛好一輛車，我做司機，大家都是本地人，一定會認識的。」

　　聽了吳君的話，我放了心，因為我最怕和不認識的人在一起玩，那場面將會使我怔忪與不安。但是我自知平常認識的人並不多，那麼吳君所說的那三位究竟是誰呢？我猜想了好久，都無法想出來。

　　第二天，大概是早上六點鐘吧！我剛換好了衣服，忽然有一

輛汽車在我家的門前停下來，首先下車的是老吳，接著下車的是車後座的三個女子。

當時，我的確怔了一怔，我萬萬沒有料到老吳所說的那三個朋友都是女子。而且這三位女子，我雖然也曾經見過她們的面，但可從來沒有交談過，說真的，陌生得很，實在談不上是認識的。我有點驚訝地對老吳說：

「老吳，這……」我的話還沒有說完，老吳大概覺察了我的意思，所以搶著說：「怎麼！你們不認識？」「李先生學問好，眼睛長得高，哪會認識人呢？不過我們可都早已認識你了。」其中一位女子忽然諷刺似地對我說，另外的兩位卻抿著嘴笑。

聽了他的話，我的臉上掠過了一陣熱，感到非常窘迫，一時竟不知該怎麼說。停了許久，才吃吃地說：

「難道你們都認識我？」「鼎鼎大名的作家，誰會不認識呢？」又是銳利的聲音，聲音中還帶著笑。我的心坎好像被打了一錘，感到有些慍怒了。

「老吳，這是怎麼一回事？」我好像是在向老吳抗議，聲調有點顫然。

「老李，你既然不認識，那麼我來替你介紹一下。」老吳微笑著，像是有意緩和一下這個尷尬的場面，「這位是黃美芳。」說著，黃美芳忽然伸出了她的右手，好像是在等待我握手。我注目一看，她就是原先說話的那個，但我並沒有伸出我的手，她只好把手放下來，我看到她的嘴微微地呶了一下。

「這位是張玉萍，這位是黎秀珍。」老吳繼續介紹說，「她們都是我的同學，在本地育華學校念初中三。至於你呢？因為她

們時常在報上看到你的文章，所以早就認識你了。」這時，我壯著膽量，仔細地端詳她們三個人：黃美芳有一副苗條的身材，穿著一套白色的西裝，像個白衣天使，她拖著兩條一尺來長的辮子，兩顆眼珠圓溜溜的像是兩個小球，時常在滾動著；張玉萍和黎秀珍都是穿著樸素的唐裝，沒有電頭髮。她倆個子幾乎一樣高大，一樣有端莊的面龐，一看就知道是嫻靜樸實的女子。不過，張玉萍的態度比較從容，黎秀珍卻始終有著拘束與呆滯的神情。

我正想請她們進屋裏坐，但老吳卻在催了：「喂！老李，用不著客套的，還是早點走吧！」

這時，媽媽正拿給我一個手提包，裏面裝好了泳衣。我們於是上了車，媽媽挨近車邊，好像不放心似的，殷殷地關照我說：

「強兒，記住，在海邊游好了，不要跑到深的地方去，還有駕車的，把車駕慢一點。」

司機老吳似乎並不耐煩聽她的嘮叨話，開動了機器，很快地駛走了。

「呀！你媽媽真好，她簡直把你當做是個小孩子，怕你給丟了，哈哈！」

車一開行，我又聽見黃美芳在調侃地說，張玉萍和黎秀珍也附和著在笑。

我的心難堪極了，好像是個受了委屈的孩子，幾乎有點後悔今天會和她們一起去波德申了。我把滿腔的氣悶在肚子裏，可一句話也不說。

她看到我沒答腔，像是一個得勝的炮兵，又扳動了機關，把連珠炮射出來：

「啊喲！怎麼了？生我的氣了，李先生，你怎麼這樣小氣的？」我仍然一聲不響，老吳看了這情形，連忙替我解圍：「喂！美芳，別開玩笑了，老李是老實人。」「是的，美芳，別開玩笑了，談一些正經話吧！」張玉萍也勸解似地說。

「誰要你們管閒事？」她撅著嘴巴，好像在責備他們，「好好好，不說不說！」

車中果然靜了下來，只聽見汽車卜卜蔔的聲音，我不期然地看了一下車頭鏡，發現坐在後座的她們三個人都掩著嘴在笑。我因而轉過頭來，納罕地說：

「有什麼好笑呢？你們也真是的。」說著，我不禁也微微一笑。「李先生，你不生氣了？」黃美芳挺了挺身子，挨近前面的座位，懷疑似地問我。

「誰生你的氣呢？不過你的這張嘴可真厲害。」她看到我答了腔，似乎很高興，於是她的話越來越多了，由家庭生活談到學校生活，由看書談到時事，似乎她的那張嘴，永遠是談不完的。張玉萍有時也答答腔，談一些比較正經的問題，但她的態度比較矜持；至於黎秀珍呢，不管我們談正經事也好，談笑話也好，她卻始終是靜靜地聽，一句話也不說，只是偶爾也附和著在笑。

在談話中，我知道黃美芳是埠上昌隆金店老闆的獨生女，平日嬌生慣養，很得她父母的寵愛；張玉萍卻是窮苦人家的女兒，父母都是割膠的，家裏有好多個弟妹，她是大姐，除了念書之外，還要幫忙料理家務；黎秀珍的父親是在埠上開腳車店，她的父母思想很頑固，平時對她的行動管制得很嚴，所以使她變成了

一個沉默寡言、毫無主張的女子，她似乎把一切的事都交給命運去安排。

二

由於黃美芳滔滔不絕地談話，我們在旅途上頗不寂寞，不知不覺間便到了波德申。

「老陳，你到過波德申麼？那兒真是一個好地方，白色的沙灘、綠色的海、蔚藍的天空、蒼翠的椰林，點綴著一片熱帶的好風光，多少的旅客們陶醉在這大自然的美景裏。」

我們下了車之後，大家就準備要去游水，黃美芳和張玉萍都換上了游泳衣，顯得嬌健、嫵媚，但黎秀珍卻仍然穿著原先的那套唐裝，我有點詫異地問：

「怎麼，你沒有游泳衣？」

她沒有回答，難為情地低著頭，一手玩弄著衣襟。「她呀！十八世紀的千金小姐，古典美人，哪裡敢穿游泳衣？」黃美芳嘴巴翹了一下，似乎是諷刺她。

她仍然沒有回答，只是把頭伏得更低了。「那麼，你應該是二十世紀的萬金小姐，摩登美人。」我打趣地說。「李先生，想不到你的口舌竟然這麼厲害，好了，不管是什麼千金萬金，我們游泳去。」黃美芳這麼一說，我們便都投身在那碧綠的海裏。

這時，海邊已有許許多多的人，他們正像是無數的魚兒，在那裏翻騰跳躍。

黃美芳、張玉萍和老吳三個人下海之後，就在玩搶水球，黎秀珍獨自一個人拿著輪胎在學游泳，至於我呢？也總覺得有點拘

束，所以始終和他們保持一段遠遠的距離，獨個兒在游泳。

「李先生，來。」忽然我聽到黃美芳在叫我，「你也來玩呀！我們一起玩水球。」

「不，我不要玩。」我一邊回答，一邊搖手。可是，她卻漸漸挨近我的身邊來了。「怎麼？你不喜歡玩！真怪，我們今天來的目的就是要盡情地玩，像你這樣靜靜一個人在游泳，有什麼趣味呢？」

「……」我沒有回答。「哦！李先生，你很會游泳？」「不大會，一點點罷了。」「那麼，你教我游泳好嗎？」「什麼，我教你游泳？」我的心跳了一下。「是的，教我游泳，怎麼，你不肯？」

「不是不肯，不過……我不會教，黃小姐，你還是和他們玩球吧！我喜歡一個人在游。」

「哼！你真是孤僻，哦！對了，和黎秀珍一樣，又是一個『十八世紀』。」說著她走開了，但忽然又轉過頭來：

「喂！李先生，你剛才怎麼叫我？黃小姐？你怎麼叫我小姐？我可不喜歡，記住，以後叫我的名字好了，我的名字是黃美芳，知道了吧！」

「唔！知道了。不過，我也不喜歡你叫我李先生，以後也叫我的名字好了。」

「好，就這麼辦，我以後也叫你的名，你的名是……漢強，對，李漢強。」

她終於撥著水，似游非游地走了，我目送她的背影，心裏鬆了一口氣……

我們在海裏浸了一個多鐘頭，然後就上沙灘上玩，大家都玩得很高興。尤其是黃美芳，她真像是一隻活潑的小白兔，蹦蹦跳跳的，盡情在享受大自然無窮的樂趣。她一會兒談笑，一會兒唱歌，一會兒又嚷著要玩遊戲，她的身體好像是一團熾熱的火球，充滿著青春的活力。

　　我對老吳說：「黃美芳真是一個帶火的女人。」

　　「可不是嗎？她在學校是個風頭很健的女子呢！演講比賽、唱歌比賽，全拿了第一，遊藝會節目中的女主角是非她莫屬的。不過，你可得當心，她是一株帶刺的玫瑰，多少人被她弄得神魂顛倒的，照我看來，你要追，還是追張玉萍吧！她是一個文靜樸實的女子，性格和你頂適合的。」老吳開玩笑地對我說。

　　我微微一笑，這一笑，好像是在怪老吳太多心似的。日影已經偏西了，海面映照著一片波光，在閃爍跳動，這時大家都玩得有點倦意了，所以便坐車回家。分別時，黃美芳對我說：

　　「李先生，哦！漢強，你願意跟我們做朋友嗎？」「當然願意。」「那麼，有空的話，請常到我家玩，最好是在星期天，張玉萍和黎秀珍每個星期天都去我家玩的，希望我們大家都能成為好朋友，不過，記住是好朋友。」她把好朋友三字說得特別大聲，還嫣然一笑，兩粒又圓又大的眼珠向我瞪了一下。

<h2 style="text-align:center">三</h2>

　　這的確是我生命史中不平凡的一天，它已在我灰白色的心靈上塗上了色彩。打從這一天起，她們那三個影子，便像是電影的膠片，在我心靈的布幕上映著鮮明的形象。一想起她們，我的眼

前立刻就跳動著三個不同的影子：黃美芳的天真、活潑、坦白、爽朗，而且又帶點淘氣；張玉萍的端莊、嫻靜、誠懇與馴良；黎秀珍呢？卻像是一株圍著重重禮教藩籬的花園中的小花，顯得那麼嬌弱，她的那副陰沉呆滯而沒有表情的臉孔，似乎是在反映著內心所感受到全部的痛苦，一想起她，我的內心就不期然地也會被感染到一陣淡淡的哀愁。

然而，我始終沒有勇氣去黃美芳的家，兩個星期過後，她們的影子就漸漸在我的心坎中淡了下來。

可是，就在兩個星期後的一天晚上，黃美芳和張玉萍忽然到我家來找我。黃美芳第一句話就怪我為什麼沒有去她的家，接著，她們說要我給她們補習應用文。

「別開玩笑了，我哪有資格教你們？」我有點愕然。「怎麼了，不肯是嗎？難道做朋友連這點小事都不肯幫忙。」黃美芳毫不留情地說。

「話不是這麼說，我自己也不過初中畢業程度，實在沒有資格教你們。」我在替自己辯護。

「好！好！既然不肯，算了。」她似乎有點氣惱。

「李先生，別太謙虛，我們知道你的文章寫得好，希望你幫一點忙。」張玉萍很溫和地對我說，一對動人的眼睛直視著我，眼神中似乎含著無窮的深意，代表了她心坎中許許多多要說的話。

「難道你們的華文老師沒有教你們？」我疑惑地問。

「唉！我們的華文老師，他只會兼課拿薪水，壓根兒沒有把我們的前途當做一回事，我們求他教，他說課內沒有時間，要求他課外給我們補習，他又只顧著兼補習班的課，所以我希望李先

生能給我們指教。」

　　張玉萍的話是那麼誠懇，那麼婉轉，又含著那麼大的期望，我雖然自知不能勝任，但又怎忍心拒絕呢？於是我說：

　　「好，我答應你，不過我們只能說是互相研究。」「這就對了，只要你答應，管得你研究也好，指教也好。」黃美芳高興地說，自己拿著一張凳子，毫無拘束地坐了下來。

　　「喂！黎秀珍呢？她……」我想起那副陰沉憂鬱的臉孔。「她呀？不敢來，她怕你。」

　　「什麼？她怕我？」

　　「唉！她不是怕你，她是見到每一個男子都怕，真是『十八世紀』，你懂得嗎？十八世紀。你呢！也是十八世紀，最多是十九世紀吧！」

　　「你真會嚼爛舌頭。」我們不禁都笑起來。此後一連十多天，她倆都在晚上七時多來我的家，我簡要地給她們說一些普通應用文的做法，她們學習都很認真。我們也常常閒談一些問題，這當兒，也總是黃美芳的話多，她性格倔強，談起話來總要占上風，又很愛開玩笑，率直、大方、有男子氣概，在她的世界中，似乎只有歡樂，沒有哀愁。只要她心裏頭有什麼話，她總要把它傾瀉出來；張玉萍也很熱情，但她不苟言笑，講的話總是那麼斯文、穩重，她把一股深情蘊藏在心坎的深處，不肯輕易流露出來。我們彼此之間都有進一步的瞭解。

四

　　我第一次去黃美芳的家，是在她初中畢業之後。那是假期中

一個星期天的中午。

　　我到了她的家，只見張玉萍已先在那兒了，她們正談論著升學的問題。黃美芳看到我來，顯得很高興，她招待我坐下之後，劈頭便問：

　　「漢強，你來得正好，我問你，我們該念高中或念高師？」像是教師在向學生發問。

　　我一時不知該怎麼回答，遲疑了一會兒才說：「這個嗎？要看你們自己的環境和志趣，比如將來有機會念大學的當然念高中好，如果沒有機會升大學，而對教育工作有興趣的話，那麼念高師也不錯。」

　　黃美芳似乎很滿意我這模棱兩可的答案。

　　「唔！你的話很對，我們剛才就是在討論這個問題，我打算進高中。」

　　「是的，以你的家境，應該進高中的，玉萍，你呢？」「我決定進高師，因為我對教育工作很有興趣，我認為它是比較適合我們女子的工作，而且我的弟妹多，家庭負擔重，將來是沒有機會升大學的。」

　　「黎秀珍呢？她打算念什麼？」我立刻又想起了她，好像覺得她們這三位女子在我的腦海中是不能分開的。

　　「她呀！大概不讀了。」玉萍惋惜地說。「為什麼？她的家境並不壞呀！」「因為她的父親不肯給她讀，他說，一個女子讀這麼多書有什麼用？何況又要到外埠去，他不放心，我們都勸她要拿出勇氣，可是她不敢。」

　　我默默地點著頭。「喂！告訴你，她快要出嫁了。」張玉萍

突然提高嗓子說。「她要出嫁了？她有了愛人？」我有點驚訝，因為我知道她今年才十七歲，還年輕呢！

「愛人雖然沒有，但未來的愛人倒是有的。可是她現在不是嫁給她未來的愛人，她父親要她嫁給一個不認識的人，據說是一間什麼大商店的少爺。」

「那麼她自己願意？」「不願意又怎樣，她的父親凶得很，有一次她和一個好朋友……也就是她未來的愛人一同去看戲，給她的父親知道了，結果被打得遍體鱗傷，她的父親怕留她在家裏，遲早會敗壞門風，所以才趕著想把她嫁出去。她自己又是那麼懦弱，一點勇氣都沒有，只知道哭，真是沒有辦法。」張玉萍說到這裏，搖著頭在歎氣。

「怎麼沒有辦法？要是我呀！我就脫離家庭。」黃美芳忽然插口說，她左手插著腰，右手懸空地舞了一下，兩顆眼睛睜得又圓又大，像是要和人打架似的。

這時，我發覺門外進來了一個人，正是黎秀珍，可是她看到了我，連忙縮著頭，跑出去了。黃美芳立刻跑上前去，把她拉了進來。

「怎麼了？又不是不認識的，幹嘛這麼畏畏縮縮地。」她無可奈何地在靠壁的一隻沙發上坐下來，低著頭，隨手拿著一本雜誌，毫無目的地亂翻。

我分明看到一個受害者的靈魂，心裏有無限的同情，於是淒然地問她：「秀珍，你不打算升學？」

她沒有迴響。「還有，聽說你要出嫁了？」她仍然沒有回答。停了一會兒，忽然站了起來，低聲地說：「美芳，對不起，

我要回了。」說著，連頭也不回轉一下，便直衝出去，我發覺她的眼眶孕了兩顆晶瑩的淚珠。

我搖著頭，歎息地說：「唉！人生的確是一杯苦酒，學業、婚姻、事業，這許許多多的事，都會在煩擾我們的心。」

「漢強，你怎麼也是一個悲觀的人。」黃美芳似乎不滿意我的話。

「不是悲觀，不過我在社會上混了幾年，的確也碰到了一些失意的事，所以有點多愁善感。」

「唉！漢強，年輕人應該樂觀一點，什麼事都得拿出勇氣，是不是？」

「話當然是對的，不過這跟環境也是有關係的。譬如黎秀珍，她家庭封建的氣氛給她太大的壓迫與影響，使她變得那麼懦弱、消沉。你想，一棵受到重重壓力的花，還能長得茁壯麼？」

「但是，你難道沒有看過，有時石縫裏長出來的枝葉是更加堅韌的。」

我好像是被駁倒了，沒有話說。「漢強，我問你一句話，你有沒有愛人？」她忽然提出這個問題，我感到很難為情，不安地說：「還沒有呢！」「你已經有了固定的職業，年紀也差不多了，應該找一個才對。」她一本正經地說，「喂！聽說你跟陳愛玲很要好。」

她所說的陳愛玲是我初中時的同學，當時我們的確也曾相愛過，但我初中畢業之後，因為家庭經濟關係，所以去教書，而她卻繼續升高中，今年已將快畢業了。她是一個虛榮心很重的女子，我知道她近來生活很浪漫，交了不少阿飛型的朋友。我說：

「沒有這回事，那完全是同學的感情，當時要好一點是真的，現在她已是一位高中生，又是有錢人家的小姐，哪能瞧得起我？何況據說她已有了愛人。」

「這沒有關係，真正的愛情是不分階級的，現在她雖已有了愛人，但也不一定就是她未來的丈夫，你還可以去追呀！有些女子就是喜歡男子追她，看誰的本領高強，誰就勝利。」她率直地說，好像是在指教我。「我自認沒有這種本事，而且我也不想做情場上的英雄，我認為戀愛應該是兩方面在心靈上的一種默契，它是一種自然、神聖與純潔的情感，一點兒不能勉強，如果愛情竟要用手段去追，那就等於用手段去搶一件東西，簡直是滑稽無聊的事。」

「唉！你也太老實了，可是你總得主動去找呀！你想，你如果不去找，難道會有女子會自動跑上你的門？」黃美芳的話愈來愈激動了，簡直是教訓的口氣。

「你叫我怎麼去找呢？我只認為有一天自然而然的會有一個女子愛上我，而我也愛上她，那就成了，總之是自然而然，勉強去找是找不到的。」我的回答很使她失望，她無可奈何地說：「漢強，你真是一個奇怪的男子。」我微微一笑，這時，張玉萍帶著笑臉，有點俏皮地說：「美芳，還是說你自己吧！你自己的愛人。」「我？是誰？你說是誰？」聽了玉萍的話，她似乎很焦急。「是咯！別瞞了，我也聽人家說過，就是你的同學劉大中，許多人都這麼說，誰不知道呢？據說劉大中追你相當緊，他被你弄得如癡如醉呢！」我附和地說。

「別信他們的鬼話，我們只不過是好同學、好朋友而已，現

在的人也真不像樣，他們連友情和愛情都分不清，以為男女之間只有愛情，沒有友情。」她的聲調很響亮，好像是在演說。

「是的，友情的確並不一定就是愛情，但愛情確實需要深厚的友情做基礎。據我看來，劉大中人才還不錯，而且又是你的同學，你們此後大可以好好去培養你們的感情。」

「以後那是以後的事，我可管不了這許多，總之目前我和他是好朋友，我壓根兒沒有愛他的意思，他要自作多情，如癡如醉，由他去吧！」說到這裏，她換了柔和的腔調，「好了，現在該說到玉萍了。玉萍，你呢？把你的愛人說出來吧！」

「我？沒有，還早呢！漢強，老實告訴你，以前我媽媽也曾替我找了一門親事，對方是個什麼少爺，可是我不答應，因為我還在求學。你想，現在是什麼時代，我們難道還能同意買賣式的婚姻？雖說我們要尊重父母，但對這切身的大事卻不能盲從。我認為我們找物件應以志同道合為條件，精神上的享受應該重於物質上的享受，你說是嗎？」她滔滔不絕地說。

「玉萍，我很贊同你的見解。」我坦然地說。「不過，漢強，她現在已經有了愛人，她不坦白，不敢說！」黃美芳像是在揭穿她的隱私。

「那麼，你說吧！是誰？」我好奇地問她。「你要我說？好，聽著：『遠在天邊，近在眼前』。」她一邊說，一邊搖擺著頭，還用手懸空劃了一個圈，像是在念詩。

聽了她的話，玉萍低著頭在苦笑，我也感到很尷尬，我說：「美芳，別開玩笑了。」「什麼？這是開玩笑？我說她呀，老實人，賢妻良母型，標準太太，將來誰娶到她，才是福氣呢！」她

進一步挖苦地說。

「那麼你呢？一隻淘氣的野貓，誰要是娶了你呀！可要倒楣了。」我似乎在替玉萍打抱不平，向她報復。

「什麼？你說什麼？你再說，我就揍你。」「我說誰要是娶到你呀！就要倒楣。」我重複地說。「好，你幫她講話。」說著，她果然走近我的身邊，拉起我的左臂，狠狠地咬了一口。

「啊喲！」我痛得失聲大叫起來。卷起衣袖一看，只見臂膊上有幾個鮮明的齒痕。

「你真狠心。」我摸一摸傷痕，對她說。她看了我臂上的傷痕，似乎也有些歉意，但卻仍然硬著嘴說：「誰叫你要多嘴，活該！」停了一會兒，又似乎有點不放心的樣子，拉起我的左臂，再看一下，「還痛嗎？漢強，你不會怪我吧！我替你擦一下。」說著，她真的拿出手帕，裝作要擦的樣子。我連忙說：「不必麻煩了，現在已經不痛了。」她嘻嘻地笑，我和張玉萍也嘻嘻地笑。

<h1 style="text-align:center">五</h1>

假期很快地過去，學校又開學了。這時黃美芳進了高中，張玉萍進了高師，黎秀珍呢？果然已經嫁給人家做主婦去了。

這期間，我也常常在星期天去美芳的家，也常常在她的家遇見張玉萍，更常常在她的家碰見她的同學劉大中。劉大中似乎不大高興和我說話，往往看到了我，只是無可奈何地點一下頭，眨一眨眼睛，就把頭轉向別處去了。有時他看到我來，甚至賭氣似地先走了。但黃美芳卻永遠是那麼熱情、爽朗、毫無拘束地跟我暢談，她的話好像是大海裏的波濤，永遠說不完的。在她的面

前，我的膽量也變得大了，再沒有以前那種忸怩不安的態度。她常常向我借一些文藝書，也常常和我辯論一些問題，不辯到勝利是不肯甘休的。她也常常在週末時請我和張玉萍一同去看電影。

這樣過了好幾個月，我終於聽到外間許多人的流言，說我和黃美芳已墜入了情網。尤其使我感到懊惱的是我的朋友老吳有天對我說，劉大中很討厭我，而且很恨我，因為他懷疑我在搶奪他的愛人。

為了這，我感到非常的苦悶與不安。其實，我和美芳做朋友，雖說將近一年，但我始終把她當做朋友看待。我明白她的性格，她的環境，和我都有一段很遠的距離，所以我們雖然有著深厚的感情，但那完全是純潔的友情，可是現在人家卻對此有了誤會。為了避免這種誤會的流傳，我決定不再去她的家，這樣足足過了一個月，在這段期間內，我心裏感到從未有過的空虛，好像是掉了一件什麼東西似的。

可是，有個週末的晚上，黃美芳忽然到我的家，她首先問我近來為什麼不去她的家，我把情形告訴她之後，她疑惑地說：「你也怕這種流言？」「怕倒不是怕，不過總覺得不大方便。」「好，事情既然到了這個地步，我乾脆地問你一句話，你究竟愛不愛我？」說著，她睜開那對又大又圓的眼睛，向我直視。

我著了一怔，心裏被這個突如其來的問題所困擾，不知該怎麼答才好。可是她似乎並不等待我的回答，停了一會兒，便繼續地說：「是的，我知道你愛我的，而且我也的確在愛你，不過我也更明白你愛我是完全基於純潔的友愛，我愛你呢？唉！我卻不知該怎麼說才好。」說到這裏，她深深地歎了一口氣，我第一

次發現到她臉上有著憂鬱的陰影，「漢強，說句實話，我的同學和朋友跟我要好的，實在相當多，可是我看他們和我要好，除了是同學和朋友的感情以外，我總覺得裏面好像還摻有一些什麼似的，使我感到不舒服。可是你呢！我們來往至今，已近一年，你卻完全把我當做是真正的朋友，或且是你的妹妹，這使我非常感動，所以我……唉！這叫我怎麼說呢？」她又是深深地歎了一口氣，往日那種俏皮、活潑的態度不知消逝到哪兒去了。這時，我只是靜靜地在發楞。她停了一會兒，又繼續地說：「漢強，你相信嗎？人的感情有時就是這麼奇怪的，人家一心一意的要來愛你，你卻並不一定會去愛他，可是人家明明白白並沒有愛你的意思，而你卻偏會去愛他，你說，這奇怪不奇怪？」

「我不懂你的意思。」對於她的這番話，我感到非常納罕。「我知道你不懂我的意思，因為你是老實人，那麼，讓我坦白告訴你吧！我實在很愛你！」

「什麼？你愛我？」我的心跳動得很厲害。「是的，我在愛你。」她堅決爽脆地答道。「不，美芳，我不能愛你！」我惶恐地說。「怎麼？難道你不愛我？你真的在愛玉萍？」她顯得意外的驚訝。「不，不是這個意思。我認為我不應該愛你，因為，你有你的前途，你要知道你現在正在求學，你應該努力你的學業，等畢業之後，繼續升大學去。」

她似乎並沒有聽我的後半段話，便倒轉頭，很快地跑了。我追出門外，一直在叫她，可是她並不理睬我，我看到她的背影很快就消失在街頭的轉彎處。

我的心意外地被攪亂了起來，像是一池寂靜的死水，被擲進

了一塊巨石，那猛烈的波紋，不斷地在震盪，我整整一個晚上沒有睡覺。

第二天，我本來想去她的家，但結果竟不敢去。可是第三天的早上，我就收到了一封她寄給我的信，信上這麼寫著：

漢強：

謝謝你給我偉大的愛。在我的朋友當中，你的確是唯一能夠愛我的人，因為你愛我，可是並不想佔有我，你更愛我的前途。

我自信是個相當要強的女子，但我畢竟也有我真摯的情感，昨天，你拒絕了我的愛，我一時感到非常的氣忿與傷心。回家之後，我整整地想了一個晚上，才想透了這件事，我看出了那埋藏在你心靈深處的偉大靈魂。的確的，我正在求學時期，我有我的前途，我實在不應該在這個時候談戀愛，以毀壞我的前途。

明天我要搬到K埠姑媽的家去住，因為我念書的那間學校是在姑媽家附近，媽要我住在那邊，比較方便，免得每天來回坐幾十公里汽車的路程，以後，我當然也會常常回來的。

黎秀珍和張玉萍都是我的好朋友，據說黎秀珍婚後的生活很不如意，家姑時常虐待她，她的丈夫又是一個花花公子，對她沒有感情。我很替她惋惜，她是太沉靜，太懦弱了，沉靜與懦弱使她犧牲了一生的幸福。然而我呢！卻又太熱情，太狂放了，太沉靜與太熱情，似乎都是一個

很大的缺點。只有張玉萍，才是一個真正標準的好女子，她的性格，和你很相像，我知道她也在愛你，不過她不敢說，而你一定會愛她的。漢強，你是一位教師，而她明年高師畢業之後，也打算獻身教育，你們的確是一對理想的伴侶，希望你此後能常常和她來往。

我永遠記住我們之間的這段純潔的友情。

祝你珍重！

你的朋友美芳

Ｘ日Ｘ月

看了她的信，我的眼前立刻又跳動著一個影子：拖著兩條長辮子，睜大著兩顆又圓又大的眼睛直瞪著我，使我感到窘迫，惘然……

尾聲

杯中的酒早已完了，老李手上第五支的香煙也只剩下了一小截煙蒂。他又換上了一支，燃上之後，猛力地吸了一口，然後又徐徐地噴了出來，灰白色的煙圈又在他的面前繚繞上升，他注視著煙圈，好像仍然在回味著這個美好的故事。

「唉！人生有時真像是一場戲！」他歎一口氣說。「是的，人生有時的確像一場戲，不過你的這場戲似乎還只是一個開場，底下還有許多等你去演呢！黃美芳不是勸你此後應和張玉萍多多來往嗎？那麼你呢？」

「當然羅！我和張玉萍的感情是正在一天一天地進展，我實

在愛著她，但直到現在，我們都沒有表示過，我沒有這種勇氣。至於將來的事，誰又能料得到呢！因為據我知道，正在苦苦追求她的已另有一個人，他是她的同學，資格比我高，家裏比我有錢，唉！將來的事，誰料得到呢？」

「老李，你放心吧！照理張玉萍應該不是玩弄愛情的人，她既然和你已有深厚的感情，可見你們是已經心心相印了，相信她是不會變心的。萬一她將來竟變了心，那她也就不值得你去愛了，你不是主張戀愛應出於自然的嗎？」

「是的，戀愛本來應該是出於自然的，不過你知道，我本來是一個不肯濫用情感的人，我不敢隨隨便便去愛一個人，也不敢隨隨便便去接受人家的愛，然而當我的感情一旦氾濫到一個女子的身上時，那我就無法控制，她將佔有了我心靈的全部。所以我總覺得她們那三個影子，已在我生命史中留下了不可磨滅的印象，使我時時地想念她們。而現在我又把用在她們三個人身上的情感用在張玉萍一個人的身上了，你想，這叫我怎能不為之傾心？不過，唉！未來的事誰料得到呢？還是讓它自然發展下去吧！」

「老李，別太悲觀了，我預祝你成功！不過，要是萬一失敗了，也不應該灰心，因為戀愛只不過是人生的一部份呀！」

「這點我當然明白，不過，唉！愛情真像是一瓶啤酒，你不喝它，倒不要緊，一喝了它，准要被陶醉得昏昏迷迷的。老陳，你沒有試過戀愛，你是不懂其中的滋味的。」說著，又是一陣哀傷的歎息。

「好，算我不懂，不過你既然說愛情正像啤酒，那麼我們再

來一瓶吧，算是我也經歷了一場昏昏迷迷的戀愛滋味。」

　　於是夥計又替我們端上了一瓶狗標啤酒。

1958年4月下旬

亞嬌

一

　　我拿著一大堆的學生作業簿，拖著疲憊的身軀從學校回來，匆匆地用完午餐，照例躺在沙發上休息，順手拿起今天的報紙，漫無目的地翻閱。我先看一看文藝副刊，然後打開新聞版，赫然看到有這麼一個大標題：「**檳城XX路XX旅館應召女郎跳樓自殺陳屍馬路死狀甚慘**」。

　　對於這一類的悲劇新聞，似乎已是司空見慣，不足為奇了，所以它並沒有引起我閱讀的興趣。但是我卻被標題附近的那張照片吸引住了。「這照片不就是阿嬌嗎？」我的心猛跳了一下。看看照片旁邊的那行字卻注明「死者蘇茜遺照」，我於是懷著緊張的心情，詳細地閱讀新聞的內容：（本報X日訊）檳城XX路XX旅館昨晚發生一宗妙齡少女跳樓自殺慘劇。死者名蘇茜，系一名應召女郎，她在昨晚赴上述大旅館應召，事後不知受何刺激，竟從十樓的窗縱身躍下，登時頭破身亡。據查死者原名張亞嬌，現年二十一歲……「呀！張亞嬌，真的是阿嬌。」我像是觸到了一道電流，全身忽然都有點麻痺起來，那難忘的往事，立刻像一幕幕電影，映現在我的眼前……

二

　　六年前，我那第四的孩子出世之後，我的家第一次請來了一位傭人。

　　我的家庭本來很簡單，外子在一家銀行當職員，他駕著那輛「士古多」，早出晚歸。我在一家新村的華文小學教書，每天一早順搭一位同事的汽車去學校，中午放學後就回家。我倆上工時，家裏只剩下年老的家婆在看門。我每天一早起身，趕著把衣服洗好，買菜煮飯的事就由家婆去料理。由於人口不多，生活倒也過得很寫意。可是真沒想到，我們才結婚四年，就生下了四名孩子。我和外子本來講定只生下兩胎就要節育的，但由於外子是一名獨子，他的父親過世得早，人丁單薄，所以家婆一直希望能多抱幾個孫子，何況我頭兩胎偏又都是生女的。家婆的身體本來並不好，雖然外表看來還相當肥胖，但卻患有氣喘病，連多走兩步路也會覺得辛苦，做一點輕便的家務倒還可以，可是那四個小寶貝卻真叫她忙得透不過氣來：餵奶啦！換尿布啦！一邊要搖著沙籠搖籃讓小的入睡，一邊又要抱著老三，那老大和老二也纏著要她帶去玩，這都是很不容易應付的事。她老人家也曾發過牢騷說，帶兩個孩子就比出去做工還要辛苦。所以當我的第三個孩子出世後，我就建議要請一名傭人，外子也很贊同，但家婆卻堅決不肯，一方面固然是為了省錢，另一方面，她說這幾個孫子是她的心肝寶貝，就連我自己帶她都嫌不夠細心，怎能放心讓外人去帶呢？然而老四出世之前，她老人家卻不幸患了一場大病，後來雖說是醫好了，但健康已大不如前，即使怎樣逞強，也實在是力

不從心了。所以老四滿月之後，我一提起要請傭人的事，她就無可奈何地說：「好啦！就由你們決定吧！我老咯！不中用了。」

然而要請傭人，也並不容易，那些會做的媽姐（專職女傭），不但工資高，而且還沒有上工，就跟你談一大堆的條件：洗多少人的衣服，煮多少人的飯菜，一個月休息多少天，甚至連抹多少次地板和門窗，都要講得一清二楚，只差沒有找律師簽合約，結果往往也做不上幾個月，便嫌東嫌西，於是拿著包袱走了。我們當然請不起這樣的大傭人，一家人商量的結果，決定請一個女孩子，只要能洗洗衣服，幫忙看看孩子，也就夠了。

我執教的學校是在一個新村，在新村地方請人當然會比大城市容易，所以我把消息一傳開，沒有幾天，就有一個長得又矮又胖的女家長帶著她的女兒來學校找我。

「先生，聽說你想請一位工人是嗎？」她滿臉笑容地問，不過我看得出那笑容是裝出來的，顯得很勉強。

「是呀！有誰要做？」「哪！就是阿嬌，我的女兒。」她指著身邊的那個小女孩說。我定睛一看，這個小女孩不但身材矮小，而且又黑又瘦，穿著一套灰色的中裝，一雙破爛的日本拖鞋。頭髮剪得短短的，眼睛雖然相當大，但卻像是長久睡眠不夠似的，沒有一絲光彩。眉頭深鎖，似乎蘊藏著無限的憂鬱。左額的上端依稀可以看到有一條大疤痕，被一撮垂下的頭髮遮蓋著。

我覺得這個臉孔有點熟悉，好像曾經在哪裡看見過，正想開口問她，只聽得她又拉開喉嚨說：「先生，她還是你的學生呀！」「我的學生？」「是呀！她在這裏讀了兩年，後來就不讀了。」她還是滿臉笑容，但這笑容卻像是一道陽光，很快便被烏

亞嬌

雲蓋住了。只見她忽然板著臉，對阿嬌說：「你這死查某（女孩），見了先生也不會打招呼，真沒禮貌！」說著還用右手在她的前額用力地指了一下。阿嬌本能地側一下頭，顛簸地後退了一步，隨而又把頭垂下來，似乎不敢看我。

　　我低著頭在沉思，終於在塵封的記憶中找到了她的影子：那時她才八歲，在本校讀二年級，我是她的級任。因為她長得矮小，坐在中間那排的第一張座位，剛好和老師的座位相對，所以我對她特別熟悉。那時她似乎比較胖，也沒有現在這麼黑，而且我記得她的成績還不錯，是班上十名以內的好學生，只是上課時常常打瞌睡，也常常遲到和缺席。第二年，我沒有再教那一班，所以她有沒有讀下去，我也沒有去注意，算一算時間，離開現在已經七年了。

　　「她為什麼才讀完二年級就不讀了？」我懷疑地問，「她的成績相當不錯呀！」

　　「唉！她這個死查某，貪玩耍，不肯讀書，所以讓她停學，給她去做工了。」說著又斜睜她一眼，好像在向她警告什麼似的。

　　看到這情形，我也不想多問。仔細地再瞧一下阿嬌，雖然覺得並不是我心目中理想的傭人，但既然她以前是我的學生，便難免對她具有一種師生的特別感情，反正請人也不容易，就讓她試一試吧！所以我毫不猶豫地說：「好，我決定請她！」「謝謝你！先生，真謝謝你！」她裂著那個闊嘴巴在笑，這回我看得出那是真笑。

　　「阿嫂，你要多少工錢？」我忽然想起必須先問明這件事，免得以後多話。

「工錢？那不要緊，等她做了一、兩個月再說，你是她的先生，相信不會給少的。」說著又是哈哈大笑，滿臉的肥肉隨著笑聲在顫動。

多麼厲害的話，這正是「欲將取之，必先予之」的戰術，但我還是認為「先小人後君子」好，於是講明先給她每個月八十元，兩個月後如果做得好再加薪，她沒有反對，有點興奮地說：「先生，明天剛好是一號，我帶她去你的家上工。她做工笨手笨腳，人也有點蠢，希望你教教她，有什麼工，儘管叫她多做一點，不過……」她稍微停頓了一下，又很鄭重地說，「最重要是工錢不要交給她，每個月我會來學校向你拿。」

「……」我雖然沒答腔，但她似乎已很滿意。臨走時，我忽然看到她用右手扭一下阿嬌的耳朵，狠狠地罵道：「死查某，這次你再不好好地做，看我不打死你才怪！」

她走了之後，校役阿清立刻對我說：「鄭先生，你想請她的女兒做工呀！這個烏鬼婆呀！是本村出名厲害的女人，你以後要小心一點。」接著他又告訴我許多關於她的事。原來她的名字叫梅英，丈夫在大城市做建築工人，皮膚被太陽曬到黑黝黝的，人家都叫他烏鬼，所以就稱她做烏鬼婆。他夫婦倆結婚後好多年，都沒有生育，後來有一位遠親因為兒女太多，把剛滿月的女兒送給她撫養，她就是阿嬌。烏鬼婆起初對阿嬌還相當疼愛，可是等到阿嬌三歲過後，烏鬼婆的肚子忽然爭氣起來，竟一連生下了兩女一男，這麼一來，她便把愛阿嬌的心去愛自己的兒女，對阿嬌無形中就日漸冷落，並且由冷落進而虐待，年紀小小就要她做家務和照顧弟妹，七歲那年才進學校念書，就得半工半讀，每天一

大早蹲在馬路旁擺賣她所做的糕餜。勉強地給她讀了兩年書，就迫她停學。在家裏不但不肯給她好東西吃、好衣服穿，而且動不動就罵她、打她，有一次還用一根大木棍敲破了她的頭，現在還留著疤痕呢！她現在有點憨，人家都說是給烏鬼婆打成這樣的。幾個月前，烏鬼婆逼著阿嬌出去替人家做家庭工，好賺錢回來給她用，可是不知怎樣，阿嬌先後已換了三個主人，每次都做不久。校役阿清最後很肯定地說：「鄭先生，我看她這次去你的家做工，最多也不會超過一個月。而且烏鬼婆這種女人也不容易應付，你以後要小心才對。」

聽了阿清的話，我真的有點擔心起來，可是剛才已答應了她，為人師表豈能隨便反悔？何況她又是我的學生，應該給她一次機會，如果做得不好，或是她自己做不久，那時才另請別人吧！

三

我的家是在K埠新村邊緣的一個花園，離學校二十多公里。那是一座平房的排屋，三房一廳，雖然並不很大，但我們已感到很滿足。門前有一塊小空地，種上了兩棵芒果樹，也有許多栽在盆裏的杜鵑花。傍晚時分，外子總喜歡呆在這個小花園內，所有澆花、拔草和施肥等工作，也都由他一人去料理。

第二天下午一時半左右，我從學校回家，一進門就看見廳中坐著兩個人，原來是烏鬼婆和阿嬌。烏鬼婆一看到我，就很熱情地迎上來，一片阿諛的口氣說：「先生，你的家真美！」

「有什麼美？小屋子，能住就行了。」我禮貌地回答，「來，我們一起吃飯吧！」

「不必咯！我們已經吃飽了。」她推辭地說，「先生，我現在就把阿嬌交給你了，希望你以後好好地教她，有什麼工作，儘管叫她做，做得不好，可以罵她、打她，她這個賤骨頭，不打不罵是不行的。」她說話的聲音很響亮，又很快，就像是一串著了火的連珠炮。

「你放心，她是我的學生，我會好好照顧她的。」「那真要謝謝你咯！先生，你真好，不過你千萬不要把錢交給她。」

說到這裏，那對兇惡的眼光瞪著阿嬌，「死查某，你真好命，能夠在先生的家做工，這回再不好好地做，你不要回家了。」說完後，便搖著那又大又圓的屁股走了。

阿嬌木然地站在那兒，手上挽著一個小包袱，臉色始終是陰沉沉的，沒有笑容，但也沒有怒意，好像是一尊木偶。

「來，我們一起吃飯吧！」烏鬼婆走後，我帶她進廚房，然後就去拿碗裝飯。

「你自己吃吧！我已經吃過了。」她忸怩不安地說，對這個陌生的環境，顯出慌張的神色。

「不要緊，再吃一點吧！」我一邊吃，一邊替她舀了一碗飯。這時，我的家婆也從房間出來，於是我們三個人便坐在一起吃。阿嬌拿起筷子，遲疑了一會兒，只夾了兩次菜，便把那碗飯吃完了。

飯後，她立刻動手收拾飯桌，然後又去洗碗，我的家婆似乎對她很不滿意，她拉我進房間，低聲地說：「看她長得又瘦又小，一陣風就會把她吹倒，能夠做些什麼？」家婆的話剛剛說完，廚房就傳來「砰」的一聲，原來阿嬌把一個洗好的碗滑落在

地上，打破了，我看到家婆臉上充滿著怒容。

我心裏也感到有點不悅，但看到她那種驚慌的神情，不忍去責備她，只好勸家婆說：

「現在請工人不容易，就將就些吧！而且她又是我的學生，我們先試用她兩個月，如果做得不好，再請別人。」

我把那個原先做儲藏室的房間騰出來，讓阿嬌做臥房。她把包袱打開，裏面只有幾套破舊的衣服。我特地踏腳車去街上，替她買回一條面巾，一把牙刷，一支牙膏，還有一雙新的拖鞋。她看到這些東西，感到很高興，我第一次看到她的臉上綻開了一絲笑容，但也像是一道微弱的閃電，很快就消失了。

四

阿嬌單以她的那副長相，實在不能逗人喜歡。一個十五歲的青春少女，卻沒有一點少女的活潑和天真。做起工來，正如她母親所說的一樣，笨手笨腳，洗衣服洗不乾淨，燙衣服不光滑，煮飯不是太軟就是太硬，煮菜更不必說了，簡直連鹹淡都分不清。才做一星期，已打破了三個碗，一個奶瓶，也燙焦了兩件衣，而且一星期後，她的兩隻腳趾都有些爛起來，常常用手去抓，似乎感到很癢，抓完後也不洗手，便繼續煮飯或做其他的事。我看到這情形，實在有點反感，於是罵了她幾句，豈知她卻哭起來，而且很恐慌地說：「先生，你是不是要辭掉我？」「辭掉你？」我對她所說的話感到滿頭霧水。「以前我幾次替人家做工，都是因為腳爛被辭掉了。」她嗚咽地向我哀求，「先生，你不要辭掉我，要不然，我媽會打死我的，我的腳只要幾天不浸水就會好

的。」

原來她的腳是患上了一種皮膚病，浸得水太多便會爛，可是替人家做家庭工，每天要洗衣服煮飯，哪能不浸水呢？於是我立刻帶她去給醫生看，醫生給她打針吃藥，還帶了一罐藥膏回來，每天定時搽三次，幾天後就好了。

她似乎很不喜歡說話，那張嘴一天到晚閉著，就像是泥菩薩一樣。家婆偏又是一個很急性的人，每逢她的工作做得不好時，就忍不住要罵她，向她發脾氣，這時她總是垂著頭，用那對惶恐的眼睛注視著地板，好像是在認錯求饒，但卻總不說話，直到家婆罵到嘴酸為止。遇到這情形，連家婆也無可奈何。

然而，兩個星期過後，我們就發現到她具有很明顯的優點：雖然工做得不好，但卻很勤力。早上五點多就起身，煲開水、洗衣服、照顧我的孩子、煮飯、洗地，甚至連拔草種花都做，一直到晚上，從不肯好好地休息一下，就連外子的皮鞋都被擦到亮光光的。有時工作做完了，一時還想不出應該做些什麼，就會靜靜地坐在那兒發愣，好像懷有無限沉重的心事。過了一會兒，她又會立刻去找出一些工作來做，比如抹地板啦，抹玻璃窗啦，雖然地板和玻璃窗才抹不久，都還很乾淨。有時她也會把我那個有點凌亂的書櫥裏的書全搬出來，然後又一本一本地搬回去，很整齊地疊放，但結果是把原先的種類和次序都掉亂了，我衣櫥裏的衣服也是這樣。有時實在找不到什麼好做，她就會把那十多盆杜鵑花慢慢地去修剪，甚至連花盆外面的泥沙和青苔都洗刷得乾乾淨淨。

剛來的頭幾天，每逢吃飯時，她一定要等到我們吃完後才吃，後來我一直叫她，才敢跟我們坐在一起。她的食量相當大，

但不大敢夾菜吃，我便常常把菜夾一些放在她的碗裏。一碗飯吃完後，沒有我再三催請，從來不去再添，但如果是添上了一碗，也往往很快就吃光了。

外子看到我對她這麼殷勤的態度，似乎有點不過眼，所以向我發牢騷說：

「唉！你到底是把她當成傭人或是客人？」

「她剛來不久，又是我的學生，照顧一下是應該的。」我向他解釋說。

有一天，我們正在吃飯時，家婆突然問她：「阿嬌，你在這裏做工習慣嗎？」「習慣！」她很快就回答。「聽說你以前做過幾家的工，每次都做不上一個月。」

「又不是我不想做，他們不要我，我有什麼辦法？」她滿懷委屈地說，「這次我一定會好好地做，做得久久。」

「你喜歡替人家做工或是在自己家裏？」家婆又進一步問她。

「……」她沒有立刻回答，好像感到很為難，想了許久才說：「我不喜歡我的家。」

「為什麼？」「在家裏一天做到晚，媽還常常要打我，又不肯讓我和他們坐在一起吃。每餐吃飯時都要被她罵得一大堆。」她像是在發洩胸中的積憤。

「你的媽媽為什麼會這樣凶呢？」「哼！她對我才凶，對她親生的孩子不知有多好！」「什麼？那你不是她親生的？」家婆驚奇地問，因為我並沒有告訴她這件事。

「我不是她親生的，聽說我的親生母親本來是住在怡保，可

是現在不知道在哪裡，她也不肯告訴我，我真希望能找到親生的媽。」她滿懷幽怨地說，那對失神的眼睛也迸射出期望的光輝。

家婆是個性急心軟的人，她年幼時就曾嘗盡了童養媳的痛苦，所以對阿嬌的身世興起了無限的同情，從此以後，無形中也就對她特別愛護與關懷。我們都把她當做是家庭中的一分子，不但三餐坐在一起，吃同樣的飯菜，買宵夜也從來沒有漏去她那一份。有時週末去看電影，也常常帶她一起去。她的心情已漸漸開朗起來，沒有初來時那麼拘束，雖然她工作做不好時，家婆還是常常要罵他，但罵完之後，彼此都不把它當做一回事。

時間很快就過去了一個月。第二個月的一號那天，烏鬼婆一大早就來學校，她看到了我，劈頭便問：

「先生，阿嬌在你家做工，你滿意嗎？」「我看她做工還差不多，我家婆也對她相當滿意。」「滿意？那就好了。」她似乎有一份出奇的喜悅，「先生，還是你最好，她去什麼地方工作，都做不久，希望這次能做久一點。」

「我也希望能這樣。」「先生，她有沒有跟你拿過錢？」她忽然很緊張地問。「沒有，她自己根本沒有花過錢，不過我有替她買一些東西，也帶她看過一次醫生，花了十塊錢醫藥費。」

「看醫生？她有什麼病呀？」「她的腳浸水太多就會爛，所以我帶她去給醫生看，現在已經好了，你不必擔心。」

「噓！這一點小毛病，何必花錢去給醫生看，買一瓶老人標藥膏搽搽一下，就可以了。」她攤開雙手，撅著嘴，好像在怪我太多事似的。

「小毛病也應該給醫生看，要不然就會變成大病的。」我一

邊說，一邊拿出八張十元的鈔票給她，「哪！這是她的工錢。」

「那麼？她看醫生的錢？」她接過鈔票，遲疑了一下。「看醫生的錢，算我出好了。」「哦！那真要謝謝你，謝謝你。」她連忙把鈔票放進褲袋裏，好像怕被我搶回去似的。

「我答應阿嬌，每個月給她兩天假期，叫她回來看看你們，可是她不要回。」

「哎！她回不回都不要緊，最要緊是每個月的工錢不要交給她，我會來學校向你拿，希望先生能幫忙。」她好像是在向我要求。

「好，我會照你的話去做，下個月起，我打算給她加薪二十元。」「謝謝你，先生，你真是一個好人。」她連聲向我致謝，似乎把我當做大恩人，我真沒有想到這二十元對她竟能產生這麼大的效力。

五

時間在平淡中過去，農曆新年快來臨了。這期間，阿嬌顯得特別忙碌起來，除了平常應做的工作之外，也忙著打掃屋子，收拾房間，把床褥、被單、窗簾和沙發的外套拆出來洗，又去買了幾罐漆，把所有椅子的鐵腳都重新漆過，還把花盆髹上紅色，整間屋子為之煥然一新。她做工很有勁，似乎永遠不會感到疲勞，有時我們看她做得太多，怕她辛苦，叫她好好的休息一下，她總是不聽。她做的工也比以前好多了，衣服已洗得很乾淨，也燙得光滑；菜也煮得不錯，照顧孩子也相當細心，只是動作還是有一點笨手笨腳，家婆仍然不時教訓她，她也不以為忤。她的體重已

增加了十磅，臉上不但比以前豐滿，也時時會泛出笑容。她可說是我家名副其實的總管，對家裏的所有物件，瞭若指掌，無論我們要找一件什麼衣服，或一把鉗子，一罐罐頭，甚至是一根針或一粒鈕扣，只要一開口，她都能很快的找出來。她對我的幾個孩子也很喜愛，一得空就逗著他們玩，抱他們去散步，好像是她的親弟妹一樣。

除夕下午，我把買來的兩套新衣服和一雙新鞋子送給她過年，她高興得幾乎跳起來。我提早把那個月的工資交給她，另外給她五十元紅包，並答應給她十天的假期，讓她回家過一個快樂的新年，她起先不肯回，但我說：

「你平時不回家不要緊，可是新年一定要回家吃團圓飯。」「我在你家吃團圓飯不是一樣嗎？」說著兩眼直瞪著我，好像在怪我不肯留她，停頓了一下，又說，「新年這裏也有許多工要做的。」

「我們自己做幾天，無所謂的，你新年如果不回家，你媽媽一定會怪我們。」

她拗不過我的意思，於是帶著那兩套新衣和新鞋，很不甘願地坐計程車回家去了。

除夕晚上，我們一家人玩到很夜才睡，元旦一清早，還沒有起身，忽然聽到有人在敲門，我起來一看，原來是亞嬌，只見她還是穿昨天的那套舊衣服，木然地站在門口，面有慍色。我感到很奇怪，不禁問道：「你為什麼不在家過年，等初九拜了天公才回來？」「我在家不慣，不喜歡。」她呶著嘴，很生氣地回答，然後逕自走進廚房，立刻就動手工作。

亞嬌

「今天是年初一，你為什麼不穿新衣？」我跟著她走進廚房。「我沒有新衣好穿。」「什麼？昨天我不是送給你兩套新衣嗎？」

「昨晚我回家後，母親看到這兩套衣服很美麗，拿給兩個妹妹試穿一下，她們說很合身，結果一穿上，便不肯脫下來。」

「有這樣的事？」我感到無限驚訝。「嘿！她根本不希望我在家，只想要我的錢，昨晚我回家後，就把錢全部交給她，她還在罵你呢！」

「罵我？她罵我什麼？」

「她罵你孤寒，嫌你的紅包太少。她這種女人呀！眼睛裏只看到錢。」阿嬌一邊在洗碗，一邊很生氣地說：「昨晚我一回家，就幫他們做工，一直做到半夜，連飯都還沒有吃。」「你母親沒有叫你吃團圓飯？」「她在我面前罵你，我聽了很生氣，所以他們吃飯時，我跟她說吃飽了。你以為她有什麼好東西給我吃呀！還不是要吃那些雞頭雞腳，我才不想吃呢！」

我一時不知該說什麼好。因為今天是元旦，我不想給她太掃興，只好儘量勸慰她，並且答應她等年初四商店開門時另外買兩套新衣服給她。

第二年，她竟連除夕晚也不肯回家。

六

流光如駛，很快就過了兩年，阿嬌已是十七歲的大姑娘了。俗語說，十八姑娘一朵花，那麼阿嬌就像是一朵含苞待放的蓓蕾，由於過去長久被困在齷齪的環境裏，受壓抑、受摧殘，所以是那

麼萎縮，現在得到了陽光和水分的滋潤，於是漸漸的舒展起來。

許多親友們來我的家，都說阿嬌已比以前高大、漂亮得多了，身材肥胖結實，皮膚也白皙起來。人也變得很健談，空閒時很喜歡和我們說笑，過去眉宇間那股濃厚的憂鬱已一掃而空，像一隻勤勞的小燕子，顯得那麼矯健。

她對我家裏的每一個人，每一樣東西，都感到很親切，就像是她自己的家一樣。我們對她也很有好感，外子常常在我面前稱讚她，說能夠請到像她這樣的工人，實在並不多見。

她的身體相當健康，有時偶爾患了一點小病，如頭痛或肚痛等，也還是一邊皺著眉頭，一邊繼續工作，最多是搽一搽風油或是吃兩粒止痛藥，便沒有事了。

然而有一回，她卻忽然患上了一種怪病。起先，我們都沒有覺察到，直到有一天，家婆忽然對我說，近來阿嬌的食量很大，有點不正常，不但每餐吃得比平常多，而且往往不到一小時便肚子餓，又要再去沖茶送餅乾吃，但身體反而消瘦了，臉色日漸蒼白，精神也比較差。我帶她去給醫生檢查，連拿了兩次藥，都沒有效果。我們都在替她擔憂，但她自己卻若無其事，每天照常工作。這情形持續了一個月，越來越惡化了，我認為長此下去，並不是辦法，於是把情況通知她的母親，我建議帶她回家，讓她休養一個時期，好好地給她治療，等病好後再回來。可是她的母親不肯，她說阿嬌又不是什麼大病，而且她既然是在我家做工，我們應該想法給她醫治，阿嬌本身也不肯回去。第二天，阿嬌的母親來到學校，交給我幾張符，說是她向菩薩求來的，要我把它化水給她喝，如果再不好的話，最好送她進醫院。我當然沒有聽她

的話，於是偷偷把符丟掉，不過認為讓她進醫院徹底檢查一下，倒是一個好辦法。我把意見告訴阿嬌，她聽了無限驚慌地說：

「不，我不要進醫院，我沒有病，我進了醫院，家裏的工作誰做呀？」

「我們自己做幾天，不要緊的，如果實在做不來，我會叫親戚阿福嬸來幫忙。」家婆也勸她說。

「什麼？你們要請別人來做工，你們要我進醫院，不請我了！」她忽然睜大著眼睛，神色恐懼得很。

「不是不請你，我們只不過請她來幫幾天，等你出院後，就不必麻煩她了。」家婆委婉地向她解釋。

可是她無論怎樣都不肯，好像認為她一進醫院，我們就會請別人似的。我想拉她去，她竟躲在床底下，不肯出來，我沒有辦法，只好再帶她去私人藥房，又連看了兩次，不但毫無癒色，而且更加嚴重起來，私人醫生也認為應該早日送她進醫院，不能再拖下去。

我於是很鄭重地對她說：「你這種怪病，如果不認真治療，恐怕會有生命的危險，所以一定要進醫院檢查，如果你不肯聽我的話，我就決定送你回家，不要請你了。」

她聽我說要送她回家，感到很害怕，所以才勉強答應。於是我叫了一部計程車，把她送進埠上的醫院去，又替她準備了許多東西和食物，等著辦妥了手續才回家。臨走時，她再三向我要求，叫我千萬不要請別人。

那天晚上，由於阿嬌不在，我們一家人忽然都分外忙碌起來，家婆忙著煮飯，我忙著燙衣，外子放工後也忙著照顧孩子。

想拿一樣東西，也不知道是放在哪裡，結果要找老半天才能找到。孩子們看不到她，一直在吵著要她，這時我們都感到她在我們的家中竟然是這麼重要，好像是一副機器中的一枚螺絲釘，少了她，整副機器都跑得不順起來。

我們預算她住在醫院，要照X光，要驗血，最少需一星期以上，如果驗出有什麼病，需要住院治療的話，那就要更久了。

可是真沒想到，第二天一早，我起身去開大門，忽然看見她坐在門檻上，我被嚇了一大跳，驚訝地問：「阿嬌，你不是住在醫院嗎？怎麼會跑出來？」她見大門一開，也不答腔，便逕自走進來，還東張西望，像是要在找尋什麼。

「阿嬌，這到底是怎麼一回事？」外子也感到有點莫名其妙。「你們是不是已經請了別人，不要我了。」她滿臉狐疑地問。「唉！亞嬌，你怎麼這樣不聽話。」我這時也感到有點厭煩，「我們跟你說得好好的，等你出院後就回來這裏，絕對不會請別人，你怎麼不相信我的話。」

「唔……」她好像已相信了我的話，停了一會兒，仍然神色不安地說，「我昨晚在醫院，一夜都睡不著，今早忽然做了一個夢，看到你們已另外請回一個工人，醒來後便偷偷地跑回來。你們真的沒有請別人，那就好了，如果你們請了別人，我一定會去自殺。」她說得很認真，而且兩眼乞憐地望著我，像是在向我哀求。

「別傻了！你放心在醫院醫病，我保證不會請別人，你這樣偷偷從醫院跑出來是犯法的，趕快回去，要不然員警會來抓你的。」我這樣恐嚇她，然後叫外子用摩托車載她回去醫院。

她在醫院共住了十天，我們每天傍晚都有去看她，也帶東西

去給她吃。為了不引起她的懷疑，我們也不敢請別人來幫忙，結果醫生驗出了她的病源，給她兩星期的藥，叫她出院。

她吃完了藥，再去複診一次，證明已經無恙。不久，身體才漸漸康復起來。

七

無情的時光帶走了多少人寶貴的青春，也帶來了人世間幾許的改變。現在，那個原先黝黑矮小的亞嬌，已是一名年華雙十，長得亭亭玉立的少女了，屈指算來，她已經在我的家做了五年。在這五年中，她已和我的家人打成一片，建立了非常深厚的感情，除非有什麼特別的事故，她平時很少回家，起初她的母親也沒有說什麼，只是每個月來學校一趟拿錢。她的月薪由前年起已增至一百五十元，而且每個月都是原封不動地交到她母親的手。她平日需要一些什麼零用品或添置衣服，都是由我負責，從來沒有從工資中扣除。可是有一次，她買了一個戒指，向我支了八十元，那個月我拿工錢給她母親時，就扣除了這個數目。豈知她的母親感到很不高興，囉哩囉嗦的把她大罵一頓，連我也被責怪起來。後來我告訴亞嬌，每個月另外加三十元給她，由她自己儲蓄，不讓她母親知道，以便必要時可以買一些自己所喜愛的東西。她感到很高興，但她的母親看到我許久沒有給她加薪，顯得很不滿意，常常故意在我面前說：

「我有一個朋友想介紹亞嬌去大城市做工，每個月工錢有兩百多元，每年還有一個月花紅呢！」

「好，那麼你就叫亞嬌去做吧！」我很乾脆地回答。「亞嬌

就是這樣蠢,她怎樣也不肯走,只喜歡在你的家做,好像想在你家做一世人。」

她起先怕亞嬌在我家做不久,現在聽她的口氣,卻是怕亞嬌在我家做太久了。

我也聽到了烏鬼婆在外面散播的許多謠言,她在破壞我,說亞嬌以前很聽她的話,可是現在不聽了,這一定是給我教壞的;又說我對亞嬌太刻薄,一年做到底都不肯給她休息,連新年也不肯讓她回家;也罵我的家婆存心不良,想收亞嬌做乾女兒,所以亞嬌不認她做母親了。最令人難堪的是她居然說我的外子看上了亞嬌,想吃她的甜頭。我們聽了這些話,非常生氣,尤其是外子,想立刻把亞嬌趕走,我也勸亞嬌回家,免得無風生波,多多閒話。豈知她聽了之後,卻大哭起來,她說如果我們一定要逼她回家,她寧願去自殺。那天她還賭氣一天不吃飯,看到這情形,我們只好把這股悶氣,忍在心裏。

可是有一天,烏鬼婆突然來學校找我,要我勸勸亞嬌,叫她早點結婚。

「結婚?那很好。」我認為讓她早點結婚,倒是個好辦法,一方面可以省卻許多是非,另一方面也可以使亞嬌得到歸宿,去享受家庭的溫暖,「可是據我所知,亞嬌並沒有愛人。」

「哎!什麼愛人不愛人,我已替她找到了一門好親事,男的今年才五十多歲,剛死了老婆不久,想娶一個填房。」

「五十多歲?亞嬌肯嫁給一個老頭子?」

「為什麼不肯?她以前是頂聽話的,我說怎樣就怎樣,她哪裡敢反對,可是她現在你家做工,不同咯!」她顯然在對我諷刺

和埋怨，但接著卻又在請求，「先生，希望你幫忙勸她，男人五十多歲並不老，而且他有大把產業，願意出五千元聘金娶亞嬌，這是她的福氣，她嫁過去一世人都享受不盡。」她滔滔地說，就像一個大媒婆似的。

我不敢再發表什麼意見，只是答應把她的話轉告亞嬌，回家後我立刻和亞嬌談這件事，她聽了之後，勃然大怒地說：

「嘎！他喜歡那個老頭子，叫他的親生女兒嫁給他吧！」我當然不會去勸她，做烏鬼婆的幫兇，不過我趁這個機會說：「亞嬌，說真的，你今年已經二十歲了，遲早也應該嫁人的，你對於自己的終身大事，有什麼打算？」

「我才不愛結婚！我一世人都不要結婚！」她很堅決地說。「為什麼？」

「我不要離開這裏。」「你這傻孩子！女孩子怎能不結婚呢？」「只要你肯讓我在這裏做工，我寧願一世人不結婚。」她道出衷心的願望。

然而，我又怎能為了要留她做工，而耽誤了她的青春呢？何況她小時候命運這麼苦，我似乎有責任替她謀求一個幸福的將來。

可是亞嬌平時根本沒有出過門，到現在連一個男朋友都沒有，我究竟要怎樣去幫忙她找一個理想的對象，以便組織一個美滿的家庭呢？想到這一點，我總覺得好像有一副很沉重的擔子壓在肩膀上，使我喘不過起來……

八

烏鬼婆對於亞嬌的終身大事，似乎是非常關懷，第一次介

紹的那個老頭子雖然不成，但她並不灰心，在短短的三個月內又連續給她介紹了好幾位。有老的，也有年輕的，總之家裏都很有錢，但長相卻都很醜，不是肥得像豬，便是瘦得像猴子，甚至連歪嘴單眼的都有，她還把他們一個一個的帶來我家，讓他們看亞嬌，而且每次一來，總要坐上老半天，往往是向亞嬌威迫利誘，又勸又罵，囉哩囉嗦的說個不停。但亞嬌卻總是不答應，一方面固然是因為捨不得離開我的家，另一方面也是對他們實在看不上眼。我對這件事也感到非常討厭，認為如果長久下去，那將不勝其煩，因為烏鬼婆為了貪圖一筆優厚的聘金，看來是下定決心，要把亞嬌當做一件貨物，想儘早把她賣出去，不達目的，是不肯甘休的。

果然有一天，烏鬼婆又帶來了一個男子來我家看亞嬌。她說這個男子姓林，是檳城一家塑膠廠的少東，常常駕著那輛二四〇的馬賽地新車，到全馬各地推銷產品。他長得很英俊，健碩的身材配上那副清秀的臉龐，的確是很能令少女們愛慕的白馬王子。烏鬼婆不知怎樣會認識了他，又知道他最近要找個對象成家，所以就想把亞嬌介紹給他，於是帶他來相親。他看過了亞嬌，向烏鬼婆低聲說了幾句話，似乎感到很滿意。臨走時，烏鬼婆對亞嬌說：

「我為了你的終身大事，不知花了多少心機，一連介紹了幾個給你，你都是嫌三嫌四，這個林先生不但家裏有錢，又長得好看，你應該滿意了吧！不管你同意不同意，這門親事是講定了，林先生打算下個月就來娶你，他說結婚後要帶你去遊世界度蜜月，你真不知是幾世修來的福氣。」

他們走了之後，我對亞嬌說：「亞嬌，看來你媽是非要把你嫁出去不可，女孩子長大了也總要找個婆家，你自己對這件終身大事必須有個決定，免得你媽來這裏鬧多多事情。」

她聽了我的話，癡癡地望了我一下，然後有點疑惑地問：「先生，你看那個林先生好不好？」「他是你媽媽介紹的，我又不認識他，所以不便發表什麼意見，不過他長得倒不錯。」

「唔……」她沒有再答腔，只是嬌羞地低著頭，顯然是有點被他那種英俊瀟灑的風度所迷惑……

一星期過後，烏鬼婆包租了一輛計程車來我家，正式和我們談起亞嬌結婚的事。她說林先生已決定在這個星期天駕車來載阿嬌去檳城，然後在檳城舉行婚禮，結婚後要帶亞嬌去臺灣日本吃風，所以她要亞嬌收拾東西，今天就跟她回去。

「先生，很對不起，我叫亞嬌馬上辭工，一定會給你許多不便，不過為了她一世人的幸福，相信你不會見怪的。」她有點歉意地對我說。

「不，我不會怪你。你能夠替亞嬌找到一門好親事，我也要替她高興，只要亞嬌願意，我是無所謂的。」「不，我不要嫁人，我不要離開這裏。」亞嬌聽了我的話，忽然歇斯底里地哭喊起來，哭得很傷心。

「不管你肯不肯，這次你是非嫁不可，因為我已經收了他的聘金。」烏鬼婆像是在威脅，又像是在要求。她又很誠懇的對我說：「先生，請你幫忙勸勸亞嬌，我知道她會聽你的話。我千辛萬苦替她找到了這門好親事，也是為她好的呀！你總不能留她在你家做工一輩子，而誤了她一生的幸福。」

烏鬼婆這番有骨的話，像一把利刀，刺傷了我的心。我雖然也捨不得亞嬌離開，但正如烏鬼婆所說，為了她一生的幸福，我怎能留她在我家做工一輩子。於是我只好勸亞嬌說：

　　「亞嬌，不要太傷心，就聽你媽媽的話！但願林先生是個好青年，能帶給你幸福。」我一邊說，一邊脫下手上的那枚戒指交給她，「現在時間匆促，我也沒有什麼東西送給你，這枚戒指，就當做你結婚的一點小禮物吧！」

　　她遲疑了一下，接過那枚戒指，突然擁抱著我，號啕大哭起來，我和家婆也都淌下了眼淚。

　　過了許久，在我們的勸慰和她母親的再三催促之下，她終於勉強地去把衣服收拾好。臨別時，她拿出一個紅色的小荷包給我，這是她平日得空時用紅線織成的。

　　「先生，這幾年來，你們待我真好，我到死也不會忘記。這個我自己做的小荷包，你留著做紀念吧！」她嗚咽地說著，然後和她的母親坐上那輛計程車走了。我們一家人都送她到門口，呆然地望著那輛馳行的計程車出神，彷彿失落了一件什麼寶貴的東西。

　　到了星期天，那個林先生果然用那輛二四〇的馬賽地新車，靜悄悄地把亞嬌載走了，據烏鬼婆說是要載去檳城後，才舉行婚禮，所以她家裏一點都沒有鋪張，甚至連一些鄰居都不知道這件事……

　　亞嬌離開我家後，我們在短短的半年內，先後換了三個傭人，但都相處得不好，後來索性不再請了。我們一家人都很想念亞嬌，常常在閒談時提到她。我從一些人的口中聽到了許多閒言，說亞嬌是被她母親以五千元的代價賣給那個林先生。林先生

把亞嬌載去之後，並沒有和她結婚，而是把她推入火坑，當做一棵搖錢樹。而且林先生根本並非什麼塑膠廠的少東，他本來就是一名專靠女人吃拖鞋飯的小白臉。我也曾親自向烏鬼婆打聽過亞嬌的消息，但她只是吞吞吐吐地說：

「我也不知道呀！唉！嫁出去的女兒，潑出去的水，亞嬌結了婚，現在當然是跟著丈夫去享福了，她心裏哪裡還會想念我這個母親呢？」

由於打聽不出亞嬌的真正消息，日子一久，我對她也就漸漸地淡忘了⋯⋯

可是沒有想到，才不過是一年的時間，這個純樸勤勞的亞嬌，竟然會落得如此悲慘的下場，我掏出她給我的那個紅色小荷包，這個小荷包，自從她離開我家後，我一直帶在身邊，看到了它，彷彿就看到亞嬌正哭喪著臉，站在我的面前，向我傾訴那無盡的衷情。

「是誰害死了亞嬌？是誰？」我面對新聞版那張亞嬌的遺照，不禁失聲大哭起來，那則亞嬌跳樓自殺的新聞，已被我的淚水沾濕了一大片⋯⋯

1980年10月

阿華

一

　　我做夢也沒有想到，剛剛從中央醫院割治盲腸出來還不到十天，又要進入K埠的地方醫院去，而且這一次，竟然在這間醫院住上了半年——因為，我被發現患上了TB（肺病）。

　　那當兒，誰不知道TB是一種多麼可怕的疾病，多少人為它失去了寶貴的性命，多少人為它斷送了事業與前途。那時我剛剛高中畢業，正想找一份工作，卻不料就在這個時候患上了這種病，這對我是多麼嚴重的打擊呀！所以進院那一天，我感到極端的害怕與悲傷，似乎預感到生命不久就會因而殞滅。

　　我是住在地方醫院的第九病房，這是附設在這裏唯一的肺病病房，面積非常狹小，但卻擠滿了二十張病床。中央醫院的專科醫生每兩個星期來這裏一次為病人診治，醫院的助理每星期來三次為病人打針，其餘的時間，便只有一個專門在第九病房工作的雜役來管理我們。他是一個年紀四十開外的人，但看他的外貌至少要比實在的年齡老上十年，身高只有五尺左右，黝黑的臉上佈滿了許多縱橫交錯的皺紋，像是一幅繪滿山脈河流的地圖。眼睛深陷，鼻孔扁平，但耳朵卻特別大，而且向下垂著，配合著整個

面龐，顯得有點滑稽。跑起路來，步伐雖短，但卻很快捷，兩隻手向後一劃一劃的，就像是在划船一般。

他的名字叫阿華。

我進院時，便是由他帶領進入第九病房。我一看到他那種滑稽的面貌與身材，再想起那些雜役們可惡的嘴臉，心裏不期然便對他興起一陣莫名的惡感。他為我安頓了床位，給我換上了衣服，又很殷勤地向我問這問那，似乎顯得很關懷。我知道他的用意，於是叫他到病房外沒人的地方，給了他兩塊錢。

不久，他特地為我的病床重新安上了一套比較好的蚊帳和被褥。

這時，我的心煩得很，躺在床上，腦海裏儘自在想著許多恐怖的事情，我不知道這種可怕的疾病究竟有沒有治癒的希望。

「你是做什麼工的？」忽然阿華走近我的床邊，和我攀談起來。「高中剛畢業，還沒有找到工作。」我懶洋洋地答。「哦！原來是個高中生。唉！你一定是念書時勞神過度，所以才患上這種病。」他居然也歎起氣來，「不過不要怕，這種病一定可以醫好的，多則半年，少則三個月。」他在我的床沿坐了下來，顯然是準備和我長談：「如果是十幾年前，那就難說了，那時還沒有藥，只讓病人靜靜地躺在床上，咳嗽厲害的就給他吃一點止咳的甜藥水，兩星期打一次風針，此外便什麼辦法都沒有了。那時呀，十個病人有八個要瓜（死）的，那情形想起來真叫人害怕。病人們一天到晚咳嗽呀！吐血呀！整個病房充滿了臭腥的氣味，連助理們都不敢進來，可是現在呢？一點都不用怕，現在有的是藥，一星期打三次針，每天有藥水藥丸吃，只要自己注意一點營

養，絕對可以醫好的。」接著他又滔滔不絕的說了許多有關肺病應該注意的事：他叫我每天最好吃三個雞蛋，一瓶鮮奶，睡眠要充足，千萬別胡思亂想。他的話就像是連珠炮似地向我射來，我雖然有點厭煩，但卻也從中獲得了一絲慰藉，覺得像他這麼一位在醫院工作多年的雜役，對於治病的常識，有時的確是有許多寶貴的經驗可供病人參考的。

　　談了許久，臨走時，他似乎還很關懷地說：「靜靜地躺著吧！需要什麼的話，可以告訴我，我一定給你辦好。」我知道我給他的兩塊錢已經發生了效力。然而才走了幾步，我就聽見他在破口大罵另一個病人，看他那種洶洶然的氣勢和粗暴的聲音，我不禁打了一個寒噤。

二

　　進院一個月之後，我對於阿華漸漸有了更深的瞭解。原來這間第九病房，雖說是K埠地方醫院的一個病房，但這間醫院的醫生是從來不管的。中央醫院的肺病專科醫生兩星期才來一次，醫院裏的助理們雖說每星期來三次為我們打針，但他們每次在病房裏逗留的時間最多不會超過十分鐘，一打完針，便立刻走了。於是便只有阿華，他不但成為第九病房的總管，而且也是我們的護士，除了打掃、洗地有另外的工人負責外，他幾乎負責了第九病房的全部工作。每天一早，天還沒有發亮，就來病房替我們把蚊帳掛起來，接著是折被單、派早茶，過了一會兒，就派藥丸和藥水，再下來是派午飯、下午茶、晚飯。有時還要拿病人的血和尿去給助理檢驗，還有許許多多零碎的工作，都由他一手包辦，直

到下午五時過後，他替我們把蚊帳放下來，又派完開水之後，一天的工作才算完畢。每逢星期一那天，他還要拿衣服給我們換，替我們換床布和枕頭套。每次助理來打針時，他也總要頭頭尾尾忙那麼一陣子。至於每逢中央醫院的專科醫生要來時，那天他可就要更加忙碌起來，除了日常應做的工作之外，他會拿起掃把，把病房重新打掃一遍，然後呼喝所有的病人，要他們靜靜地躺在床上，不許走來走去，並且要把床鋪整理好，如果有那個病人不聽他的話，那准要被他大罵一頓。直等到他認為各項都已滿意之後，於是他就去拿出一疊的X光照片和檔，放在病房中間的那張桌子上，自己就靜靜地守在病房裏，和病人聊聊天，或者是罵罵病人，以等待醫生的來臨。醫生一來，他會立刻迎了上去，替他接過公事皮包，然後跟在他的後面，必恭必敬地陪著他巡視病人，直等到醫生走了之後，他才會鬆了一口氣，這一天，看他那種緊張的神情，就像是要經歷一件什麼大事似的。

他會算命，據他說是年輕時在暹羅學的，常常用一副荷蘭牌替病人占卜休咎，然後從病人身上索回一塊或五角的代價，雖然他每次給病人占卜時所說的總不外是目前雖有災難，但將來必能逢凶化吉的這一套老話，但經過他天花亂墜地安慰一場，病人們雖也知道他是一派胡言，卻也感到非常滿意。

他也很喜歡賭博，逢著他空閒的時候，他總要拿出那副已經黃褐色了的麻將牌，邀三個病人，就在連著病房的那個小房間裏偷偷玩上幾圈。賭下去的結果，只有那三個病人在各自碰碰運氣，誰也別想贏他的錢。雖說他們賭的只不過是兩千碼一塊錢的小玩意，但每當他贏了錢的時候，便會好像是打了一場勝仗，總

要裂著嘴巴，露出那排黃褐色而不是很整齊的牙齒在笑，走起路來，兩隻手也劃得特別有勁。於是這一晚，他會犧牲了休息的時候，逗留在病房裏和病人們大談麻將經，表示他的牌術高明。如果他輸了呢？兩、三毛錢那倒不要緊，他也會很爽快地拿出來，雖然嘴裏總不免要吱吱喳喳地埋怨幾句，怪別人亂打牌。但如果是輸上了一塊錢，那他不但拿不出錢來，而且還會對贏家扳起不好看的臉色，你敢跟他討嗎？

那准要碰大釘。

「丟那媽，一元幾角的錢，怕我賴你不成？等出了糧（發了薪水）就給你。」他先為自己辯白了幾句，接著便扯開正題，把你罵得狗血淋頭：「你這個衰佬，病好了，還賴在醫院不走，這次醫生來，看我不叫他把你割牌出去才怪！」

有一次，那個跛腳佬不識相，向他討贏到的塊半錢，就這樣被他大罵一頓，一點也不敢出聲。

原來那個跛腳佬進院已經近一年了，年紀六十開外，左腳有一點跛，所以病人們就給他這個綽號。他有一個兒子，是屬於不事勞動的懶惰蟲，連自己的生活都要靠妻子割膠來維持。而且這對夫婦對於這個患病的老頭子也並不關心，自從他們搬到別個地方去工作之後，除了每個月從郵局匯來一些錢給他零用外，根本就很少來看他，所以他雖然病好了，卻一直賴著不肯出院，他曾對我說：

「唉！出院後去哪兒住呢？自己老了，不能工作，還是住醫院好。」然而醫院當然不能長久容納一位病癒了的人，所以醫生好幾次想把他割牌出院，但他總苦苦要求：

阿華

「醫生，我沒有家呀！又這麼老了，出院後叫我去哪兒呢？」

再不然，當醫生來時，他就會假裝很痛苦似的，靜靜地躺在床上呻吟，然後有氣無力地說：「醫生，我很辛苦呀！我的胸部很痛，而且還有咳嗽。」說到這裏，他真的就咳了起來，而且咳得特別大聲，碰到這情形，醫生往往也被弄到啼笑皆非，結果就這麼一個月又一個月地拖下來。

阿華對於這件事當然看得明明白白，所以時時也就藉故從他身上榨取一些油水，他還敢不服服帖帖地滿足阿華的慾望麼？可是在背後，他就常常滿懷不高興地罵著說：

「臭卡，沒見笑（不害羞），吃人家的錢。」有一天，他忽然問我說：「阿華對你還不錯吧！」「是的，還過得去。」「你認為他為人好不好？」他進一步問。

「……」我一時竟不知該怎樣答好，遲疑了一會兒，就信口胡謅地說，「差不多。」

「唉！簡直壞透了。」他說，「他對你好，是因為你常常給他錢，如果不常常給他錢，他就對你凶得像只老虎，千方百計地為難你，有時叫他拿點開水，也會被他罵大半天，這兒的病人呀！哪一個不受過他的氣？」

「天下烏鴉一般黑。」我這樣勸他，「而且這個社會上吃錢的人多的是，何況阿華所吃的錢只不過是一塊幾角的小數目而已。」

「還有呢！」他對於我的答覆似乎不很滿意，於是又接下去說，「他還會偷藥水去賣。」

「什麼？他偷藥水去賣？」這下我可有點驚奇起來。「是

呀！他常常偷藥水去賣，比如說，醫院分配給我們吃的甜藥水，他不大肯分給我們，就是拿去賣給人家，每小瓶兩塊錢。」

這還了得，扣了病人的藥，拿去賣給人家，這就太不道德了，我也顯得有些氣忿，我說：「這真是太豈有此理！不過這甜藥水究竟是什麼藥水？我可從來沒有吃過。」

於是他告訴我甜藥水是一種止咳的藥水，這是一種麻醉劑，咳嗽厲害的吃了一點，可以鎮靜一下，對病體倒是沒有益處的。如果吃慣了，以後每晚非吃不可，否則就會咳個不停，阿華就是把這種藥水拿去賣給已經出院而仍然每晚咳嗽、非吃它不可的病人。

聽了他的話，我的心也就釋然了。然而跛腳佬卻又說了一大堆阿華的壞話，他說阿華也時常把藥丸和藥針作弊一點，去撈一點額外的油水。

「總之，阿華不是個好東西。」跛腳佬最後下一個結論，狠狠地說。我雖然不置可否，但也覺得他實在不是個好東西，要不然為什麼全病房的人都對他沒有好感呢？

三

第九病房的病人一直對阿華沒有好感，實在也不是沒有理由的。單看他的外形：矮短的身材，走路時的八字腳，以及那個有點凹下去的扁鼻子，已經足以令人生厭。然而更加令人不滿的是他那種氣焰凌人、呵斥病人的態度。他的脾氣就如馬來亞的天氣一樣，好的時候，他會嬉笑自若地和你東拉西扯，說些令人發噱的故事，如果我們聽到有趣，笑起來了，那他就會搖頭擺腦，越

談越起勁，活像個舞臺上的小丑。然而逢著他心情不好的時候，那他就會擺出總管的態度，在呵斥病人，他會罵你弄髒了地板，說你的床布最容易骯髒，或且罵你不聽醫生的勸告，到處走動。

總之，他可以找出許許多多的藉口來挑剔，有時就連你唱一支歌，他也會罵你像牛般地叫，說你在吵鬧，不守院規。

「嘿！等醫生來時，我告訴他你不守規矩，看他不把你割牌出去才怪。」他常常以這句話來恐嚇病人。

「唉！寧可得罪城隍，不可得罪小鬼。」病人們就常常在背後這麼歎息著。

有一天中午，正是派飯的時候。阿華推著那架派飯的輪車，慢慢地進了病房來，然後一個一個地派送。由於我每日三餐的飯食都是由家裏拿來，所以每天派飯時，我從來沒有注意過。可是這一天，當阿華正在派飯給跛腳佬時，我忽然聽到跛腳佬向他要求：「請給多一點吧！」

「大吃鬼！」我看到阿華睜大著那雙眼，很不高興地說，「你自己的那一份難道還不夠嗎？」

「有什麼相干呢？那位先生（指我）又沒有吃這兒的飯。」跛腳佬繼續在向他求情。

聽了他的話，阿華似乎也沒有什麼好說，只見他從飯桶又舀了不很滿的一瓢，狠狠地倒在他的碟子裏之後，便推著那輛裝著剩餘飯菜的車子走了。

阿華走了之後，我問跛腳佬說：「怎麼？你的飯不夠吃？」
「是呀！」他很生氣地說，「這個混蛋，每餐跟他多討一點飯，就像跟他求乞似的。」

「剛才飯桶裏不是還有許多飯嗎？」「是呀！可是他不肯給，他要拿回家去。」「拿回家去？」我心裏有點疑惑。我想：「他拿回家去做什麼呢？大概是用來餵雞餵鴨！」

於是我走出病房，看到阿華正把那輛飯車推進工人宿舍裏去。這間工人宿舍是在第九病房的右側，離病房很近。我懷著一顆好奇的心，信步走到他所住的那間房子外面。這房子不但很小，而且很矮，像是一列雞籠，那屋頂的鋅板受著陽光的煎炙，掀起一陣陣的熱浪。我站在視窗下，偷偷地看房裏的情形，只見房裏的設備非常簡單，一張用大木箱釘成的桌子，上面擺著一大盤的飯和幾碟菜，那正是剛才他派剩下來的。他那個面色青黃懷著孕的妻子和幾個瘦削的孩子正在狼吞虎嚥地吃著，他自己也坐在那兒吃。

「夠吃嗎？」過了一會兒，我聽到阿華這樣問。「爸，不夠，我還不飽。」「我也不飽。」他的幾個孩子都嚷著說。「不要緊，等下派茶時多喝一點茶吧！」阿華哄著他們說。「可是福兒還沒有放學呢！」他的妻子也皺著眉頭說。阿華有點難過，停了一會兒說：「還是起個火，再煮一點吧！」

「哪裡還有米，上次買來的十斤已經完了。」他的妻子說，「想辦法到街上再買幾斤吧！」

阿華沒有答腔，只見他在收拾碗碟，顯然是要走了，我連忙先回到病房來。這時病人們多已吃完飯，只聽得跛腳佬仍在談論著阿華克扣飯菜的事，又說他每天也把許多剩下的茶和麵包拿回家去，許多病人都附和著，還嘰嘰咕咕地罵了一大堆。我也無心細聽，只是躺在床上沉思，想起剛才所看到的淒涼的一幕，心田

阿華

中被一種異樣的思潮在衝擊著。

不久，我見到阿華推著那輛飯車來了，他經過病房時，忽然停了下來，走進我的床邊，低聲對我說，「阿哥，來，我有話對你說。」說著，他走進那個空房間，我也立刻起身跟著他走進去。

「阿哥，借給我一塊錢好嗎？」一進房間，他就對我這樣說。「一塊錢？」

「是的，借一塊錢給我，我出糧後就還你。」他好像怕我不肯借給他，所以特地加重語氣說，「過幾天就要出糧了。」

當然，我知道這是他一向的伎倆，也是他向病人敲詐的另一種比較婉轉的方法。病人們誰不知道，阿華所借的錢哪有還過的呢？所以在以前，不管是他開口向我借，或是我自動給他一塊幾毛錢，心裏總有一種不大愉快的感覺，在給他的那些錢中從來沒有滲進真正的情感。可是今天，對於這個許多病人都非常討厭的阿華，不知怎的，我卻忽然對他興起了莫大的同情與憐憫，我知道他向我借錢的目的，於是立刻拿了一張五塊錢的鈔票給他。

「阿哥，你沒有散鈔票嗎？那麼我等下才找給你。」他接過我那張五塊錢的鈔票，很高興地說。

「不，不用找了，你通通拿去，快點拿去買米吧！」「怎麼？你……」他顯得很驚訝，好像不大相信似的。

「剛才的事我都看到了，快點去買米吧！你的孩子還在等著飯吃呢！」

「呀！你真好……」阿華居然也受感動起來，他很激動地說，「我在這兒工作十多年，看過的病人可多了，他們都輕視我，把我當做下人，從來沒有一個像你這樣好的人，唉！真是天

公無眼，像你這樣好心腸的人也會患上了這種病。」

我趁這個機會問起他的家庭情況，他說他每月的工資只有八十多元，靠著微薄的收入，不但要養活夫婦倆和七個兒女，還要供五個孩子念書，單單學費一個月就要三十塊錢左右。好在每天所派剩的飯菜和奶茶，可以解決一部份的伙食，有時幫人家料理喪事，也可以賺一點外快，再加上東挪西移的結果，生活過得非常勉強。他說那三個小的孩子本來不想給他們念書，但他們都很聰明，他又不忍心讓他們失學，所以只好硬著頭皮支撐下去。

「唉！我的身體不好，做不了粗重的工作，我的女人以前有去割膠，可是近來身體也很衰弱，又懷了孕，根本做不了工，有什麼辦法呢？」他深深地歎了一口氣，我看到他的臉龐被一股深厚的憂愁所籠罩。

「……」我靜靜地在聆聽他的心曲。「我這一輩子是沒有希望了，現在就要看孩子們的命。」說到這裏，他的雙眼忽然閃著希望的光輝，充滿喜悅地說，「阿哥，你是高中畢業生，我的大兒子過兩年也要九號畢業了，他讀書相當聰明，每年都考頭幾名，我一定要好好培養他。等他九號畢業後，如果有能力的話，我打算給他讀大學，將來也讓他做醫生。」

一個月八十多元的工資，想培養兒子讀大學，這當然是夢想，但是為了不掃他的興，我也附和地說：「是的，如果成績好，是應該給他升學的。」他對我笑了一笑，終於走了。我看他推著那架飯車，沿著草地中間的那條柏油路蹣跚地朝向廚房走去。

「一心望拍拖，今晚我同你睇戲……」他一邊走，一邊哼著這首流行的廣東小調，歌聲蕩漾在空氣中，我也不知道那究竟是

阿華

悲哀或是歡樂。

「唉！一切都是為了生活。」我目送他的背影，不禁也興起了無窮的感慨。想起他那窮困的家境，以及栽培兒女的偉大精神，於是我認為他偷賣藥水、敲詐病人的小費、甚至克扣病人的飯菜，都是情有可原的事，最少要比那些腦滿腸肥的吸血鬼好得多。此後我不但不再討厭他，反而深深地同情他，甚至尊敬他，我覺得他是一個被生活的重擔壓榨下的可憐蟲。

打從那天起，我便常常向阿華問起他的近況，也常常送他一些錢，或且買一些牛奶餅乾之類的東西送給他的孩子們。他的性情似乎也改變了一點，雖然也還是常常藉故罵其他的病人，但態度已沒有那麼兇惡。而他對我是更加的親切與關懷，似乎把我當做是他的親人，非常小心地照顧我，安慰我，常常和我聊天，使我在心靈上不至於感到悲傷寂寞。

我在第九病房住上了半年，照了兩次的X光，醫生證明我的病已經痊愈，於是我出院了。阿華聽醫生說我的病好了，感到很高興，他特地向我祝賀，同時也勸我今後要小心保養。他忙著替我收拾東西，然後到附近的街上去叫了一輛計程車，我終於和他告別了。臨走時，我看他微笑地向我招手，不知怎麼，我竟然流出了眼淚。

回家之後，開頭幾個月，我對第九病房仍然不能忘懷，尤其是阿華，他的影子時常會在我的腦海中閃現，所以每隔一個月左右，我就會抽空去醫院一趟，看看那些同病相憐的人兒，也看看阿華。阿華也時常來我的家，每一次來，總免不了會用不同的藉口，向我拿去一些錢。雖然如此，我沒有一次令他感到失望，我

能忍心使一個對生活只存著起碼要求的人感到失望麼？

　　過了不久，我在B埠的一間商行找到了一份書記的職位。為了工作的關係，我離開了K埠，此後整整有三年，我沒有看到阿華。前天，我回到K埠探望朋友，無意間在街上碰到了他，只見他已比以前蒼老得多了，臉上的皺紋更深，頭髮也更白，痛苦的生活在他的臉上刻下了不可磨滅的標誌。從他的談話中，我知道他的大兒子九號畢業後，雖然考獲了A等文憑，但他並沒有機會繼續升學，只在一間英校找到了一份書記的工作，每月一百多元，除了車費和零用之外，也剩不了多少錢。何況他幾個兒女的教育費，雖說有大兒子的一份薪水幫補，也仍然是很拮据。不過他現在又把希望寄託在另外幾個兒女的身上：「我第二的孩子今年又要九號畢業了，再過幾年，等幾個大的孩子都畢了業，找到了工作，那時我一定要設法培養這個最小的孩子去讀大學。」他充滿信心地說。

　　「是的，你一定有辦法實現你的願望。」我這樣鼓舞他，同時也深深地為他祝福。

　　　　　　　　　　　　　　　　　　　1966年5月

阿
華

醜小鴨

　　從都門那間規模龐大的百貨公司回來，我懷著滿腔的失望與氣憤，坐在簡陋的梳妝檯前，對著出現在鏡子裏的那醜怪的影子出神。

　　天氣怪悶熱的，午後的驕陽正像一把火傘，把這間用鋅板蓋頂的小木屋給曬得熱烘烘的好像是一個火爐，就連那隻小狗也伸著舌頭，躺在門旁的地板上喘氣。

　　這時，在我心裏的那股悶氣，似乎比天氣還要熾熱。

　　自從中三畢業之後，這兩年來，我是多麼希望能夠在那繁華的城市找到一份適合的工作，使我這只在小山芭長大的井底蛙有機會去見識那廣闊的天地，可是，只因為自己這副醜陋的尊容，結果先後嘗試了三次，都無法成功。第一次是在半年前，吉隆坡美雅餐廳要聘請幾名女招待，據說每個月的薪水加上小帳，最少有四、五百元，我和秀芬一起去應徵，她很容易便被錄取了，我的願望卻落了空。兩個月前，有一家五金公司要徵聘一名書記和一名收銀員，我也去應徵，可是那個營業主任嫌我做書記不夠資格，做收銀員又缺乏經驗，這真是笑話！我難道連這麼簡單的工作都不能勝任？當然，我知道他完全是找藉口。不過最使我生氣的還是今天這一次，有一間百貨公司的化妝部門要請幾名女職

員，我較早時已去函應徵，公司來信約我今日上午去面試，豈知那個胖經理看了我之後，不但不肯錄取，而且還帶著譏諷的口吻說：「你自己認為適合在化妝品的部門工作嗎？」這弦外之音我是聽得懂的，簡單說一句，還不是因為嫌我長得醜？

我抬起頭，看著牆壁上掛著幾張印有女明星照片的日曆牌，那幾位風華絕代的女明星，好像都睜開眼睛在瞪我，對我嘲笑。

唉！十八歲了。人家都說，十八姑娘一朵花，可是我，不用說比不上一朵花，就連一根草都不如。

撇開那些嬌豔俏麗的女明星不說，就說我的那幾位芳鄰兼同學吧，雖然她們稱不上是什麼絕代佳人，不過王淑卿有一個高高的鼻子和一副苗條的身材，但我卻是扁鼻子，身材矮胖得像冬瓜；張秀芬的皮膚又白又嫩，而且有一對雙眼皮的大眼睛，但我卻是單眼皮，眼睛細小，而且皮膚常年被太陽曬到黑得像個馬來妹；再說李美萍吧！她那櫻桃般的小嘴，一排潔白整齊的牙齒配上了頰上那迷人的酒窩，如果我是男子的話，見了也會動情，可是我的嘴卻長得又闊又大，牙齒參差不齊，兩頰不但沒有酒窩，而且還有兩小塊因工作時受傷而留下的赤褐色的疤痕。

俗語說：「三分姑娘七分妝。」可是以我這樣醜的容貌，即使是叫世界上最著名的化妝師，用上最名貴的化妝品，恐怕也沒有效果，我又怎能有資格做化妝品部門的職員呢？

我痛恨造物者對我的不公平，也痛恨我的父母親，竟然生下了一位這麼醜的女兒。然而，我的父親已在十年前的一場車禍中去世了，於是我只好把痛恨的心情集中地發洩在母親的身上。

「媽！你為什麼要把這麼醜樣的我生下來？你當初為什麼不

把我捏死？」我看著鏡子裏的影子，忽然歇斯底里地大喊起來，同時拿起梳粧檯上的一個空瓶子，狠狠地對準鏡子一丟，把它打破了。

這時，正在縫補衣裳的媽顯然被這突如其來的聲音嚇倒了。她放下手中的針線，挨近我的身邊，安慰我說：「阿珠，不要難過，一個人長得醜有什麼關係呢？你就是長得再醜，也是我的女兒，媽還是喜歡、愛你的。」

「你愛我有什麼用？那個餐廳的老闆、五金公司的營業主任，還有百貨公司的經理都不喜歡我，要不然，我早就在吉隆坡大城市找到了工作，不必老是呆在這個小山芭了。」我呶著嘴，好像是在責怪母親，覺得她就是使我不能去大城市工作的大罪人。

「他們不喜歡你，也就算了，你可以好好地跟我割膠養豬，反正不會沒有工作。」

「割膠養豬，一個月能賺多少錢？你難道真的願意讓我一世人割膠養豬？」我有點賭氣地問。

「你如果有機會找到更好的工作，媽當然很高興。不過割膠養豬，也是正當的工作，只要勤力地做，不怕找不到三餐，這十多年來，媽還不是靠著割膠養豬把你姐弟倆養大的。」媽媽像是一名慈祥的老師，苦口婆心地勸我。

看著媽媽那和藹可親的臉孔，我終於把原先那股憤懣的心情壓抑下來。想起媽也真可憐，三十歲那年就守了寡，今年雖然才不過四十歲，但身體消瘦，滿臉皺紋，像個五十多歲的老太婆。自從父親去世之後，她一個人歷盡了千辛萬苦，把我和弟弟扶

養長大，還供我倆念書。弟弟今年已念初中一，我前年初中畢業後，因為媽那時操勞過度，不幸患上了肺病，要住院治療，我為了要料理家務和照顧弟弟，只好停學了。半年後，媽病好出院，又繼續去割膠，我也跟她去割。下午回家，我忙著養豬和做家務，好讓她有充分的時間休息。這兩年來，我那寶貴的青春，就在膠林和豬欄中消磨過去，生活是多麼單調、多麼枯燥，所以我一直存著美麗的幻想，希望有一天也能到吉隆坡那個大城市去見見世面，或且也能闖出一個春天來，但是我的這種幻想，卻接二連三地被醜惡的現實破滅了……

　　百無聊賴地拉開抽屜，拿出那本日記簿，漫無目的地翻閱著，我不期然地翻到了其中的一則，視線頓時被吸引住了：

1977年X月X日

　　　今天，可說是我最快樂的日子，因為LCE（初級中學會考）的成績公佈了，我這個向來被同學們瞧不起的醜小鴨，居然拿了七個A，成績為全校之冠。據校長說，今年本校的成績很差，只有五十多巴仙及格，許多不及格的同學都愁眉苦臉，有些還放聲大哭。別人的成績好不好，我不管他們，不過這幾位我的鄰居，我可不能不注意：那個被稱為獨眼龍的吳大生，也考到六個A，王淑卿雖然只拿一個A，但總算是考到第一等，可是張秀芬和李美萍都不及格。

　　　我從校長手中拿過那張成績證明書，心裏感到有難以形容的興奮，站在同學們的中間，我這個矮冬瓜好像頓時

長高了起來，高到連自己也有點飄飄然，我認為這是我揚眉吐氣的日子。

張秀芬和李美萍，這兩個寶貝芳鄰，恃著自己長得漂亮，往往目空一切，在許多課外活動或運動會中，大出風頭，但對功課卻漠不關心，這次考試Fail（不及格）了，可以說是罪有應得，活該！不過看她倆悠然自得的樣子，好像是滿不在乎似的，真不知她們的悶葫蘆裏存有什麼法寶？聽說她倆對讀書都感到很厭倦，早就想去吉隆坡找工作，只是她們的父母親反對，一定要她們好好念書，現在既然LCE考不到，倒可以幫助她們去實現心中的願望。

回到家裏，媽和弟弟也替我高興，媽媽特地殺了一隻雞做菜，說是給我慶祝，她希望我能繼續升學，將來也撈個方帽子戴一戴，她叫弟弟要向我學習，用功讀書，將來也考七個A回來。弟弟聽了媽的話，縮著頭，把舌頭伸出半截，不敢回答，好像很害怕的樣子，其實他這麼聰明，將來比我考到更多A也說不定。

媽媽要我繼續升學，我感到很高興，我好像看到擺在我面前的是一條寬闊平坦的道路，我必須抓緊機會，在這條道路上向前邁進……

看完了這則日記，一種難堪的失望頓時襲上我的心頭。唉！升學的美夢已成泡影，初中畢業到現在，已虛度了兩年的寶貴時光。想起那個王淑卿，雖然只考到一個A等，但因為家境好，所以繼續升學，現在已經考到MCE（高中文憑），就要進大學先修

班了。張秀芬和李美萍也很幸運，她們雖然LCE都考不到，但李美萍很快就在吉隆坡找到一份工作，還交上了男朋友。上個月，她的男朋友駕著一輛嶄新的馬賽地二八〇新車，載她回家，這件事，幾乎轟動了我們這個小山芭呢！她的男朋友不但家裏富有，而且長得很帥，大家都稱讚她夠眼光，有福氣，但是只有我這只醜小鴨和獨眼龍吳大生，卻仍然滯留在這個小山芭，過著與膠林和豬群為伍的苦悶生活。

我抬著頭，望著掛在牆壁上那鑲在鏡框內的LCE文憑，突然有不屑一看的感覺，這張文憑有什麼用？如果家境貧窮，沒有機會升學，即使是八個A1，還不一樣是一張廢紙！

我正在癡癡地胡思亂想，鄰居吳大生又來了。大生的命運似乎跟我一樣壞，他六歲時便死去了母親，靠著父親在這小山芭割膠和養豬，把他和一個妹妹養大。他小時候就跟著父親去割膠，有一天不小心從腳車上跌下來，左眼被一根木材刺瞎了。初中畢業後，因為他的父親不幸去世，所以只好獨自挑起生活的重擔。他不但聰明，而且也很勤勞，喜歡打抱不平。在學校時，只有他沒有輕視我，還常常幫助我。放學後，他常常來我家研究功課，幫我做事，可是我對他向來沒有特別的好感，因為他的身體粗壯得像小牛，皮膚黑得像印度人，沒有一點男人對女性的溫柔，跟張秀芬帶回來的那個男朋友比起來，那可真是差得太多了，何況他又是獨眼龍。

「阿珠，你今天去吉隆坡找工作，成功了沒有？」他一看到我，就很關懷地問。

「不成，又吹了，我這醜八怪，哪會有人請我？！」我沒好

聲氣地回答，好像是要把滿腔的怨恨向他發洩似的。「哦，那很好。」他似乎顯得很高興。「什麼？我找不到工，你還說很好，你在幸災樂禍，你……」我被他的話激怒了。

「阿珠，說真的，我是希望你問不成那份工，因為我不願你離開這裏，吉隆坡那種地方，社會複雜，人心險惡，一個山芭妹在那裏工作，實在太危險了。」他和顏悅色地說。

「危險？有什麼危險？你不要吃不到葡萄就說葡萄是酸的，張秀芬和李美萍都是在吉隆坡工作，不見得她們給人家吃掉！難道我們山芭妹就要永遠呆在這個小地方，過一輩子的井底蛙生活？」我很不服氣地反問。

「能夠在這山芭地方，安安靜靜地過著一輩子與世無爭的生活，倒是很難得的好事。你看，這裏新鮮的空氣，大自然的優美風光，這都是大都市所沒有的。陶淵明說：『采菊東籬下，悠然見南山。』我們現在是『養豬東籬下，悠然見膠林』。這情景可真不錯呀！」大生說著，還搖頭擺腦的，像是一名詩人，我也被他那滑稽的動作引得發笑起來。

「大生，難道你真的不想去大都市闖闖世界，而甘願一輩子躲在這個小山芭，過著刻板的日子。」我收斂了笑容，很認真地問。

「是的，我是真的不想離開這個小山芭。你看，這裏疏疏落落散佈著二、三十家的住屋，遠離著都市的喧嘩，橡林環抱，環境清幽，像個世外桃源，我們的前輩們花了許多血汗，把這塊荒地開墾起來，在這裏建造屋子，也在空地上養豬、種菜和果樹，只要我們肯辛勤地耕耘，不怕沒有良好的收穫。如果每個人都想爭著湧進大城市，那麼大城市又哪有這麼多地方來容納我們

呢？」大生滔滔不絕地說，像個老師在講書似的。

「可是我們如果一輩子呆在這個小山芭，能夠享受到什麼？你看，李美萍出去工作才一年多，已賺了不少錢，最近她家翻建屋子，花了一萬多元，聽說就是她賺回來的。張秀芬才工作半年，她家裏就買了彩色電視機。可是我們到現在，不但屋子破陋，沒有本事翻建，就連一架電視機都沒有。上個月李美萍回家，我看到她穿著一套名貴的衣服，搽胭脂，塗口紅，摩登型的頭髮，滿身香水的味道，就像明星一般的美麗，可是我們現在只配穿破衣，整天要聞那膠絲和豬糞的臭味。人家的指甲是搽蔻丹，我們的指甲是塗膠屎，又怎能跟人家比？」

「這些都只是物質上的享受而已。我們生活在世界上，不應該只追求物質上的享受，精神上的享受更加重要，所以我現在雖然沒有很豐富的物質享受，但精神上卻感到很快樂。」

我不想再和他爭辯，雖然也覺得他的話不無道理，但總認為有點迂腐、落伍、沒出息的。

然而，大生卻似乎是話猶未盡，他看到我沒有出聲，於是又轉話鋒，滔滔地說：「阿珠，我們應該要腳踏實地，努力工作，努力自修，不要去做不實際的幻想。我雖然沒有機會升學，但是我並不灰心，因為真正的學問不一定要從學校得來。我現在利用工餘的時間，自修馬來文，也閱讀文藝名著。我決定今年報名參加MCE的巫文考試，我也開始學習寫作，希望將來能夠成為一名文藝工作者，寫出人生的痛苦，也寫出人生的歡樂。」

聽了他的話，我忽然感到有點慚愧起來，因為自從離開學校之後，我除了忙於工作之外，幾乎完全把書本丟棄了，我實在比

不上他的努力和堅強。我想起該去餵豬了，於是站起身來，逕自向屋後的豬寮走去，似乎是在向大生下無聲的逐客令，不料他並沒有回家，卻跟著我走，還幫我舀飼料。我一看到這幾隻骯髒的肥豬，心裏就有點討厭，可是他卻指著它們笑著說：「哇！你們這幾隻豬養得夠肥大呀！不久就可以出賣了。」停頓了一會兒，忽然又意味深長地說：「唉！做豬也真可憐，雖然平日不必勞動，每天有人餵它們，吃飽就睡，生活看起來夠寫意的，可是一旦養肥之後，卻逃不了被人宰殺的命運。」

他像一名哲學家在說教，但我因心情不好，所以沒有答腔，只是默默地在餵豬。喂了豬，他又幫我劈柴，看他渾身是勁，真像一條水牛。劈完了柴，我們全身都被汗水濕透了……

「鈴鈴鈴……」床頭那個古老的自鳴鐘像個忠實的僕人，一到凌晨四時半，便使勁地響起來，那聲音在靜寂的空氣中回蕩，聽來格外刺耳。

自從當了割膠妹之後，每天早上，我真怕聽到這種聲音，因為這聲音一響，我便得像一名兵士聽到了軍號，非起床不可。雖然因為習慣的關係，每天早上在鐘聲未響之前，我早就醒了過來，尤其是昨晚到現在，我根本未曾好好地睡過覺，雖然睜開眼睛，但卻仍然留戀在溫暖的被窩中，去編織那一連串無法實現的幻夢：我想起王淑卿，認為自己如果有機會升學的話，現在也已經高中畢業，就快進大學先修班，而且成績一定比她更好。也想起李美萍和張秀芬，她倆都已經混身在繁華的都市，過著多彩多姿的生活，可是我卻不知道還要在這個偏僻落後的小山芭挨上多少年。我也想起那身體衰弱的母親，天真聰明的弟弟，更想起那

個健壯憨直的吳大生，一想起他，我的心便無法安寧起來，他的確稱得上是個心地善良的好青年，純潔、勤勞，又處處關心我、幫助我，可是他的那副醜樣，怎能令少女傾心？但我自己也是一名醜女，除了他，我又怎敢奢望能有像李美萍帶回的那個男朋友一樣的白馬王子來追求我？……

現在，這陣自鳴鐘的響聲，把我編織美夢的心情打斷了。連忙一骨碌的爬起身來，走近窗前，一片寒冷的晨風迎面吹來，向外望去，大地還是漆黑一片，天際掛著幾顆殘星，在閃爍微弱的光芒，屋外的草叢中，依稀傳來幾聲昆蟲的鳴叫。

看著床上的弟弟，還在酣睡。媽昨晚一直咳個不停，現在才側著身子，閉起眼睛，也不知是否已經入睡，我不敢去驚擾她，看她那瘦削的身體，蒼白的臉，心裏便覺得難過，如果不讓她好好地休養，我真擔心她的肺病會復發起來，這幾天無論如何也不能讓她再去割膠了。

我走進廚房，生起了火，把昨晚剩下的飯菜熱了一下，匆匆地洗了臉，吃了早餐，門外已傳來腳車的鈴聲，我知道大生已在門外等我了。

由於我割膠的「行頭」剛好和大生的毗鄰，所以每天一早，他總是先來我家門口等我，然後一起踏腳車去膠園。我把門開了，正想推腳車出去，只見他神色倉皇地說：

「阿珠，來，我們快去李美萍的家。」「去美萍的家？什麼事？」我驚奇地問。「美萍自殺了。」

「什麼？美萍自殺了！」我像是聽到一聲晴天霹靂，幾乎不相信自己的耳朵。

「是呀！昨天半夜她的家人才得到消息，據說屍體在吉隆坡中央醫院，她的父親已包了一輛計程車，趕去醫院了。」

美萍的家離我家還不到一公里，我和大生騎著腳車，沿著山芭的黃泥小路，顛簸地趕到她的家，只見她的母親和弟妹們正在嚎啕大哭。我看著這間重建不久的新屋子，再看那幾幀掛在客廳牆壁上美萍去吉隆坡工作後所照的彩色相片，內心突然興起了無窮的感慨。我仔細地欣賞她那幾張照片，那種摩登的打扮和秀麗的容貌，和並排的兩張女明星的照片比較起來，似乎也不會遜色。可是她現在年紀輕輕就自殺了，這難道真的是所謂的「紅顏薄命」嗎？

「美萍為什麼去自殺呢？」我不禁滿腹狐疑的問她的母親。可是她的母親吞吞吐吐的，也不肯說出詳細的情形，看她一家哭得那麼悲傷，我也不敢多問，於是安慰了幾句，也就趕著去膠園工作。我一邊割膠，一邊想起美萍，心裏亂得很。

割完了膠，我和大生一起坐在草地上休息，我們談起了美萍自殺的事，他忽然問我說：「你知道美萍在吉隆坡是做什麼工嗎？」「我也不大清楚，聽說是在一間製衣廠車衣。」「哼！車衣？車衣能賺什麼錢？我聽人說，她起初的確是在一間製衣廠車衣，可是做不到三個月，就轉到一間酒吧去工作。」

「什麼？她去做吧女？」「是呀，做吧女還不打緊，後來她不知怎樣，上了壞人的當，又染上了毒癮，結果被推進火坑去做應召女郎。」

「哦！……」聽了他的話，我驚訝地說不出話來。「所以我說，大都市是個充滿罪惡的地方，到處都佈滿了害人的陷阱，一

個女孩子在這種地方工作，稍微不小心，便會掉進陷阱裏去飲恨終身。」

「這也不能一概而論，只要自己意志堅強，不受壞環境的引誘。」我雖然也有點同意他的話，但仍然想出理由，和他爭辯。

「唉！你還不懂得人心的險惡和狡詐，有哪幾個女孩子能有這麼堅定的意志，不會受物欲的引誘而動搖呢？而且就算你有很堅強的意志，但往往也會無意中上了人家的圈套，尤其是女孩子長得越漂亮，就越危險。所以我說一個人長得醜並不是罪惡，長得美也不一定幸福，那些自殺的女明星，不論是林黛、樂蒂或白小曼，她們還不都是頂呱呱的美人，但結果都落得悲慘的下場，現在李美萍還不是一樣，要是她長得不漂亮，可能現在正和我們在一起，平平安安地在割膠養豬，也不至於年紀輕輕就走上了這人生的絕路。」

「這麼說來，你是認為女孩子應該長得越醜越好，就像我……」

「一個人長得醜並不是壞事，只要心地好，品性好，肯刻苦耐勞，對生活有信心，他們總會找到幸福。」

「阿生哥，你……」聽了他的話，我不知從哪兒來了一股力量，突然親熱地叫了他一聲，然後情不自禁地和他擁抱在一起……

下午放工之後，我們又去美萍的家。據說她的屍體並沒有運回來，由一家長生店直接去醫院收殮後，就載去義山安葬了。對於這位不幸的老同學和鄰居，我們連見她最後一面的機會都沒有。

美萍自殺後不久，有一天那個在美雅餐廳工作的秀芬突然

醜小鴨

回來了。起初，我以為她是回來探訪家人，所以沒有注意，可是一星期過後，她還沒有回去餐廳工作，卻整天躲在家裏，沒有出門。我本來很想去拜訪她，但想起以前和她一起去問工的情景，一種自卑的心理在作祟，所以便打消了這個念頭。後來，大生打聽到一項驚人的秘密，原來她已經懷了幾個月的身孕，大概是上了那個男朋友的當，他又不肯認帳，所以只好辭工回家。好在她畢竟比美萍堅強，沒有走上自殺的路，而且決定回家把孩子生下來，然後好好的重新做人。

看到了李美萍和張秀芬的悲慘下場，我的思想終於起了很大的改變，心裏想：要是我也長得漂亮，被錄取在美雅餐廳工作的話，誰敢保證我不會步著秀芬或美萍的後塵？於是我的心興起了一種幸運的感覺，不但再沒有為了我長得醜而怨歎自卑，反而為此覺得驕傲起來。現在我對於這個偏僻的小山芭：那蒼翠的膠林、破陋的小屋、骯髒的豬群，甚至是一草一木，似乎都感到有無比的親切與留戀，尤其是那個被人稱為獨眼龍的醜男子吳大生，我竟認為他是比男明星還要英俊，我倆是決定要永遠住在這個小山芭，度過平凡的一生了。

1980年10月

衝出雲圍的月亮
——獻給可憐的肺病患者

一

改完了最後的一本作文簿，我伸一下懶腰，看看時鐘，已是晚上九點半。這時，整個鄉村是一片寂靜，我推開窗子，看見天空正掛著一輪皎潔的明月，清光傾瀉在大地上，像一襲銀白色的薄紗，是那麼柔和迷人。微風陣陣出來，夾帶著種在屋旁的夜來香的香味，我迎著它做了幾次深呼吸，精神為之一振。

「哇！哇！」俄而，我的那個才三個月大的幼兒又在啼哭了，在這靜謐和諧的氣氛中，那哭聲顯得格外刺耳。

「大概又要吃奶了吧！」妻放下正在縫補的孩子們的衣服，她說，「我去沖奶給他吃。」

「不必咯！我會沖的，你們早點去睡吧！時間已經不早了，明天還要上班呢！」媽這時正在隔房陪著孩子們睡覺，她一邊說，一邊就去沖奶。

「你看，媽待我們多好呀！」我對妻說，「不過媽也的確夠累了，你衣服沒有補好，還是讓我去幫忙吧！」

於是我走去隔壁的房間，那是我媽住的房間，我的幾個孩子都擠在她的床上。我挨近一看，只見他們都靜靜地睡著，發出

均勻的呼吸聲，睡得那麼安詳，那麼甜蜜，那個六歲的大兒子正抿著嘴巴在笑，大概是在夢中享受一件什麼愉快的事吧！我抱起那個睡在搖籃中正在啼哭的幼兒，只見他一邊哭，嬌小的四肢一邊在舞動。哭聲停後，那對圓溜溜的眼珠直瞪著我，多麼天真可愛，我不禁在他的臉頰上深深地吻了一下。

「阿明，你快點去睡，讓我來沖奶吧！」媽沖好奶之後，就從我的手中把幼兒抱了過去。

這時，我仔細地端詳我媽，覺得她近來已蒼老得多了，雖然才不過是五十開外年紀，但臉上已佈滿了皺紋，瘦削而微駝的身軀，充滿了痛苦的標誌，不過精神卻還健旺。她一邊餵奶，一邊哼著不成曲的小調，我看到她那雙疲憊的眼睛在發射著希望的光輝。

「媽，我看幼兒還是我們自己帶吧！你也夠辛苦了。」我又向媽提起這件事。因為我覺得媽近年來實在太累了。自從我的大兒子出世之後，她就停止割膠的工作，在家裏負起保姆的責任。一直到現在，我已經有五個兒女了，她不但白天要為他們操勞，晚上也要陪孩子們睡在一起，負責照顧他們，半夜裏為了餵小的孩子吃奶和換尿布，總要醒來好幾次，不能夠好好地安睡。

「唉！阿明，媽的身體還好，你快點去睡吧！你們夫婦倆白天要教書，晚上如果睡眠不足，上課時沒有精神，那可不大好，你們千萬不要誤人子弟，何況你的身體，唉！……」媽媽歎了一口氣說，「阿明，你千萬要好好地保重你的身體，我自己命苦，一生都是在憂傷苦難中度過，然而我受得了，我只希望你的身體好，孩子們乖，其他便沒有什麼苛求了。現在總算天公有眼，你

已成了家，又生下了這幾個好孫子。」說到這裏，她注視著睡在床上的孩子們，臉上充滿了喜悅，「你看，這幾個孫子，雖然頑皮一點，但他們是多麼可愛，我照顧他們，心裏只有高興，絕對不會感到辛苦，你放心吧！何況每天下午又有你夫婦倆幫忙，即使你們再生下幾個……總之越多越好，我都有辦法照顧他們的。」

於是我回到自己的房裏來，看看掛在床頭牆壁上的兩幀照片，一幀是我和淑卿在七年前結婚時的儷影，另一幀則是幼兒滿月時所攝的闔家歡，我的內心充滿了喜悅。信步走到窗前，只見夜色已變得朦朧灰黯，原來那皎潔的月兒不知什麼時候，已被一團黑雲遮住，我不禁興起了許多感觸，於是那令人憂傷的坎坷往事，就像一幕幕的電影，又在我的腦海中映現出來……

二

1954年，也就是我十八歲的那年，我從高師畢業之後，便在一個鄉村的華文小學找到了一份教職。那時的我，在母親嚴格的管教下，已養成了一種自愛和求上進的性格。我知道家境困難，能夠有機會念完高師，完全是母親盡日劬勞，用血汗栽培的成果。母親常常對我說：「阿明，您一定要好好的念書，你的父親在日本時被檢證死去了，現在只有你是我唯一的親人，所以你一定要爭氣，不要使我失望。」那時母親每天上午割膠，下午養豬、種菜，晚上還替人家洗衣服。就憑她的一雙手，終於把我扶養長大。高師畢業後，為了不辜負母親的願望，我除了教書之外，不斷在課餘的時間努力進修，看書、寫作，我決意要在教育和文藝兩方面幹一番有意義的工作，獲得一些成就，來報答母親

養育與栽培的恩惠。為了遵從母親的教訓，我對教學工作是多麼認真，從來不敢偷懶，除了正課之外，還經常給學生們補習；也在報章雜誌上發表了許多作品。對於親友們有什麼困難時，我也盡量給他們幫忙，於是我贏得了學生和親友們的敬愛，內心感到莫名的快慰。

才教了一年書，母親便一直催我結婚，她說我們家已經三代單傳，所以她急著要抱孫子，也希望娶回一個賢媳婦，使家裏有個人手幫忙。然而我當時因為年紀還輕，而且又想專心在教育和文藝上努力，所以一年一年地拖下去，總是使母親感到失望。

其實，我當時早已有了一位心上人，她名叫張淑卿，不單是我高師時的同學，也是現在的同事。她是一個勤勞樸實、性情柔順的女子，不但端莊秀麗，而且活潑、文雅，身上充滿了青春的活力。當她還在高師念書的時候，就已有許多人追求她，尤其是胡鐵新，直到現在，還對她一片癡心，然而她卻偏愛上了我這個窮小子。她常常對我說，一個人所追求的是靈魂和精神上的美，絕不應貪圖物質上的享受。我們由於日夕相處的結果，所以感情很快就培養起來。我知道為了這件事，胡鐵新還對我懷了無比的嫉恨。

可是，命運之神卻在播弄著不幸的人們，正當我倆的愛情進入了白熱化時，卻來了一陣大風雨，差點把我這只航行在大海中的生命之舟給翻沉了。許是因為勞神過度吧！僅僅吃了五年的粉筆灰，我的健康竟受到了意想不到的摧殘，我居然患上了肺病。

呀！肺病，這是一個多麼可怕的名稱呀！當我從醫生那兒聽到了這個噩耗時，像是晴天的一個霹靂，我幾乎不相信自己的耳

朵，心胸像是驟然被人戳了一槍，眼前立刻朦朧一片。

我終於被送進K埠的醫院治療。

進院第一天，我躺在那張軟綿綿的病床上，眼睛儘自瞪著天花板發愣，萬種思潮在腦海中澎湃，我感到極端的悲傷。

「呀！你已患上了TB，TB……」許許多多的怪聲一直在我的耳邊嗡嗡作響。我想起那些被肺病擄去了寶貴生命的朋友們，也想起許多被TB病魔困擾了十多年而仍無法醫愈的可憐蟲，於是我覺得我的前途、甚至生命已受到了極端嚴重的威脅。我又想起社會上一般人士對肺病患者的冷眼與鄙視，許許多多不幸的人兒，他們的事業、愛情、前途，就是被這可怕的肺病摧殘了，現在我居然也做了它的俘虜。

「天呀！你為什麼竟賜給我這麼殘酷的刑罰呢？」我感到極端的消極與無助，忽而認為這個世界是多麼的醜惡，一切的一切，似乎均已無可留戀，我恨不得這時會有一種至極武器，把整個地球炸毀，使全世界的一切同時趨於沉淪。

那天下午，淑卿來醫院看我，我一看到她，像有萬箭穿心，歇斯底里地對她說：「你回去吧！你別來看我！別來看我……」我轉過頭來，流著眼淚。她的來臨，竟然帶給我精神上多麼沉重的負擔。

淑卿雖然也有點傷感，但卻還很鎮定，她安慰我說：「明，別太激動，我知道你心裏一定很難過，不過不要悲觀，現在醫藥發達，這種病只要有信心，一定醫得好的。」

「忘了我吧！我現在已是一個沒有用的人，我辜負了你，你回去吧！」我一直催她回家，不願和她多談，我的心裏興起了一

陣非常強烈的自卑感。

「我知道你今天心情一定很不好，那麼我改天再來看你吧！」臨走時，她給我一本魯迅的小說集，她說：「你不是很喜歡魯迅的作品嗎？這本書你可以閱讀，以便消磨無聊的時光。你一定也知道，魯迅的下半生也一直被嚴重的肺病所困擾，但他並沒有半點兒灰心，你應該學習他那種堅強的精神。」

她在我不斷的催促之下，終於莫可奈何地走了，我看到她的眼眶也含著晶瑩的淚珠，我躲在病房的門旁，靜靜地在偷望她，直到她背影的消失。

晚上，我整夜沒有好好地睡過覺，才合一下眼睛，便做了一個可怕的噩夢。我夢見我和淑卿在郊野遊玩，我倆肩並著肩，手攜著手，在大自然中漫步，訴說彼此的崇高理想。正當我倆盡情陶醉的時候，胡鐵新突然竄了出來，他睜大著眼睛，滿臉怒容，一步一步地向我倆逼近。忽然間他搖身一變，竟變成了一個張牙舞爪的魔鬼，右手握著一支長矛，直向我刺了一下，然後把淑卿擄走了。我驚駭過度，終於被嚇醒了，流了一身冷汗。

三

我實在無法形容我母親的憂傷神情，她連做夢也沒有想到她唯一的兒子，竟然會患上這可怕的肺病，她心靈上唯一的希望之燈也要熄滅了。

當她知道這件事之後，整個人癡癡迷迷的，就好像是瘋了一般。她簡直沒有辦法去應付這份突如其來的深重的憂愁，只有到處去求神問卜，寄托於神靈的庇佑。她向許多神靈許下了最大的

願望，只要菩薩保佑我的肺病早日痊癒，她寧願減壽幾年。

　　這當兒，儘管她背著我時常要偷偷飲泣，但是在我面前，卻總要強裝鎮定，多方地安慰我說：「阿明，你放心養病吧！我拜過許多神，都說你命中有貴人幫助，一定會醫好的，你千萬不要焦急。東西吃得下，儘量多吃一點，我一定天天給你送來。經濟方面，你不用擔心，家裏養的幾隻豬，就快可以出賣了，現在我又多收了三個人的衣服來洗……」

　　「媽，我太不孝了，我不但無法給你安樂，反而要使你為我擔憂，為我受苦。」

　　「唉！不要緊的，媽的身體還好，只不知道祖宗做了什麼缺德的事，要害你來受這種痛苦，論我本身，這一生可並沒有做過什麼虧心事呀！」她似乎在向天控訴。

　　進院的頭幾天，我的心紊亂得很，思潮沒有一刻安靜過。每天總有許多關心我的親友、同學和同事們來醫院探望我，安慰我，每當他們一來，我的心就受到一次激動。我感到羞憤，為什麼偏患上這種被許多人害怕的病症呢？每當朋友們來探望我時，我總會覺得他們好像是來嘲笑我，於是我甚至不願見他們，我只願意一個人靜靜地逃到一個荒涼無邊的孤島上去，好讓我避開塵世間的滋擾，孤零零的一個人去接受這種磨難。好幾次，我甚至想要自殺，因為我對事業、前途與愛情都已心灰意冷，我想以自殺來了結這可憐的生命，好讓我與這醜惡的世界脫離，然而每當我興起這種念頭時，總會想起可憐的母親，我怎忍心讓她人生的道途上感到一片漆黑？

　　淑卿並不聽從我的勸告，還是常常來醫院看我，看樣子她不

但不嫌棄我，而且還更關心我、愛護我，她鼓勵我不要消極，要有信心、樂觀。她還說不管怎樣，她還是一樣的愛我。她的話給了我不少求生的力量，我的心漸漸平靜下來。我想，即使不是為我自己，但是為了媽和淑卿，我是不應該給她倆失望與悲哀的。於是我立下了最大的決心，要與這萬惡的TB病菌搏鬥，雖然我知道這將是一場非常漫長與艱險的鬥爭，不是勝利，便是滅亡。

四

進院一個月之後，有一天，胡鐵新忽然來醫院看我。胡鐵新，我們學校董事長的公子，初中畢業之後，他的父親希望他將來有機會出洋去鍍金，所以給他轉進英校。可是他本身卻偏是個不爭氣的傢伙，不肯用心讀書，終日只在女人身上用功夫，結果九號沒有考到，便停學在家，在他父親的樹膠店裏掛上了一個經理的職位。由於他一向把我當做情敵，今天怎麼居然有這份心情來看我呢？我感到一片狐疑。

我勉強裝著笑臉，向他打了一個招呼，想請他進入病房，可是他連忙說：

「不必咯！我們還是去外面談談吧！」我猜出他的意思，他不敢進病房，害怕傳染。我們走到離病房頗遠的一棵大樹下後，他把帶來的一包橙拿給我。「謝謝你，讓你破費了。」我禮貌地說。「別客氣，咱們是老朋友了。」他說，「我本來很早就想來看你，只是一直沒有空。丘先生，你近來好吧？」他把好字說得特別大聲，顯然是在諷刺。

老朋友？這個一向在背後千方百計地破壞我，恨我入骨的

人，現在居然稱我為老朋友，我打了一個冷顫。

「還好。」我冷然地回答。閒扯了一會兒，他便提起了淑卿。「淑卿有來看過你吧？」說著，他的眼睛睜得特別大，像是急切地在等待我的答覆。

「有，她來了好多次了。」

「什麼？她來了好多次？」他似乎感到有點驚奇，神情也很緊張，「她和你談些什麼？」

「沒有什麼。」我還是冷然地回答。

「丘先生，你自己應該明白，你現在已是一個患了肺病的人。」他忽然向我這麼說。

「你這話是什麼意思？」我覺得受到了一場難堪的侮辱。「我是說，你現在已是一個患了肺病的人，你應該知道，這種病是很難醫得好的，而且還會傳染。」他慢條斯理地說，似乎有些得意。

「什麼？你……」我全身的血都沸騰起來，「你怕傳染，你走！你給我滾好了。」我當時的聲音非常粗暴。

「丘先生，冷靜一點，我倒是不怕的，可是我只怕淑卿……」說到這裏，他發了一聲冷笑。

「你怕淑卿什麼？」「丘先生，你不是很愛淑卿嗎？」他忽而轉變話鋒。「我愛不愛她，這是我的事，用不著你管。」我當時已很忿怒。

「是的，我當然管不著，不過，丘先生，你是一個聰明人，你難道願意糟蹋淑卿一生的前途嗎？我希望你能冷靜地想一想，如果你肯放棄淑卿，我願意在某方面幫你的忙，譬如在經濟

上……」

「什麼？你這混帳！你給我滾！」這時我的心就像要爆炸一樣。但胡鐵新卻顯得很愜意，他從煙盒裏抽出了一支香煙，點燃之後，猛力地吸了一口，然後又獰笑地說：

「丘先生，不必你趕，我本來也要走了，不過我要忠告你，為了淑卿，為了你，同時也為了我，希望你能冷靜地考慮一下，你要知道，淑卿的父親一定不願意她和一個患了肺病的人相好。」

「這件事用不著你管，你給我滾吧！」我覺得沒有和他多談的必要，同時過度的忿怒也使我再也說不出話來。我把他給我的那包橙狠狠地丟回他的面前，然後掉轉頭來，立刻回到病房，連看也不多看他一下。

「肺癆鬼，看你還……」我依稀地聽見他在罵我，但底下的聽不清楚。

這回，我真像是一個戰敗了的兵士，帶著滿身的傷痕從戰場上歸來，我的心在急遽地跳動，好像就要從喉嚨跳出來的樣子，呼吸也非常急促。我伏在病床上，竟嗚咽地哭泣起來。

五

我那原先已經平靜下來的心，自從胡鐵新來看我之後，竟又被攪亂了，就像是一池死水，一切的憂傷與痛苦原已沉澱在那靜止的水底，但現在又重新浮現起來。

張淑卿，這個多麼端莊純潔的女子，她有一副健碩的身材，那對烏溜溜的大眼睛，充滿了智慧的光芒。她也是一個出身窮家的女子，母親早已去世了，只剩下父親和一個弟弟，靠著種菜過

活。她在家裏是一個料理家務的能手，煮飯洗衣，樣樣都會。

「明，等我們高師畢業後，一同去教書，天天和天真活潑的孩子們生活在一起，那該是多麼幸福呀！」將近畢業的一天，她曾經很激動地對我這樣說，那時我的心中也充滿了美麗的憧憬與理想。

然而現在呢？一切美麗的憧憬和理想全給殘酷的現實打破了，我還有什麼話好說呢？踏進教育界服務後的張淑卿，她是長得更結實，更穩健了，幾年來的工作，給了她不少的磨礪與鍛煉，使她變得更加堅強。而我現在卻在現實的面前倒下去，什麼理想與願望，我還配得起和她再談嗎？我感到羞愧與煩惱。我極力想忘掉她，但卻偏偏要想起她。我想，如果命運之神註定我要患上這可怕的肺病的話，那麼它又為什麼要做了這麼一個安排，讓我在患病之前，去和一個這麼純潔的女子相愛呢？

「你自己應該明白，你現在已是一個患了肺病的人。」胡鐵新的這句話，竟像是一句格言，深深地印在我的心坎裏。我覺得我和張淑卿之間的愛情，確有重新檢討的必要。

星期天的下午，淑卿又來了，還帶來一束鮮花。我遠遠看見了她，立刻從病房奔出去，我倆在一棵大樹下的石凳上坐了下來。

「明，看情形你的身體很快就可以復原，面色比以前好看多了。」她很高興地說。

然而我沒答腔，只是沉默著。「怎麼？你還是不喜歡我來看你？」「不！」我連忙否認，「我……」我的喉嚨像是被什麼哽住似的。

這時，我的內心立刻泛起了許多感觸，事業、前途、愛情、

TB，還有那苦苦追求淑卿的胡鐵新，一下子都湧現在我的腦際，我感到有點昏昏然，像是有人將我提起在半空中疾旋一般。

「卿，你還是去愛胡鐵新吧！」不知怎樣，我竟然脫口說出這樣的話。

「什麼？你說什麼？」她顯然感到意外的驚奇、焦急，驚奇與焦急使她說不出話來，只見她側著頭，低垂下去……她哭了。

我立刻被怔住了，我後悔一時失言，想安慰她，但卻不知該說什麼好。空氣顯得異樣的沉悶，我的心感到陣陣刺痛。

過了許久，我不自覺地去拉她的手，萬分歉意地說：「請原諒我吧！別哭了。」她掏出手帕，抹乾了淚水，埋怨地說：「明，你的話太傷了我的心，你未免把我的人格看得太低了，你以為我會是一個這樣的女子嗎？」

我又無話可說了，只感到惆悵與迷惘。又沉默了一會兒，我說：「卿，你知道嗎？胡鐵新前天來看我。」「他會來看你？」她好像有點不相信。「是的。」於是我把那天的情形告訴她。

「真是卑鄙、無恥！」聽了我的話，她狠狠地罵著，很氣憤地說，「明，這種人別睬他好了，他一直在破壞我們的感情，這次你病了，他不知在我面前說了多少你的壞話，他也來過幾次學校，故意在同事面前提起你的病，說你這種病是絕對無法醫好的。他又去勸說校長，要把你辭掉，說是應該另外請一位教師，以免同事們要長期代課，他的父親曾為了這件事親自出馬，向校長施加壓力，還說你辭掉之後，空缺要由他替代。」

「什麼，他也想教書？」我有點疑惑。「唉！你以為他真的是要來學校教書嗎？他的目的是想借機接近我，幸虧現在辭退教

師得有充分的理由，而且還要教育局的批准，不像從前，董事部可以隨心所欲，呼之則來，揮之則去。何況你這次不幸患了肺病，教育局有明文規定，可以享有一年的帶薪假期，所以他雖然陰險，但也無可奈何。不過他並不死心，他又向我的父親挑撥，他要討好我的父親，要我的父親反對我和你來往。他恃著老子有幾個臭錢，便油腔滑調，到處追求女子，這種人我會愛他才怪。」淑卿的話是那麼安慰、堅決，她對我的愛並沒有因胡鐵新的破壞而動搖，我的心感到無比的安慰。我說：「卿，原諒我說一句冒昧的話，如果我的病沒有辦法醫好，你是否還會照樣愛我？」

「相信我吧！海可枯，石可爛，我對你的愛將永恆不變，何況你的病只不過是輕微的，一定可以醫得好，不要胡思亂想吧！」

「可是你的父親……」我想起她剛才說胡鐵新曾在她父親面前挑撥的事。「這個你可以放心，我的父親是個忠厚的人，他一向都很敬重你，雖然起初胡鐵新的挑撥也曾打動過他的心，後來我向他解釋說，肺病雖然可怕，但現在醫學發達，已發明了一種新藥，很快就可以醫好，他聽了也就不再擔心了。」

「卿，我很感激你！」我緊緊地握著她的手，眼眶充滿了淚水，這是興奮的熱淚。

「拿出你的勇氣吧！一個人在人生的道途上難免會遭到挫折，我們必須有信心與勇氣去克服它，你不是曾經說過，生命要有波瀾，才更顯得它的美麗與可貴嗎？你是一個有為的青年，不應該為了這一點挫折，便心灰意冷，自暴自棄起來。」

聽了她的話，我感到萬分慚愧，我本來也是一個相當堅強的人，然而現在竟變得這麼懦弱，這麼悲觀，這難道是一個年輕人

應有的態度嗎？我想起了魯迅，心裏又迸出了生命的火花，我決定不向醜惡的現實低頭。

「卿，謝謝你給我無限的勇氣，我一定要好好地醫我的病，早點把病魔驅走，以便再與生活搏鬥。」

「對了，只要你肯這樣，那我就高興了。」她笑了，笑得很甜、很美。我們又談了許久，臨別時，她把帶來的鮮花，替我安插在床頭的花瓶裏。

她走了之後，我躺在床上，注視著花瓶裏的鮮花，那是一束玫瑰花，也有幾支白玉簪，一股濃郁的香氣直向我鼻孔撲來，我感到莫名的快慰，我像做了一場旖旎的美夢。

六

時光像蝸牛似地爬，終於爬過了三個月的漫長日子。在這段日子中，我懷著堅強的信心，接受醫生的勸告，除了打針、服藥之外，我盡量放開心懷，注意營養與休息。我盡了最大的努力，去保養我的身體，結果病況大有起色，臉變得紅潤潤的，體重增加了十多磅，身體看起來比病前還要強壯。

再經過了一次X光的檢驗，醫生說我的病已經好了，他還說我的病能夠在短短的三個月中就痊癒，這雖不是奇蹟，但也是很罕見的。他說，許多肺病患者所以遲遲無法醫好，或醫好之後很快又再復發，完全是受到客觀環境所影響，在心理上與營養上無法與醫藥取得配合。他除了對我祝賀之外，也關照我今後對身體應好好注重保養，這樣就絕對不怕再復發了。

於是我出院了。醫生再給我一張三個月的病假證書，又給我

一些藥，叫我繼續服食，靜養三個月後，就可以恢復工作了。

　　出院的那一天，媽媽與淑卿都到醫院來接我，我看到她倆似乎都消瘦了許多。我們坐上了計程車，這時，強烈的陽光正在向我們招手，我們都感到無比的輕鬆與愉快。

　　假期滿了，母親一直不肯讓我再過教書的生涯。她說教書太操心了，對身體不適合，她甚至叫我在一、兩年內不要做任何工作，要好好地在家休養，她有辦法養活我，不然的話，也得找一份比較清閒的工作。

　　當時我有一位同鄉新開一間洋貨店，他要我去他的店中做書記，每個月的薪水和教書差不多，媽媽對此極力贊同，然而我和淑卿卻認為教書是一項比較有意義的工作，我實在捨不得離開天真可愛的學生們，所以依然回到了原來的崗位。

　　回校那一天，校裏的師生們為我舉行了一個盛大的茶會，一方面慶祝我的病痊癒，另一方面也歡迎我回校執教，我感動得流下淚來。

　　從此之後，我對工作與生活恢復了信心與希望。我照往常一樣，認真教學，努力進修，當然更忘不了注意鍛鍊我的身體。這期間，淑卿對我更加關懷，時常噓寒問暖，安慰鼓勵，儘量使到我的心情輕鬆與愉快。

　　又過了兩年，經過了多次的X光定期檢驗，證明我的健康已經絕對沒有問題，於是我和淑卿結婚了。淑卿不但是我工作上的好伴侶，同時也是家庭的賢內助，她每天上午教書，下午幫母親料理家務，工作雖忙，可從沒有發過一句怨言。婚後第二年，我們的第一個孩子便出世了，直到現在，轉眼之間，我們結婚已將

近七年，孩子也有五個了。我們夫婦倆恩恩愛愛，一家人和和氣氣，我的生活是多麼的幸福呀！賢妻、良母，以及可愛的孩子們，組成了這麼一個快樂的家庭，雖然我並不富有，但是我還能有什麼缺憾呢？每當我想起以前那段坎坷的苦難日子時，就深深地為自己慶幸，因為我的這只在暴風雨中飄蕩的小舟在經過了一番奮鬥與掙扎之後，終於抵達了光明的彼岸……

想到這裏，我的心又是一陣興奮。仰首一望，但見那又圓又亮的月兒，已沖出了雲圍，又把清光普灑下來，使大地顯得亮麗和諧。這時，淑卿已補好了衣服，我對她說：「卿，你在學校裏不是有教『快樂的家庭』這首歌嗎？你唱一遍來聽吧！」

「我的家庭真可愛，美麗清潔又安詳……」她聽了我的話，真的輕輕地唱起來。

「不，應該是『我們的家庭多可愛』才對。」她才唱出第二句，我便打岔地說。

我們都做了會心的微笑。「淑卿，我們的家庭真是多麼的可愛呀！這都是你的賜予。」「這不是誰的賜予，而是我們彼此間互相敬愛的成果。」淑卿也欣然地說，我倆情不自禁地擁抱在一起。

臨睡前，我們走去隔壁母親的房間，看看正在酣睡中的五個孩子，我說：「卿，我們一定要好好地養育這幾個孩子，使他們有健康的身體與幸福的未來。」

「唔！」卿點點頭，我們的心裏都展開了一幅美麗前景的畫面。

1966年5月

望子成龍

明福嫂今天好像有什麼重大的心事，她一大早就起身，看看那個放在床頭的鬧鐘才不過是四時半，換作是往日，她巴不得再躺回床上，好讓她那疲勞了一整天的身軀舒舒服服地再睡一會兒，可是今天早上，她一醒來之後，興奮的心情使她再也無法安眠。抬起頭，向著房間角落的那張神檯望去，那裏供奉著祖先和明福的牌位，那張用鏡框鑲著的明福十二寸的遺像，被安放在神檯的上面。

「要是那冤家今天還活著，那該多好！」她趨上前去，雙手捧起明福的遺像，兩隻眼睛直瞪著它，像是要從中發掘些什麼似的。很仔細地端詳了那麼一會兒，腦海中又浮現著一個人的影子：英俊的外貌、健碩的身材，一位品學兼優、很得到師生們敬愛的高材生，不幸卻出生在一個窮苦的家庭裏，所以高中畢業後，不能實現升學的願望，只好在一間華文小學當臨時教師，教了兩年，其職位又被合格教師所取代了。後來他在一家運輸公司當羅里司機，每天去東海岸運載樹桐。她和他在初中時是同學，而且又是鄰居，所以從小就有良好的感情。她初中畢業之後，也

因家境關係而輟學，去當人家的傭人。後來他們倆結了婚，倒也過著一段恩愛無比的美滿生活，婚後第二年，便生下了健民。可是當健民才滿月不久，他卻在一場車禍中不幸喪生了。這十多年來，她含辛茹苦，把健民撫養長大，而且還供他進校念書。為了方便健民上學，也為了方便她的工作，幾年前她母子倆離開了那鄉村的老家，在這H埠的街上租了一間樓上的房子，不知不覺已住了好幾年⋯⋯

「唉！現在我唯一的希望，就寄託在民兒的身上了。」她低聲地歎了一口氣，把明福的遺像放回在神檯上。一想到健民，她的臉上就呈現了一層光輝，像是茫茫大海中的夜航者看到了燈塔一樣。她望著還躺在床上酣睡的健民，那修長的身軀，清秀但卻有點瘦削的臉孔，可真像他的老子。她舉起右手，想把他推醒，但一下卻又縮了回來。

「不！為了應付考試，他近來也夠疲乏了，昨晚上讀到十二點多才歇，現在還是讓他多睡一會兒吧！」她於是去洗臉，然後點了一枝香，向明福的遺像誠心地禱告：「明福，我挨了千辛萬苦，現在總算把健民撫養長大，今天他要參加MCE（高中文憑）會考，希望你在天之靈，要保佑保佑他，讓他考到好的成績。」

她把香插在香爐內之後，望著掛在牆壁上的許多成績優勝獎狀和櫥內的許多銀盃獎章一類的東西，頓時又好像認為剛才所作的禱告是多餘的。

「可不是嗎？健民正如他的老子一樣，從小學到中學，每年考試都第一，前兩個月學校舉行預試，每科都拿到A等，所以這次MCE考試，絕對沒有問題的。」想到這裏，心裏一陣欣慰，嘴

邊不期然就綻出了笑容。

床頭的那只鬧鐘不停地在「的搭的搭」地響，現在短針已指著五時。她走到窗前，伸頭向街上一望，只見一片冷清清的，那幾盞街燈正散發著慘綠的光芒。

她走進廚房，生了炭火，把昨晚上健民吃剩的雞湯溫熱了一下，正想進房叫醒健民，但這時他已從房裏走了出來。

「媽，早！你為什麼不早點叫醒我？」「亞民，時間還早呢！你不再多睡一會兒？」「不，我還要溫習功課。媽，你幹嘛要這麼早起身？」健民似乎有點驚奇。

「睡不著，所以起來把雞湯熱了給你吃，讓你提提神，好應付考試。快去洗個臉，趁熱吃吧！」

「媽，你自己吃吧！你的身體也不好，應該補一補，我昨晚也吃夠了。」

「媽身體還好，你今天要參加考試，這可重要呢！唉！媽平日盡忙著替人家做工，去照顧人家的孩子，可把你給冷落了，害到你每天還得自己買菜煮飯，難得燉一次白芨雞湯，你還是吃了吧！你知道嗎？我老闆的那個寶貝兒子，為了要考試，這一個月，他母親差不多天天都叫我燉高麗參雞汁給他喝呢！」

健民雖然還想推辭，但為了不拂她的意，只好去洗臉，然後把那碗雞湯喝下去。

「亞民，你的功課到底準備得怎樣？有沒有把握？」等著健民吃完後，她無限關懷地問。

「媽，你放心，我每科都有很充分的準備，不會令你失望的。」「這就好了。」她點點頭，似乎對兒子的回答很滿意。過

望子成龍

了一會兒，忽然又好像想起一件大事，有點緊張地說：「喂！你的馬來文究竟好不好，據說如果馬來文不及格，不論其他各科怎樣好，也是不能Pass（及格）的。唉！考試有時也要講點運氣，我真有點擔心！」

「媽，我的馬來文成績，你又不是不知道，學校舉行馬來文演講和作文比賽，我都拿到第一名，預試時也考到A等，不會有問題的。」他蠻有把握地說，似乎認為她的擔心根本是多餘的。

「這樣我就放心了，不過還得小心點，考試時要鎮定，不要慌張，等你考到後，媽即使怎樣苦，也一定讓你再升學。」

「媽！你真偉大，我一定不會辜負你的期望。」他緊握著她的雙手，母子倆目光互相注視著，不期然地都流出晶瑩的淚珠來。

二

這是一座在H埠花園區內的獨立式樓房，屋子雖然不很大，但小巧玲瓏，而且所有設備與佈置，全是上等的材料，精緻悅目。屋前的那塊草地，除了種著許多各種各樣的花之外，也是主人王懷仁每早做晨運的地方。

王懷仁，這個年逾五旬，有副四方臉和八字鬚的商人，在這H埠稱得上是個響噹噹的人物。他是幾家有限公司的董事主席或董事，H埠所有大大小小的社團或學校，理事表上永遠不會漏掉他的名字，凡是住在H埠的人，不論男女老幼，一提到他的大名，幾乎沒有一個不認識的。以他這麼一個名成利就的人，本來是應該感到很滿足的了，但是他卻有一件很感到遺憾的事，他的那個出身大富翁千金的太太，自從第一胎生了志貴之後，便一直

沒有再生育過，他原希望能夠多生幾個兒子，將來長大後好繼承他的事業，但醫生卻告訴他這是他患上了嚴重性病後的結果，非藥石所能補救。他當然不敢把這件事讓太太知道，不得已只好退一步想：反正有一個兒子也就夠了，將來還免得有爭遺產的麻煩。所以他一心一意想把這個寶貝獨子培養成為一個特出的人才，好給自己光耀門楣，可沒料到志貴偏卻是個不長進的傢伙，雖然外表長得伶俐、聰明，但在母親的寵愛之下，從小就不肯用功讀書，在班上總是排在最後那幾名，大前年LCE（初中文憑）考試不及格，很幸運有機會留讀了一年，第二年總算僥倖考到了。今天要參加MCE考試，他不但不加倍用功，反而染上了許多惡習：抽煙、喝酒，而且還會跟朋友們上歌廳、夜總會呢！

明福嫂自從她的兒子念初中一的那年由鄉村搬來H埠住之後，就一直在他家當女傭，負責洗衣、煮飯、照顧志貴和其他打雜的工作。她每天早上六點半上工，直忙到晚上八時過後才回。由於她工作勤快，人又誠實可靠，倒很得主人夫婦的歡心，所以一做就是好幾年。今早她照例騎著那輛半新舊的腳車上工去，當她抵達王懷仁的家時，只見王懷仁正在草地上做健身運動。

「王先生，早！」她禮貌地向他打個招呼，然後就忙著進廚房幹活去。

七時左右，她已把早點準備好。這時王太太和他的兒子志貴已起身下樓，她就叫王先生一起進來吃早餐。

「阿貴，今天就是大考了，可是你好像一點都不害怕，昨晚上還只顧著看電視，我看你呀……」王懷仁一見到志貴，就有點氣憤地說。

望子成龍

「喂！大清早剛起來，別囉哩囉嗦地就罵人。」王太太為著要護兒子，沒等王先生發完牢騷，就搶著說。

　　「你女人家懂得什麼，整天就只顧著打牌、上雲頂（賭場）、逛百貨公司，對孩子的教育一點也不關心。」說著，還狠狠地瞪了她一眼，倒真像下了決心要和她吵架似的。

　　「唉呀！我不講你，你現在倒怪起我來了！」她睜大著眼睛，把原先想往嘴裏送的那塊牛油麵包放回碟子上，「你也不想想，你這做父親的，整天只顧著談生意，什麼應酬啦！開會啦！差不多天天都三更半夜才回，一天到底有幾個鐘頭在家？嘿！誰知道你在外面搞些什麼花樣，教育兒子，又不是我一個人的責任。」說著，那兩片粗厚的大嘴唇還向上翹了一下，顯出非常不服的神氣。

　　「好，算了算了，別再說下去。」王先生早已領教過她的雌威，知道如果再爭論下去，自己是絕對占不到上風的，逢著這種場面，他照例會使出那套看家的本領：忍。想起自己要不是靠她父親的資助，恐怕現在仍然還不過是個巴士（客車）司機，於是縱使有滿腔的怒氣，也只好壓了下來。

　　可是，太太話匣子一打開，卻像是決口的河水一樣，再也阻擋不了：「考不到又有什麼要緊，如果要讀書，可以去外國，你看阿慶伯的兩個兒子，以前也都考不到文憑，但是阿慶伯有錢，送一個去美國，一個去英國，混上了那幾年，現在還不是一樣大學畢業回來。」她把那塊牛油麵包放進嘴裏，又喝了一口鮮奶，然後接著說下去，「其實啊！照我看來，升學不升學也無所謂，這個社會，要賺錢可不一定要讀太多書，你本身何嘗拿過什麼大

學文憑？阿慶伯的兩個兒子大學畢業回來後，還不是要跟老子學做生意。所以我說，我們的阿貴要是考不到，就索性讓他去管理工廠，總好過每個月花幾百元請外人。」

「對，爸爸，我看我將來還是不讀書了，我可以幫你管理生意，減輕你的工作。」志貴看著他父母為了他的事而吵，原先也有點不安，現在聽母親這麼一說，正合著他的心意，所以他喝下了最後一口的雞汁之後，便壯著膽說。

「沒出息！」王懷仁輕輕地罵了一聲，一時覺得自己好像是在參加一個什麼辯論會，聽完了對方的一大篇道理之後，再也想不出有什麼充分的理由好再辯駁了，心裏因而也泛起了一個念頭，「對，志貴如果不能升學，能好好地幫我管理生意那也不錯。」想起他自己念初中時因為常常逃學去賭博嬉遊，而終於被學校開除的那種情形，於是把原先許許多多要罵出來的話都咽回去了。

明福嫂這時正忙著洗衣服，對於他們剛才的那番話，她聽得很清楚，一時也分辨不出誰的理由大，只是一邊洗，一邊漫無邊際地想。她覺得王太太的話很有道理，因為她也親眼看過許多有錢人家的兒女，不論成績好壞，都能夠一個一個地出洋去鍍金，就算幫老子做生意，也一樣撈得風生水起。

「這是一個商業化的社會，學問究竟一斤值得幾多錢？有哪幾個大富翁戴過方帽子？」她心裏雖然也明白這個道理，不過她究竟是個受過中等教育的女性，遇到重要的事情要決定時，還不至於懵懵懂懂：「對，有錢人家的孩子會不會讀書都不要緊，因為他們有老子創下來的現成江山，可是健民卻比不得人家，他沒

有後臺靠山，要想赤手空拳去闖出一個天下，就非靠自己的努力不可。所以現在唯一的希望是他能在學業上有優越的成績，將來如果能夠戴上一頂方帽子，不但前途有了保障，也不枉我年輕守寡撫育他的一番苦心。」想到這裏，她恍恍惚惚間好像看到那死去了的丈夫，正站在面前向她鼓勵，向她安慰。一會兒，又好像看到健民，頭上正戴著方帽子，向她微笑。

「哦！健民！」她一時興奮過度，於是放下手中的衣服，驀地站了起來，想沖上前去擁抱他。

「阿福嫂，你怎麼了？」王懷仁這時正打從她身邊走過，看到她近乎失措的舉動，也有點驚訝。

「哦！沒……沒有……」給王懷仁這麼一問，她宛如從睡夢中驚醒過來，一時感到很不好意思，連忙蹲下去繼續幹她的工作。

「阿福嫂，剛才你叫的那個健民，他就是你的孩子？他也是今天參加MCE考試？」

「是……是……」想起剛才失態的情形，她怊怩地回答。「聽說健民成績很好，每年都考第一名。」「是的。」這回她很高興地回答，似乎也為此事而感到驕傲。

「唉！要是我的孩子能學到他一半，那就好了。」他居然也歎起氣來，「阿福嫂，健民畢業後有什麼打算？」

「當然給他再升學咯！先讓他讀十號（大學預科）班，等以後考到了HSC（大學先修班文憑）再進大學。」她停下工作，顯然對這個話題很有興趣，「不過，據說現在要進本國的大學，比登天還難。去外國嘛，那簡直是夢想，因為費用太大了，最省的澳洲，每個月也要花四、五百元，而且聽說現在也不容易申請，

唉！」她顯然也為此事在發愁。

「別顧慮這麼多了，健民成績這麼好，一定有機會進本國的大學，等MCE成績公佈後再說，到時我或者可以幫他申請獎學金。」

「哦！那太好了，真謝謝你！謝謝你！」她高興得難以形容，心裏想：難怪人家都說王懷仁是位大慈善家，心地好，肯幫人家忙。

三

王太太用過早餐，上樓做了半小時的例常打扮後，便挽著那個手提包，拖著肥得有點臃腫的身軀，沿樓梯一步一步的走下來。

「怎麼？這麼早就想出門呀！」坐在躺椅上看報的王懷仁，一看到她，好像早已料到她想去哪兒似的。

「不可以嗎？難道你想留我一個人在家坐牢，做你的看門狗！」她撅著嘴，顯出一副蠻不屑的神氣，「我昨天已和張太太那班人約好了，今早下坡去那間新開張的百貨公司shopping（買東西），午餐後去張太太家打牌，中午不回來吃飯了。」說著，關照了阿福嫂幾句話，也不再等著聽聽他的意見，便逕自開著那輛小駿馬汽車馳去了。

「唉！這種女人！」目送著她走了之後，他感到滿肚子的不舒服，正想拿起報紙再看下去，但就在這時，電話鈴響了，他連忙起身，拿起聽筒：「哈囉！是仁伯嗎？」他聽出這是得力助手四眼蛇的聲音。「是的。」「昨晚又有幾個兄弟失了手，連人帶

貨都被抓進警察局。」對方把聲調放低了，好在他還聽得見。

「什麼？那些傢伙居然那麼厲害！真是他媽的混帳！」他右手摸著那兩撇八字鬚，聲音急促而粗暴，顯然很氣憤。

「沒辦法呀！我看近來風聲很緊，還是小心一點，先避開一下風險再說。而且那些舊兄弟熟口熟面，恐怕遲早會誤事，你得設法找一些新人來補充。」

「唔。」他似乎也同意對方的意見，掛斷了電話，不安地在廳上踱來踱去，腦海裏不斷地在計畫要怎樣來應付這個局面。他點燃了一支香煙，吸了兩口之後，猛地想起了一件事，於是立刻搖個電話給那個記者李大文。大約十分鐘左右，李大文便駕著那輛老爺車來了。

李大文是個很不得志的落魄文人，個子又高又瘦，雖說和王懷仁是同年，但卻比他蒼老得多。他早年曾和朋友合資搞了好幾次生意，都因為信用太差，弄得股東們吵吵鬧鬧，只好先後拆夥收盤了，結果賦閑在家，吃了一個長時期的老米。不過他是一個很工於心計的人物，而且也很有一套諂媚的功夫，為了要攀上王懷仁的門路，他曾把王懷仁奉承得有點飄飄然。由於他的華文頗有點根底，那支筆還能寫得出一些像樣的文章。王懷仁就是賞識他的這種才華，幾年前介紹他當上了某報的地方記者，撰寫一些新聞，也招些廣告賺取傭金。由於王懷仁肚子裏沒有幾多墨水，他覺得李大文這種人在許多地方還可以派上用場，所以無形中就和他拉上了相當密切的關係。「王先生，這麼早叫我來，可有什麼吩咐？」李大文一進門，便畢恭畢敬地問。

「大文，立刻替我發一篇文告，說我對青年吸毒的問題非常

關注，並叫家長們要嚴厲管教自己的兒女，以免……」他一時想不出恰當的句子，停頓了一會兒，「對，以免誤入歧途。總之你懂得我的意思。」

「是，我等下立刻就寫。」李大文唯唯諾諾地點頭。「還有，後天上午的那個反吸毒大遊行，我要代表華人演講，你也替我準備一篇演講稿。」

「好的，好的。」李大文又是點頭說好，好像把王懷仁的話當作是上司的命令，根本不能夠反對。

「大文，記得把稿件傳給其他各報的記者，叫他們一定要發表。最近有兩則我為民服務的新聞，他們都沒有登出來，你告訴他們，如果再這樣的話，以後要招登什麼廣告，就不好來找我了。」

王懷仁好像是一個教師在向學生訓話，訓完了之後，原想就把李大文打發走，不料李大文這時卻向他支支吾吾地說：「王先生，我……我……」王懷仁當然看慣了這種情形，他立刻明白對方的意思，很爽快地就掏出兩百元交給大文：「別婆婆媽媽了。哪！這些拿去用吧！不過，下筆可得小心點，別像上次打筆戰時讓對方給抓出馬腳來。」

「是的，是的，謝謝你！」李大文接過了鈔票，心想今晚又可以去酒吧喝上幾杯，然後找那個外號騷女郎的珍妮小姐親一親，於是懷著滿腔的高興走了。

等到李大文走了之後，王懷仁好像辦完一件大事，稍微鬆了一口氣，但腦子卻仍然感到沉甸甸的。他駕著那輛BMW的汽車，原想去工廠巡視一下，卻總提不起勁兒，心裏想：近來因為

望子成龍

忙，已好幾天沒有去蘇茜的家了，今天非得去一趟不可。主意既定，於是便把汽車向那個被藏在K埠高尚住宅區一座「金屋」內的二姨太的家駛去……

<h2 style="text-align:center">四</h2>

　　考完了最後一科的算術後，吳健民懷著一顆又興奮又擔憂的心情步出了考場，他仰望天空，長長地吁了一口氣，好像剛從肩膀上放下一副重擔，有分外輕鬆的感覺。他自己認為，這次所選考的九科除了馬來西亞文外，其他八科都非常滿意，即使不拿A1，也該可以拿A2，但是，一想起馬來西亞文，就使他那原先舒暢的胸懷頓時沉重起來，好像明朗的天空突然飄來一團黑雲，感到朦朧一片。

　　「唉！真該死！我怎麼會那麼粗心，把題意給弄錯了？」想起第一天考馬來西亞文時，大概是因為睡眠不足吧，忽然頭痛得厲害，結果糊裏糊塗竟誤解了作文的題意，以致寫得有點文不對題，如果因此不幸而不及格了，那該怎麼辦好？他想起考試的第一天早上母親對他所說的話，因而感到萬分的焦慮與不安。「就算作文寫得不切題，但總不至拿零蛋吧！至於其他的題目雖然也相當難，但我自己認為還答得不錯，即使不能拿優等，但及格因該是沒有問題的。」

　　這時，同學們都三五成群地在草場邊的樹蔭下交談，他們不但熱烈的討論這考試的題目，也談論到未來的前途。

　　「健民，你打算去哪裡升學？」他的同學錢大新一看到他，劈頭便問。

「升學？還言之過早呢！都不知道能不能考到？」「別開玩笑了，本校的高材生，如果你考不到，那我們全校豈不都要fail（不及格）了嗎？」錢大新笑著說，還拍拍健民的肩膀。

「說真的，我的BM（即馬來西亞文）考得不大好，作文寫得不大對題，我真有點擔心。」健民很認真地說。

「別假死了，你是一定會及格的。」錢大新顯然不相信他的話，「不過我呀！這回是Fail定了，我的BM本來就不好，這次的題目又難得很，雖然其他各科都還差不多，可是這BM可真要了我的命。我父親說考得到就讓我在本地讀十號，考不到就要送我去英國，照情形看來，我是非去英國不可了。不過去英國費用好貴呀！每個月平均要一千元左右。」

「你家境好，怕什麼？」吳健民有點羨慕地說。「話可不能這麼說，你知道我哥哥和姐姐現在都在英國求學，為了培養他們兩個，我父親已經把二十多依格祖傳的膠園也給賣掉了。如果再加上我，每個月要花兩三千元，到哪裡去找呀？」「孫孟哲，你呢？」向來健談的錢大新這時又問站在身邊的另一位同學。

「我已報名進吉隆坡的泰萊學院，因為我父親說去英國費用太大，他負擔不起，如果能去澳洲，不必付學費，所以省一點。不過現在想去澳洲已沒那麼容易，據說去年泰萊學院有八百多學生，由澳洲大使館舉辦一項英文考試，先淘汰三百多名，剩下及格的四百多名，再進行面試，調查他們的家庭經濟背景，結果最後只錄取二百名左右。窮人永遠是沒有機會的，唉！」孫孟哲也歎著氣，他攤開雙手，顯出一副無可奈何的神情。

這時，吳健民的思緒凌亂得很，他先是擔心MCE不及格，後

來又想，即使MCE及格了，但是要去外國升學，那簡直是妄想，因為一個月的費用，幾乎等於他母親半年的工資，所以唯一的出路是在本地讀十號、十一號，等HSC考到之後，再進本國大學。他也知道要進本國的大學，機會很是渺茫，除非HSC文憑能考到非常優越的成績。不過，只要還有一線機會，他就有努力去爭取的必要，而且以他平日在校的優異成績，他對此也充滿信心。

「就算只有十巴仙的機會，難道我就不能成為這十巴仙的幸運者嗎？」

「唉！去英國也好，進泰萊學院也好，總之有得讀，哪兒都好，可是我呀！不論MCE及格不及格，看來就只有一條路——進社會大學。」那個向來最多愁善感，在班上每年都考到第二名，別號林黛玉的林碧霞，這時也插口發起牢騷來，「你們想想看，我是大姐，有三個弟妹都還在念書，我父母靠著那割膠的工資，要養活我們已不容易，哪有能力供我升學？我現在只擔心就連進社會大學恐怕也不容易呀！」說著，眼眶居然就有點濕潤起來。

「可不是嗎？我的哥哥已畢業了兩年，到現在還找不到一份理想的工作，相當臨時教員，馬來文沒有優等；想當秘書，嘿！談何容易。前個月他從報紙上看到一家商店要徵聘一名書記，他也去應徵，據說應徵的共四十多人，結果當然是落空了。直到最近他才在一間汽車機件公司找到一份工作，你們猜猜看有多少薪水，嘿！一百二十元，三餐還要吃自己的，老闆說他雖然擁有MCE一等文憑，但對汽車零件是門外漢，只能由學徒做起，讀了十一年書，只能做學徒，笑話！他現在很後悔，說是當初LCE fail了更好，還可以提早兩年進社會大學。」這是另一個女同學

吳小慧的聲音，她滔滔不絕地說，只稍微停了一下，便覺得意猶未盡，於是又再說下去，「說真的，現在大學畢業生也不見得就有好出路，辛辛苦苦地出國讀了許多年，又花了那麼多錢，但回國後要想找個好職位，可沒有那麼容易，還不是要靠自己的人事關係到處去闖天下。聽說外國有許多大學生去做泥水匠，做清道夫，再過幾年後，我國的大學生也滿街都是，到那時呀，不去掃街道才怪！」

於是同學們都七嘴八舌討論起來，他們認為吳小慧的話雖然有點刻薄，但也不無道理，最後他們達致了一個結論：除非是家境富裕，有穩固的靠山，否則不論是升學或就業，他們都感到前途是一片渺茫。尤其是吳健民，他並非不知道，憑著他母親做傭人的工資，實在是很難負擔得起他升學的費用。不過他母親可並不是一個毫無計畫的人，她承受了丈夫意外逝世的一筆萬多元保險金，加上這十多年來一點一滴的積蓄，現在銀行裏居然也有了兩萬元左右的定期存款，如果將來有機會在本國升學，省吃省用，要維持到大學畢業，應該是沒有問題的。至於將來大學畢業之後，能否找到一份良好的工作，那是以後的事。他畢竟不是一個庸俗的人，他具有一種崇高的願望和理想，認為憑著他對理科的濃厚興趣和優異的成績，將來不單是只做一個普通的大學生而已，他甚至想向歷史上那些偉大的科學家看齊，希望能在學術上有驚人突破的成就。一想起這個埋藏在心中的崇高願望，他的腦海中就會出現著許多美麗的幻夢……

望子成龍

五

MCE考試過後，接下來是個漫長的假期。在假期中，吳健民像往常一樣，到處去找散工做。不論是劈柴、除草或者是做泥水，雖說一天辛苦到晚也只能賺上四、五塊錢，但他卻認為這區區幾塊錢對他是多麼重要。他也在夜間替人補習，當然他更忘不了利用空閒的時間發奮自修，他立誓要以刻苦耐勞的精神，去為未來美好的前途打下基礎。

時間一天一天地過去，轉眼全國數萬名考生所期待的日子終於來臨——MCE成績公佈了。

這是一個多麼令人感到興奮而又沮喪的日子，因為它帶給許許多多的人歡樂與希望，但也帶給許許多多的人失望與悲傷。

這天早上，吳健民和其他同學一樣，懷著忐忑不安的心情，一早就到母校去。一路上，他感到非常緊張，因為這次成績的揭曉，及格與否，對他的前途具有決定性的影響，就像是一名犯人，是生是死，正等待著法官的判決一樣。他一到學校，便忙著衝進校長室去，那顆心儘自在卜蔔地跳動，好像要從胸口跳出來似的。只見已有好幾個同學圍在校長辦公桌的前面，他擠上前去，那個心地慈祥、帶著老花眼鏡的校長一看到他，就用非常惋惜的口氣對他說：「唉！真想不到，真想不到。」他一邊說，一邊找出了他的那張成績表。

吳健民一聽到校長的話，立刻預感到這是怎麼一回事，他頓時一愣，全身像是觸到了電流，臉上掠過一陣熱，隨而呈現著鐵青色，連兩隻腳也浮動起來。勉強鎮定一下神情，用那微微顫抖

的右手從校長手中接過了那張成績表，往上一看，只見最上面那一行馬來西亞文的成績竟然是一個足以使他心驚肉跳的阿拉伯數字：「9」。

「呀！完了！完了！」他喃喃自語，底下其他各科的成績究竟如何，他似乎無心細看，一時間只感到天旋地轉，無數的金星在眼前跳躍，額上冒出了冷汗。

「唉！這次本校有幾十名考生，都是敗在BM這科。」校長脫下老花眼鏡，顯然也在為此事深感遺憾，「尤其是吳健民，七個A1，一個A2。還有好幾位也拿六個A或四個A，但他們的BM（馬來西亞文）偏都不及格，真是可惜！可惜！」校長說著，還不斷搖頭歎息。

「呀！健民，你真的考不到，這太使我感到意外了！」那個錢大新也出現在健民的身邊，他雖然拿到六個A，但也是馬來西亞文不及格，不過他自己倒並不感到悲傷，因為這是他早已預料的事，然而對於吳健民的落第，卻不能不使他感到萬分驚奇。

「他的成績這麼好，八個A，但就因為BM不及格，唉！」「他的BM成績本來很好的呀！怎麼會不及格呢？」「據說他那天頭痛，所以把作文題目給弄錯了。」「可是不至於不及格呀！」「唉！考試可真難講，一個品學兼優的高材生，就因為BM不及格，他的天才恐怕要被埋沒了。」

在校長室內的同學們你一句、他一句地紛紛議論起來，他們都在為健民感到悲傷與難過，其中有兩位心腸較軟的女同學，還因而哭了起來。

這時吳健民只是木然地呆立著，他根本聽不清同學們所說的

望子成龍

話，只覺得耳朵不斷嗡嗡地在作響，他好像看到面前正有一個大氣球在飄動，在這個大氣球中，他看到了許多許多美麗的畫面：文憑、方帽子、科學家，還有那個對他寄予厚望的母親……可是這個大汽球越來越膨脹，忽然爆裂了，於是他的眼前一片黑暗，再也看不到什麼東西，一時之感到四肢柔軟無力，他終於癱倒在地上，失去了知覺……

六

「鈴、鈴、鈴……」放在床頭的那個鬧鐘又定時的響起來，這是清晨六時，但鐘聲並沒有把明福嫂吵醒，因為她昨晚上根本就沒有入睡過，整個晚上，老是在瞪著天花板發愣。她望著正在酣睡中的健民，連忙伸手按一下鐘鈕，響聲停後，順手在健民的額上摸一摸，覺得已沒有那麼燙手，顯然已退了燒，這才稍微放心。於是她斜躺在床上，但仍然沒有一絲睡意，腦海裏感到出奇的空虛，好像整個世界都變了樣。想起那死去的丈夫，想起健民的落第，又想起她母子倆今後的前途，她感到自己好像是一只迷失了方向的小舟，在驚濤駭浪的茫茫大海中飄蕩……

「健民平日成績這麼好，為什麼考不到呢？」她感到非常疑惑與難過。她想，要是健民考到了，雖不會像古人考到狀元，馬上飛黃騰達起來，但最少也可以達到她「望子成龍」的願望，將來順順利利地念完大學，戴頂方帽子回來，成為一位專業人才，那麼她十多年的苦心便沒有白費，下半生的生活也就有所依靠了。可是現在，唉！一切都完了，她的人生道路上唯一的那盞明燈也熄滅了。

「唉！可憐的孩子。」她又一次望著還在床上酣睡的健民，想起他為了考不到MCE而暈倒以至於生病的情形，她這女人家倒不敢有半句責備他的話兒。因為她也知道健民是個好孩子，勤勞、孝順、又肯用功，這次考不到，根本不是他的過錯，於是她只好把這件事歸咎於命運，心想：她丈夫以前高中畢業，考到一等文憑，但因家窮，沒有機會升學，現在健民，她原想即使怎樣辛苦，也要把他培養成才，但沒料他偏又考不到，這不是命運是什麼？

健民自那天拿到MCE的成績表之後，可說是受到了有生以來最嚴重的打擊，他感到無限的悲傷與羞忿，也覺得很對不起他的母親，因為他把她多年來的希望毀滅了。現在他升學的道路已被阻塞，就業的機會也很渺茫，內心感到孤苦與無助，好像這個廣闊的世界上已沒有他立足的餘地，生命的存在已毫無意義，所以他也曾經萌起了自殺的念頭，希望以自殺來解脫心靈上的痛苦，可是一想起他那慈祥偉大而又可憐的母親，他又認為不應該永別了她，而讓她在人生的旅途上過那孤獨與悲哀的日子。由於過度的憂傷與煩悶，他終於病倒下來。

「你們救救我，救救我！我要升學！我要升學呀！」正在酣睡中的健民突然發出一陣恐懼的囈語，把在沉思中的母親嚇了一跳。她連忙叫醒了他，然後倒了一杯開水，叫健民吃藥。

「媽……」健民醒來之後，吃了藥，眼看著那面容憔悴的母親，雖說今年才四十出頭，但多年來的艱辛生活已把她折磨得像個老嫗，心頭泛起了一陣悲涼，眼淚不期然又簌簌地落下來。

「阿民，看開一點，事情既然已經這樣，悲傷也沒有用，

望子成龍

年輕人應該要振作，媽當然是希望你有出人頭地的一天，但這是我們的命。唉！等你病好之後，能夠去找一份好工作做，倒也不錯。再不然，你可以再留讀一年，等年底再考一次，一定可以考到的。」她說出這些安慰的話。

「媽，我對不起你……」說著，禁不住又失聲大哭起來。「別哭了，阿民。」她這麼一說，眼淚也奪眶而出，連忙轉過頭去，抹乾了之後，裝做若無其事地說，「媽今天還要上工去。兩天沒上工，老闆娘已叫人來催了，現在藥已經吃完，今天你好好在家休息，等晚上我回來後再帶你去給醫生看。」

「媽，我已經好了，不必再給醫生看，你放心上工去吧！」明福嫂於是懷著很不得已的心情離開了他，臨走時還替他沖好一杯牛奶水。

健民目送著他的母親下樓之後，喝下了那杯牛奶，一骨碌地又躺回在床上，但他並沒有睡下去。病了兩天，今早雖然是好了一點，但全身仍感疲憊不堪，尤其是腦海中的思潮不斷地在洶湧澎湃，使他得不到片刻安寧。

「你可以留讀一年，等年底再考一次。」他想起剛才母親所說的話，「但是，再考一次，可保證一定考到嗎？如果到時再fail一次，那我還有什麼臉見人？」現在他對考試已完全失去了信心。

抬著頭，望著掛在牆壁上的許多獎狀，這是他過去多年來輝煌的成績記錄，他也曾經為此而感到無比的驕傲，可是現在，那一張張莊嚴美麗的獎狀，在他的眼中卻變成了廢紙。

「笑話！除了BM之外，我每科都拿到A等，現在就為了它，

要我每科都重讀一年，這豈非是滑天下之大稽？不能升學就不讀算了！」想到這裏，他腦海裏頓時興起了要找工作的念頭。然而要找什麼工作好呢？他看到許多比他早一屆或兩屆畢業出來的同學，他們雖然考到了一等文憑，但是到現在還沒有找到一份理想的工作。現在高中畢業生滿街都是，誰稀罕你呢？雖然他過去常在假期中去找散工來做，但那是臨時性質，做兩天，停三天，一個月頂多賺那一百幾十元，當做課餘的外快是可以的，要把它當作正式的職業，靠它吃飯，那不是長久的辦法。

在床上輾轉反側，胡思亂想了一個多鐘頭，腦子裏像是裝滿了一團無頭亂絲，怎麼也理不出一個頭緒來，心頭卻越來越悶，於是索性爬起床來，洗臉之後，便信步向街上走去……

七

H埠雖說是一個山城，但近年來已有顯著的發展，尤其是附近幾個住宅花園興建之後，使這裏的街上無形中也熱鬧起來。

吳健民懷著一片落寞的心情，在街道上漫無目的的行走著。他聽到小販的叫賣聲、汽車的喇叭聲和答錄機播放的歌聲，這許許多多的噪音，都好像是特意在嘲笑他似的，使他感到難堪的沉悶。他沿著那條走廊，茫然地走著、走著，終於走到一家茶樓的店門前。

「喂！健民，Good morning,hou are you?（早安，你好嗎？）」他忽然聽到店內有個留著長頭髮的青年在向他打招呼，定睛一看，原來是王懷仁的寶貝兒子王志貴，他倆同是去年底考MCE，不過因為不同校，平日很少來往，健民的母親就是在他家

當女傭，所以他倆總算是認識的。

「王志貴，早！」他禮貌地回答後，就想繼續向前走去。「喂！健民，來！一起吃東西。」王志貴很熱情地叫他。他對於王志貴向來並沒有什麼好感，因為他總覺得他是個富家子弟，平日舉動，油腔滑調的，難免有點少爺脾氣。可不是嗎？才離校幾個月，長頭髮就蓋過了耳朵，加上那一身花衣服，乍看起來簡直就像個女人，對於這種人他原不想跟他打交道，但心想他是母親的老闆的兒子，所以不想給他太掃興，何況今早自己反正也感到無聊，於是就走進店裏去，在他對面坐了下來。

「來，吃點東西，別客氣。」志貴說著，又叫夥計添了一副碗筷和茶杯。

他倆一邊吃，一邊很自然地交談起來。「喂！健民，據說你也考不到？」王志貴吃完了一個餃子，忽然這樣問他，並顯出有點不信的神氣。

「……」他猛不防王志貴會提出這個問題，胸口似乎被對方突如其來地戳了一槍，感到一陣劇痛。他認為王志貴是故意在挖苦他，所以沒有答腔，只是無可奈何地點著頭，然後狠狠地把手中拿著的那個大包咬了一口，好像是在咬著敵人的肩膀，要把心中所有的悶氣發洩出來。

「唉！真想不到，我爸爸還常常在我面前稱讚你。」王志貴搖一下頭，看起來他倒是真為健民感到惋惜，「不過你別傷心，考不到就算了，反正讀太多書又有屁用？這個社會發達的人可並不是要靠學問，我的老子就連初中也沒畢業，可是他現在……」王志貴喝了一口茶，雖然沒有把底下的話說下去，但他顯然對老

子的成就很感到滿意，認為有這麼一個有錢有勢的老子是值得欣慰與驕傲。

　　吳健民還是沒答腔，因為面對著這個富家子弟，他內心興起了太多感觸，一時也實在不知道該說些什麼好，只是慢慢地把茶一口一口地喝。

　　「喂！你知道嗎？你的那位女同學林碧霞前晚自殺了。」看看健民默不出聲，王志貴忽然轉移話題，說出了這個驚人的消息。

　　「什麼？你說什麼？」健民簡直不相信自己的耳朵。

　　「唉！那個傻丫頭，據說MCE拿了六個A，但因為BM不及格，給老子責罵了幾句，一時想不開，就在前天晚上用一條繩子把自己吊在沖涼房裏。」王志貴說著還用兩隻手在自己的頸部比一下。

　　「呀！……」吳健民失聲地叫起來，頓時面前恍惚出現了一個身軀嬌小、面貌娟秀的影子，那個多愁善感、綽號林黛玉的林碧霞，正哭喪著臉向他招手。

　　「林碧霞也太傻了，考不到嘛，有什麼要緊？大不了找份工作做，俗語說：留得青山在，不怕沒柴燒。現在雙腳一伸直，便什麼都完了，為了考不到，就跟自己的生命過不去，這種人簡直是大傻瓜。」說到這裏，他從口袋裏掏出一包香煙，抽出一支，遞給健民：「來，別想得太多，抽支煙解解悶吧！」

　　「不，我不會抽。」健民推辭的說。

　　「喂！別太正經，逢場作戲，抽一支無所謂。」說著，還拿出打火機，替他點上火，然後又拿出一支銜在自己的嘴裏，「凡

事得看開點，人生如夢嘛！年輕人不及時行樂，老了就要後悔不及了。」

　　想起自己MCE考不到，又想起女同學林碧霞的自殺，吳健民這時神經好像有點麻木起來，所以對王志貴這種殷勤的態度，沒有再推辭，於是就把煙銜在嘴裏，吸了一口後，又徐徐噴出來，眼看著那一團灰白的煙圈在面前繚繞上升，直到全部消失後，他又再吸了一口，然後噴出來。因為這是他第一次抽煙，在過去他根本不知道抽煙的味道，現在既然抽了，他似乎也想真正地體味一下，所以一連就吸了幾口，對著那繚繞上升的煙圈在出神。

　　「志貴，你對前途有什麼打算？」過了許久，吳健民才想起談了大半天，還沒有談到王志貴本身的事，所以他這樣反問。

　　「前途，哈哈！什麼前途？」王志貴笑著說：「MCE考不到，算了！我的老子還一心一意想送我去英國升學，他老人家倒真希望我能夠撈一個博士銜頭回來，好讓他感到光榮，幸虧我媽反對，她捨不得我離開嘛！其實我才不那麼傻，人生短短幾十年光景，要我整天捧著書本，不短命幾年才怪。現在我掛名幫老子做事，每天早上，駕車到工廠巡視一下，其他的事管他娘的，剩下的時間，不去找機會享受享受，那才是天大的傻子。」

　　「……」吳健民嘴裏雖然沒有說，但他自己也奇怪怎麼忽然間對王志貴有點好感起來，「要是我老子還活著，而且也像王懷仁那麼有錢，那該多好呀！」他心裏羨慕地想。

　　「喂！健民，做人要樂觀點，你這個山芭佬，真是像只井底蛙，我今天反正有空，帶你到處去痛快地玩一下，好讓你見識見識，改天我叫老子幫你介紹一份好工作。」

吳健民這時意志有點動搖起來，他雖然並不很願意跟志貴去玩，但卻也沒有拒絕，心裏想：「對，得趁此機會跟他搞好關係，如果他真的肯叫他的老子幫我找份好工作，那也不錯。」

　　於是王志貴喝下了最後一口茶，付了帳之後，就駕著停在店門口的那輛老子才買給他的Volvo新車，載著吳健民雙雙下坡去了。

　　坐在那輛裝著冷氣的車上，聽著車上卡式錄音帶播出的瘋狂音樂，吳健民忽然有一種飄飄然的感覺，心胸中有說不出的舒服，原先所有的什麼憂愁與煩惱，一時間好像都被拋到九霄雲外去了。當然他跟本不知道這是王志貴請他抽的那支香煙在發揮著神奇的效力……

<h1 style="text-align:center">八</h1>

　　打從那天起，吳健民和王志貴變成了親密的朋友。每天早上，他倆照例在那間茶樓會面，吃了早點之後，就由王志貴用汽車載他到處去逛。開頭一兩天，他雖然也感到有些不習慣，但心想反正閑著無聊，與其在家裏發悶，不如跟著去散散心，也容易打發時光。何況王志貴也真夠朋友，吃喝玩樂的一切費用，都一手包起，所以幾天之後，他內心就漸漸對王志貴興起了一股莫名其妙的感激，覺得他倒是一個雪中送炭的好人，能夠在他生活極端悲傷與苦悶的當兒，帶來一些歡樂。他不但視野漸漸擴大起來，而且思想也跟著有了很大的改變。在以前，他幾乎把全副精神放在書本上，雖然他也不相信「書中自有顏如玉，書中自有黃金屋」這句話，卻也深深地瞭解到自己將來如果想要在事業或學

術上有所成就，就非得向書本堆苦鑽不可，但是現在才發覺到這個世界原來竟是如此美妙，有許許多多使他感到新鮮、刺激與歡樂的東西，都是在書本上所無法找到的。起初王志貴只不過帶他去看電影，吃吃東西，後來花樣就越來越多，他們去過酒吧、咖啡廳、夜總會、看小電影，甚至參加瘋狂的派對，有時也上雲頂賭場。王志貴似乎對此是匹識途老馬，他以老經驗的姿態出現在每一種場合，往往都受到當事者的熱情招待與歡迎。他見識之廣，幾乎使吳健民由衷地感到佩服。在這段期間內，吳健民不但享受到前所未有的人生樂趣，同時也使他發現了許多意想不到的事，因為他在一些咖啡廳、酒吧、夜總會甚至地下旅館內居然看到好幾位比他高一屆或幾屆的女同學，她們畢業之後，由於沒有良好的出路，結果在生活的煎迫或環境的誘惑之下，居然都藏起了聖潔的校服，濃妝豔抹地在這醜醜的深坑中撈起世界來。為了金錢，她們不惜犧牲色相，去幹她們所不願意做的事。他現在才明白，金錢原來竟是如此可惡而又可愛的東西。

「呸！什麼書中自有顏如玉，其實應該說錢中自有顏如玉才對。」他心中興起了這樣的念頭，於是又立刻認為自己是多麼的寒酸：「不論找什麼工作，最後還不是一兩百元月薪，簡直不夠有錢人花一個晚上，有個屁用！」現在他的腦海已開始在盤算應該用什麼辦法才能賺取大量的鈔票。

他就這樣跟王志貴在一起鬼混了十幾天，每天早出晚歸。他的母親誤信了他的話，還以為他真的是到處去找朋友談天，拜託他們找工作，而且看到他考試落第後心情不好，怕他受不了刺激，步上林碧霞的後塵，所以也就不多過問。不過當她知道他每

天都是和王志貴在一起時，心中似乎也有一些隱憂。於是有天半夜，當她看到健民帶著幾分醉意回來時，就趁機勸他幾句：「阿民，聽說你近來整天跟王志貴在一起，你可得當心點，他是個花花公子，別讓他把你給帶壞了。」

「媽，別多心，不會的。」他有點不耐煩地回答，雖然心裏也覺得她的話並沒有說錯，但是現在志貴已成為他唯一的知己了，既然是他的知己，便當然不會是壞人，他自個兒心裏這麼想。

「你知道嗎？王懷仁近來常常在罵志貴，說他不肯專心工作，每天只會駕車到處去兜風玩樂。還有，早幾天王懷仁說袋子裏的幾千元現鈔不見了，說是給志貴偷去，把志貴大罵了一頓。」

「後來怎樣？」他有點吃驚地問，一種內疚的心情油然而生。因為他知道志貴近來和他在一起玩樂，的確是花了不少的錢，如果志貴真的為此而去偷老子的錢，自己無疑地也應負起一半道義上的責任。

「後來還不是他的媽媽出面，幫著他和王懷仁大吵一頓，她罵丈夫每個月花在什麼狐狸精身上的錢何止幾萬元，犯不著為了遺失幾千元就誣賴自己的兒子作賊，結果夫婦吵鬧了一場後，也只好不了了之。唉！」說到這裏，她歎一口大氣，「幸虧他們還沒有賴在我身上，要不然呀！我真不知要怎樣才能洗得清白。所以我說呀！你跟這種人在一起，總得加倍小心才好。」

聽了母親的話後，他那原先已經稍微平靜了的心田，好像被投進了一塊巨石，於是又蕩起了陣陣漣漪來，他因而失眠了一個晚上。

望子成龍

九

　　為了昨晚上的失眠，吳健民今早居然睡到八時半才起身。這時他的母親已上工去了，他匆匆忙忙地洗了臉，原想再趕去那間茶樓和王志貴會面，但一想起他母親昨晚上所說的話，心裏卻有點猶豫起來。「對，母親的話很有道理，王志貴是有錢人家的少爺，我吳健民可是沒有父親的窮光蛋，小麻雀想跟大鵬鳥一起飛，不摔死才怪！」

　　於是他躺回床上去，想再睡一會兒，但卻怎麼也睡不著，過去十多天所過的那種多姿多彩的生活，竟像是一幕一幕的電影又在他的面前浮現起來。

　　「唉！荒唐！真是荒唐！」他對於自己在生活方式上一百八十度的轉變，也感到萬分的驚奇，幾乎不相信自己會跟王志貴一樣，做出了許多荒唐下流的事情來。他想起了「懸崖勒馬」這句成語，覺得自己現在就像是一匹向懸崖狂奔的野馬，如果再不回頭的話，那便將要跌進那無底的深坑裏去了。

　　「悟往者之不諫，知來者之可追。」他又想起陶淵明在《歸去來兮》中的那句話，覺得自己對未來的前途計畫，的確有重新檢討的必要。

　　然而要怎樣檢討呢？又要怎樣安排呢？腦海中卻總覺得空洞洞的，一時也想不出一個所以然來。於是爬起身來，順手往書櫃中抽出了一本魯迅的《彷徨》。這是他平日所喜歡閱讀的，勉強地翻了幾面，他把書放回在書櫃裏，又很無聊地看看他父親的遺像，又看看牆壁上的許多獎狀，可是越看越心煩，越感到不是味

兒。全身好像有無數的螞蟻在蠕動，站也不是，坐也不是，於是又躺回床上去，腦海中立刻又想起王志貴。一想起王志貴，於是那嬌豔嫵媚的酒吧女郎，騷勁十足的暗坑妹，引人想入非非的小電影，還有那緊張刺激的瘋狂派對，便都爭先恐後似地湧現在他的眼前，使他眼花繚亂，一時也感到迷惑起來。

過了許久，他又從床上爬起來，心頭癢癢地，忽然覺得很想抽一支煙，因為過去十多天來，王志貴總有請他抽兩三支香煙。

「難道我竟上了煙癮？」他有點懷疑，想起當年學校舉行作文比賽，他寫的那篇《抽煙的害處》，還拿到第一名呢！「這可糟了！據說上了煙癮之後，每天最少要抽一兩包，在經濟上是筆不小的負擔，我窮小子怎能和它打交道？現在剛開始，就得戒掉它！」

於是他就坐在書桌前，從抽屜中拿出那本日記簿來，想把那停了十多天的日記繼續寫下去。但是拿起筆來，才寫上兩行，便怎樣也寫不出，腦海裏儘自浮現著許許多多荒唐的往事。他立下最大的決心，不再去理它，於是又斷斷續續的寫上幾行。這時那酒吧女郎、暗坑妹、小電影以及瘋狂派對的影子雖然也漸漸從腦海中消失，但是香煙的誘惑力卻越來越大，就像是沙漠中極端口渴的旅人，在盼望著甘霖的下降，心裏老是在想：「如果這時有誰請他抽一支香煙，那該多好！」

勉強地支持了約有半個鐘頭，總算寫完了半面，但這時忽然連呼吸也有點急促起來，那股氣再也頂不順了。

「管他媽的上癮不上癮，就多抽這一次再說。」打定了主意，連忙跑下樓，去對面那間咖啡店買了一包香煙回來。他拿出

望子成龍

一支，銜在嘴裏，然後往神檯上找到了一盒火柴，點上火，一邊吸，一邊想：「就算真的上了癮，又有什麼要緊，社會上許多大老闆，有哪個不抽煙的，交際應酬嘛！不抽煙又怎能賺大錢？」想到這裏，也就感到心安理得起來，於是接連猛吸幾口，然後像往常一樣，望著那繚繞上升的煙圈出神。

　　然而今天他所抽的香煙，效果顯然比不上王志貴每天請他抽的那一種，他很快地抽完了一支，沒有一絲兒像往常一樣的飄飄然而又非常舒服的感覺，也絲毫無法驅除那股藏在心坎中的悶氣。他還沒有等到第一支煙蒂的火熄滅，便接上第二支，然而抽完了之後，效果還是一樣，他把放在口袋裏的那包香煙拿出來，仔細地看一下，雖然對此並不內行，但也知道那是一包名牌長裝的濾嘴香煙。他依稀的想起王志貴每天請他抽的好像不是這一種標頭，而且煙支比較短，沒有上頭的那一截。「莫非是抽慣了那一種香煙，別種的便不能解癮？」他這麼一想，於是又立刻去再買一包短裝的香煙回來，並且又一連抽了兩支，可是越抽心裏就越煩悶，全身的血管像有無數的小蟲在蠕動，肌肉不斷地在抽搐，連眼淚和鼻涕都流了出來，像一個患上大傷風和惡性瘧疾的病人似的。

　　「這究竟是怎麼一回事？活見鬼！」他莫名其妙地在想，於是不安地在房子裏踱起方步來，但只走了幾步，便覺得四肢柔軟無力，全身都在打起顫抖來。這時他再也無法忍受了，腦海中頓時又想起了王志貴，看看鐘，正是下午一時，他知道王志貴每天這個時候一定會在K埠那家俱樂部鬼混，於是立刻趕去車站，坐上一輛計程車找他去……

在那家俱樂部內牌興正濃的王志貴看到健民神色倉皇地來找他，感到有些驚奇。等著他打完了一鋪牌之後，就把健民拉進一間房子裏去。

「健民，你今早為什麼不去茶樓等我？」志貴有點責怪的口氣。「別多說，先來一支香煙！」他哆嗦地說，顯得迫不及待的樣子。王志貴當然明白這到底是怎麼一回事，他拿出一支香煙，遞給健民，然後冷冷地說：「你也上癮了？」「是的，我已上了煙癮。」他一邊說，一邊就把那支煙點上火，吸了一口。

「煙癮？哈哈哈！」王志貴不禁大笑起來。「這很平常嘛！有什麼好笑的？」說著，又再吸上一口。「我告訴你呀！你上的不是煙癮，是毒癮。」王志貴還把「毒癮」這兩個字說得特別慢，也特別大聲。

「什麼？毒癮？」他似乎不相信自己的耳朵。「是的，毒癮！」王志貴慢條斯理的重複一遍。

「毒癮？我怎麼會上毒癮？」像是晴天的一聲霹靂，他差點暈倒過去。

「你知道嗎？我每天請你抽的可並不是普通的香煙，這些香煙裏都放上了毒粉──海洛因。」

「呀！志貴，你為什麼要害我？為什麼要害我？」他歇斯底里地嘶喊起來，一邊喊，一邊就想把那支才抽上兩口的香煙丟掉。

「喂！別丟掉，現在可不容易買到嘛！」志貴連忙阻止他，「其實我倒也不是有心要害你，我原只不過想讓你逢場作戲，嘗試罷了，可真沒料到你居然也會上了癮。」

吳健民把原先要丟掉的那支香煙銜回嘴上，又狠狠地吸了幾

望子成龍

口之後，全身頓時感到舒暢了許多。他現在開始恨王志貴，覺得過去十多天來帶他去吃喝玩樂的王志貴，原來是存心要坑害他。然而再冷靜地想一想，又覺得這也不能完全怪他，牛不飲水按不得牠低頭，王志貴的確可並無強迫他去吸毒。

「志貴，那麼你也……」想起王志貴也是和他抽著同樣的香煙，於是他有點疑惑地問。

「唉！當然和你同一命運了。老實告訴你，我也是在上個月才上癮的，起初不過是好奇，在朋友的慫恿之下試試而已，不料卻因而上起癮來，現在想戒呀，已沒有那麼容易了。」

「你父母知道這件事嗎？」

「當然不知道，如果給我父親知道了，那還得了！他在家常常勸我，吃喝玩樂還不要緊，但可千萬別染上毒癮，可是我現在偏偏就染上了，唉！」說到這裏，王志貴深深地歎氣，似乎也感到後悔。

王志貴接著又告訴健民許多關於吸毒的事，他說他現在每天最少要吸三次，每次大概三、四塊錢，他父親每個月給他五百塊錢，根本不夠他花，所以……他稍微停頓了下，「唉！一不做，二不休，前幾天我索性加入他們的集團，同煲同撈。」

「什麼？販毒？」健民無限驚訝地說。

「是呀！這有什麼奇怪呢？我又不能一直伸手向老子要錢。這個社會就是這樣，只要賺錢容易，殺人放火的事都有人幹，管他媽的三七二十一。據我的大哥說，如果順順利利的話，一個月賺三、四千塊是絕對沒有問題，你想，這種入息呀，哪裡去找呢？」王志貴像是一個牧師在向信徒傳教，稍微停一下，又接下

去說，「喂！健民，你不是也見過你的那幾位女同學嗎？她們還不是為了賺錢，所以願意讓自己的身體去供男人們玩弄。唉！人生本來就像一杯苦酒，今朝有酒今朝醉，明日愁來明日憂，誰料得到自己的命有多長，短短的幾十年，將來還不是都要向閻羅王報到，所以不必太認真的。」

聽了王志貴這麼一大片似是而非的大道理，吳健民不禁有點模糊起來。他想起H埠不久前所舉行的那個反毒大遊行，也想起校裏的老師跟他們所說有關吸毒的害處，以及販毒者所犯下的滔天罪行，心頭不禁打了一個冷顫，連話也說不出，只是木然地在發愣。

「喂！別想太多了，我們的大哥就是這間俱樂部的主持人，等今晚我就告訴他。據大哥說他的頭子正交代他，急著要找一批新手，你現在反正也還沒有找到工作，不如……」

「不，我不要參加，我不能販毒！」還沒等志貴說完，他陡然站了起來，大聲地咆哮著，右手還重重地往桌上拍下去，似乎很堅決。

「當然，參加不參加在你，我也不敢勉強，不過有一點你得先考慮清楚，如果你不參加，以後需要這種香煙時，我可不能再給你了。」說著，還拿出那包特製的香煙在健民面前晃動一下。

「不給就不給，我會下決心戒掉它！」健民說著，立刻離開這間俱樂部，坐計程車回家去了。

然而只不過是第二天下午，當吳健民因為毒癮發作而再度出現在那間俱樂部和王志貴面談時，他似乎已經沒有第二條路可以選擇，只好像一隻待宰的羔羊，乖乖地任人擺佈了。

十

　　由於吸毒問題日趨嚴重，已引起政府當局和社會人士的深切關懷，在輿論的不斷催促下，警方採取了嚴厲的掃毒行動，進行取締，單在本州先後被逮捕的吸毒者和販毒者，就有好幾百人，其中多數是剛離校不久的青年，也有許多還是在校的學生。

　　王懷仁雖然也曾經為此而悶悶不樂了好幾天，不過他也知道這並非一件完全不能應付的事，憑著他在社會上的聲望和地位，也憑著他那圓滑的手段，最多是暫時收斂一個時期，待風聲鬆弛下來之後，便自然沒事了。至於那些被抓去的手下，就像戰場上的犧牲品一樣，平常得很，沒有什麼好驚奇的。

　　然而，他連做夢都沒有想到，當有一天又發生了一件在他原以為是「平常得很」的事時，卻使他意外地感到非常的驚訝起來。

　　那是一個週末的晚上，在一家建在K埠市區邊緣的公寓裏，有十多名穿著新潮衣服的男女青年，好像是在慶祝什麼節目。他們跟隨著那瘋狂的音樂，一邊喝酒，一邊跳舞，當然也各自抽著所嗜好的香煙，盡情地在享受人生的樂趣。可是正當他們陶醉在這個極樂的小天地裏時，忽然傳來了一陣劇烈的推門聲。

　　這時，吳健民和王志貴也是在這間公寓裏，他倆不但參加上述的狂歡舞會，而且身上都帶著大量的海洛英。王志貴畢竟是個見過世面的人，當他一聽到如雷般的推門聲時，已知道那是怎麼一回事了，然而他還來不及把身上的毒品扔掉，一隊身負掃毒任務的警員已破門闖了進來，於是他很機警地裝做一片恐慌的樣子，和站在他身旁的健民依偎在一起，然後用很敏捷的手法把那

一包東西偷偷地塞進健民的褲袋裏去。

初出茅廬的吳健民，第一次碰上這個突如其來的緊張局面，一時驚慌失措，不知道該怎麼應付才好，只是不停地顫抖。

警方人員進屋之後，首先是向他們逐個搜查，然後全部押上警車，帶去警察局錄取口供。

王懷仁聽到了這個消息，宛如晴天霹靂，這一驚非同小可，連忙親身出馬，趕去K埠的警察局，憑著他的地位，很快就把那寶貝兒子給擔保出來。

第二天，報章刊載了一則掃毒的大新聞，標題這麼寫著：警方採取掃毒行動逮捕了多名吸毒者其中一青年身懷巨量海洛英警方把那批被捕的吸毒者關上兩天之後，他們都先後被人擔保出來，但只有吳健民，據說因為他身藏巨量毒品，犯上了很嚴重的販毒罪名，所以警方要把他提控於法庭。

明福嫂眼看自己心愛的兒子，竟然會落得如此下場，由於驚慌過度，簡直想不出什麼好主意來。她女人家平日不過是個安分守己的傭人，當然沒有什麼良好的人事關係，所認識的大人物就只有她的老闆王懷仁，所以她也曾為此事哭哭啼啼地要求他幫忙把健民給擔保出來，可是沒料到這個她心目中的大慈善家竟然這樣對她說：「健民身上帶許多毒品，罪名很大，可能要被判死刑的呀！怎麼能擔保得出來呢？唉！他也真是的，什麼事不做，偏偏跑去做這種犯法的事，差點把我的兒子也給帶壞了。」

審判的結果，法官總算是網開一面，同情吳健民的身世清白，又是初犯，所以從輕發落，只判他坐牢五年。當他被一輛警車押進吉隆坡的監獄去服刑後不久，可憐的明福嫂——這個心地

望子成龍

善良、刻苦勤勞、對兒子滿懷厚望的女人，也被送進紅毛丹的精神病院裏去了。

至於王志貴呢？他老子的確沒有想到這個寶貝兒子也會跌落到自己所擺佈的陷阱裏去。雖然他不必被提控於法庭，H埠的居民也沒有多少人會知道他被員警拘捕的事，但是王懷仁現在卻似乎面對著有生以來最大的苦悶與煩惱，因為他必須很鄭重地考慮一件在他認為是非常棘手的事：一方面要顧到自己在社會上的聲譽與地位，另一方面又要顧及那個寶貝兒子的前途。

「究竟要不要把志貴送進戒毒所呢？」他和太太對此除了發生一番激烈的爭吵之外，一時還想不出一個兩全其美的好辦法來……

1978年9月脫稿

發財夢

一

　　孔先生斜坐在那張放在一間鴿子籠式房子左角的躺椅上，兩手捧著一份當天的日報在出神，那對靈敏的眼睛像一對探照燈似地直向報上注視。他的神情顯得很緊張，兩隻手像患了嚴重的瘧疾似地不斷在顫動，一顆深藏在胸腔中的心像是要衝出喉嚨而跳出來的樣子。只見他攤開報紙，急急地翻到了經濟版，赫然映入眼簾的就是這麼一行大標題：「膠價今日續跌二占。」

　　「怎麼？又是跌價，又是跌價！」他自言自語地說，像是當頭被打了一個悶棍，頓時感到一陣眩迷，先前那脹成豬肝色的臉這時也顯得蒼白難看。他愣了一會，像一個喝了酒的醉漢，額上不斷地冒出汗珠。

　　驀地，他把手上的報紙狠狠地往桌上一拋，就從躺椅上站起來，懷著一種焦慮不安的神情在斗室裏踱著方步。清晨的空氣本來很涼爽，可是他這時卻感到全身發熱，像患了嚴重的熱症似的，臉上熱烘烘地怪難受。他低著頭，兩隻手不斷地用力在搓，腦海中卻像是被拋進一塊巨石似地泛起了一陣猛烈的波浪，在洶湧地澎湃著，久久還未能平息。他如幽靈似地從斗室的這邊踱到

那邊，又從那邊踱到這邊，像一隻被關在籠子裏失去自由的小鳥在跳來跳去一樣地感到難過。於是一時間，種種的思潮像洪水般地湧上他的心頭，他終於停止了腳步，頹然地癱倒在躺椅上……

二

孔先生是一位小學教師，他從事教育工作已十年了。自從他二十歲那年在高師畢業之後，就踏進教育的圈子，一直在過著清苦的粉筆生活。他本著為教育而努力的精神，堅守著這神聖的崗位，用自己的心血去教育下一代。雖然薪水是那麼的微薄，但因為他是一個獨身漢，沒有家庭的負擔，而且他本身又是那麼儉樸，所以十年以來，居然也就有一筆三、四千元的積蓄。

人是一種感情的動物，在這孤寂的人生旅程上是需要某種安慰的。孔先生既然是人，當然也有這種感情。但是，由於他有過分的思慮，深怕那微薄的入息維持不了將來婚後兒女成行時的家庭生活，所以雖然有一個已有三年深厚的感情而又志趣相同、能夠互相瞭解的愛人，但卻仍遲遲不敢結婚。

近來，孔先生的心裏已打好一套如意算盤，他與愛人商議過要在兩個月之後的假期中結婚。他預算在他四千元的積蓄中，除了舉行一個簡單的婚禮所應該花去的一部份之外，其餘的就用來買一間小房子，購置一些家具，組織一個美滿的小家庭。而且他的愛人也是一個不會吃閒飯的小學教師，將來結婚之後，夫唱婦隨，同執教鞭，生活該是多麼的寫意呀！想到這裏，孔先生的嘴邊不禁也掛著一絲得意的微笑。

可是，不知道是不是命裏註定，孔先生這個美麗的憧憬，在

沒有實現之前，就遭受到一個波折。

那是幾個月的一個星期天。他批完了學生們的作業之後，獨自悶在家裏，覺得很無聊，於是抽了一個空，到B埠他的朋友──也是以前的同事黃先生的家去聊天。

黃先生是一個教育界的老前輩，在教育界服務已有十餘年的歷史。他家裏本來不很富有，可是在前年樹膠價高漲時曾因投機而撈了一筆錢，使他由一個窮教員而成為一個中產階級的人物，現在居然也過著逍遙自在的安樂生活。這天，孔先生到他的家去，剛好他沒有出門，寒暄了一陣之後，話匣就此打開了，他倆從身邊瑣事談起，談到學校狀況、國際大事，真是無所不談，娓娓不倦。忽然，黃先生改變話鋒，問孔先生說：「老孔，照你看來樹膠的行情會不會漲價？」說著，遞過一支香煙，睜大著眼睛在等待孔先生的回答。

「樹膠的行情？這個我根本是外行。」孔先生接了香煙之後漫不經心地回答。

「照我看來呀！目前的膠價已經跌到這個地步，可說是到了極點了，你想，每斤由二元多跌至一元多，又由一元多跌到現在，只剩八角多，八角多的價錢是非常便宜的呀！所以我想，此後膠價是絕不會再跌了。」黃先生似乎對此很有興趣地說出這一大堆的話。「唔……」孔先生只是不置可否地點頭。「就算是會跌吧！也不會跌多少了，況且，漲的成份總比跌的多，只要哪裡來了一個消息，時局稍微緊張一下，馬上就可以暴漲起來。」

「……」孔先生沒答腔，只是靜靜地聽著。「所以，我想趁著這個機會，再拼一下。」「再拼一下？你是說……」為了黃先

生的「再拼一下」這句話，孔先生再也不沉默了，他急促地問。但是他的話才說一半，就被黃先生的話打斷了。

「買浮水（期貨）呀！」黃先生向他解釋說，「只要這次再操勝券的話，那麼此後的生活就可以無憂了。」黃先生說著，臉上掠過了一層光輝，顯出十分得意的神氣，似乎對於「再操勝券」的事是蠻有把握的。

「哦！」孔先生細細地咀嚼黃先生的話，他想起了黃先生以前因買「浮水」而發財的情形，不覺有些嚮往起來。

「喂！老孔，我們做窮教員的呀！可真是沒有出息，整天拉破喉嚨，精疲力盡，所得到的不過是百多元的月薪。你看社會上有多少人，他們只是碰一次的機會，不都發大財做大頭家去了嗎？所以呀！人無橫財不富，你何不也乘這個機會，拼它一下？」黃先生像是誘惑般地向孔先生說了這些真心話。

「我？」孔先生的心裏蹦地一跳，他完全沒有預感到黃先生會對他說這些話。

「是呀！我當初也不是和你一樣，自己只有兩千多元，還是向我姐夫借來二千多元呢！可是，只碰一次，就賺了一萬多。你現在不是也有幾千元存款嗎？幾千元也就夠了。本錢大，買多，本錢少，買少，就算買十噸吧！每磅只要漲價一角，就有兩千多元好賺，好過一年的薪水呢！」

「可是要是跌價呢？」孔先生噴了一口白煙，遲疑地問。「那當然就要虧本了，這是做生意，也可以說是賭博，非盈即虧，理所當然。不過，照我的觀察與推測，目前世界風雲日緊，對這軍用上必需品的樹膠，該是漲價無疑的。」黃先生用著近乎

肯定的口氣說。其實他憑這點斷定膠價會漲，就連自己也沒有絕對的把握，只不過是一種冒險——一個想做投機事業者應有的冒險而已。

可是這回孔先生的心可真的被打動起來，他扔去手上的煙蒂，聳一聳肩，然後從那乾癟的嘴邊溜出了三個字：「真的嗎？」

「這只不過是我個人的推測而已，準確與否還得靠我們的運氣。不過，一個人如果想生活有所改善，得大膽地拼一下，或且也有飛黃騰達的一天，否則，老老實實地做個窮教員，吃不飽，餓不死，還不是像牛一樣地拖到死，這種生活有什麼意義？我們以前的幾位同事，現在豈不都賺了幾萬而坐汽車住洋房地享福去了嗎？」

黃先生的這一席話，果真有莫大的誘惑力，使孔先生的腦海，像是一池清澈的湖水，被投下了一種鮮明的顏色。這顏色馬上在湖面泛開來、泛開來，然後畫成了無數張紅色的鈔票，在湖面飄蕩。他經不起這樣的誘惑，那向來堅定的心這時也就有些迷亂起來。於是急急地問：「那麼你打算怎樣？」

「我呀！這次打算買三十噸。」黃先生低著頭，略加思索之後才說，「你呢？就買十噸好嗎？」

「十噸？要多少錢呢？」「不多，三千押底金就行。」孔先生咬著嘴唇，左手摸著下巴，翻動著眼皮，沉思了一會兒說：「好，讓我考慮一下，明天才決定吧！」於是他倆把話題岔開了，繼續談了一些瑣碎的問題之後，孔先生就告辭回家了。

三

　　從黃先生家裏出來的孔先生，有著一副異乎平日的興奮神情。他的思潮很亂，那向來怡然自得的心，異樣地被攪得有些不寧起來。一路上，他的腦海中一直盤旋著許多問題，他做了許多美麗的幻想：錢、汽車、洋房，像銀幕上的畫面，頓時都在他的眼前晃動起來。他好像看到他投機勝利了，賺了許多的錢，於是買了一棟洋房，與愛人結婚之後，遷進洋房去住。他又買了一輛汽車，他每天駕著汽車，載著他的太太，馳騁在大街小巷……忽然，他的汽車一不小心，撞到一支電燈柱，砰地一聲，他嚇了一跳，定神一看，他已走到馬路的中間，一輛新型的汽車迎面駛來，車上坐著一對青年男女，怪親熱的，汽車開足馬力，響了一聲喇叭，飛似地開過了。他不由得為剛才的幻想做了一個會心的微笑，但隨即對於那輛車上的男女起了一種強烈的妒忌。他狠狠地轉回頭，向那輛汽車的背影罵著：「哼！別以為有輛汽車就了不起，等老子賺到錢之後也買一輛給你看。」這樣自言自語之後，他的心裏就輕快了許多，於是加緊腳步，不覺就到了停車站，坐車回家去了。

　　孔先生回到家時，為了這件事，他足足想了一個下午又一個晚上，卻始終想不出一個好主意來，仍然感到猶豫不決。雖然發財慾也不斷地在他的心裡作祟，他看周遭的許多朋友們，都是靠很偶然的機會而發了財；他也很明白在馬來亞這個勢利的地方，金錢是萬能的，假使要想發財，便必須靠手段，靠冒險，不然的話只好終身做個被人鄙視的窮光蛋。何況黃先生的那席話又

是說得那麼肯定，那麼甜蜜，簡直像是一杯醇酒，深深地迷醉了他的心。他猛地記起了一句不知是哪個名人所說的話：「別以為機會能敲你的門兩次。」的確的，機會是難逢的，它有時只是得之於偶然之間，那麼他今天因為悶在家裏無聊而到黃先生的家裏去聊天，卻意外地得到了這麼一個機會，這不是命中註定他該發一筆財嗎？於是他感到眼前的這個機會是多麼的寶貴，他應該抓緊它，好好地利用一下，別讓他白白地失去了。然而，他畢竟是一個沒有這種經驗的人，一向中庸的性格，造成了他有太多的顧慮。他想：萬一要是出師失利，那麼多年來辛辛苦苦吃了不少粉筆灰而得到的積蓄豈不要盡付之東流嗎？所以他的心裏產生了一種極大的矛盾，兩種不同的思想在他的腦海中起了激烈的鬥爭，攪得他迷惘得不知該怎麼辦好。經過了三思而又三思，考慮而又考慮之後，他仍然遲疑不決。為了表示慎重起見，他特地去找他那個將在兩個月之後的假期中和他結婚的愛人黎女士，徵求她寶貴的意見。

黎女士一片不贊成的口氣，冷冷地說：「我看不要太冒險了，不貪大富，不會大貧，賺到固然好，虧了可就糟呀！我們目前的生活雖然清苦，但是只要安貧樂道，亦自有其樂趣，語云：知足常樂，何必自招煩惱呢？」

黎女士的這番話，自然有一番哲理，孔先生並非不能理會。不過，人就是這麼奇異的一種動物，當他有了某種的慾念在心頭裏產生時，他的一言一行，似乎就會無形中受到它的控制，所以孔先生這時也就有些不由自主起來。

「不，黃先生的眼光准，大概不會看錯，他前次不是賺了一

萬多嗎？還有張先生，李先生，他們都賺到好幾萬呢！假使我這次能賺到的話，那麼我們婚後的生活豈不更美滿嗎？」

「喂！別提起他們了，語云：『只應看賊打，不應看賊吃，你沒有聽說許多富翁也因為投機而破產了嗎？而且一個人的生活，精神上的安慰勝過物質上的享受，那麼我們婚後的生活，難道還怕不會美滿嗎？所以我想，你還是乾脆死了這條心吧！安分守己，三餐吃得飽算了，何必為身外之物做過分的奢求呢？」

黎女士的這番話，果真把孔先生的心給說得有些動搖起來。但是人心畢竟是虛妄的、貪婪的，所以當他想起黃先生的話時，紅色的鈔票馬上又在他的眼前跳躍起來。「只要每磅漲價一角，就有二千多元好賺，多過一年的薪水呀！」想到這裏，他的心馬上又興奮起來，黎女士的那一番話，早已被這股熱潮沖淡了。於是他決定冒一次險，剛才那種遲疑不決的心，也就被這種野心所征服了。

第二天，他從積蓄中挪出三千元，跟著黃先生到一家樹膠行裏去買了十噸「浮水」。

從此以後，膠價的漲跌，便成為他所驚心觸目的新聞了。每天早上，報紙一派來，他就急急地翻著經濟版；放學回家，他破例常常到許多樹膠店裏去溜達，打探行情。朋友們偶然碰了面，在談話時，他必然口不離題把話扯到膠價上來，常常弄到對方感到莫名其妙。要是膠價幸而漲了一點，他就會眉飛色舞，興高采烈地暗暗在計算著自己所買的十噸可能賺到的數目，於是他懊惱地想：「可惜當初買得太少了。」可是膠價要是往下跌了，那他的心就會像無舵之舟在大海中遇到了暴風一樣搖盪不安，不過隨

著這種搖盪不安的情緒過後，他又會坦然地想：「不要緊，過幾天一定會漲吧！」這樣自我解嘲之後，他的心就會略為安定一下，但仍不減其緊張的神情，像暴風雨過後的天空，一直在期待著陽光的出現。總之，他整天差不多都為了這件事而感到惶恐不安，一種莫名其妙的念頭老是在他的心上打轉，攪得他昏昏地，連改卷子的精神都沒有了。

頭一個星期還好，膠價略有上漲，可是一星期之後就下跌了。此後就一直地走下坡，像懸崖之水下瀉，大有不可遏止之勢。這給孔先生的打擊太大了，他的心感到莫名的焦躁，簡直像熱鍋上的螞蟻。對於投機這玩意兒，他還是有生以來第一次嘗試，這情形正像初上戰場的兵士一樣，心裏難免會感到恐慌、緊張。尤其是初次出師失利，在戰略上看來，更加帶給他精神和信心上一種嚴重的打擊。於是他變了，變得那麼暴躁、古怪，終日感到惘惘然的，老是擺出那副陰沉沉的憂鬱臉孔，以往那常掛在嘴邊的青年人的笑靨已不知消逝到哪兒去了。在他的心裏面，似乎除了膠價上漲之外，一切的一切，都逗不起他的歡心，一切的一切，都使他只感到懊惱、怨恨，憂慮的愁絲老是纏繞在他的心頭，打了一個牢不可解的結，使他感到悶悶然的，好像是被一塊什麼東西塞住似的。他想盡了方法，想把心頭的愁絲解開，想把心頭的那塊硬硬的東西推開，但是都沒有效果，相反的，只有更大的煩悶，這促使他在生活上發生了一種變態。白天他連飯都吃不下；晚上，他失眠了，常常還會發出可怕的囈語。在學校裏講解時也漫不經心，對學生們沒有以往的那麼熱情了。

然而，可有誰能夠給孔先生那頹喪的心靈予以一點在他自己

發財夢

認為是真正需要的安慰呢？

　　所以，今天早上，當他照例急急翻開報紙，一看之下，只見膠價又是跌落二占時，他感到無限的絕望，全身便像是觸了電流，差點支援不住而暈倒下去。

四

　　一陣鏜鏜的鐘聲送進了他的耳膜，把孔先生那迷惘的神情驚醒了，他抬頭一看，那只掛在牆壁上古舊的時鐘，短針已指著八時，他以一種無可奈何的神情，懶洋洋地從躺椅上站起來，向那小小的方桌上夾起一堆學生作業簿之後，便悵悵然地上學校去了。

　　這天，他的神情顯得格外沮喪，臉上籠罩著一層濃厚的陰霾。第一節上三年級的算術時，他用一種銳厲的口吻叫學生們在做練習題之後，便一直呆呆地站在課室前發愣，頭腦渾渾噩噩的，臉色陰鬱而難看。學生們只以為他生氣了，所以都噤若寒蟬，一句話也不敢說，整個課室便像牢獄般顯得死寂而沉悶。直等到下課鐘響時，他才覺得這一節是在不發一言中打發過去，心裏不禁也泛起一絲歉意。第二節，他上二年級的常識，剛好那天教到一課題目是「橡樹」，於是他心有所感，不覺就在大發起牢騷來。他先從馬來亞的出產品說起，引起動機，然後談到了樹膠，於是他滔滔不絕地對學生們說。

　　「樹膠是馬來亞一種大量的出產品，馬來亞的人民生活與它有很密切的關係……比如說以前樹膠漲價時，割膠工人每天可以賺二十多元，商店生意也很興隆。可是近來膠價一直下跌，以

致弄到人民生活很苦……」最後，他提高嗓子，很鄭重地問同學說：「你們到底是希望樹膠漲價或是跌價？」「希望漲價。」幾十個學生一起回答，聲浪非常大。孔先生的臉上馬上掠過了一陣火熱，他接著高聲地說：「唉！可是目前的膠價偏偏一直往下跌，真是豈有此理，豈有此理！」他對此感到有無限的委屈。於是又連續不斷地向學生們說出一大堆因膠價的下跌而不滿的話，似乎是想把心裏所有的悶氣都向學生們的身上發洩似的。然而或許是他這回所說的話太深奧了，當他發覺學生們許多對眼睛都疑惑地直瞪著他時，才感到剛才的態度太激動了，所以連忙收了話鋒，向學生們草草地講解了一遍之後，下課鐘響了，於是茫然地步出教室。

然而，他的心裏無論如何總無法平靜，像有一條蛟龍，在他的腦海中興波作浪似的，紊亂而痛苦的思潮不斷地在他的心頭起伏。好容易挨到了放學時，他猛地想起一件事，於是便匆匆忙忙到黃先生的家裏去。

到了黃先生的家，黃先生還沒有回來，他很焦急地坐在客廳的方凳上，不斷在痛苦地抽煙，黃太太為他敬了一杯茶，很驚奇地說：「孔先生，怎麼今天得空來這兒？」「是的，想找黃先生談幾句話。」孔先生不安地回答。「是不是為了那批『浮水』的問題？」黃太太說著，露著一絲微笑。孔先生心裏好像挨了一槍，臉孔馬上熱辣起來。他覺得黃太太的微笑似乎是含有嘲笑的成份，他囁嚅地回答：「是的。」臉上勉強裝出一副苦笑。

可是，這回黃太太卻收斂笑容，一本正經地說：「本來嘛，投機的事就是靠不住的，你們吃教育飯的人，對這行沒有經驗，

更加是拿不穩。要知商場正如戰場，千變萬化，尤其是這種投機生意，差之毫釐，失之千里，原不過是一些奸商和有產階段的玩意兒，吃粉筆灰的人，哪能有取勝的把握？除非是碰運氣，可是這運氣又是多麼虛幻的東西呀！」黃太太說到這裏，歎了一口氣說，「唉！他不肯聽我的勸告，偏要再冒險，這次准是要吃大虧了。」

聽了黃太太的話，孔先生感到萬分的愧赧與難過。一剎那間，悲傷、痛苦與懊悔的情緒，都一起湧上他的心田，他的心隱隱地在作痛，像有無數的毒蟲在齧噬似的。他的眼前頓時又顯出了一幅圖畫，這幅圖畫裏有汽車、洋房、鈔票在閃動著，但是一瞬之間，這汽車洋房和鈔票便都不見了，代之出現在他眼前的是一個青面獠牙的魔鬼，一手持著槍，在威嚇他，於是他那多年來吃粉筆灰所得到數千元的積蓄，在魔鬼的恐嚇之下全被劫去了，他感到極端痛苦，額角不斷地冒出冷汗。

突然，從門外傳來了一陣「咯咯」的皮鞋聲，他抬頭一望，只見黃先生回來了，他連忙站起來，一個箭步，跑到黃先生的面前，劈頭就問：「怎麼辦？老黃。」「唉！真是出乎意料之外，意料之外！」黃先生搖頭地說，把一堆學生作業簿隨手放在書案上之後，便陪同孔先生在一張長凳上坐下來。

「現在押底金快要虧完了，行家一直在催著結帳，怎麼辦呢？」孔先生皺著眉頭，顯出無限焦急的樣子。

「這有什麼辦法，除非再拿出一筆資本。」黃先生在無可奈何之下，搜盡枯腸想出了這句話來回答。

「什麼？再拿一筆資本？」對於黃先生的話，孔先生顯然感

到無限的驚訝。

「是呀！要幹就幹到底，難道就這樣白虧了嗎？而且期限還有幾天，說不定這幾天之內大漲呢？」黃先生說著，顯出十足的阿Q式自我陶醉的神氣。「不，不。」孔先生連聲說，「算我倒楣，虧算虧定了，還是結帳去吧！免得我終日提心吊膽，惶恐不安，連飯都吃不下。」

「結帳？你真的就甘願這樣白虧嗎？」「不然又有什麼辦法。我哪裡捨得再拿出幾千元的資本，而且我也沒有這麼多錢。」

「這有什麼捨不得。失敗乃成功之母，一不做，二不休，要幹就要幹到底。至於錢方面，事在人為，慢慢打算總有辦法。」

「可是……」孔先生沉吟了一會兒，一直在搖頭，似乎對於黃先生的話經過了一番考慮之後而認為是行不通的。

但是，黃先生似乎看懂了孔先生的心事，他覺得這支箭是射不著了，於是連忙又挽著弓弦，繼續射出第二箭，這箭果真射中了孔先生的心坎。只聽到黃先生睜大眼睛，右手拍著孔先生的肩膀說：「喂！老孔，你沒有看到今天的報紙嗎？史達林病勢危殆，他是一個叱吒風雲的人物，萬一要是逝世了，世界局勢難免會因之遽變，到那時呀！膠價不怕不會因之扶搖直上。老孔，失之東隅，收之桑榆，做什麼事都要有勇氣，有耐心，你認為怎樣？」

這一席話，真像是一陣風，把孔先生心田中原已熄滅的餘燼又煽焰了起來，他的心裏反復地在思考一個問題：「難道真的就這樣白虧了嗎？不，得跟它再拼一下。況且史達林病危，將來

國際大事難免因之遽變，到那時，膠價是不怕不上漲的。」想到這裏，他的腦海中立刻又湧現了一幕美麗的幻想，錢、汽車、洋房，頓時又在他的眼前晃動起來。剛才那滿懷失望的心又被一種新的希望征服了。

然而，要再幹下去，第一個問題，便得要錢。他多年來辛苦的積蓄，除了上次用去了三千元之外，已所剩無幾，告貸嗎？這個年頭，沒有一些產業給人家做抵押，是休想借得到的，他雖然幾經奔波，但是都張羅不到。而且，他的愛人黎女士又苦口婆心地勸他說：「虧算是虧定了，別再冒險了。自己的本錢還不要緊，向人家告貸，虧了可不是玩的呀！而且這次是否能贏，又沒有絕對的把握，這種玩意兒，本來就是漲落不定，很難看得准的，要不然的話，豈不是個個都發財了嗎？你還是死心吧！這次的虧本，也正是給你一個教訓，此後安安分分地教書，別再做無謂的幻想了。」

心裏很想繼續再幹下去但仍然有些舉棋不定的孔先生，經她這麼一說，那被黃先生煽熱了的心這時卻好像遇到了冰雪，驟然冷了起來，先前那股幻想著膠價會上漲的信心，也就有些動搖，於是，在理智的控制與經濟的壓迫之下，孔先生感到傷心與失望，像戰敗了的兵士，只好豎起白旗。

那一天，他跟著黃先生到樹膠行去結帳，三千元的押底金，只拿回一百二十三元，十年來的積蓄已損失殆盡。當他惘然若失地從樹膠行回家時，痛心得差點流下淚來……

現在，孔先生已經結了婚，靠著他尚有千餘元的積蓄，婚費總算沒有問題；但是原先計算要買一間小房子的錢，可就沒有著

落了。

　　就在孔先生結婚的第二天，報紙上刊載著一則驚人的新聞：

　　「教育界老前輩黃XX先生，因投機失敗於昨晚十二時許服喝毒自殺……」孔先生看到了這則新聞，他的眼前頓時浮現黃先生的影子，想起以前他和黃先生一起做投機生意時的情形，他感到一陣昏黑，頹然地癱倒下去……

1955年8月

股票必贏術

「文藝協會明舉辦講座　名作家主講股票必贏術」今天華文報章的這則新聞標題，把許許多多的讀者給吸引住了。

「有沒有搞錯？名作家應該主講文學課題，怎麼竟談起股票來？究竟他對於股海的情況能夠瞭解多少？」我雖然滿腹狐疑，而且一向沒有玩股票的興趣，不過為了好奇心的驅使，決定明天抽空出席。

時間不過是上午九時半，離開講座還有半小時，但這個可以容納五百人的大禮堂已經座無虛席，我找了許久都找不到座位，只好在禮堂旁邊站著。

十時正，經過司儀的簡單介紹後，這位數百人引頸盼望的名作家便從容不迫地上臺，只見他站在麥克風前，用很響亮的聲調說：

「各位朋友，大家早上好。首先我要感謝你們抽出星期天的寶貴時間來聽這個講座會。我過去出席了許多文學講座會，雖然入場都是免費，但聽眾卻寥寥無幾。今天的聽眾這麼熱烈，證明大家對經濟比對文學重視得多，也證明大家對我的這個講座有興趣、有信心。我保證你們所花的十令吉入場費是物有所值，絕不會失望。」他乾咳了一聲，然後提高聲調繼續說：「本人向來是搞文學的，對經濟根本是門外漢，不過近十多年來，我犧牲了許

多寫作時間，從事股票的研究工作，先後已交了十多萬令吉的學費，連僅有的一間排屋也輸掉了。最近痛定思痛，精心鑽研，才豁然貫通，發現了一種『股票必贏術』，今天特地在此把寶貴的心得公開出來，讓大家分享。」

「好呀！請快點講。」台下頓時傳出了如雷貫耳的掌聲，大家的心情既緊張、又激動。

「別急！別急！」名作家神采飛揚，慢條斯理地說，顯然對聽眾的熱烈反應感到滿意。「在我未講到正題前，首先我要問你們幾個簡單的算術問題。股市大熱的時候，每天的交易量是多少？」

「大概有十億股。」許多聽眾不約而同地回答。「那麼股市低潮的時候呢？」名作家接下去問。「一億股左右。」

「平均起來，每天的交易量大概是五億股。如果每股的平均價以四令吉計算，共值二十億令吉，你們算算看對不對？」

「對！對！」，「好，好。」名作家微笑地說：「我再問你們，你們一定都知道，買賣股票是要付傭金的，股票行和經紀從買賣雙方各抽傭百分之一，再加上一些印花費用，每股成交之後，不論是輸或贏，都要被抽去百分之二點二，二十億令吉的百分之二點二就是四千四百萬令吉，一個月最少有二十個交易日，單單傭金就要被抽去八億八千萬，一年就要一百零五億六千萬，十年就要一千零五十六億。這股市簡直就是一個大鱷魚潭，一旦掉身其中，連骨頭都會被吃掉。你們試想一想，這麼龐大的傭金，究竟是從哪裏而來？往哪裡而去？」

「對呀！我們為什麼沒有想到這一點？」許多聽眾在交頭接

耳，而且不斷地點頭。

「所以我說，我們進場買股票，是必輸無疑。我有許多玩股票的朋友，最近都落得傾家蕩產的下場，這是血淋淋的事實……」說到這裏，名作家的聲音也有點沙啞起來，而且表情非常嚴肅。

「……」這時，臺下的聽眾突然鴉雀無聲，他們都直瞪著那位名作家，急切地盼望他能宣佈什麼好消息。

「今天，為了報答大家的熱烈出席，我要告訴你們一個包贏的貼士，從明天起，只要大家照著我的貼士，如果輸錢的話，我可以雙倍奉還。」

「好呀！快把貼士告訴我們，是什麼股？雲頂，萬能或是……」聽眾急不及待地發出了一片吵雜的聲音。

「不是雲頂，也不是萬能，這個股票的名字是DPS。」

「DPS，這是什麼股？我可從來沒有聽過。」聽眾議論紛紛，感到無限的驚訝。

「DPS，就是Don't Play Share，中文名字叫做『不要……玩……股票……』」……

第二天，由於美國早一日股市大漲，國內又傳出一些利好的消息，吉隆坡股票行的交投非常熾熱，當天的成交量超過十億股。過後我聽一位當股票經紀的好朋友說，根據一項非正式的調查統計，前往聽名作家演講的人有百分之九十都大量進場，最使我感到驚奇的是，在大量進場的股友中，居然包括那位名作家在內。

2000年8月

出路

一

　　張君良從培才學校黃校長的家出來，拖著沉重的步伐，懷著滿腔的悶氣，懶洋洋的走著。

　　天，悶熱得很，沒有一絲風，雖然已是入晚九時，但還是熱烘烘的沒有一絲涼意。他的心裏這時可比天氣還要悶熱，沉甸甸的像有塊什麼東西壓住心頭。

　　「他媽的！要高師的，難道我念了十二年書的高中生，竟比不上一個高師生？」他想到這裏，心裏立刻起了一陣噁心，於是朝地上狠狠的吐了一口唾沫，好像是感到有生以來未曾遭過的委屈。驀地一輛汽車從後面馳來，響了一聲喇叭，飛一般的馳過去了，車後揚起了一陣塵埃的風，這回他心裏的那股悶火可就更加被煽得熾烈起來。

　　「真是混他的蛋！難道我堂堂一個高中畢業生，卻要到偏僻的小鄉村去拿百多元的月薪嗎？本來我肯跑教育界，已經算是窮途末路了，剛才去問黃校長，還不是因為培才是本地的學校，比較方便，又可以省一筆車費，豈料今年的什麼法令，連高中會考及格的也只能算是臨時教師，真是豈有此理？」想到這裏，剛才

黃校長和他會談的一席話，立刻又在他的腦海中浮現出來。

原來張君良自從高中畢業之後，就一直在東奔西走，托人介紹職業，可是人浮於事，始終找不到，沒有辦法，他才願意「紆尊降貴」的想找一份在他認為是最沒有出息的教職。他本來認為這份教職，只要他肯屈就的話，那是如探囊取物，垂手可得的，所以他今晚飯後，特地到本埠的培才學校去見黃校長，想在培才學校混一個職位，豈知黃校長的回答，竟是那麼令他感到失望，黃校長說：「敝校雖然還需要增聘兩位教師，不過因為敝校是規模相當大的市區學校，今年又接受了政府全部津貼，所以想請受過訓的合格教師，因為今年高中畢業生，即使會考及格，也只能拿臨時註冊證，算不得合格的。不過，張先生如果有意在教育界服務，新村學校倒有許多位置，如果不嫌棄的話，我可以代為介紹。」

黃校長的話雖然說得那麼誠懇，但在張君良聽來，卻總覺得是那麼不順耳，好像是給他一個莫大的侮辱。

「他媽的，高中畢業，會考及格，竟連做一名小學教師的資格也沒有，真是活見鬼。」他自言自語地說。抬起頭，天上正有許多星星在眨眼，閃耀著微弱的光芒，像是在對他嘲笑。

他惘惘然地走著、走著，不覺已到了市區，拐了一個彎，那間他經常光顧的日升茶室，幾盞日光燈正在大放光明，把整間茶室照耀得如同白晝一般。他於是本能的放快了腳步，幽靈似的走進了日升茶室，揀個靠牆的座位，呆呆地坐了下來。

「喝什麼？先生。」夥計迎了上來。「啤酒！」他毫不思索地說。「什麼標的？」夥計鄭重地問。「隨便好了。」他急促地

答道，顯得有些不耐煩的樣子。

夥計著了一怔，他想：張君良雖說是這裏的常客，但他可從來沒有喝過啤酒，又怎能知道他喜歡喝的是什麼標頭，遲疑了一會兒，他又問道：「皇帽標的好嗎？」「告訴過你隨便好了。」張君良仍然緊繃著臉，聲氣不好地說：「要大瓶的。」

夥計從櫃檯上拿了一瓶皇帽標的啤酒，開了以後，連同一個大玻璃杯，安放在張君良的面前，只見他倒滿了一杯之後，便立刻狠狠地呷了幾口，嘴邊還黏著許多泡沫。

他又向夥計要了一支三個五的香煙。

這時，掌櫃李大中從櫃檯內踱出，在張君良的對面坐下來，驚訝地說：「呀！老張，你怎麼也抽起煙，喝起啤酒來？」「替你多做一點生意，不好嗎？」他冷冷地答。

「別說笑話了。」李大中打趣地說：「哦！我知道了，前天我看到報紙公佈了高中會考及格名單，你每科都拿到A等，真是要得，可喜可賀，今晚上喝一杯喜酒，本來也是應該的呀！照理也得請我吃一餐呢！」李大中是日升茶餐室老闆的宗親，三十歲左右，因為和張君良是老相熟，所以就和他開玩笑的扳談起來。

可是，張君良聽了這些話，卻像是胸膛被刺進幾支利箭，心頭猛地感到一陣隱痛。他狠狠地抽了一口煙，打了一個噴嚏，忽然神經質地說：「喂！老李，你每個月的工資有多少？」「我的工資？唉！不多，一百二十元而已，要養活一家幾口，這生活可真難囉！」

張君良可並沒有聽進他的後半段話，他只是在自言自語：「一百二十元，加上伙食，該也有一百六十元吧！」驀地，他又

唐突地問：「你共讀了幾年書？」

「喂！老張，你問這個幹嗎？誰不知道我只讀了五年書，小學都沒有畢業呢！唉！像我這個學識淺薄的人，只好註定一輩子窮命，不像你，能念到高中畢業，將來的生活一定好得多了。哦！對了，你打算找什麼工作呢？教書嗎？雖說不是很有希望，但據說現在新教育法令實行之後，每月總該有兩三百元吧！再不然，就找銀行書記或其他的什麼工作吧！總之，你有資格，有學問，出路廣，不像我沒出息。」李大中滔滔不絕地說到這裏，然後拍拍張君良的肩膀，走開了。

這時，玻璃杯裏的啤酒還在起泡，他又呷了兩大口，細細地咀嚼李大中的這一席話，心裏可像是一池齷齪的死水，被攪拌了一下，愈顯得腥臭起來。

「他媽的，會考及格，有個屁用？李大中只不過讀了五年書，每月就有一百六十元左右的入息，而我辛辛苦苦地讀了十二年的書，現在呢？卻比不上一個小學生。」他想起幾個月前為了應付會考，他是怎樣的提心吊膽，怎樣的努力做功課，深怕他的前途會因為通不過會考這關而絆倒下來，鑒於去年只有四十多巴仙及格的成績，他是多麼地感到寒心啊！那時他的心中只有一個信念，就是希望會考能夠及格，他想只要會考能夠及格，他的前途該就有光明的遠景吧！然而現在呢？會考固然是及格了，而且成績也不錯，他雖然不敢以此自滿，但的確也曾以此自慰，然而始料不到，現在會考及格之後，擺在他眼前的卻是一項更加殘酷的現實，一條更加崎嶇的道路。「誰說高中畢業生的出路會比高師生廣呢？」

他現在也深自在懊悔著，記得當他初中畢業之後，為了升學問題，也曾和兩個比較要好的同學吳一聲和蔡文明作一番慎重的考慮，但他和吳一聲終於決定進高中，而蔡文明卻進高師，在當時，他實在還有點看輕蔡文明的意思呢！因為他認為念高師能有什麼出息？一跑進這條路，便註定要做窮教員，一個月拿一百多元的薪水，多麼寒酸呀！至於進高中，他當時雖然也不很了然究竟畢業之後，能有什麼大出息，但在他的下意識裏總認為出路會比較廣闊，所以在他腦海中也曾為此繪上了許多彩色的圖案，豈知到了現在，這許多美麗的彩色圖案，竟像是天上的彩虹一般，一下子便消失無蹤了。由於家境貧寒，他畢業之後，做夢也不敢想到升大學的問題，但卻想不到就業竟也是這樣困難。他想起他的同學蔡文明，因為進了高師，比他早一年就畢業了，現在已在培才學校執教，月薪一百九十多元，就連和他一起進高中的吳一聲，因為在高一時留了級，所以轉進高師，現在也已在培才學校找到了職位，據說還是黃校長老早就拉他的呢！只有他，這個苦讀了十二年的高中畢業生，自從畢業之後，雖然也拜託了許多朋友，請他們介紹工作，但直到現在，仍然沒有頭緒。前幾天雖然也有一位朋友要介紹他到S村的學校去任教，但是他想，S村離他的家有十多哩，每月來往的車費就要二十多元，以前在未接受全部津貼時，董事部對于高中資格的B級教師都酌給津貼，可是現在呢？學校接受了全部津貼，董事部一分錢都不肯出，一百四十八元的薪水，扣除了車費和公積金後，還能剩得了多少？

「他媽的，比一個小學生還不如呢！」想到這裏，他用右手在桌上重重地拍了一下，於是把瓶中的啤酒全都倒在杯裏，一口氣喝完之後，付了鈔，便蹣蹣跚跚地回家去了。

二

張君良的家是住在後街一間樓上的尾房。他帶著幾分醉意，剛踏進房門，就聽見正在生病的父親的呻吟聲，他的母親在縫補舊衣服，兩個弟弟及兩個妹妹在看書或溫習功課。

「亞良，怎麼這麼晚才回來？事情問妥了沒有？」他一進房間，他的母親便關心地問。

「沒有。」他無精打采地回答，就懶洋洋地坐在書桌旁的一張有靠背的籐椅上。

「唉！那怎麼辦呢？」他的母親停下了工作，皺著眉頭，顯出非常焦急的樣子。

「哥哥，黃校長怎麼說？」那個正在看圖書的三弟君山也放下了書本，關懷地問，他是去年小學畢業，因為超齡關係，所以停學了。

「他說要請高師的。」「哥哥，既然這樣，你就答應去S村的學校吧！目前找工作這麼難，現在學校快要開學了，應該早點決定，免得他們請到別人。」

他並沒有答腔，一時間，大家都沉默下來。這時，他的二弟君達好像特別關心他自己的問題，只見他放下功課，打破沉默地說：「哥哥，今天我們的學校已告訴我們後期中學升學試的範圍，有些我們平時都沒有學過，哪能考得到呀？」

原先已是滿腔怒氣的君良，聽了二弟的話，好像是打飽了風的氣球，被刺了一針，立刻發洩出來：「管他什麼前期後期，考不到不要讀好了，讀書又有什麼用？」說著，好像覺得那張破籐椅有幾枚針在刺他的屁股，於是不安地站了起來，在房間裏毫無目的地踱來踱去。

　　這時，躺在床上的他的父親，忽地也一骨碌地爬起來，隨著幾聲咳嗽之後，有點氣喘地說：「是的，不要讀好了，都別念書好了。當初你初中畢業，我就叫你別讀書了，好跟我們一起割膠去，可是你偏要讀，還說了一番道理，說什麼一個人求了高深的學問，生活才會好過呀！你想，我們又不是有錢人家，一家幾口子的生活還不是全靠我們倆老人家，我們辛辛苦苦地供給你們念書，現在你高中畢業了，卻連一份工都找不到，讀書又有什麼用？明天早上跟你媽去割膠好了。」說到這裏，又是幾聲咳嗽，而且還不斷在喘氣。

　　「唉！這件事你不用操心，你還是靜靜地躺吧！」他的母親連忙站起來，挨近床邊。這時，她的心裏卻也有點奇怪與不平，她老人家雖然也不敢希望亞良讀了書，就像古人一樣能考中狀元做大官，但她總覺得念了十多年書，居然找不到一份好工作，這道理她實在有些不明白。然而，為了不給老頭生氣，也為了不給亞良傷心，她溫和地說：「慢慢兒總有辦法，我們亞良讀了這麼多年書，有的是學問，總不至於找不到事做的。哦！對了，亞良，你不是說S村學校要請你去嗎？你為什麼不去呢？」

　　聽了她的話，君良也被這偉大的母愛感動了，他的心裏不由得一陣心酸，有點黯然了。

「媽，不是我不去，你想，一百四十八元的月薪，除了車費和公積金外，還能剩多少？董事部又不肯津貼。」

「唔！唔！」他的母親一邊答，一邊點頭：「可不是嗎？我們亞良難道會怕找不到事做嗎？不去罷了。」接著，她又對亞良說：「亞良，別焦急，慢慢再打算！如果實在找不到好工作，那麼就答應去S村學校吧！哦！時候不早了，你去睡吧！君山，你們也去睡吧，明兒還要割膠哩！」

壁上的時鐘已敲了十一下，同樓的那些人家多數已進了夢鄉，但君良可並沒有入睡，他躺在那張破舊的帆布床上，一直翻來覆去，沒有一絲睡意，於是索性爬起來，走到前房的走廊，伏在靠街的窗欄上。街上的行人已經絕跡，除了偶爾有一兩聲狗吠之外，顯得一片寂靜，只有幾盞慘綠色的街燈在放射那迷茫的青光。

這時，他的心裏好像有無數螞蟻在蠕動著，使他感到焦躁不安。想起他的雙親，為了供給他及弟妹們念書，這幾年來，的確是夠辛苦了。他原希望自己畢業之後，能找到一份理想的工作，每月有兩、三百元的收入，以便給他的雙親得到一點安慰，哪裡知道現實竟是這麼無情，雖然他現在也有機會去S村任教，但是他想，苦讀了十二年書，竟要跑到偏僻的小鄉村去拿百多元的月薪，豈非是件大委屈的事。他認為他總該算是一個讀書人了，一個讀書人似乎不應該如此落魄的，於是他感到有太多的不平，而這許多的不平，使他足足失眠了一個晚上。

三

第二天，張君良睡到十一點才起身，盥洗過後，連茶也不喝，便懷著一股悵惘的神情，到他的同學朱秀珍的家去。

朱秀珍正和她的哥哥朱炳其在客廳辯論什麼問題，他們看到張君良，便停止了辯論。秀珍招呼君良坐下，炳其也勉強的和他點一下頭，便顯著十分不屑的神氣，逕自進房間裏去了。

「君良，怎麼了？昨晚上去問黃校長，事情成功了嗎？」秀珍敬上一杯茶，於是話匣子便打開了。「唉！別提了，黃校長說是要請高師的，因為今年高中的只能拿臨時註冊證，是不合格教師，怕將來有麻煩。其實，教書還不是一份沒有出息的職業，我本來還不想幹呢！可是現在沒有辦法，想屈就一下，過渡一個時期，卻不料今年的教育法令又變了花樣，連教小學生都沒有資格，黃校長還說像我們這些高中生，如果想在教育界服務，以後還得去受訓哩！真是笑話！」

「早知如此，我們當初去讀高師，那多好呀！只要兩年的時間，功課又輕鬆，畢業之後，工作固定，薪水也比我們多，我們真的都跑錯路了！」秀珍也歎氣地說：「不過你們男的，每月還有一百四十八元，可是我們女的呢？前天有一位朋友要介紹我去一間新村學校，每月才一百二十九塊半，比一個校丁還不如呢！據說培才學校的校丁每月工資就有一百五十元。唉！我真不明白為什麼同樣是高中畢業生，我們的出路竟比星洲的高中畢業生差得那麼多。」

「喂！你的哥哥呢？他找到工作沒有？剛才你們好像在爭論什麼。」「我的哥哥？哼！看他找得到工作才怪。他自以為英文九號畢業，很了不起，向來瞧不起我們念華文的學生，其實現在念英文又有什麼出路？我們如果肯到新村學校去教書，總算還能找到一份工作，可是他呢？這許多天來，東找西找，一點消息也沒有。他一心想九號畢業之後，要做大財庫，做大官，可是現在呢？還不是跟我們一樣倒楣？前天，聽說一間什麼商行要徵聘書記，他也去報名，可是據說應徵的已有三百多人，何況他又不懂中文。」

「的確是的，現在念英文也沒有以前那麼吃香了。據說今年九號畢業生，失業的多得很呢！他們如果去教書，也一樣是臨時註冊的。」

這時，正躲在房間裏打扮的炳其，似乎也聽到了他們的話，於是他加快速度把「加里蔔」梳光之後，便走了出來，狠狠地頂撞了幾句：「哼！等著瞧吧！我們念英文的總會比你們有出息。」說著，好像認為不屑和他們談論似的，於是吊起腳跟，揚長的走出去了。

「真的是亞飛相，看你有什麼大本事。」秀珍目送著他的背影，忿然地說。

他們又談了一會兒，發了許多牢騷，然後就決定去找他們的同學王文天。

王文天的家是住在離市場不遠的新村內，他的家境也不很好，以前他每天上午念書，下午還得幫父母耕種一些菜園，他的成績本來很不錯，尤其是華文，成績非常優異，他除了對正課很

認真學習之外，還非常關心時事，平時也常常寫一些文藝作品。對人的態度，坦直和藹，且樂於幫忙人家，所以老師和同學們都很愛戴他，但這次會考，不知怎樣卻落第了。

君良和秀珍踏著腳車，沿著一條羊腸小徑，將到他的家時，遠遠便看見他的父親正拿著一把鋤頭，在菜園裏鋤草，那一畦畦的菜園，種了許許多多的蔬菜，顯得青翠一片，綠油油的非常可愛。君良上前打了一個招呼：「王伯伯，文天在家嗎？」王伯伯停下工作，抬頭一看，笑道：「你們找文天是嗎？他上班去了。」「上班？」君良和秀珍不約而同驚奇地說：「他在哪裡工作？」「在板廠，就是離市場不遠的那間永裕板廠，你們知道吧！」「哦！知道的，我們找他去。」

他們於是向王伯伯告辭，一同到永裕板廠去。在路上，君良對秀珍說：

「王文天可真本事，他雖然會考不及格，但倒比我們先找到事了。」「但不知他是做什麼工作？」秀珍疑惑地問。

「當然是書記了。」他們一路跑，一路談，不覺已到了永裕板廠。永裕板廠的規模相當大，廠裏的工友有三十多名。當君良和秀珍到廠裏時，只見工友們都汗流浹背，很忙碌的在工作著，樹桐碰上圓形電鋸而發出「沙沙」的聲音，震得怪刺耳的。君良先到辦事處去找文天，但文天並不在裏面，剛好門口有個二十多歲的工人，君良連忙上前，客氣地問：「請問文天在哪裡？」「文天？」他好像不很認識，皺一皺眉頭，恍然大悟的說：「哦！對了，王文天，幾天前才來這兒的，他在那邊，來，我帶你們去。」

君良和秀珍一直跟他到工人工作的地方，定睛一看，只見許多工人，都是背心短褲，汗流浹背的，他倆正在納罕，忽然君良從工人群中發現了一個熟悉的臉孔。

「呀！那不是王文天嗎？」他尖聲地叫了起來。「文天，文天。」那個工人遠遠便大聲叫喊。文天聽到有人叫他，停了工作，抬頭一看，他連忙迎上來，興高采烈地說：「呀！君良、秀珍，你們怎麼知道我在這兒？」說著，右手掏出手帕，揩著額上水滴般的汗。

「我們剛才去你的家，你父親告訴我們的。怎麼你……」君良看他那背心短褲，滿身大汗的樣子，顯然感到莫名的詫異。

「你覺得奇怪吧？」文天微笑地說：「來，這兒很吵，我們到茶店去，老陳，你也來。」

「我？」那個被稱為老陳的工人遲疑著。「是的，一起來，沒有關係。」文天爽脆地答。於是他們四個人便一起走進工廠附近的一間茶室裏。他們各要了一瓶汽水，沉默了一會兒，君良惶惑地說：「文天，我原以為你是在這裏做書記，真想不到你……」說著，還輕輕地搖著頭。

「怎麼？我做這種工作你們都覺得奇怪吧？其實這有什麼奇怪呢？對了，還是談你們的吧！你們都找到了工作嗎？」

「還沒有呢！昨晚我去見黃校長，他說要請高師的。」「這也難怪，新法令規定合格的教師都要受過訓練，誰叫我們要讀高中？人家念高師，是有志獻身教育，受的是專業訓練，我們實在沒有理由嫉妒他們，雖然我們所學的功課比他們深，但要我們去教小孩子，可的確比不上他們。不過只要我們肯認真去幹，也是

會教得好的，聽說S村學校有意請你，不知道你答應了沒有？」

「還沒有。」「秀珍，你呢？」「找是找到了，也是新村學校，但還沒有決定。」「你們為什麼不早點決定呢？」王文天睜大著眼直瞪他們。

「你想，男的一百四十八元，女的一百二十九塊半，還要除去車費和公積金，我們念了十二年書，難道就只值得這麼一點？」君良好像要把滿腔怨憤，向文天身上發洩。

「那麼，你打算怎樣？」「我暫時也不知道，找不到理想的工作，索性不幹好了。」君良有點負氣地說。

「不幹？你想不找工作？」「喂！我們去大陸升學，或者去臺灣。」朱秀珍忽然興奮地說，從茫茫中給發現了一條道路似的。

「對，去臺灣升學，倒也不錯，據說優待僑生，不必投考，又可以免費。」君良附和著。

聽了他們的話，王文天好像很不以為然，他一口氣喝完了杯裏的汽水，然後滔滔不絕地說：「你們說要去大陸或臺灣，我都不很贊成，因為這是逃避現實。雖然一個人有機會升學，那是幸運的，但如有機會就業，卻也不壞，因為我們念書的最終目的，也不過是為了工作，為了做事，並不是為了貪圖虛名。比如去臺灣吧！將來就算給你讀到大學畢業，但臺灣的學位本邦是不承認的，假使你那時還是存著這樣的思想，不肯拋掉讀書人的包袱，憑著你那大學的資格，又不能找到一份在你認為是理想的職業，那你豈不是更感到苦悶嗎？至於大陸吧！最大的問題，便是不能回來本邦，你們都應該為自己的家庭環境著想。」

「可是除此之外，我們高中生也沒有什麼更好的出路了。」

君良好像是在反駁。

「是的，我們高中生實在沒有很好的出路，但這是整個社會的問題，並非我們讀錯了書，跑錯了路，所以不必自怨自艾的。當局未能為我們高中畢業生安排一個較好的出路，雖然也很令人遺憾，不過有一點我們要知道的，現在畢竟是二十世紀六十年代了，所以我們念書的人，再也不能存有士大夫階級的思想，以為念了幾年書，便文縐縐的儼然是個上等人，工作一定要比別人輕，待遇又要比別人高，這是多麼謬誤的思想呀！我們現在有機會受完中等教育，當然可說是幸運的了，但我們可不能因此自視比別人高，我們更不能把念書比做是生意上的一種投資，希望畢業之後，能夠因而賺錢。其實，我們在學校裏所學的只不過是一些空洞的知識，在實際的生活上是不很適用的，就以我來說吧！來板廠工作了四天，便覺得自己是那麼淺薄，有許多地方，還得向老陳請教哩！」

「哪裡哪裡！」那位工人滿臉笑容地說：「我們到底是粗人，傻頭傻腦的，不比王先生有學問。他真是一個好人，來這裏才幾天，便和我們很要好的，他還答應晚上要給我們補習呢！」

「所以我們應該把書本上得到的知識，拿來做生活的基礎。」王文天繼續說：「然後去接近群眾，和社會打成一片，從實際生活中去充實自己的知識，這樣我們的知識才會開花，才是活的，我們絕不能把自己高高地關在象牙塔里，孤立起來。」

「文天，你難道真的願意做這種工作？」秀珍關切地問。

「有什麼不願意？哦！對了，你剛才不是說要去大陸升學嗎？可是你難道不知道，現在大陸許多大學生都要下鄉種田嗎？

我們高中生又算得了什麼？所以我們一個人應該求精神上的享受，不要求物質上的享受，許多人都說我們高中畢業生的出路窄，其實並不然，因為他們把路看錯了，他們認為一個高中畢業生，要找的一定是輕鬆的上等工作，一定要有豐富的收入，他們有讀書人的優越感，所以有許多路，他們都不願去跑，比如說，你們會考及格，那可以去教書呀！即使是新村地方，即使是待遇少一點，又有什麼關係？只要你的工作有意義，你的生命便也過得有意義。至於像我這樣會考不及格的呢？教書嗎？沒有資格，找其他的工作，又不容易找到，好在我還是年輕人，有的是兩隻手，所以就索性去做工好了，工廠、膠園、礦場、有的是那麼一大片廣闊的土地，我們的國家已經獨立，我們的祖國有的是一片美好的土地，有的是許多豐富的寶藏，難道還會容納不了我們？我們絕對不能有輕視勞動者的心理，要知道社會的繁榮，是由勞動者創造出來的，為了我們新生的祖國，我們這班年輕人，是應該準備吃苦的，就像我吧！這份工作雖然苦了一點，但整天跟忠厚樸實的工友們相處在一起，談談笑，生活倒也頂愉快的。」

王文天的這一席話，可真像是大海裏的波濤，在君良和秀珍的心田中澎湃著，一下子把他們原先那種憤憤不平的悶氣給洗刷得一乾二淨了。

「文天，你這種工作，每月的工資有多少？」「不多，一百五十元。不過，我早已說過，我們一個人不能太看重金錢，否則容易墮落。當然，誰不想追求美滿的生活，但這種美滿的生活是和整個社會有關的，只有大家的生活過得安樂，個人的生活才會安樂，我們要正視現實，不能有太多的幻想，比方說，你們不肯

去新村學校教書，就因為嫌地方偏僻，待遇低，可見你們都太看重金錢，都有讀書人的優越感，這是不對的，我們是好同學，所以我很坦直說出我的意見，希望你們不要見怪。我的意思是希望你們還是接受新村學校的教職吧！我們一個人總不能沒有工作，而教書也畢竟是一項比較適合我們的工作，至少總比在資本家手下做一名書記來得有意義。所以我希望你們能好好地負起神聖的使命，別以為薪水少，就心灰意冷，抱著做一日和尚撞一日鐘的心理。」

聽了文天的話，君良只感到滿腔的羞愧。他仔細地檢討自己，解剖自己，便覺得自己的靈魂是多麼卑鄙、齷齪，他以前看不起念高師的同學，看不起窮教員，當然也更看不起勞動者，他認為念了高中，畢業之後，總算是個受過高深教育的讀書人了。「萬般皆下品，唯有讀書高」。他的確是存有這種優越感的。即如現在，他不願去S村學校任教，還不是這個優越感在作祟？可是現在，坐在他面前的同學王文天，他難道不是個高中畢業生嗎？但他居然穿起背心短褲，混進工人群眾去了，不但沒有絲毫怨言，而且那麼堅決、樂觀，和自己對比起來，便覺得他是多麼偉大，而自己卻是多麼渺小呀！於是他像是一個犯了過錯的人，在法官的面前懺悔似的，他激動地說：

「文天，你真偉大！謝謝你給我很寶貴的啟示，我們一定聽你的話，把身體獻給華文教育，也獻給可愛的祖國。」

「對，文天，我們一定接受你的意見。」秀珍也堅決地說。「那很好，祝你們能過著愉快的生活。」於是他們告辭了。臨走時，他們看到王文天興致勃勃地走進工人群中去，那個魁梧的身

體似乎越顯得高大起來。

驕陽正在發射它那酷熱的淫威，曬得大地熱烘烘的像個火爐，但是這時君良和秀珍的心裏卻感到無比的涼快，多日來蘊藏在心中的陰影，好像得到了陽光的照耀，頓時顯得格外晴朗起來。

第二天，他倆分別接受了新村學校的教職，準備過那清苦然而神聖的教學生活。現在他倆也都進了假期師訓班受訓，同時還在夜間補習英文和巫文，他倆都生活在一個新的環境裏。

但是朱秀珍的哥哥朱炳其呢？直到現在還沒有找到工作，時常有人看到他一個人在茶店喝酒、賭博哩！

1958年4月

錢大富

　　在這個K埠擁有幾百萬身家的社會名流錢大富老先生，今早似乎感到萬分的不愜意。

　　稱他為「老」先生，實在有點不大恰當，因為他今年雖然已達六旬高齡，但那副魁梧的身軀平時保養得好，還是那麼強壯，四方形的闊臉像是灑上了淡淡的紅墨水，黑黝黝的頭髮在室內原子燈的照耀下在閃著油光，就像經過了染色加工。那對濃黑的眉毛像兩把利劍橫擱在又大又圓的眼睛上面，在那高聳的鼻樑上，留著兩撇修剪得很整齊的八字鬚，單看他的這副尊容，最少要比實在的歲數少上十年，而且還能給人有一種威風凜然的感覺。

　　時間才不過是上午九時，他坐在第十八樓辦公室內那張會旋轉的靠背軟椅上，心頭好像被許多塊沉甸甸的東西塞住似的。一連抽完了三支香煙，順手拉開座位背後玻璃窗的布簾，那朝陽的光芒便像是一道缺了堤的洪水，立刻湧進辦公室裏來。打從玻璃窗向外眺望，只見對面有幾座多層樓的大廈，像巨人似地矗立著，多麼的雄偉！多麼的堂皇！

　　「只要我能夠擁有一座這樣的大廈，那就好了。」他自言自語地說。轉回頭來，看看貼在辦公室牆壁的那幾張建築藍圖，那是他已接近完工的一個新發展區，在那張畫有各種顏色的藍圖

上，至少有二百多個長方形的小格子，每一個小格子都帶給他一份財富。「就算平均一間賺二萬吧！那麼全部也可以賺四百多萬，應該是很不錯了。」他老人家突然也泛起了一絲的快慰與驕傲。想起自己在廿多年前，只不過是個落魄的二世祖，承受著先父的一些餘蔭，並沒有好好地向正途發展，憑著自己從小就養成的那種不良嗜好，於是索性撈起偏門的生意來：做卜基、收萬字、終日流連賭場，在這個小天地中打滾了十多年，始終闖不出一個好名堂。可是他命中註定是個有福的人，像是一條蟄伏的蛟龍，只要一個機會，就讓他飛黃騰達起來。那是在五一三的前一年，他似乎是行正了好運，不論是卜基或萬字，都大有斬獲，賭場也很順利，一年中居然給他撈到了七、八十萬。五一三過後，由於局勢關係，地皮無價，他福至心靈，把所有現金去購買了幾百依格廉價的橡膠園，當時許多親友們都笑他太冒險了。可是不到三年，那塊橡膠園忽然變成了繁盛的發展區，一個發展商和他合作建屋，結果在短短的五年中，竟然給他賺了一千多萬。就憑著這筆雄厚的資本，他居然也離開偏門，步入正途，做起房屋發展商來，很快就成為富甲一方的大頭家了。發達之後，他從那花不完的鈔票中拿出一小部分來做公益，加上他天生有一副伶俐的口才，雖然小時候連小學文憑都拿不到，但上臺時還能在大庭廣眾面前說上幾句話，於是XX會館的主席啦！XX學校的董事長啦！XX公會的財政啦……這一連串美麗的帽子便爭著飛到他的頭上去，使他居然由一個土包子而擠身上流社會，成為埠上很有名氣的人物。

他驀地站起身來，走到建築藍圖前面，端詳了一會兒，心

裏想：「我錢大富能夠掙到今日這份身家，應該是蠻不錯了，不過我可並不感到自滿，如果有一天在這繁榮的市區也能矗立一座『錢大富大廈』，那才算不負此生。」

他現在所用的這間辦公室並不很大，四百多方尺的地方隔成了兩個小房，前面那間是秘書工作的地方，裏面這間是經理室，安放兩張辦公桌椅及檔櫃，顯得有點擁擠。但錢先生這時卻感到空洞洞的，像一名孤獨旅人，置身在黑暗的沙漠中，內心有無比的空虛，好像那千多萬的身家不屬於自己所有。尤其是看到秘書楊小姐剛才退回給他的那盒放在辦公桌正中的鑽戒，心裏便泛起了一種難堪的落寞。信步走到門外，從那個鑲在門扇上的玻璃小孔向外望去，只見那個年輕的女秘書楊小姐正在埋頭處理文件，那俏麗的臉孔，白皙的皮膚，修長的秀髮，尤其是那兩個迷人的酒渦，是多麼的文靜可愛。像一隻饑餓的小貓，看到了魚缸中美麗的金魚，引得他喉嚨都發癢起來，真恨不得立刻跑過去一口把她吃掉。他用力猛吞下一口唾沫，然後坐回那張靠背的椅子上，心裏狠狠地罵道：「他媽的！你這個臭小姐，居然還擺什麼架子？老子一連幾次邀你上夜總會，沒有一次肯答應，昨天好意送你一隻千多塊的鑽戒，當做你生日的禮物，剛才居然也被退了回來，一點都不賞臉，這真是太不識抬舉了！」他憤然又點燃一支香煙，猛吸了一口，從那繚繞上升的煙圈中，彷彿看到了另一位少女的影子，正哭喪著臉，站在他的面前，那不是前任的女秘書秦小姐麼？他的心頓時泛起了一絲內疚：「她可真是一個聽話的好女孩，第一次請她上夜總會，就欣然地答應了，後來只不過喝上那麼一點點特別的酒，就乖乖的讓我嘗上了甜頭。可是真沒想

到只這麼一次，她竟然懷了孕，吵著要我收她，這怎麼可以呢？要是讓家中的黃臉婆知道了，那還得了！而且我又不能斷定她肚子裏真的是我的孽種，沒有辦法，只好補五千元給她去打胎，不料卻因而喪了命⋯⋯」

「唉！要是當時我肯答應收她，那倒可以救回她這條命，只是那黃臉婆⋯⋯」想起那黃臉婆，年輕時也是一名美人兒，夫婦倆曾過著一段甜蜜的生活，只是歲月不饒人，現在老啦！女人三十爛茶渣，何況現在已是五十開外的老太婆了，錢先生雖然有時也對她還有一點憐愛之情，但也只能把她當作古董般地欣賞。錢太太倒是一名看得開的女人，她自己似乎也明白這一點，所以不止一次對丈夫說：「阿富，你是一個男人，要在外面拈花惹草，逢場作戲，倒無所謂，我也不想干涉，只是我要嚴重的警告你，為了家庭的幸福，你千萬別把狐狸精正式收上門來，要不然我可要對你不客氣的。」

錢先生當然並不是怕老婆的懦夫，會被黃臉婆的這番話嚇倒，不過他很相信算命先生的話，說他能夠發達，完全是靠老婆的福氣，如果有天跑上了桃花運，千萬別娶上門，否則必然會家破人亡。這位算命先生就是以前指點他購買那段使他賺了一千多萬的地皮的人，所以對他講的話，錢先生是深信不疑的。反正只要袋子裏有錢，要玩女人嘛！那還不容易，要肥要瘦，要名歌星或交際花，可以說是任揀唔嬲，何必去背那個笨重的包袱，像許多有錢佬為了娶姨太太而弄到家庭吵吵鬧鬧，雞犬不寧，那才真是天下的大傻瓜！錢先生到現在還不敢真正享齊人之福，許多親友們都讚他是個正人君子，標準的好丈夫哩！

不過，歡場中的女人玩得多了，錢先生難免感到有些厭膩，那些可以用金錢隨時請她們上床的名歌星或舞女之流，雖說是騷勁十足，但畢竟是太過俗氣了，缺少了小家碧玉的那股清新氣質，就像一個吃厭鮑魚乳豬的人，希望能吃些新鮮可口的小菜，換換口味。然而要找這些出身良家的小姑娘，可並不是一件易事。錢先生卻是一個肯動腦筋的人，他靈機一動，於是就從女秘書身上下功夫，花兩三百塊的月薪，請一位漂亮的女秘書，只要肯常常陪他上夜總會喝酒應酬，好過叫舞女坐台，多麼值得！何況是近水樓臺，只要她有那麼一點點貪慕虛榮的心，就很難抵擋得住他那名貴禮物及鈔票的誘惑。他可真沒有想到，現在的秘書楊小姐，這位出身貧困家庭的小妮子，居然卻像一朵帶刺的玫瑰，是這麼的難下手……

　　「他媽的！錢大富想要的東西，還怕得不到手？只要你還在我的公司做事，我就不相信沒有辦法對付你這個臭丫頭，看我不好好地泡製你才怪！」想到這裏，立刻拿起電話筒，按一下鈕，沒好聲氣的說：「楊小姐，你進來一下！」正在處理文件的楊小姐，聽到電話的響聲，拿起聽筒，知道是老闆在叫她，心裏著了一怔，因為剛才她把鑽戒退回給他時，雖然沒有聽到他說什麼，但已覺察到他那滿臉不悅的神色。她懷著戰戰兢兢的心情，推開經理室的門，走到他的面前，心理儘自在忐忑地跳，那薄薄的脂粉已掩飾不了臉色的蒼白。

　　「錢先生，有什麼吩咐？」她站在那張辦公桌的前面，不安地問。「你坐下，我有事跟你談談。」他扳著臉孔，十足是嚴厲的口吻。楊小姐像是一名士兵，聽到了長官的命令，她坐在辦公桌

前面的那張椅子上，眼睛倉惶地望著他，像一隻受驚的小白兔。

　　錢先生拿起桌上的那盒鑽戒，反來覆去，像是在欣賞一件古董，沉默了一會兒，才慢條斯理地說：「楊小姐，你對這個鑽戒不滿意？嫌小？」「不！不不……」楊小姐的臉色更青了，連嘴唇都在發抖。「那麼，你為什麼退回給我？」他進一步追問，像是在審判犯人。「昨晚我拿回家後，才知道是這麼貴重的東西，我的母親說不應該接受你這麼寶貴的禮物，所以要我拿回給你。」她小心翼翼地回答，然後低垂著頭，兩手在玩弄衣襟，對他不敢正視。

　　「唔！」他好像是從鼻子裏擠出一聲，心裏想：人家不要你的東西，總沒有理由拿這件事來責罵她，於是暫時又是一陣沉默。過了一會兒，他忽然轉變話題：「楊小姐，你對這份工作還感到滿意吧？」「很滿意，很滿意。」楊小姐忙不迭地說，生怕答得慢一點，就會被老闆炒魷魚似的，腦海中立刻又湧現著一幕幕的往事：自從去年底考完了馬來西亞教育文憑，雖然拿到了6個A，但因為家庭貧窮，沒有能力升學，只好到社會上去找工作，不知擦破了多少腳皮，才很幸運地當上了這份職位，她那老母親及四個弟妹的生活費用，正需要靠她的薪水來維持呢！所以絕對不能讓它失去。

　　「可是，我對你的工作表現卻感到很不滿意。」他把「很不滿意」這四個字說得特別慢，也特別大聲，還故意望著天花板，把右腳搭在左腿上，用力地猛搖。

　　「錢先生，你那一點不滿意，請多多指教，我一定盡力去做。」她好像預感到有什麼不幸的事就要降臨到她的身上，所以

恐慌得很，差點沒哭出來。

　　「比如說……」他忽而脫下那老花眼鏡，把視線落到她的胸部去，像要從中發掘些什麼：「我好幾次請你陪我上夜總會，你都不肯……」

　　「對不起，不是我不肯，實在是因為不得空，我每個晚上都要替人補習。」

　　「補習？補習一個月能賺多少錢？」他顯出一片鄙夷不屑的神氣。「大概有七、八十塊。」「七、八十塊？那有什麼了不起，由下個月起，我給你加薪一百塊，你不必替人補習了。不過，必要時你要陪我上夜總會應酬，你知道我在商場上需要許多應酬，平常事嘛！你如果連這些起碼的工作都做不到，哪能做我的秘書？」

　　「哦！我……我……」她臉色一沉，頓時好像看到有一道陰影掠過眼前，心裏一急，竟說不出話來。

　　看到楊小姐那種惶恐不安的神色，他似乎感到有點報復性的快意，覺得對於眼前這位迷人的小姐，只要使出自己的看家本領，應該是不難把她弄到手的，於是他又進一步說：「楊小姐，你回去好好地考慮吧！如果你認為做不了這份工作的話，下個月起，我只好另外請人咯！」

　　「哦！錢先生，我……我會好好考慮的，等我回家跟我媽商量後，才給你答覆。」

　　「好，你好好地跟你媽商量商量，我是無所謂的，只要在報紙上登一個廣告，就有大把人爭著要這個位，不怕請不到人的。」他欲擒故縱地說。

「……」楊小姐沒答腔，因為她一時實在不知該說些什麼好。錢老闆說的可也是實話，當初她應徵這個職位時，就是幾十名應徵者中的一名幸運兒。

看著她默然不語。錢先生又話鋒一轉，突然問道：「楊小姐，你上次不是說過要跟我訂一間排屋嗎？」「是。」她似乎不明白他問這話的用意。「現在我們最後一期的屋子已開始賣了，不過你是知道的，這些屋子根本不夠賣，尤其是那廉價屋，每間單單喝茶錢就要七、八千塊。」

「是的。」她點一下頭：「所以我根本不敢要買，上次只不過是隨便談談罷了。」

「楊小姐，你是我的職員，那又不同，我們一定會照顧職員的利益，如果你真的要的話，我就替你留一間，而且特別優待，不必喝茶錢。」

「不必喝茶錢？」她半信半疑地說，眼睛立刻發亮起來。想起自從那個當羅里司機的父親在一次意外事件中不幸去世之後，一家五口子已在那間簡陋而且沒有水電的非法小木屋內挨苦了許多年，最近還接到政府的Notice，限期三個月內就要搬遷，一家人正為此事發愁呢！所以她們是多麼渴望能有一間自己的屋子，就像住在地獄裏的人，渴望能搬到天堂去一樣。

「是的，只要你還是我公司的職員，我就一定給你特別優待。」他說得很肯定。

「可是。那頭期錢……」「屋價兩萬一，銀行可以貸款八十巴仙，所以你只要拿出四千多塊就夠了。」

「四千多塊？」她心裏在盤算了一會兒，然後很失望地說：

「唉！就連這四千多塊我也拿不出來，還是不要買了。」

「嘻！四千多塊，濕濕碎，還不夠我打一鋪牌，就這樣吧！我幫人幫到底，如果你一定要，我不收你的頭期錢，等辦好手續後，你每個月只要供一百多元，還便宜過租房。你是我的秘書，只要以後好好地工作，我一定會照顧你的。」

聽了他的話，楊小姐的心起了一陣激動，忽然覺得錢老闆是一位心腸慈善的好人。千多塊的鑽戒她可以不接受，但這屋子的誘惑力太大了，她好像看到一家人已從貧民屋搬出來，遷進自己購買的那間小屋子裏去，她的老母親和四個弟妹都在裂著嘴巴哈哈大笑。她不禁很興奮的說：「錢先生，謝謝你，那麼我就決定買一間了。」

「好，一言為定，多兩天我就替你辦手續。」他很高興地說，好像看到那條美麗的金魚已在自己所放下的魚餌旁邊游來游去，現在他的頭腦已開始在計畫要怎樣才能把這條魚引上鉤來。

他倆的談話似乎已圓滿地告一段落，楊小姐剛走出去，就有一個年紀三十開外留著長頭髮的年輕人吹著口哨進來，他正是在自己的公司掛上經理銜頭的寶貝兒子錢有福。

「爸爸，早！」做兒子的一進辦公室，就很親熱的向老子打一個招呼。

「還說早？」他看一看腕錶，把臉上剛才和楊小姐談話時所留下的笑容收斂起來，一臉嚴肅地說：「你知道現在是什麼時候？都快十點了，這麼遲才來辦公室，像什麼話呀？」

「昨晚太夜睡，所以今早爬不起來，沒辦法！」說著把文件皮包往老子旁邊的那張辦公桌一拋，然後就在自己的那張座位坐

下來，同時掏出一支香煙，很從容地吸著，根本不把老子的話當做一回事。

「阿福，不是我說你呀！俗語都有說，銀紙從天上掉下來也要早點起來去拾，你一天到晚只顧著玩，一點事都不肯認真去做，這樣下去怎麼得了？我已經這麼一大把年紀，如果你會想的話，應該挑起擔子，讓我退休享一享晚福才對呀！」面對著這個唯一的兒子，他心裏像有說不盡的氣忿。可不是嗎？滿懷希望地送他去英國讀大學，攻讀土木工程，原以為他可以戴個方帽子回來，做一名合格的工程師，在事業上幫他的忙，不料這個不爭氣的兒子，在英倫讀了五年，方帽子戴不成，卻跟一個紅毛婆結了婚，花了九牛二虎之力才把他倆請回來。更令他氣惱的是這位紅毛婆回家不久，竟然和黃臉婆不合，吵著和丈夫搬出去組織小家庭，害得他偌大的一間洋樓，只冷清清的住著他和黃臉婆兩個人，幸虧還有一個老傭人作伴，而且那兩名嫁出去的女兒也不時帶著外孫們回來探望，要不然他的黃臉婆可真要寂寞死了。

「爸爸，是你自己說的，做生意要懂得應酬嘛！昨天晚上我就是跟那個銀行經理上夜總會應酬。」他撒了一個謊，攤開雙手，顯出無可奈何的神氣。

「應酬！應酬當然是要的，但正經事也應該做，我問你，我交代你的那件事到底辦得怎樣？」他左手摸著下巴，右手直指著他，急切地等待他的答覆。

「當然辦好了。」他理直氣壯地回答，順手把那支還剩下一半的香煙丟在煙灰缸裏。

「什麼？辦好了？」他顯然不大相信兒子的話。「是呀！

昨天下午我親自訪問了那十八家的住戶，也和他們的代表交談過……」

「他們怎麼說？」還沒等寶貝兒子說完，他就很焦急地問。「他們都說已經在這塊土地上住了幾十年，如果要他們搬，一定要有合理的賠償。」

「賠償？我不是已答應賠他們每家三千塊麼？難道還嫌不夠？」他對于寶貝兒子的答覆顯然感到無限的失望。

「是呀！他們就是嫌太少，他們說現在要找一塊地方，建一間簡簡單單的屋子，最少也要兩萬元以上。」

「什麼？難道他們每家要我賠兩萬？」

「是呀！沒錯，你講得對，兩萬塊嘛！濕濕碎！」他忽然改用廣府話，嬉皮笑臉地說。

「你這個蠢材！」他把兩手往桌上一拍，很生氣地說：「兩萬塊還說濕濕碎，你到底會不會算這條數，一家兩萬塊，十八家就要三十六萬，差不多是一條福利彩票頭獎，你以為我們的錢是可以這麼容易給人家的嗎？」

「可是他們說如果你不肯給合理的賠償，他們寧願死在那兒，也不搬走。」

「他媽的，這些王八蛋真是蠻不講理，地段是我買來的，他們有什麼理由不搬？要我賠兩萬塊，休想！我就不相信他們能一輩子賴在那邊。」他賭氣地說。

「他們不搬，我們那座二十層的大廈怎樣動工呀？爸爸，時間就是金錢，他們早一天搬，我們就可以早一天開工，不如就多賠一點給他們吧！我看他們也實在可憐，反正我們這段地價已賺

了百多萬，將來大廈建成了，最少可賺好幾千萬，這三幾十萬算得了什麼？」

「你懂個屁，我說飯桶就是飯桶，連這麼一件小事都辦不妥，還能成什麼大事？哼！他們不肯搬，我總有辦法對付的。」他咬緊牙根，把右拳向左掌心猛力地捶一下。

「爸爸，我跟他們談了老半天，還說了許多好話，他們還是不肯讓步，我有什麼辦法？」他對於父親的責罵感到有無限的委屈。

「辦法？當然是有咯！要動動腦筋嘛！」他用右手指著自己的頭：「如果像你這樣飯桶，我們以後恐怕都要吃番薯了。」

「到底有什麼好辦法？你說來聽聽。」他似乎對老子的話有點不服氣，進一步追問。

「那還不容易！嘿嘿！你有聽過赤壁大戰的故事嗎？曹操的一百萬大軍，只不過一把火，就燒得乾乾淨淨，何況是這十多間破亞答屋。」他左手摸著下巴，神采飛揚地說，好像自己就是再世孔明，對這個計策感到非常滿意。

「嘎！放火燒屋？」做兒子的吃了一驚：「爸爸，這樣不好吧！萬一燒死了人命。」

「燒死人命，那也是活該！誰叫他們賴著不搬？我說他們是敬酒不吃吃罰酒，等著大火燒光了他們的爛屋子，那時呀！我連三千塊都可以省下來，頂多是每家給一千塊救濟金，算是我好心救濟他們。」

做兒子的不敢再說什麼，而且他實在也不知道該說什麼，這個只懂得花天酒地的二世祖，承認自己賺錢的本領無法和老子

比，反正這件事可以由老子去操心，自己樂得清閒，何必來煩惱呢？

然而老頭子卻似乎是餘興未盡，他突然氣勢洶洶地提起另一件事：「阿福，聽說你近來又和另外一個女人泡在一起？」「哦！」猛不防老子會提出這個問題，他頓時被嚇了一跳。「她到底是誰？」「是……是紅燈夜總會的舞女。」他靦腆地回答。

「什麼？舞女？唉！阿福呀！對這種歡場中的女人，逢場作戲，玩玩倒無所謂，千萬別太認真！你現在已經做了爸爸，家庭也應該照顧，對媳婦不能太過冷落。」他擺出長輩的尊嚴在教訓：「你那個紅毛婆知道這件事？」

「她還不知道。」

「好，那你千萬別讓她知道，女人是個大醋缸，醋缸一打破，家庭就會不安寧了，你可要小心！總之，你一定要聽我的話，玩玩無所謂，千萬別正式收上來，免得手尾多多。」

「爸爸，這個你放心，我兩公婆都是新潮人物，如果意見不合，最多是跟她離婚，送她回倫敦去，有什麼好爭吵？」

錢先生顯然不同意這個寶貝兒子的見解，正想再訓一些什麼，但電話鈴卻響了起來，他拿起聽筒，是秘書楊小姐的聲音：「錢先生，有客人要見你。」「誰？」

「孔聖道先生。」「哦！請他進來。」他剛放下聽筒，他的師爺孔聖道已經推門進來。那個寶貝兒子也就拿出一本英文的黃色雜誌在看。

孔聖道今年四十多歲，是一家華文報的通訊記者，錢先生因為看上他那枝筆，認為有時還可以在報上替他說一些好話，而這

位記者老爺也希望能從錢先生那兒得到一些甜頭，所以他倆無形中就建立了非常密切的關係。

「喂！老孔，請坐。」錢先生對這位智囊人物很客氣地招呼：「對了，我們第三期的屋子已開始收定錢了，你得空寫一個廣告稿來看，就照以前那樣，替我登一版吧！」

「好，謝謝。謝謝。」孔聖道想這一版的廣告，最少可以賺幾百塊的傭金，眉開眼笑地說。

「關於公會複選的事，有什麼消息沒有？」錢先生遞給孔聖道一支煙，自己也拿出一支，銜在嘴裏，孔聖道立刻拿出打火機，替他點火。

「錢先生，我今天就是想向你報告這件事。」他抽了一口煙，把椅子拉近辦公桌，又把身體挨上前去，放低聲調說：「前任主席因健康關係，已決定退休，你是前任的副主席，本來由你來接任這一屆的主席，是順理成章的事……」

「唔！」錢先生點點頭。

「可是，據我近來打聽到的消息，事情對你有點不利。」「什麼？」他睜大眼睛，緊張地問。「他們說這一屆打算推一名新血出來當主席。」「新血？就是那個章冰雲？」「是呀！他們都說章冰雲是校長，有學問，肯做事，會館需要他這種人來領導。」

「笑話！什麼學問、魄力，我看他們想過橋抽板是真。當然咯！現在會所建成，不必靠我了，他媽的！早知道他們這樣，我去年何必這麼傻，不但不賺一分錢來幫他們建一座會所，自己還要出一萬塊。」他把臉漲得像豬肝，連額上的幾條青筋也暴出

來，顯得很激動。

「我也是這樣想，他們想推選新血，那只不過是個藉口，主要他們是想推倒你，因為他們有一點對你很不滿意。」

「哪一點？」他急促地問。「就是買那段地皮的事，他們說當初你是代表會館去和業主談商買地的事，可是後來你卻自己把它買下來，現在這段地價已漲了好幾倍，所以他們對你很不滿，說你……假……假公濟私。」

「他媽的！他們懂個屁！雖然我是代表會館去向業主買那段地，可是業主要立刻下定五萬元，會館拿不出，我拿我的錢去下定，那當然是我自己買咯！關會館什麼事？如果我不買，還不是會給別人買去。他們這班王八蛋，現在看地皮漲價了就眼紅，當初他們為什麼不肯拿錢出來？」說著嘴邊還噴出了唾沫。

「他們說當時你是答應借給會館，因為會館有一筆定期存款，只差兩個月就到期，可是後來會館有了錢，想還給你，那時地皮已經漲了價，你卻不肯接受。」

「……」錢先生像是被孔師爺的話戳穿心中的秘密，一時為之語塞。停頓了一會兒，才負氣似的說：「他媽的，章冰雲這小子要做主席，就讓他來做吧！我也不稀罕這個職位，看他能做出什麼事來，不過以後會館有什麼事要捐款，可別找我，老子一分錢都不要出。」

「錢先生，你不要太衝動，這個會館是本縣華人的最高機關，能夠當上主席，那對你的名譽地位有很大的影響，所以你千萬別洩氣。依我看來，事情還沒有完全絕望，只要肯花點錢，跟某一些理事聯絡聯絡。」孔師爺獻出他心中的妙計。

「好，這件事就交給你去辦吧！只要能成功，花一萬幾千塊是平常事，最多是當做輸一場麻將。」

「錢先生，你放心，我一定盡力而為，憑著我跟他們的關係，不會給你失望的。」孔師爺想到能夠從這件事上撈到不少油水，不覺心花怒放起來。正想起身告辭，忽然又想起了另一件事，於是接下去說：「錢先生，培華獨中今晚的董事會議，要討論籌款建科學館的事，你是這一屆的新董事，他們都希望你能夠出席。」

「嘿！他們這麼好心選我做董事，還不是要我的錢，這種董事對我的名譽地位，都沒有好處，還是不要做吧！我已經決定寫信去辭職，而且今晚我已和朋友約好，要去冠軍夜總會談一宗生意，順便給那個寶島紅歌星捧場。孔先生，今晚你如果有到會採訪新聞，就把我的意思告訴他們，明天你把廣告稿拿來，順便替我寫那封辭職信。」

「好，好。」孔師爺畢恭畢敬地說，終於走出了辦公室。孔先生走後，他正想休息一下，可是桌上的電話鈴又響起來，他拿起聽筒，懶洋洋地問：「哈囉！你是誰？」

「我是育德學校的書記。錢董事長，那些支票我已放在你的辦公室三天了，請問簽了名沒有？」

「哦！還沒有。」

「校長說今天已經卅號了，教師們等著出糧，希望你現在就把它簽好，我等下去拿。」

「我現在不得空，等下叫你的校長來，我順便想跟他談談。」說完後，也不等對方還要說些什麼，便把聽筒狠狠地放

下，面前突然又浮現章冰雲的影子，心裏想：「校長有什麼了不起？這個社會，只要有錢，便什麼都可以搞掂，像孔聖道這個文筆呱呱叫的人馬，只不過給他一點甜頭，他還不是要乖乖地做我的奴才！」

這時，他忽然覺得有點口渴，於是拿起桌上那杯楊秘書一早就替他沖好的洋參茶，連啜了幾口，然後斜躺在座椅上，閉著眼在養神。回想起過去幾十年來那段奮鬥成功的歷史、昨天下午在桃源俱樂部雀戰時那幾鋪緊張刺激的好牌以及昨天晚上和香港脫星纏綿旖旎的一幕，不知不覺竟然睡著了……

等到育德學校的校長丘道光來到他的辦公室把他吵醒時，已經是上午十一時半，他的寶貝兒子早已溜到仙境俱樂部鬼混去了。他睜開眼睛，一看到站在面前的這位才上任半年的丘校長，就有點生氣。因為育德是A型的大學校，前任校長去年底退休時，他曾經運用了董事長的職權，想把這個肥缺介紹給自己的一位親戚，甚至親自出馬，拜託了許多人事關係，不料教育部根據年資推薦，完全不給他一點面子，眼看著這位和他完全扯不上關係的丘道光走馬上任，心裏的確感到蠻不是味兒，而且這位校長上任至今，還沒有好好地跟他打過交道，連最起碼的人情也不懂，這對他實在是太不尊敬了。然而現在教師們都是政府的公務員，只要他沒有什麼大過錯，錢先生也想不出有什麼好方法可以對付，只有每個月在簽薪水支票時儘量拖延，讓他嘗一點苦頭。

「錢董事長，請問支票簽好了沒有？」丘校長見了董事長，劈頭就問。

「還沒有！」「那麼麻煩你現在就簽吧！教師們都在等著發薪。」「這麼急幹什麼？現在教師們個個都是小富翁，慢一點出糧不見得就會餓死。」

　　「錢先生，話不能這樣說，教育局規定在月底一定要發薪，附近所有的學校昨天都已經發了，如果本校今天再不發的話，恐怕教師們會……」

　　「會怎樣？」「他們一定會呱呱叫的。」

　　「呱呱叫？就讓他們去呱呱叫好了！」他顯出一片滿不在乎的樣子：「你以為要簽這幾十張支票是容易的事呀！」

　　「可是你是董事長……」「你知道我是董事長就好。」他故意挺一挺胸部，好像要顯出董事長的威風來：「我又不是你們請的工人。」

　　「錢先生，簽支票是董事長的責任，如果你沒有時間，那麼下次開董事會議時可以提出，另外選一位董事代替。」丘校長善意地提出這個建議。

　　「什麼？你想在董事會議上取消我的簽名權？他媽的！你是什麼東西？你敢？」他像是一隻瘋狂的野獸，咆哮起來。

　　「錢先生，你別誤會……」丘校長一時也惶恐起來，不知要怎樣來平息這種場面。

　　「你以為你們做校長的很了不起呀！只會紙上談兵，能夠做些什麼？」他猛地又想起那個要和他爭主席做的校長章冰雲來，好像站在面前的丘道光就是章冰雲，不把他大罵一頓，不足以消除心中的怨恨，於是又怒氣衝衝地說：「他媽的，你們做校長的都不是好東西！」

這時，丘校長也被他那種不可理喻的態度激怒起來，秀才遇到兵，明知要跟他理論根本是白費口舌，不過那種讀書人應有的自尊心，使他再也不能忍受眼前的這種侮辱，於是鼓起勇氣，憤然地說：「錢先生，我尊重你是董事長，你也應該尊重我是校長，我做我們的工作，拿政府的薪水，你今天如果再不簽的話，我將把情形呈報給教育局，並且以董事會秘書的身份，在今晚召開董事緊急會議，討論這件事，那時你別怪我不給你面子，你考慮好好來，下午二時我會叫書記再來一趟。」說著，連頭也不回轉一下，便忿然地走了。

　　聽了丘校長的話，錢先生的胸部好像被人重重地打了一錘，感到難堪的劇痛。一個校長居然敢對董事長這樣無禮，這真是一件不可思議的事，他當了十多年的董事長，有哪一個校長不乖乖地看他的臉色？可是現在世界變了，剛才丘校長的話，不但對他是一種威脅，而且簡直就是一種侮辱。心頭一陣急躁，思潮頓時凌亂起來，一時間，那不肯輕易上鉤的楊小姐、吊兒郎當的寶貝兒子、要跟他爭主席做的章冰雲、十八家不肯搬遷的大混蛋，以及敢當面指責他的丘校長，這許多影子，竟像一窩出巢的蜜蜂，在面前飛舞起來，使他感到頭昏眼花。

　　「唉！煩惱呀！煩惱！」他用右手掌拍著自己的前額，歇斯底里地說：「老子現在有的是用不完的錢，可是還有這麼多煩惱的事！」看看手表，已將近下午一時，想起桃源俱樂部的那班戰友正在等他吃飯，然後要開檯大戰，於是暫時冷靜下心情，把所有的煩惱拋在一邊，匆匆地收拾好一些文件，看到了那兩本已

擱在桌上三天了的支票簿，懷著很不甘願的心情，一口氣把它簽好，然後就趕著上桃源俱樂部去，追求他的人生樂趣了。

1980年10月

芋頭龍

在這K埠擁有二百多依吉樹膠園及經營一間規模相當大的腳車店的頭家芋頭龍，今早起來之後，心裏似乎有萬分的不愜意。他拖著那昨晚因失眠一夜而有點疲憊的身軀，兩隻手交叉的反綁在背後的屁股上，不斷地在房子裏踱著方步。一縷朝陽的光芒打從窗縫爬進來，恰巧射在壁上那只短針已指著七時的掛鐘上，年輕的夥計亞生早已開好了店門，正在拂拭著新腳車。

他顯著無限懊惱的神情從這邊踱到那邊，又從那邊踱到這邊，直到兩腿有些酸疼了，那粗短肥胖得像芋頭的身體，便像是一件東西，一拋就拋在那架鋪著軟棉褥的床沿，兩隻原先反綁在背後的手，這時已合掌放在胸前，像是在拜神，兩隻手心卻不斷地在搓。

「王興這王八蛋，居然也敢當眾拆我的台，揭發我的瘡疤，真是可惡！可惡！」他這樣自言自語之後，那鋪著軟棉褥的床沿頓時便像長滿了無數的針刺，刺得他的屁股發癢，於是他不耐煩地站起身來，漫無目的地在房裏兜了一圈，然後又把那像芋頭般的身體擲在靠窗的那張光滑的沙發上，右腳高蹺在左腿上，而且還微微地顫動，左手則在摸著下巴的鬍子。

「他媽的，真是可惡，真是可惡！」他又忿忿地自言自語，

昨晚的事，便像一幕有刺激性的電影，立刻又在他的腦海中映現出來：

　　昨天晚上，他在一個同鄉結婚的宴會中碰到了幾個闊別已久的朋友，於是他們有一段很親熱的談話：「呀！龍兄，近來可真發福了，你看，比以前胖得多呢！」「哪裡哪裡。」芋頭龍說出那句當人家誇讚他時必然這樣回答的口頭禪，據說這句口頭禪他還是從電影上學來的。

　　「近來生意好嗎？」

　　「沒有什麼生意，比以前冷淡得多呢！」

　　「喂！聽說你近來又買了一塊百多依吉的樹膠園？」「唔！是的是的。」芋頭龍滿面 風光地回答。「龍兄真是本領高強，發財有術，不愧稱為商場健將。」「哪裡哪裡，這一點算得了什麼？不過我能夠有今日的地位，卻並不是容易的事，其間曾花了不少心血，歷盡無數的滄桑呀！」芋頭龍飄飄然地回答。他認為能由一個赤手空拳的窮光蛋而掙到今日的地位，的確是靠他真實的本領。可是這時，坐在鄰座的那位以前曾與他共過患難而且在他落魄時還曾經救他一手的王興，聽到了芋頭龍那種倨傲的口氣，心裏卻感到蠻不舒服，他猛地想起前幾天因為孩子病危要向芋頭龍告借數十元去請醫生，而遭受到他的拒絕而且還當面侮辱他的那種情形，剛才的那股不舒服立刻化成了滿腔怒火，想趁這個機會來報復。於是他側轉頭來，在他們的談話之中冷冷的插進了幾句：「是呀！我們的龍兄真是發財有術。古語說得好，人無橫財不富，龍兄真是本領高強，令人佩服！」

　　這寥寥的幾句話，可真和第二次大戰時美國在日本廣島投

芋
頭
龍

下的原子彈一樣有力，這邊他們幾個以及在座的許多人，馬上給愣住了。芋頭龍的心裏像是重重地被戳了一槍，好比青蛙遇到了北風，一句話也說不出來，只見他漲紅了臉，兩隻眼睛睜得大大的，一對凸出來的眼珠像是要滾出來的樣子。好久才從他那闊大的嘴中斷斷續續地迸出幾句話：「王興，你，你……說什麼？你，你……」這時，王興看到他的話已發生了效力，知道已找到了報復的對象，於是索性乘著這個機會，把久已積鬱在胸中的悶氣一併發洩出來：「龍兄，何必裝傻扮癡，烏炭不能洗白，誰不曉得你的底。你能夠有今日，難道還是清白起家的嗎？還要自誇自大，呸！不要臉。」

「什麼？你，你……簡直是放屁，放屁！」芋頭龍被氣得大跳起來，額上的青筋不斷在起伏，兩隻手像患了嚴重的瘧疾似的不斷在顫動，那張生滿了肉瘤的臉漲得又紅又皺，更加像是芋頭了。

這時，在座的許多平素都很厭惡芋頭龍的人馬上哈哈大笑起來，更使他如陷入四面楚歌之中。主人知道了這件事，正想出來排解，只見他已經憤憤然地離開了座位，連頭也不回轉一下，便一搖一擺地拖著蹣跚的步伐回家去了。昨天晚上，就為了這件事，使他在床上輾轉反側，一夜沒有好好地睡覺。……

「他媽的，王興這王八蛋，真是可惡！為了借錢不遂，竟故意當眾拆我的臺，小人！小人！呸！」他憤然地說，心裏立刻浮起了一陣懊悔。「唉！要是前幾天他向我借錢時，我肯借給他，不給他過分的難堪，那麼今天也就不會弄出這樣尷尬的場面了，都是我一時糊塗、糊塗！」他想到這裏，心頭頓時感到一陣劇

痛，於是那光滑的沙發又像是長滿了針刺，使他再也不能坐下去了。他賭氣地站起來，左手插進褲袋裏掏出了一包海軍的香煙，打開一看，只剩一支了，他把它銜在嘴裏，把空盒子隨手一拋，點了火之後，於是高聲喊道：「阿生，來！」正在店面拂拭新腳車的夥計阿生，聽到老闆在叫他的名字，連忙放下那塊油布，跑到房間的門口，問他道：「老闆，要做什麼？」「給我買一包海軍的香煙來。」說著他從褲袋裏拿出一張一元的鈔票遞給阿生。

阿生用著那只沾滿油漬的右手，接過了他手上的一塊錢之後，正想轉身就走，但是這時，芋頭龍卻好像發現了一件什麼事似的，忽然喝住了他：「慢點！」阿生莫名其妙地站住了，一對天真的眼睛直向他瞧。

這時，芋頭龍用力地噴了一口白煙，灰白色的煙像一片霧，在他的面前繚繞上升，他透過這灰白色的煙圈看著站在面前的夥計阿生，心裏猛地想起了一件事，他彷彿覺得阿生就是十多年前他的化身：十幾年前，他在家鄉時是一個無惡不作的流氓，結婚才幾個月，便因為犯了一宗奸殺案畏罪潛逃了，於是才漂泊到這椰風蕉雨的馬來亞。初來時人地生疏，沒有什麼門路，只好也跟其他的新客一樣，到山芭裏去做粗工，偏偏他的運氣不好，在山芭裏做工不久，便因為水土不服而患上嚴重的瘧疾病，弄到面黃肌瘦，差點斷送了性命，當時虧得和他在一起做工的同鄉王興，仗義幫助，出錢替他請醫生，才救了他的命。後來，他不敢再在山芭裏做工，便輾轉流浪出去，終於在B埠的一家腳車入口商給他混到了一個估俚（勞工）的位置，憑著他年青肯幹，加之他那副奸詐狡猾的嘴臉，處處諂媚老闆，拍老闆的馬屁，於是得到老

闆的信任，居然把他當做心腹看待。不久，太平洋戰爭爆發了，日軍的鐵蹄侵入了馬來亞，到處姦淫，到處搶劫，使馬來亞呈現著一片空前的混亂狀態。當時，他的老闆為了要逃難，想把店裏貨物運到山芭一個隱秘的地方，因為他平日是最獲得老闆信任的人，所以這份美差便自然落在他的身上了。他駕著老闆的私用羅里車，把店中值錢的腳車貨通通載走，一直載到自己的私宅裏去，然後向老闆偽報，說是中途被日軍攔劫，老闆雖然也有些懷疑，但是在當時混亂時代，也莫能奈何，於是使他平添了一筆不少的橫財。和平後，靠著這筆橫財做資本，兼之他那奸詐狡猾的手段，苦心鑽營的結果，居然也就財運亨通，使他很快的就由一個窮估俚而躋進了大老闆的寶座，直到現在，他在同鄉之中，可以稱得起是數一數二的人物了。……

「唉！不可靠，不可靠。」他自言自語的說。頓時覺得在他面前平日很得他信任的夥計亞生，很可能就是以後謀奪他家產的敵人似的。於是從他的潛意識中立刻產生了一種仇視亞生的神情。他扳起了面孔，用厭惡而憤怒的口吻對亞生說：「去，去，不必你買了！」他覺得站在眼前的亞生，是連一塊錢都不可信任的。

這時，亞生卻被攪到莫名其妙，他把那已經拿在手中的一塊錢交還給他之後，便悄然地走出去，繼續地在拂拭腳車。

芋頭龍拿著那張經過了阿生的手而沾了一些油漬的鈔票，不自覺地又在房子裏踱起方步來。「唉！不可靠，不可靠，別人總是不可靠的，除非是自己，或者是……自己的兒子。」想到這裏，他的心裏又泛起了一陣強烈的悲哀了。他又坐回那只靠窗的沙發上，兩隻手捧住面頰，陷入極度痛苦的沉思中。他想起那遠

在家鄉的髮妻，結婚不久，他便逃罪南來了，所以她並沒有替他養下一男半女。「可是，這不能怪她，不能怪她。」於是他又想起現在的這個姨太太來。自從他發跡之後，便在舞場中結識了一個貌若天仙的年輕舞女，於是他花了一筆錢，很容易地就把她娶回來。豈知她偏卻是一個不育英雌，同居以來，已經五年了，連屁也沒有放一個，落得他年過四十，膝下卻還是空空虛虛，將來這筆偌大的家產，有誰來繼承呢？他越想越懊惱，越想越悲哀，於是又從沙發上站起來，右手的拳頭握得緊緊的向左手的掌心猛力地擊著，頓時又覺得自己是多麼地孤獨、可憐，而這房子又是多麼空虛。多年來，苦心鑽營的結果，在錢財方面，總算已使他滿足了。但是他在生活上卻始終感到寂寞與空虛，始終覺得是缺少了一項什麼東西，而且這項東西又不是金錢所能買得到的。同時他又想到他近來在社會上的威望已是一日不如一日了，尤其是懂得他底細的同鄉們，似乎都在鄙視他，討厭他，昨晚那王興居然敢當眾在拆他的臺，這便是一個最明顯的例子。想到這裏，他那向來倨傲慣了的自尊心，又像是重重地挨了一錘，感到一陣難言的隱痛。

房門外忽然響了一陣拖鞋聲，年輕的女傭捧著茶及麵包進來了，她走進房裏，把茶及麵包放在房子中央的那只鑲著玻璃的圓几上之後，正想拔腳出去，卻聽得芋頭龍在喚她說：「阿嬌，慢點。」「老闆，有什麼吩咐？」那個被稱為阿嬌的女傭本能地站住了，眼睛向芋頭龍一瞪，恰巧芋頭龍的眼睛這當兒也向她的身上掃來，於是兩對眼睛不期然地便打了一個交鋒，阿嬌兩頰泛起了一道少女的紅暈，馬上低著頭，兩隻手在玩弄著衣襟，像一隻

嬌羞的小白兔。

這當兒芋頭龍的那對鼠樣的眼睛很自然地落到了阿嬌那個稍微凸起的肚子上，心裏忽地又掀起了一陣滲透一絲負疚的惆悵，他又想起那個曾經當過幾年舞女的姨太太，結婚以來，迄今還沒有做母親，可是，站在眼前的女傭阿嬌，卻偏又……呀！他不敢再想下去了。「唉！有意栽花花不發，無心插柳柳成蔭。」他不自覺地竟埋怨起命運來，覺得這是命運偏要和他作對。他現在財已經有了，但是就缺少了一個能夠繼承遺產的兒子，要是他這當兒能有一個兒子，將來長大之後，能夠繼承他那偌大的財產，那他就可以無憾了。可是，唉！他這時的思潮亂紛紛的，再也不敢想下去了。抬起頭，仔細地端詳一下站在面前低頭玩弄衣襟的阿嬌：那苗條的身材，雪白的肌膚，嬌豔的面孔，尤其是那對微微隆起的乳峰，他的心開始有些飄蕩起來，驀地伸著那粗大的手，像老鷹抓雞似的向她的身上撲過去，這裏低著頭正在玩弄衣襟的阿嬌，猛不防地他會有這麼一著，不禁嚇了一跳，連忙用力推開他的身體，掙脫他那只攬住她腰部的手，像驚弓之鳥，飛也似的逃出去了。

芋頭龍帶著那顆跳動未定的心，目看著阿嬌那苗條可愛的背影在出神，他足足地愣住了有三分鐘之久。鎮定一下心情，看到那放在桌上的茶和麵包，於是走近前去，狼吞虎嚥地胡亂吃完了之後，便像是一個受了傷的兵士，懶洋洋地躺在沙發上，他的思潮又開始起伏了：「唉！有意栽花花不發……要是阿嬌肚裏的那塊肉能夠移到姨太太的肚裏去，那豈不是兩全其美，多好呀！但是，這畢竟是不可能的事，除非……」唉！他又不敢想像下去

了。他想，要是這件事給他的姨太太知道了，一定會大鬧起來，那時，他的名譽……可是，他又轉了念頭：「怕什麼，誰叫她的肚皮不爭氣，要知父親的財產是需要有兒子來承繼的呀！還是乘這個機會，向太太當面坦白商量，索性收她作小吧！」他這樣想著，彷彿覺得了卻一件心事，頓時心裏也就舒暢許多。

於是，他這時的心開始平靜了，同時也就覺得有些睡意，安詳地閉起眼睛，想在沙發上養一養神，彌補昨晚睡眠的不足，可是就在這時，店面忽然傳來了阿生叫他的聲音，說是有顧客上門，要買新腳車。

躺在沙發上閉目養神的芋頭龍，聽說有顧客上門，便像是被打了一針興奮劑，馬上精神百倍起來，剛才那因昨夜失眠而引起的睡意一下子便被趕得無影無蹤了。本來嘛，顧客要買新腳車，單就阿生一人也就可以應付裕如，而且，以他目前的身份來說，生意有做沒有做也都不成問題，反正單就膠園每個月的入息也就吃不完，所以這時他正該安然地躺在沙發上大養其精神的，何必這麼緊張，為了一個買新腳車的顧客而犧牲了他那寶貴的養神時光呢？但是芋頭龍的心裏可並不這樣想，雖然他並不是在乎賣一輛腳車所能賺到的幾塊錢，但是他的心裏卻在打著另一套的算盤，在他認為，錢無論如何不該讓別人賺，他那狹窄的心目中是希望別人最好都應該是窮光蛋，都應該吃蕃薯鹹菜，別人生活愈窮苦，他的心也就愈滿意，所以有時他寧願把自己的貨物便宜賣掉，卻不願讓顧客上別人的店裏去交易，萬一要是顧客在他的店裏交易不成而上別人的店裏去時，那他必然會千方百計地來進行破壞，有時還會不厭其煩地坐著腳車，遠遠地跟蹤著顧客，看他

是進入哪一間店去，然後他又會故意到那間店和東家聊聊天，趁機破壞他們的交易。他的同行也都知道他那自私自利的心理，所以都很討厭他。有一次，他不知趣地跟蹤一個在他店裏交易不成的顧客上一家同行的店裏去搗鬼時，還曾經給那家店東毫無留情地用鉗仔在他額上刺了一下，至今他額上還留下一個小小的疤痕呢！

打從這次之後，他似乎也接受了一次的教訓，於是再不敢到人家店裏去搗鬼了。但是從此之後，他對於店面的生意也就更加振作起來，他的心裏曾立下一個誓言：除非萬不得已，他決不肯讓顧客上別家交易，所以他特地關照阿生，假使是有買新腳車的顧客，一定要叫他，憑著他那張奸詐圓滑的嘴臉，總可以交易成功的。

現在，他一聽阿生說有顧客上門，連忙從沙發上站起來，匆匆忙忙地走出去了。

到了店面，只見阿生正在拂拭最後的一輛腳車，那已拂拭過的腳車像一排軍隊很整齊地排在店面的右側，晨曦的光芒正從外面射進來，照得那一排二十多輛的新腳車閃閃發光，一個三十歲左右的巫籍顧客正站在店門口，一對眼睛儘量向那排亮得發光的新腳車瞧，芋頭龍馬上嬉笑著臉迎上去，用巫語說：「先生，買腳車嗎？」

「禮裏的一架要多少錢？」巫籍顧客手指著那輛青色的禮裏車問他說。

「一百九十元。」「這樣貴呀！有少嗎？」「價錢老實，不會算貴的。」

「哪裡？我的一個朋友新買一輛，才一百六十元呢。」巫籍顧客明知他的朋友買的價錢是一百七十元，但這時他也扯了一個謊。

「哪裡？一百六十元還要虧本呢！」「人家都可以賣，當然是不會虧本的，賺少一點而已，虧本的生意誰要做呢？」

「不，這種的價錢的確會虧本，我的貨是包原裝的，而且手工又好，人家的貨一定不正莊，而且工夫不好，坐了不久，便這個壞，那個壞，有什麼用呢？」芋頭龍本著他向來的生意經，企圖用這些詆譭同行的話來打動顧客的心。

顧客一時沒有說什麼，只是更仔細地在端詳那輛腳車，芋頭龍以為有機可乘，於是向他再挑逗了一句：「我這裏的貨色是如假包換的，而且包你半年之內，修理免費，至於價錢方面，就減少五塊錢吧！」芋頭龍滿以為這宗交易是有希望成功了，豈知那顧客卻冷冷地說了一句：「好，等我出糧時才來買吧，今天我只不過是問問而已。」

聽完了這句話，芋頭龍剛才那顆充滿自信與希望的心馬上為之冷了半截，一股強烈的懊惱立刻襲上了他的心頭，他用不屑的眼光對顧客鄙視了一眼，便轉過頭，面對著正在拂拭腳車的夥計阿生，很想嚴厲地苛責他不該為了這個只是「問問而已」的顧客而驚動了正想閉目養神的他。可是就在這時，一個派報童代替了那個已經離開而只是「問問而已」的巫籍顧客所站的位置派了一份報紙來，於是他暫時把滿腔的怒氣忍住了，接過了報紙，翻開一看，一條在他認為是新鮮刺目的新聞立刻映現在他的眼前。「啊！今天發表出來了。」他驚喜地大跳起來，像是中到了頭

彩,剛才想對阿生發作的滿腔怒氣馬上變成了喜悅,他的臉上顯出了異樣的光輝,連忙高聲喊道:「瑪莉,快來看,快來看;阿生,你也來。」正在房間裏打扮的姨太太瑪莉,聽到他大聲大氣地叫,以為是什麼事,連忙從房間裏沖出來,右手還塗了一堆未搽勻的雪花膏。阿生這時也已拂拭完了最後的一輛腳車,聽他這麼一叫,為了不掃他的興,也就放下那塊油布,挨近他的身邊。只見他那只因高興過度而微略顫抖的右手正指著報上的那則新聞:「K埠聞僑××龍先生熱心教育,特捐助五十元為南大基金,托本報轉交……」阿生看了這則新聞之後,用極度的耐心忍住了那股將發作的哄笑,並沒有說什麼,他的姨太太瑪莉這時卻顯示十足不屑的神情,只見她冷冷地說:「哦!原來只是這回事,用得著這麼大驚小怪!怎麼?你這次倒又熱心教育起來。」

「是呀!創辦南大是一種偉大的教育事業,我們是應該盡一點責任的。」他得意洋洋地回答。

「那麼,上次新村那間華僑學校建校委員會出來募捐時,你為什麼卻要故意逃跑?難道那不是教育事業嗎?」他的姨太太努著嘴,諷刺地說,顯然是為了她化妝未完卻被他為了這點小事騙出來感到不高興而特地要向他報復。

芋頭龍卻沒有料到他的姨太太會來這麼一著,一時間竟像是一個事前沒有準備而臨時被拉上講臺去演講的人一樣的不知要說什麼好,他臉孔略微感到一陣炙熱,思索了許久,終於吞吞吐吐地說:「噯,你,你……怎麼這樣傻,這點意思都不懂,你要知道,我要是捐幾十元給那間學校,無聲無息的,有什麼價值呢?這裏我只捐了五十元,報紙就特地為我宣揚,表彰功德,這是花

小利而求名的捷徑呀！」芋頭龍興味盎然地說。

　　他的姨太太還沒有聽完他的這套偉論，忽然看到了她手掌心上的那堆尚未搽勻的雪花膏，於是便匆匆忙忙地走進房間裏去了。阿生這時也開始拿一塊肥皂在洗手，現在只剩下他一個人，兩隻手像捧寶貝似的捧住那份報紙，一遍又一遍地在看那則新聞，嘴邊掛著一絲得意的微笑，直等到他把那則新聞讀到爛熟幾乎已全部會背誦時，才從店門口腳車架的補氣盤中拿起一把剪刀，特地把這則新聞剪起來，對阿生說：「阿生，你把這個拿去做一個鏡框，要金邊的，玻璃要好的，錢多少不要緊，哪！這裏一塊錢，你拿去吧！」說著，他從褲袋裏掏出那張曾經過阿生的手而沾了些油漬的一元鈔票，遞給阿生，阿生伸出那只剛洗完而還沒有抹乾的右手接過了那張鈔票，他猛地想起老闆早上叫他買香煙時的那幕情形，不覺就有些遲疑起來，一對驚奇的眼光儘自瞪著他，可並沒有動身。

　　但是芋頭龍這時可生氣了，他猜不透阿生的心，只認為阿生是故意跟他為難，不聽他的話，來掃他的興，於是他的自尊心又受到一次輕微的打擊，不過對於眼前的這個夥計阿生，他總是有辦法對付的，於是馬上扳起老闆的尊嚴，用著呵叱夥計的態度對阿生說：「怎麼！你還不快點去？」這時，阿生已看出了他的心，認定像早上買香煙的那一幕是不至於再重演了，於是他騎著腳車，出去了，雖然挨了一頓輕罵，但心頭裏卻自在得多。

　　女傭阿嬌已把一隻八仙桌在店面左側後面的空位上架了起來，準備開飯了。一個穿著黃色制服的郵差也就在這時遞給他一封信。

他拿著這封一看封面即知是由中國寄來的信，拖著紳士式的步伐，安詳地坐在櫃檯內那只籐椅上，然後拆開信封，拿出那張寫得密密麻麻的信，悠閒地在閱讀：

龍兒知悉：

　　來信接到，並收寄回之港幣二千元無誤，知兒在外一切平安，財源廣進，殊深欣慰……

　　……新建之大廈已於日前落成，建築堂皇富麗，現已卜得吉日，擬於下月間遷入新址，吾兒如此關心家中，鄉人諸多嘉讚，堪稱孝子也……

　　虎兒年底已進××大學肄業，豹兒亦已升入高中，他倆得能繼續升學，皆爾培養之功。家中大小均安，勿念……

看到這裏，他的心裏泛滿了高興歡悅的潮水，那只闊大的嘴笑得像一只石獅，於是他用那粗大的左手，摸著那長滿粗短鬍子的下巴，懷著一種輕鬆的心神繼續地看下去：

……近家鄉婚姻自由，父女皆無權干涉，鰥夫寡婦皆互相婚配，秀卿（芋頭龍的髮妻）被時俗所染，竟也不安於室，月前在婚姻註冊局由政府證明，與同鄉的烏炳結婚。烏炳即美珍（十幾年前被芋頭龍奸殺了的女人）之夫，真是冤家路窄，此門婚姻，鄉人議論紛紜，多所取笑，我雖不願意，但也沒有辦法……

看到這裏，像晴空中響起一聲霹靂，他的心差點粉碎了，一時間，一種莫可言狀的悲憤像一朵暴風雨前的烏雲狂襲上他的心頭，而且這朵烏雲還不斷地在擴大、擴大，終於把他心頭裏先前那股高興喜悅的陽光全給遮蔽了，他像跌進了幽邃無底的深淵裏，眼前頓時呈現著一片昏暗，彷彿覺得天在搖幌，而且一直地下降，直向他的身上壓下來，他感到一陣眩迷，低著頭，立刻癱伏在櫃檯上。

　　這時，阿生已拿著一個鏡框回來，鏡框內鑲進了剛才從報上剪下來的那則新聞，他看到老闆伏在櫃檯上，不敢去驚動他，只是把鑲著那則新聞的鏡框放在櫃檯上靠近他頭部的地方。這時阿嬌已在催著姨太太及阿生用飯，她看到芋頭龍伏在櫃檯上睡覺，正想去叫醒他，姨太太瑪莉已從房間打扮得花枝招展出來了，她看著那放在櫃檯上鑲著新聞的鏡框，顯出滿臉鄙夷的神氣，嘲笑似的對阿嬌說：「來，我們先吃吧！別管他，他現在是高興到連飯也不必吃了。」阿嬌面對著她作著一個會心的微笑，便和阿生三人開始用飯。這時，就只有芋頭龍一人，卻仍然伏在櫃檯上，沉溺在那滲雜奇幻的思潮中……

　　　　　　　　　　　　　　　　　　　1954年

芋
頭
龍

遲來的電話

　　夕陽已漸漸從西山沉落下去，那餘暉煊染的片片彩霞，凝聚在暮色蒼茫的天際，像一幅七彩的瑰麗圖畫。陣陣晚風，把幾株矗立在草場邊的椰樹葉子，吹拂得婆娑搖動。幾個天真的孩子們正在草場上放風箏，那一隻大蝴蝶高高地飛在空中，隨風搖曳。一群歸巢的燕子在簷前飛翔，發出清脆悅耳的呢喃，似乎是在讚美這迷人的黃昏景色。

　　高劍民站在門前的屋簷下，緊蹙著眉頭，遠眺那天邊的彩霞，又看那群在簷前穿梭的燕子，一副憂鬱的神情，顯然並非在欣賞這黃昏的勝景。在門口癡癡地呆立了許久，忽然間他好像看到有一隻小燕子，竟然變成了一架大飛機，直向那佈滿彩霞的天際飛去，而這架飛機裏面，正運載著他的兒子——一個離鄉別井、奔向遙遠的英倫去尋求光明前途的孩子。

　　天色越來越昏暗，那瑰麗的彩霞已失去原先鮮豔的光澤，像是被潑上一層淡淡的墨水，漸漸地變成了鉛黑色。最後的一隻燕子在簷前繞了一個小圈之後，也鑽回窩裏去了。

　　這時，高劍民的心情也隨著夜幕低垂而愈加沉重起來。「現在已經七點了，怎麼強兒還沒有打電話來？」他看一看腕錶，一副焦急不安的樣子，心裏一直在計算：昨天晚上十一時起飛，飛

行的時間是十八小時，今天下午五時就可以抵達倫敦機場，辦理入境手續及領取行李，最多是一小時，加上由機場坐德士到他朋友的家，大概要半小時，現在總該到達了目的地才對。強兒答應一到朋友的家，就立刻打電話回來，可是現在……他又很仔細地看一下腕錶：「明明已經七點了，怎麼電話還沒有來？會不會是旅途中有什麼意外？」

他仰起頭，望著草場上空的風箏，只見原先那只在空中搖曳的大蝴蝶忽然斷了線，它隨風飄蕩了一會兒之後，終於漸漸地掉落下來。他好像是看到一架失事的飛機墜落在地面似的，心裏感到一陣迷惘，深深地歎了一口氣，然後莫可奈何地走進屋裏，只見他的太太和老母親還是坐在廳旁的沙發上，面對著放在桌上的那個電話發愣。

他在太太對面的那張沙發上坐下來，點燃了一枝香煙，不停在猛吸著，大家都沒有說話，只是一直在盼望電話的鈴聲，氣氛是異樣的沉悶，沉悶得幾乎令人窒息。那只強兒所喜愛的小黃狗，無精打采地蹲在高太太的身邊，似乎也為著小主人的離別而感到悲哀。

壁上掛鐘的秒針不斷地在移動，一秒一分……好不容易又挨過了十分鐘，仍然沒有消息，坐在沙發上足足等了整個鐘頭的高老太太實在沉不住氣了，於是打破沉默。疑慮地說：

「阿民，你到底是跟他怎樣說？為什麼到現在還沒有打電話來？」「我跟他說得好好的，叫他一到朋友的家，就要立刻打電話回來。」

他一邊說，一邊站起來，走到電話旁，拿起聽筒，聽到一連

串咯咯咯咯的聲音，於是放下聽筒，自言自語地說：「電話並沒有壞呀！」

「去年文叔的兒子去英國，也是晚上十一時起飛，第二天下午六點半就打電話回來，現在已經七點半了……」她指著壁鐘，眼睛直瞪著他，好像是責怪他做錯了什麼事，那乾癟而滿佈皺紋的臉龐繃得緊緊的，就像曬乾的柚皮一樣。

「媽，不要心急，可能是機場檢查拖延了時間，或者是電話打不通，你放心吧！」高太太顯然也感到煩躁不安，她一面安慰母親，一面很焦急地望著壁鐘，那原先瘦削的臉龐在燈光的照射下，顯得格外蒼白。

「在本地讀得好好，偏要送他去英國，我不知你打的是什麼主意？讀書嘛！到處還不是一樣，何必多花錢？跑去那麼遠的地方。他年紀這麼小，你們放心，我可不放心！」高老太太搖一搖頭，還用右手背往左手掌重重地拍了一下，好像是要把滿肚子的怨氣全給發洩出來。

高劍民沒答腔，他坐回那張沙發上，默默地在吸煙，看著那灰白色的煙圈徐徐上升，細細地在回味老母親的這席話，覺得也不是沒有理由。可不是嗎？強兒今年才不過十五歲，上個月剛考完L.C.E.，成績都還沒有公布呢！他是一個既聰明又用功的孩子，在吉隆坡VI中學念書，每年的成績從來未曾掉下第二名，本來可以在該校繼續讀FORM 4、FORM 5，等考完M.C.E.後，還可以再讀FORM 6，然後進本國大學，何必這麼年輕就把他送去英國？不但使他遠離家庭，而且還要坐十八小時的飛機呢！一想起坐飛機，他的心裏就感到害怕，他今年已經四十多歲，從來沒有

坐過飛機，也可以說是不敢坐，一隻大鐵鳥，要在那麼廣闊的高空飛行，萬一機器發生了毛病，那太危險了！何況近來還常常發生騎劫的事件……

　　高劍民的家境向來很清苦，夫婦倆同在教育界服務了二十多年，可說是杏壇的老前輩了，平日省吃儉用，總算已在這個發展區擁有一間自己的小房子，那是十年前以一萬二千元的價格向發展商購買的，最近才付清欠款。亞茲士報告書及內閣薪金制相繼實施後，夫婦倆每月的薪金共有一千四百多元，加上自己寫點稿及太太教補習的一些外快，如果單單用來維持一家四口子的生活，那當然是綽綽有餘，然而他知道孩子的教育費將是一筆很重的負擔，不能不未雨綢繆，所以每月把剩下的錢存在銀行的戶口，以便將來供強兒讀大學。他對強兒懷有很大的期望，想起自己當年因為家境貧窮，唯讀到初中畢業便被迫停學，年紀輕輕就要挑起生活的擔子，所以他立志要把強兒培養成材，而強兒並沒有辜負他的願望：清秀的臉龐、炯炯發光的眼睛、寬闊的前額、厚大的耳朵、加上那副修長壯碩的身軀，的確是個惹人憐愛的孩子，他不但成績優良，而且棒球和羽球都打得很好，一直是校隊的選手。他做了多年的學長，也當選了幾次模範生的榮銜，對父母及婆婆都很孝順，常常在家幫忙料理家務，雖然是小小年紀，但已具有偉大的抱負和求上進的決心。

　　大概是受著同學和老師的鼓勵，強兒在考完L.C.E.後一直希望去英國深造，他曾好幾次向父親提出這個要求，但都被他拒絕了。因為高劍民知道要去英國升學，費用相當大，只有富人的兒女才有資格，而且讓這個獨生子年紀輕輕就離開家庭，心裏

也實在捨不得，所以每次總是勸他應好好地在本地念書，等考完H.S.C.後再進本國的大學。可是有一天，強兒卻提出質疑說：「爸爸，你敢保證我將來一定可以進本國的大學嗎？」

「只要你的成績良好，一定有機會的。」「那可並不一定，我有許多朋友，他們H.S.C.的成績考得很好，但是都沒有機會進本國的大學，最後還是要跑去外國，家境窮苦的便只好停學找工作做。而且考試有時是很難說的，許多人平時成績很好，只因為馬來文一科不及格而Fail了。去英國念書，便不會有這種困難。」強兒攤開雙手，像個演說家似的，那對圓溜溜的眼睛瞪著父親，希望能夠把他說服。

「你現在先安心讀下去，等考完H.S.C.後再說，那時如果不能進本國的大學，才送你出國也不遲呀！」高劍民推出這一招太極，滿以為一定可以打消強兒的念頭，不料強兒聽了，卻充滿憂慮地說：「爸爸，你可要想清楚，等我考完H.S.C.，最少還要四年，因為我國英文的程度低落，現在已經有一些國家不承認我們的資格了，幾年後的事更加難說，那時我要是不能進本國的大學，外國的大學又不肯收，豈不是沒有書好讀？」

強兒這幾句話，像是一記悶棍，重重地擊中了他的心窩。他冷靜地想一想，覺得很有理由，因為目前要申請去英國念書雖然容易，但幾年後的事誰能料想得到？以前在澳洲升學不是很容易嗎？可是現在卻困難得很，要是強兒將來真的弄到無書可讀的地步，那麼他一生最大的願望豈不是要因此落空？他一時竟像是被老師提詢了一個難題，找不到適當的話來回答。

「爸爸，我的先生說最近有很多學生申請去英國，他說我的

成績這麼好，現在去英國讀O-Level，明年六月考試及格的話，九月就可以讀A-Level，等於這裏H.S.C.，這樣可以節省一年半的時間。」強兒看父親沒有回答，知道他的要求已有點希望，於是進一步提供理由。

「去英國念O-Level每個月要花多少錢？」高劍民這時顯然已被強兒所說服，現在他是在擔心經濟問題。

「我的先生說，如果進好的學校，學費每個月要五百多元，加上屋租、伙食和買書等，大概要一千塊左右。」

「一千塊，那豈不是要花掉我們全部收入的三分之二？」他皺著眉頭說：「如果在本國讀大學，每個月只要兩三百塊就夠了。」

「爸爸，你放心，我會儘量節省，也會利用假期去做工賺錢，你只要熬苦幾年，等我大學畢業之後，一定會賺多多錢來養你們。」強兒天真地說，兩眼充滿著希望的光輝。

「唉！爸爸並不是捨不得給你用這筆錢，我只有你這個孩子，將來也沒有什麼財產留給你，唯一可以給你的就是培養你受高深的教育，希望你將來能有成就，以便為社會人群做一番有意義的事，並非希望你賺大錢，現在我擔心的是你年紀這麼小就要離開家庭，怕你不懂得照顧自己。」說著一邊脫下老花眼鏡，一邊掏出手帕抹一抹眼睛。

「我的先生說現在許多有錢人，恐怕孩子在本地念書沒有好出路，所以才七、八歲就送去外國！我們的同鄉阿貴叔，他的兒子才九歲，也轉去新加坡讀三年級，我今年已經十五歲了，還有什麼不放心？我有一個朋友，他的父親在倫敦買了一間房子，他

前年已經去了，我可以跟他住在一起，你們不必擔心。」

　　強兒的意志看來非常堅決，高劍民找不出拒絕的好理由，為了這件事，特地舉行家庭會議，慎重考慮，他的老母親首先大力反對，她很驚奇地對劍民說：

　　「什麼？去英國？當年你去坡底讀書，離家才幾哩，我都不放心，英國離家也不知有幾千幾萬里，你放心讓他去？你的心是鐵打的呀？」說著還用右手指向他狠狠地指了一下。

　　「媽，我也不忍心讓他去，不過前途要緊，現在如果不讓他去，將來恐怕沒有機會讀大學。」他垂著頭，似乎是在回憶自己當年被環境所迫而停學的事。

　　「沒有機會讀大學，就讓他找工作做，你從前只讀到初中，現在還不是照樣可以做校長？」她好像是在講臺上參加辯論，連唾沫也噴出來。停頓了一會兒，又接下去說：「我問你，社會上賺大錢的老闆有幾個是大學生？」

　　「媽，現在時代不同，不比從前了，一個大學生如果沒有人事關係，找工作也不容易，何況是中學生？有錢人家的兒女不讀大學還不要緊，他們有後臺靠山，可以跟老子做生意，我們只不過是受薪階級，沒有產業也沒有資本，強兒將來要是沒有真正的本事，是很難在社會上立足的。」

　　老人家一時找不到充分的理由來反駁，但是高太太卻接下去說：「那麼，最少也應該等多兩年，讓他考完M.C.E.後才去。」她望一望強兒，又望一望丈夫，希望這個緩兵之計能夠成功。

　　「本來等多兩年才去是好的，可是強兒說得對，萬一兩年之後，英國不要接受大馬的學生，在本國又沒有機會進大學，那怎

麼辦呢？強兒要是成績不好，進不進大學倒無所謂，他偏偏是一個可造就的人才，我絕對不能讓他的天才受到埋沒。」說著拍一拍強兒的肩膀，好像是在為這個天才的孩子感到驕傲。

「你不怕他學阿發伯的兒子那樣，去了英國，大學沒有念完，就跟一個紅毛妹結婚，連家也不回了。」高太太看到緩兵之計不成功，於是道出心中的隱憂：「幸虧阿發伯有幾個兒子，這個不靠靠那個，但是我們卻只有一個強兒。」說著摸一摸強兒的頭，洋溢著一片慈愛的表情。

「強兒對我們這麼孝順，以他的個性，應該不會這樣的。」他很有信心地說：「況且男兒志在四方，總不能讓他一輩子跟在我們身邊，耽誤了他的前途。」

「這可難說咯！人的性情是會改變的，聽說倫敦的社會風氣很壞，我真擔心他去了英國，會受到不良風氣的影響。」

強兒看到家人為了這件事而爭辯，心裏感到很難受，他雖然也捨不得離開家庭，但是為了要實現自己偉大的抱負，所以已立下很大的決心，現在聽了母親的話，連忙插口說：「媽，這個你可以放心，我不是這麼懦弱的人。」說著還拍拍自己的胸膛：「一個人會不會變壞，最終是要看他自己，其實這裏的風氣也並不好，我們學校就有許多同學整天去賭博、喝酒、甚至抽煙吸毒，如果我經不起引誘的話，早就變壞了。」

「可是，去英國讀書，費用這麼大，你有這種能力嗎？」沉默了許久的高老太太，又給她想出了這個理由，於是指著劍民，一副不屑的神氣。

「媽，以我們的入息，要維持強兒讀到大學畢業，雖然是苦

一點，但勉強還可以應付，好在我們都沒有這麼快退休，最少還可以教七、八年，那時強兒已經大學畢業了。」

聽了他的話，大家都保持沉默，反對的人再也找不出什麼更好的理由，於是事情就這麼決定下來。

那時剛好是十二月年假，高劍民夫婦倆都比較得空。於是從銀行戶口中拿出一半的儲蓄四千元，一面替強兒辦理出國手續，一面替他買東西。高太太為了這件事，足足忙碌了好幾天，她陪著強兒跑了許多間的百貨公司，也光顧了許多間的食物店，除了衣服、鞋襪、皮箱和其他必需品之外，還買了許多公魚仔、肉乾、辣椒乾和冬菇，甚至連涼茶、傷風丸和頭痛粉等也都替他買齊，一直還怕他會缺少些什麼。

班機的航期已定在正月一號，日子越接近，一家人的心情也就越沉重。臨走的前一星期，他們每晚幾乎都要聊到半夜，那訴不盡的離情別緒，就像是源頭的泉水，永遠也流不完……

昨天晚上，高太太特地做了幾樣好菜，全家人坐在一起吃著敘別飯，高老太太一直把雞腿、冬菇和大蝦往強兒的碗裏送，那張嘴像在念經似的說個不停：「阿強，你到了英國，一定要用功讀書，學古人那樣考個狀元回來。在外面不比家裏，我們都不在你身邊，自己要好好照顧。聽說英國常常下雪，比唐山還要冷，唉！我真不放心。」她歎了一口氣：「記住衣服要多穿點，千萬不要著涼，三餐一定要吃得飽，別讓肚子給餓壞了。」

「婆婆，我年紀已不小了，會照顧自己的，你們放心，只是我離家以後，再不能替你捶背了，每天傍晚，也不能陪爸爸去散步，星期天也不能陪媽媽去巴剎買菜……」強兒說到這裏，連忙掏出

手帕，裝作抹嘴的樣子，順便把快要淌出來的淚水也抹掉了。

「唉！阿強，你父母因為忙著教書，我把你從小帶大，小時候你每天都是跟我睡，我實在捨不得讓你離開，但是你爸爸說為了你的前途，我也沒有辦法留你。我今年已經七十歲了，你讀到大學畢業，還要好幾年，我不知道有沒有機會看你戴方帽子回來……」說著摸著強兒的頭，竟又嗚咽起來。

高太太聽了這些話，連忙裝著要去沖涼房，就躲在裏面痛痛快快地大哭一場，高劍民也覺得眼睛有點濕濕的，勉強地忍著，淚珠兒才沒有滾出來。強兒雖然已偷偷地哭了幾個晚上，在這臨別的時刻，為了不使家人傷心，所以極力壓住滿懷的憂愁，強裝笑臉地說：「婆婆，現在交通發達，英國離這裏雖然很遠，但是坐飛機只要十多個鐘頭，我今後會每年回來一次看你們的，只是回來一次，飛機票要千多元，不知道爸爸能不能負擔？」

「什麼能不能！他既然答應給你去英國，不能負擔也要負擔，我們寧願在家吃鹹魚送粥，一定要讓你每年回來一次。阿民，你說是不是？」她一邊說，一邊望著高劍民，像是在等待他的意見。

「媽，我即使怎樣苦，那筆飛機票的錢一定不會節省，你放心吧！」高劍民很肯定地答覆。

「這就好了。」她好像了卻一件事，稍為鬆了一口氣。於是從衣袋裏掏出一個小荷包，把裏面四張五十元的鈔票拿出來，遞給強兒：「哪！這兩百塊是你爸爸給我的紅包和零用錢，我把它存起來，現在拿給你去英國買點心吃。」

「阿婆，這些錢你自己留著用，我帶的錢已經夠了。」強兒

連忙推辭。

「噯！我在家裏有得吃有得穿，還需要用什麼錢？過去我把這些錢儲蓄起來，寄回唐山去幫助窮苦的親人，今後我會把儲蓄的錢寄給你做零用。你千萬要記住，三餐一定要吃飽來……」停頓了一會兒，又忽有所悟地說：「哦！這裏有一張符，是我前天向九天玄女求來的，你把它帶在身邊，菩薩會保佑你平平安安，聰明讀書。」

晚飯過後，高太太替強兒整理行李，高劍民也在旁監督，還問這問那，生怕遺漏了些什麼。他叮囑強兒，去了英國之後，要用功讀書，不要太想家，以免影響學習的情緒。

高太太特別鄭重地吩咐說：「阿強，你正在求學時期，應該專心學業，不要談戀愛，將來如果要談戀愛，千萬別找紅毛妹，免得一結了婚，連父母都不要了。」

「媽，我已下定決心，在大學畢業之前，絕對不談戀愛，你們可以放心。你的身體不太好，最好不要再教補習了，還有爸爸你也要好好地照顧身體，晚上寫稿不要寫得太夜。」

一切收拾妥當後，高老太太點著香燭，帶著強兒向天公及祖先虔誠地膜拜，祈求神明保佑他旅途平安，身體健康，然後由高劍民駕著那輛「得善」牌的老爺車，載一家人去機場。

機場大廈聚集許許多多的人群，他們多數是來替兒女或親友們送行，一片鬧哄哄的怪熱鬧。強兒坐的是一架學生包機，同機的共有二百多人，有的是去讀大學，有的讀A-Level或O-Level，也有去讀小學的。高劍民替他辦好了托運行李手續，離飛行的時間還有兩小時，他們就去機場大廈樓上的茶室喝茶聊天，看著那

一架架的飛機降落，又一架架地起飛，各自懷著沉甸甸的心事。高老太太坐在強兒的身旁，一直摸他的頭、他的肩膀，摸一下，看一下，就像在鑒賞一件稀世的寶物。

時間在不知不覺間就溜過去了，播音機忽然傳出了報告員的聲音，通知去英倫的搭客們進閘，他們的神情頓時緊張起來。高老太太拉著強兒的手，從樓上沿著扶梯，一步一步地蹣跚而下，直走到閘門口，還緊拉著不放。

這時，閘門口擠滿了送行的人，他們多數是愁容滿臉的在和兒女們話別，許多甚至互相抱頭大哭。強兒和親友們一一握手，在臨進閘門之前，對爸爸說：「我進了閘門後，你們就可以回家，不必等飛機起飛了。」

「好！不過你要記住，一到朋友的家立刻打電話回來。」高劍民再三叮嚀。

「我會的。」強兒說著，終於硬著心腸，連頭也不回顧一下，便大踏步地衝進閘門，然後從門縫偷偷地往外望，眼淚不期然便漱漱地流出來。

高劍民他們可並沒有聽強兒的話，等著他進了閘門，便連忙走到樓上去，站在天臺扶欄的旁邊，一直等到他進了機坪，上了飛機，又等到飛機起飛，越飛越高，越飛越遠，直至只變成一個小黑點，終於完全消失了，才依依不捨地回家。

回到家裏，他們都有一種奇異的感覺，整間屋子忽然空洞洞的，變得特別寬大起來，大得像個孤島，在這個島上本來是百花齊放，群鳥爭鳴，充滿著美麗與溫暖，但現在卻是冷清清的一片荒蕪，他們的內心感到空前未有的寂寞與空虛。高太太哭得像

個淚人，她依偎在丈夫的肩膀上說：「強兒去英國，念完大學畢業，最少還要六、七年，這段時間我真不知要怎麼過？」

「不必太傷心了，強兒每年都可以回來一次，今後我們更應該把時間和精神放在工作上，忘記這暫時離別的痛苦，等待幸福日子的來臨。」

聽了丈夫的慰言之後，高太太不再說什麼，夫婦倆默默地坐了半小時，然後才上床睡覺，但卻一夜未曾好好地合過眼，強兒的影子一直在他倆的面前浮現。高劍民好像看到他正陪著自己在散步，和往常一樣蹦蹦跳跳地跑在前頭，高太太則看到他和她談天，又看到他挽著菜籃陪她上巴剎買菜，高老太太跑進他的房間，坐在那張靠背的椅子上，面對著桌上那張照片，一直到天亮。

「高先生。你們還不來吃飯呀！飯菜都已經冷了。」那個女工已經第三次來催他們吃飯。

「你自己先吃吧！」高劍民很不耐煩地漫應著，女工的催促，更增添了他心裏的不安。看一看壁上的掛鐘，已經八點了，電話還沒有來，難道真的是飛機發生了意外？想起近來許多宗的空難慘劇，他不禁打了一個冷顫，一股深厚的憂傷與焦慮，竟像是濃烈的醇酒，沁醉了他的心田，使他有點暈暈然。他本能地站起來，去扭開電視機，想聽新聞報告。他清清楚楚地記得，才不過是前幾天，就有一架去英國的飛機在印度的上空失事，他就是當晚在電視的新聞報告中知道了這個消息。

「阿民怎麼還不打電話來呢？你也不想想辦法，還有心看電視？」高老太太顯然不瞭解她兒子這時的心情，很生氣地指責他。

「有什麼辦法？我又不知道他朋友的電話，要不然我會直接

打去問的。」

「唉！你怎麼這樣湖塗？早就應該把他朋友的電話抄下來。」老人家越說越氣憤，兩手往沙發兩旁的扶柄狠狠地拍下去。

「媽，不必擔心，再等一會兒，強兒一定會打電話回來。」高太太婉言安慰，隨手拿起一份當天的報紙，漫無目地在在翻閱。

「等！等！不是說六點就可以打回來嗎？我已經足足等了兩個鐘頭，連心都要等爆了，你們真狠心，只一個孩子，就忍心讓他出遠門，強兒是我撫養長大的，我把他當珍珠寶貝，你們不要他，我可要他……」她很激動地說。

高劍民這時不但感到焦慮，同時也有些後悔，強兒年紀這麼小就出遠門，而且還要坐十八小時的飛機，萬一飛機……他幾乎不敢再想像下去。

電視機的報告員正在報告新聞，他懷著莫名緊張的心情在傾聽，那顆心不斷地在卜蔔猛跳，一直到報告完畢，並沒有飛機失事的消息，才吁了一口氣，於是跑上前去，把電視關了。

就在這時，電話的鈴聲響了起來。

像是聽到了空襲的警報，他立刻三步並兩步地跑到電話機旁，因為太匆忙，差點給一張椅子絆倒了。高太太和老母親也都提起精神，伸直著腰，屏息著氣，兩對眼睛睜著大大，直瞪著那個電話。

「哈羅！你是誰？」他拿起聽筒。「請問吳先生在家嗎？」是對方的聲音。「吳先生？哪個吳先生？」「你的電話是不是37986？」「不是，是37968。」

「哦！打錯了，Sorry。」對方道歉了一聲，然後掛斷了電

話。他感到很失望，頹然地把聽筒放下，高太太和老母親也像是突然漏了氣的皮球，又癱倒在沙發上。

這時，隔壁傳來了一陣陣刺耳的瘋狂音樂，吵得他們三個人心煩意亂，那盞圓形的原子燈，發射著耀眼的光芒，有幾隻飛蛾正在它的周圍飛旋。

「媽，時間不早了，我們還是先去吃飯吧！」他看到那個女工又從廚房走來，還沒等她開口，便先提議。

「吃飯？強兒的電話沒有來，還有心吃飯？你真狠心，你……」老人家又嘰哩咕嚕地發起牢騷來。

「媽，阿民是怕你肚子餓。你既然不吃，那就等下才吃吧！」高太太替丈夫解圍。

「哼！他有這麼好心？那就應該聽我的話，不要讓強兒出國。你想想看，我們人丁單薄，我把強兒從小帶到大，眼看著他會走路，會說話，又會讀書了，我是多麼開心呀！在本地讀得好好，偏要送他去英國，我怎麼能不難過？如果你們肯替我生多幾個，那麼強兒不在，還有別個孫子可以陪我，可是你們偏偏只生一個，俗語都有說：『多人多福氣』，我以前生了阿民後，那個短命鬼便過了世，這是沒有辦法，現在你們能夠生，卻要學摩登節什麼育？嗚……」她一把眼淚，一把鼻涕，這回顯然是在怪媳婦了。

高太太心裏像是受了莫大的委屈，想起當年第一胎生下強兒，因為流血過多，差點連命也賠上了，所以只好接受醫生的勸告，從那時起就開始節育，這又怎能怪她呢？不過為了不給老人家傷心，她也不想多說些什麼，只是莫可奈何地瞟了丈夫一眼。

「媽，並不是我們不要再生，你是知道的，她的身體並不好，而且好的孩子，只要一個也就夠了，我們多生幾個，哪裡有能力來培養他們？」他連忙替太太辯護。

老人家正想再嘮叨些什麼，但還沒有開口，電話又響了起來。他照樣匆匆忙忙地趕上前去，拿起聽筒：

「高先生是嗎？」「是呀！你是？」「我是吳明章呀！你的孩子有打電話回來嗎？」「還沒有呀，你的孩子呢？」

「他七點多的時候有打電話回來，他們在下午六點鐘左右已到了倫敦機場，我的兒子由倫敦轉坐火車，七點多才到學校，他一到學校，就立刻打電話回來。」

聽了吳明章的電話，他的心安定了許多，因為吳明章的兒子和強兒同機，既然他已平安到達，證明飛機已平安無事。不過，吳明章兒子就讀的學校是在倫敦郊區，離倫敦還有幾十里，可是強兒朋友的家卻是在倫敦，照理應該是強兒先到才對，為什麼他的電話反而還沒有來呢？會不會是在路上……

他於是又很不安地在廳中踱起方步來，心裏想：坐飛機雖然危險，但畢竟很少發生意外；可是坐汽車就不同，就以本國來說，一年之中所發生的車禍最少有幾千宗，實在太可怕了！太可怕了！

「唉！我為什麼會答應讓他去英國念書呢？為什麼？」他對這個問題的答案也感到茫然起來，心裏只覺得有說不盡的煩惱：「如果強兒能夠在本國一直讀到大學畢業，那該多好！」

為了等強兒的電話，他們已足足苦候了三個鐘頭，這三個鐘頭幾乎像三年那麼久，雖然他們都感到有些倦意，但除了進沖涼

房之外，仍然不願離開半步。

　　他們三個人就像是三尊石像，木然地坐在沙發上，不但三對眼睛全都看著那架電話機，而且連全副精神都集中在那邊，尤其是高老太太，由於耳朵不大好，平時從來未曾聽過電話，對電話機也從不多看一眼，可是現在卻好像把它當做寶貝和恩物，一直盼望它能帶來強兒的聲音。

　　他們的期待也畢竟沒有失望，大概九點半的時候，電話鈴終於又響了起來。

　　高劍民拿起聽筒，對方卻傳來一個陌生人的聲音：「哈羅！請問你是高劍民先生嗎？」「是呀！你是誰？」「我是高志強的朋友，從倫敦打來。」

　　「倫敦！」像是觸到了一道電流，他的全身都抖動起來。心裏想：強兒為什麼不打電話而由他的朋友打來，難道真的有什麼意外？他用驚悸的聲音，急不及待地問：「請問志強到了倫敦沒有？」

　　「已經到了，現在他要跟你說話。」「哦！已經到了呀！」對方的答覆，像是一道曙光，把他心中的愁雲全給趕散了。

　　「哈羅！你是爸爸嗎？我是志強呀！」聽筒傳來了一陣熟悉的聲音。

　　「你是志強呀！」他很興奮地說。

　　高太太和老母親一聽說是強兒的電話，立刻站起身來，挨近他的身旁，希望能聽到強兒的聲音。

　　「是呀！爸爸，我已經到了朋友的家。」「你為什麼這麼遲才打電話回來？」「我一到朋友家，就立刻打電話，可是接不

通，後來幾個朋友邀我出去吃飯，又去買了一些東西，花了兩個鐘頭……」

「既然平安到達，那就好了。」他不忍心為了此事來責備強兒，看著站在身旁的太太，於是把聽筒傳給她。

「阿強，你已經到了倫敦呀！唉！你這麼遲才打電話回來，差點把我們給急壞了。」她才說這幾句話，喉嚨便像被什麼哽住似的，再也說不出來，眼眶充滿著淚珠。

「來，讓我跟他講。」高老太太把聽筒搶過來，因為這是她第一次聽電話，不知該怎麼講，一拿起聽筒，只是哈羅哈羅地叫個不停。

「你是婆婆呀！我是志強。」強兒雖然加重聲調，但她似乎還是聽得不大清楚，不過那聲音倒是很熟悉的，她知道這正是強兒的聲音，壓不住那股份外的喜悅，於是就嘮嘮叨叨地重複心裏所要說的話：「阿強，你記住，三餐一定要吃飽來，衣服要多穿一點……」「婆婆，我會的，你放心，你自己也要照顧身體。」

「晚上要注意蓋被，不要著涼，出門時要小心，還有……」她不知應該再說些什麼，但仍然捉緊聽筒，不願意放下。停頓了一會兒，又接著說：「對，你要常常寫信回來，最好兩天寫一封，還有……哦！常常寄你的照片回來……」她本來還想再講下去，但聽筒裏忽然傳來了「嘟嘟」的聲音，斷線了。

她又哈羅哈羅地叫了幾聲，過了許久再也聽不到對方的聲音了，於是才很失望地把它放下來，然後歎氣地說：「唉！要不是電話費太貴，我真想叫強兒每天打一次電話回來。」

聽完電話，一切恢復了平靜，這時他們都好像從心頭移去

遲來的電話

了一塊大石，頓時輕鬆許多，才感到有些肚餓，於是一起走進廚房，享用那一頓已經冷了的晚餐。

「阿民，從明天起，我們要儘量節省，你千萬別忘記，每年買一次飛機票，讓強兒回來。」高老太太才吃了一口飯，就特別關照說。

高劍民沒有正面答覆，只是稍為點一下頭，因為這時他的心裏是在盤算著一個更重大的問題：強兒既然已出國升學，今後應該怎樣挑起這副教育的重擔，刻苦地度過那漫長的幾年，等待著他學成歸來……

1979年5月

注：
（1）L.C.E.初級教育文憑，等於初中畢業。
（2）M.C.E.馬來西亞教育文憑，等於高中畢業。
（3）H.S.E.高級教育文憑，等於大學先修班畢業。
（4）O-LEVEL等於馬來西亞的M.C.E.。
（5）A-LEVEL等於馬來西亞的H.S.E.。

【著作年表】

小說

1957年：《黑色的牢門》

1958年：《出路》

1969年：《衝出雲圍的月亮》

1980年：《望子成龍》

1983年：《相逢怨》

散文

1971年：《夢囈集》

1991年：《文藝瑣談》

選集

1995年：《雲里風文集》

2001年：《雲淡風輕》

馬華文學獎大系05　PG0762

 煙圈裡的故事
　　——雲里風小說集

作　　者	雲里風
主　　編	潘碧華、楊宗翰
責任編輯	林千惠
圖文排版	邱瀞誼
封面設計	陳佩蓉

出版策劃	釀出版
製作發行	秀威資訊科技股份有限公司
	114 台北市內湖區瑞光路76巷65號1樓
	電話：+886-2-2796-3638　傳真：+886-2-2796-1377
	服務信箱：service@showwe.com.tw
	http://www.showwe.com.tw
郵政劃撥	19563868　戶名：秀威資訊科技股份有限公司
展售門市	國家書店【松江門市】
	104 台北市中山區松江路209號1樓
	電話：+886-2-2518-0207　傳真：+886-2-2518-0778
網路訂購	秀威網路書店：http://www.bodbooks.com.tw
	國家網路書店：http://www.govbooks.com.tw
法律顧問	毛國樑　律師
總 經 銷	聯合發行股份有限公司
	231新北市新店區寶橋路235巷6弄6號4F
	電話：+886-2-2917-8022　傳真：+886-2-2915-6275

出版日期	2012年6月　BOD一版
定　　價	430元

國家圖書館出版品預行編目

煙圈裡的故事：雲里風小說集 / 雲里風著. -- 一版. --
　臺北市：釀出版, 2012. 06
　　面；　公分
　BOD版
　ISBN　978-986-5976-24-8（平裝）

868.757　　　　　　　　　　　　　　101007161

讀 者 回 函 卡

感謝您購買本書，為提升服務品質，請填妥以下資料，將讀者回函卡直接寄回或傳真本公司，收到您的寶貴意見後，我們會收藏記錄及檢討，謝謝！如您需要了解本公司最新出版書目、購書優惠或企劃活動，歡迎您上網查詢或下載相關資料：http:// www.showwe.com.tw

您購買的書名：_____

出生日期：_____年_____月_____日

學歷：□高中 (含) 以下　　□大專　　□研究所 (含) 以上

職業：□製造業　□金融業　□資訊業　□軍警　□傳播業　□自由業
　　　□服務業　□公務員　□教職　　□學生　□家管　　□其它_____

購書地點：□網路書店　□實體書店　□書展　□郵購　□贈閱　□其他

您從何得知本書的消息？

　□網路書店　□實體書店　□網路搜尋　□電子報　□書訊　□雜誌

　□傳播媒體　□親友推薦　□網站推薦　□部落格　□其他_____

您對本書的評價：(請填代號　1.非常滿意　2.滿意　3.尚可　4.再改進)

　封面設計____　版面編排____　內容____　文／譯筆____　價格____

讀完書後您覺得：

　□很有收穫　□有收穫　□收穫不多　□沒收穫

對我們的建議：_____

_____

_____

_____

11466
台北市內湖區瑞光路 76 巷 65 號 1 樓

秀威資訊科技股份有限公司　　　收

BOD 數位出版事業部

....

（請沿線對折寄回，謝謝！）

姓　　名：＿＿＿＿＿＿＿＿＿　年齡：＿＿＿＿　性別：□女　□男

郵遞區號：□□□□□

地　　址：＿＿＿＿＿＿＿＿＿＿＿＿＿＿＿＿＿＿＿

聯絡電話：(日) ＿＿＿＿＿＿＿＿＿　(夜) ＿＿＿＿＿＿＿＿＿

E-mail：＿＿＿＿＿＿＿＿＿＿＿＿＿＿＿＿＿＿＿＿